シェイクスピアとの対話

狩野良規
KANO Yoshiki

国書刊行会

はじめに

本書は、シェイクスピアの各作品を主な題材にしながら、沙翁《シェイクスピア》劇の面白さについて綴った解説三十六篇からなっている。

各節は、三十年以上にわたり、その時その時に書いた原稿であり、戯曲論、劇評、映画評、さらには作品の背景説明など、切り口はさまざまである。しかし、一貫しているのは、どの漫談も自分なりに発見したシェイクスピア劇の魅力、この芝居のいちばんの〝肝〟はこれだよねと僕が思った点を明らかにしようとしていることであろう。

僕は他書でも繰り返し述べているが、ずっと解題ないしは「プロモーション・ブック」を書きつづけてきた。まずは面白そうな芝居を探すための本。研究書はすでに作品を読んだ人がさらに深くそれを吟味するために読む書物である。だが、戯曲に接する前に研究書や批評を読んでも、シェイクスピアの魅力に開眼することはないのではないか。だから、プロモーション・ブック！

また、入門書には二種類あるといわれる。ひとつは、ある分野なり作家なりをまったく知らない人に興味を持ってもらうための本、もうひとつはすでに興味を持ちはじめた人が本格的に勉強するために最初に手にとる本。本書はどちらかといえば後者、大学で専門課程に入り、そろそろ卒論のテーマを考えなければいけない、シェイクスピアは読んだことがある、舞台も見たことがある、でも沙翁はほんとうに自分の論文のテーマにふさわしい、自分の求める面白さを有する作家であろうか……そんな風に入口のところで逡巡《しゅんじゅん》している若者たちのナビになればと思いながら書いている。

　もっとも僕は、おとなしい教科書をものしているつもりはない。また、他人を啓蒙しようなんて大それたことも考えていない。僕はただただ自分の発見した各作品の魅力について綴ろうとしているだけである。だが、その発見の喜びなくして、文学を研究しようなんて意欲は続かないのではないか。だから、僕はいつも解題を書いてはいるんだけど、でも常に己の見つけた面白さについても語っている。

　正直なところ、僕にはシェイクスピアを研究しているという意識などほとんどなく、沙翁の戯曲をあれこれ考えながら読むのが好き、またストラットフォード・アポン・エイヴォンのロイヤル・シェイクスピア劇団（Royal Shakespeare Company, RSC）やロンドンの国立劇場（National Theatre, NT）などの舞台に、自分の解釈をはるかに越えるシェイクスピア劇の世界を見せつけられ、自らの浅学菲才《せんがくひさい》ぶりを思い知らされるのも好き。

　よってこの本は、僕がシェイクスピアと向き合って、議論しているのか雑談しているのかわからないけれど、いずれにしろ詩人の作品から何かを発見しようとしている自問自答集。晩年のゲーテからもろもろの話を聞いて、それを一所懸命筆写したエッカーマンよろしく、巨匠の肩の上にちょこんと乗って、さも自分が高みから世界を見渡しているような気になっているエッセイ集——そんなシェイクスピアとの対談本である。

　さても、いささかトンガッた解題集、どの節からでも心おもむくままにご笑覧あれ。

目次

シェイクスピア創作年代表

創作年	歴史劇（10篇）	喜劇（17篇）	悲劇（10篇）
一五九〇—一	『ヘンリー六世・第二部』		
	『ヘンリー六世・第三部』		
一五九一—二	『ヘンリー六世・第一部』		
一五九二—三	『リチャード三世』		
		『間違いの喜劇』	
一五九三—四			『タイタス・アンドロニカス』
		『じゃじゃ馬ならし』	
一五九四—五		『ヴェローナの二紳士』	
		『恋の骨折り損』	
			『ロミオとジュリエット』

創作年	歴史劇	喜劇	悲劇
一五九五—六	『リチャード二世』	『夏の夜の夢』	
一五九六—七	『ジョン王』	『ヴェニスの商人』	
一五九七—八	『ヘンリー四世・第一部』		
	『ヘンリー四世・第二部』		
一五九八—九		『から騒ぎ』	
	『ヘンリー五世』		
一五九九—一六〇〇			『ジュリアス・シーザー』
		『お気に召すまま』	
		『十二夜』	
一六〇〇—一			『ハムレット』
		『ウィンザーの陽気な女房たち』	
一六〇一—二		『トロイラスとクレシダ』	
一六〇二—三		『終わりよければすべてよし』	
一六〇四—五		『尺には尺を』	
			『オセロー』

一六〇五—六　『リア王』
　　　　　　『マクベス』
一六〇六—七　『アントニーとクレオパトラ』
一六〇七—八　『コリオレーナス』
　　　　　　『アテネのタイモン』
一六〇八—九　『ペリクリーズ』
一六〇九—一〇　『シンベリン』
一六一〇—一一　『冬物語』
一六一一—一二　『テンペスト』
一六一二—一三　『ヘンリー八世』

（創作年はE・K・チェインバーズの推定による）

第1章

イングランド史劇——第一・四部作

1 シェイクスピアの見たヘンリー六世

人を正当に評価するのは難しい。ましてそれが国王となると、なおさらである。後世の人間は一刀両断、善王とか悪王とか言うけれど、ちょっと詳しい歴史書を読んでみれば、そう簡単に割り切れない場合の方が多いものである。

イングランドをバラ戦争という、血で血を洗う内乱に陥らせた脆弱な国王（と後世から評される）ヘンリー六世は、同情に値する。先代はアジンコートの戦いでフランス軍を撃破した、イギリス人ご自慢の英雄国王ヘンリー五世である。その父王が在位わずか九年、三十五歳で病死し、王位は生後九カ月足らずの赤ん坊に委ねられた。ヘンリー六世の治世は、王権が弱体化し、有力貴族、すなわち王家の家系図を見れば全部血のつながっている親類縁者たちが内紛を繰り返した時代であった。英仏百年戦争に敗れ、一四五五年のセント・オールバンズの戦いからはランカスター・ヨーク両家が全面戦争に突入していく動乱の時代。

シェイクスピアの処女作と推測される『ヘンリー六世』三部作（一五九〇―二年ごろ）は、ヘンリー六世の治世を、その百数十年後に取り上げた歴史劇である。では、なぜシェイクスピアがこのあまりパッとしない国王に目をつけ、そして彼をどう評価していたのか。

時間的な距離からいえば、シェイクスピアの描いた前世紀の内乱は、現在の我々が見る幕末の動乱と重なるところがある。徳川末期は、新しい近代日本の曙として、社会全体が大きく揺れ動いた激動の時代というイメージで受け取られることが多い。しかし、実際の戦闘はといえば、薩英戦争あたりから明治維新の彰義隊や会津藩の抵抗、五稜郭の戦いまで拾ってみても、ごくごく局地的なものに限られた。

バラ戦争も三十年間におよぶ内乱期中、戦闘が行なわれたのはたった十三週間だったという記録がある。また、戦争に参加したのは、貴族とその臣下たちに限られ、諸都市や民衆は傍観していたらしい。いったい中世において戦争の悲劇といえば、戦場に駆り出された下級兵士と、焼き打ちや略奪に遭う農民の悲劇だった。一方、貴族たちは捕虜になっても丁重に扱われ、身代金さえ支払えば無事に釈放された。ところが、バラ戦争は違った。ランカスター派とヨーク派はお互いに皆殺しを演じ合い、敗れた側は戦死を免れたとしても即座に断頭台に送られた。封建貴族同士のそうした壮絶な共食いの末に、ランカスター家の傍系、ジェントリー階級から成り上がったヘンリー・テューダーが急浮上し、彼がヘンリー七世を名乗って即位、テューダー王朝が始まった。

シェイクスピアが歴史劇を書きはじめたのは、王朝の第五代国王エリザベス一世（一五三三―一六〇三年）の治世である。彼の史劇には栄光あるテューダー絶対王政の前史といった意味合いがあった。もっとも、シェイクスピアは余裕しゃくしゃくで王朝叙事詩を綴ったわけではない。

エリザベスが老いてきたのである。嫡子も兄弟姉妹ももたない〝処女王〟――愛人はいたが――は、一五九〇年代の初頭には六十歳になんなんとしていた。次の国王が誰になるのかは、宮廷だけでなく、巷《ちまた》の庶民階級に至るまで、イングランド国民の一大関心事であった。『ヘンリー六世・第二部』の中に、王冠を狙うヨーク公がプランタジネット王朝のエドワード三世以来の血統について縷々《るる》語る場面がある。長い長い家系図の説明が今日の我々にはなかなかピンとこないのだが、初演当時の観客にとってはまさに興味津々の話題だったわけである。

シェイクスピアのイングランド史劇は、つまり現政権の前史であるとともに、王位継承争いを戒める教訓劇でもあった。彼は共和制という発想を持っていなかった。むしろ強力な王権を背景に安定した国家を築くことを希求していたようである。だから、国王をないがしろにする封建貴族には容赦しなかった。と同時に、国王に対しても、表向きは敬意を払いながら、冷徹な目を向けていた節がある。

しかし、教訓を垂れるための芝居が面白いはずはない。また、ヘンリー六世は主人公としては影が薄すぎる。そこでシェイクスピアは乱世にしばしば登場する個性的な人物たちを舞台上に闊歩《かっぽ》させた。イングランド軍劣勢の中で孤軍奮闘するトールボット、仏軍の救世主ジャンヌ・ダルク、暴徒ジャック・ケード、ヘンリーの猛妻マーガレット、さらにはヨーク軍の旗頭リチャード・プランタジネットをはじめとする貴族たち。そう、幕末を題材にするなら、徳川慶喜よりむしろ、坂本竜馬、吉田松陰、高杉晋作、沖田総司あたりに焦点を当てた方が面白いだろう。若きシェイクスピアもその乗りで芝居を書いたのである。

結果、『ヘンリー六世』は、野心満々の人物たちが権力の座に登り詰めては真っ逆様に転落する、めくるめくような権力交代の群像劇に仕上がった。この三部作は、中心となる人間がいないところがひとつの妙である。圧倒的な存在感を示す主役がいると、脇役が薄っぺらになる傾向がある。だが、国王が軟弱だと、貴族たちが群雄割拠し、その上昇期と下降期で、それぞれ異なった、個性豊かな顔を見せてくれる。この歴史劇は多くの俳優たちにとって、まことに演じがいのある作品となっている。

で、影の薄いヘンリーはというと、最後に王冠を奪われて、かえって人間性を取り戻し、凛《りん》として死んでゆく。彼にもラストにしっかりと見せ場が用意されているわけである。

シェイクスピアはヘンリー六世を皮切りに、イングランド中世の六人の国王を凝視する歴史劇を次々と書き、そうしているうちに善王、悪王の区別なく、国王が因果な商売であるとすっかり同情してしまったらしい。後年の円熟した悲劇は、おしなべて王族を主人公とし、ストーリーも歴史劇と共通している。ただ違うのは、作者の関心が、外側から歴史を叙述するのではなく、支配階級の人間たちの内面の苦悩を劇化する方向に移行したことである。歴代国王の品定めを試みたシェイクスピアは、やがて王族たちの空しき心の闇に気づき、それを彼の文学の中心主題のひとつに昇華させていったのである。

2

女性の視点で捉えた歴史劇
『ヘンリー六世』

一九九一年から二年にかけて研究休暇をもらって一年間イギリスに滞在していた。ちょうどユーゴスラヴィアで内戦[1]が勃発したころである。イギリスの新聞の一面トップは連日のようにユーゴ情勢だった。その重苦しい論調に、なるほどこの内戦はヨーロッパの、彼らの身内の戦争なのだと実感させられた。

一方、僕の方は演劇の研究（？）をする平和な日々。滞英中に見た七十本ほどの芝居の中には、今でも忘れえぬ舞台がいくつかある。そのひとつが、ストラットフォード・アポン・エイヴォンの小劇場ジ・アザー・プレイスで見たロイヤル・シェイクスピア劇団（ＲＳＣ）によるトマス・ヘイウッド作『優しさで殺された女』（一九九一年）であった。

演出はケイティ・ミッチェル、まだ二十代半ばの女性で、オックスフォード大学出身の才女だというのだが、当然僕は名前も聞いたことがなかった。物語は、不倫を犯した妻が、それを許す夫の優しさに触れ、かえって後悔の念を深くして死んでゆくというジェームズ朝の家庭悲劇。舞台の前方に十字架を据え、床にはピート炭を敷き詰めて、イングランドの田舎の雰囲気を醸し出し、大地に根を下ろして生活する信心深い人間たちの精神的な世界を描いてみごとな作品だった。

そのケイティ・ミッチェルが演出したRSCの『ヘンリー六世』が、東京グローブ座(2)（一九九五年二月九日―十八日）にやって来た。百年戦争末期からバラ戦争に至る動乱の時代を扱ったシェイクスピア最初期の英国史劇『ヘンリー六世』三部作は、秀作とはいえないけれど、まるまる一日かけて一挙上演となれば、歴史絵巻の重量感で観客を魅了できる作品である。血塗られた中世の権力闘争は、ダイナミックで男性的な舞台こそがふさわしい。事実、彼女のRSCの先輩演出家たちは、ほぼその方向でこの戯曲を舞台化してきた。

だが、ケイティ・ミッチェルはほとんど第三部だけからなる彼女のオリジナル脚本で歴史劇にチャレンジした。RSCで彼女が手がける初めてのシェイクスピア劇に、なぜ『ヘンリー六世』を、それも三部作のうちの一篇だけを選んだのか。また、彼女はこの芝居でどんなメッセージを観客に伝えたかったのか。

舞台は、木片を床に敷き、上手《かみて》に細い松の木が一本、後ろの汚れた黒い壁の上方にはイングランドの守護聖人セント・ジョージの絵が描かれている。開幕前にはステージの前方に、ページを開いた大きな聖書が置かれている。イングランドのアイデンティティに関心があるというミッチェルの芝居は、『優しさで殺された女』同様、英国の大地を想像させる土臭い雰囲気を漂わせている。

ミッチェルの歴史劇の大きな特徴は、ランカスター・ヨーク両派が剣を交える戦闘場面が一切ない点にある。いったい史劇では、合戦シーンがこれでもかこれでもかと繰り返されてうんざりする場合が多いのだが、この舞台では、殺陣《たて》はまったくなし、ただ数人の兵士たちが床を踏み鳴らしながら登場し、太鼓の音と棒で床を叩く音だけで象徴的に戦闘が行なわれたことを表現し、あっという間に次の場面に転換する。派手な合戦が省かれたことによって、歴史劇もやはり徹底的にセリフの劇だと再認識させられた。

また、死体を舞台の外にどのように運び出すかは、史劇を上演する際に常に付きまとう頭痛の種だが、今回の公演では、死んだ人間が静かに立ち上がって退場する間に、他の役者たちが中世の聖歌を合唱する。透き通った声で歌われるその弔いの歌と鐘の音には、女性の視点でバラ戦争を捉えようとするミッチェルの姿勢が、はっきりと示されている。

さらに、彼女の作品で秀逸なのは、そうした聖歌をはじめとする、繊細な〝音〟の使い方である。これほど聴覚に訴える芝居はめったにあるものではない。いくつかのシーンでは僧侶が舞台後方で祈りを捧げている。その祈禱の声があたかもバックグラウンド・ミュージックのように、場面の宗教的な雰囲気と主題を補強している。また、風の音、川のせせらぎ、狼や羊の鳴き声、鳥のさえずり、教会の鐘などが、絶えず遠くの方からかすかに聞こえてくる。時が過ぎ、季節がめぐり、天候が移り変わる。舞台上で繰り広げられる人間たちの愚かな権力闘争に対して、はるか彼方にいつも自然が存在する。イングランドの大地を思わせる木片を敷き詰めた舞台、頭上から降ってくる雪や枯れ葉などとあいまって、人間と自然との対比を、目からも耳からも感じ取れるように演出している。

だが、俳優たちの演技力はどんぐりの背比べ、強烈な存在感を発揮できる役者はひとりもいない。また、俳優たちに年齢の幅があまりないので、芝居が今ひとつ厚みに欠けるのもたしか。ＲＳＣは最近、若手を使って最初からドサ回り専用のグループを組むのだが、この作品の役者も、いわば二軍なのである。

しかし、舞台を見ているうちに、それも女流演出家の計算に入っているのではないかと思えてきた。例えばグロスターは三幕二場になって初めて、腕を縛り不具であることを表現する。前半は、外見で目立たぬよう、体が不自由だという仕草さえしない。また、マーガレットも希代《きたい》の猛女にしてみたくなるところだが、ここではせいぜい気の強い女性というくらい。登場人物の戯画化は一切せず、徹底したアンサンブル芝居をめざす。そして、ヨークもクリフォードもウォリックもヘンリーも、息子に殺された父親も、父親に殺された息子も、皆戦場を駆け抜けていった無名の人々であるかのよう。つまりは、戦争の犠牲となったすべての者たちへの鎮魂歌を奏でているわけである。

舞台の周辺には、死者が出るたびに細い小枝で作った小さな十字架が刺されていく。合戦シーンがなくても、しだいに増えてゆくにわか作りの十字架が戦争のむごさを表現してあまりある。

笑いも皮肉もほとんどない舞台。緩急の付け方がどこかもの足りない。いかにも若き才女が作った作品らしい、難解に過ぎる部分もある。ベテランの先輩演出家たちのような、観客を飽きさせない巧みな舞台運びはまだない。だが、最近のＲＳＣはメジャーになり過ぎ、そのうえ資金難、それもあってか、全体的に俗っぽくなる傾向にあり、時には芝居作りの技巧が透けて見えてしまってシラケる公演もあったりする。

だからこそ、ケイティ・ミッチェルの思索的で真摯《しんし》な作品は貴重。彼女は「古典劇を安く上演する」と標榜し、それを確実に実行している。難解な古典ばかりを演目に選び、時には「収集家だけが見ればいい芝居」などという劇評も頂戴しながら、知性にあふれる舞台を作りつづけている。イギリスの秀才のインテリジェンスの高さに、あこがれと嫉妬と、そして敗北感さえ感じてしまう、そんな才気煥発な彼女の演出なのである。[3]

終幕。エドワード四世と結婚したグレー夫人に待望の男児誕生。しかし、エドワードは彼女の手から王子を奪うように抱きかかえ、立ち去ってしまう。子供を奪われた母親の悲痛な表情（その王子は後にグロスターに殺害されるという史実を知っていれば、一層心が痛む）。彼女が悲しみを胸に秘め、赤バラと白バラを一輪ずつ、開幕時と同様に舞台前方に置かれた聖書のページの上に置く。ふと見ると、ステージの上は小さな十字架で埋め尽くされ、そして澄んだ声で聖歌が合唱される時、戦場の無名戦士の墓に頭《こうべ》を垂れる名もなきユーゴスラヴィアの人々の姿が目に浮かんでくる。そこには平和を希求するミッチェルのメッセージが深く刻み込まれている。

時代考証を入念にほどこして、中世の戦争を舞台に再現しながら、なおユーゴの内戦がしっかりとダブらせてある。シェイクスピアの合戦絵巻にあるダイナミズムはないが、シェイクスピアの韻文にあるリリシズムをみごとに表現し、女性の視点から戦争の悲惨さを訴えている。原作を忠実に舞台化し、しかも見終わった時には演出家の今日的なメッセージが的確に観客に伝わっている。自分のもっていた作品のイメージを叩きこわす演出家の解釈を呈示され、さらにそれが深く戯曲の精神をたたえている時、我々は初めて「シェイクスピアは読んだだけではわからない」と悟るのである。

シェイクスピアの歴史劇に、ユーゴの内戦に対するヨーロッパの人々の深い悲しみとケイティ・ミッチェルの静かな抵抗《プロテスト》を実感させられる、女流演出家ならではの、珠玉の舞台である。

3　名優たちの『リチャード三世』

難しい芝居ではない。陽気でストレートな悪党一代記。醜い容姿の憎まれっ子リチャードが、一直線に権力の座に駆け上がり、真っ逆様に転落して、はいそれまでよ。シェイクスピアが二十代後半にものした、若書きで単純な悲劇の一篇。

で、誰でも戯曲を一読すればすぐに舞台が想像できそうな芝居を、名優たちがいかに演じたか。

まずはご存じ、ローレンス・オリヴィエ監督・主演の名画『リチャード三世』（一九五五年）。二十世紀随一のシェイクスピア役者と謳われた名優は、気持ちよさそうに悪王を演じている。目には濃いアイライン、高い付け鼻をつけ、いかにもいやらしい悪党面。袖を垂らした黒っぽいマントをまとって、カラスのイメージで外見を作った。

冒頭に有名な悪党宣言、「苦難の冬が去り、ヨーク家の栄光の夏が訪れた」。カメラに近づき、そのあくの強い野心家の顔を存分に見せながら、セリフはやや抑え気味に。が、足をひきずってカメラから離れると、今度は大劇場のセリフまわしもかくやと声高らかに。うまい！　アップとロングで演技を微妙に変え、カメラを長い独白に緩急をつけるための道具に使っている。

そして、奇形の醜男は、敵方の美しき未亡人アンに求愛する。観客がまだ物語の世界に入り込んでいないうちに、いきなりの山場。俳優冥利だ。しかしここで失敗したら、役者も観客もあとの三時間、そりゃ辛い。

アンに扮するはクレア・ブルーム。『英国王のスピーチ』（二〇一〇年）でひさしぶりに再会した彼女（ジョージ五世の王妃役）は、いいお婆ちゃんになっていた。

古典的なシェイクスピア映画だ、安心してケチをつけられる。オリヴィエが演出すると、脇役が今ひとつ映えない。チャップリン監督・主演の『ライムライト』（一九五二年）の踊り子役、クレア・ブルームは絶品だった。我《が》の強い両雄、だが監督としては、喜劇王の方が一枚上手だった。

また、ジョン・ギールグッド（クラレンス役）はオリヴィエの引き立て役、さらにラルフ・リチャードソン（バッキンガム役）も、どこかオリヴィエに遠慮していた。

イングリッシュ・シェイクスピア・カンパニー（ＥＳＣ）の『バラ戦争七部作』（演出マイケル・ボグダノフ）は、かつて東京のシェイクスピア劇上演のメッカだった東京グローブ座のこけら落とし（一九八八年四月）を飾った作品である。(4)

この大評判をとった旅劇団、超一流はマイケル・ペニントンだけで、あとの役者は似たり寄ったり。けれども一・五流の俳優たちが、バラ戦争の混乱の中、浮上しては没落してゆく国王や貴族たちを一人何役も掛け持ちし、群像劇の面白さを堪能させてくれた。

　ペニントンも詩人肌のリチャード二世、勇気凛々《りんりん》のヘンリー五世、暴徒ジャック・ケードなど、まったく異なるキャラクターを八面六臂《はちめんろっぴ》で演じ分けていた。

　『リチャード三世』で悪の華に扮したのは、アンドルー・ジャーヴィス。彼は演技ではなく、ほんとうに足が悪いようだ。独特の立ち姿、頭はツルツル、ギラギラとした大きな目。東京グローブ座の裸舞台のいちばん前方でアンをしつこくしつこく口説く。ロイヤル・シェイクスピア・カンパニー（RSC）では脇役レベルの俳優[5]だが、その特異な面構えと容姿で、リチャードはまさにはまり役であった。

　だが同時に感心したのは、リチャードの懐刀《ふところがたな》バッキンガムをリアルに正攻法で演じたペニントンだった。極悪人でありながらどこか愛嬌のある道化者を王座につけるべく奔走する知恵者のキングメイカー。

　およそ独裁者は人を敵か味方か分けたがる。いや、味方でも、誰が自分により忠誠を尽くすか知りたがる。自分を押しのけそうなナンバー2は退ける。だから、愚かな権力者と付き合うのは、難しい、難しい。

　そうした側近の悲哀を迫真の演技で見せつけてくれたのが、ペニントンである。おゝ、これが真の演技力なるものか。リチャードのワンマンショーかと思っていた劇世界が、僕の頭の中で一変した。

　また、『ヘンリー六世』と通しで上演すると、ヘンリー六世の王妃マーガレットの重みがわかる。

オリヴィエはバッサリとカットしたが、ESCの猛女は、夫の国王が殺された後も、老いさらばえて幽霊のごとく生き残り、時々リチャードの背後にヌッと顔を出して呪いをかける。
と、脇役が充実していると、『リチャード三世』もなるほどシェイクスピアの英国史劇の一篇、栄枯盛衰をテーマとした群像劇なのが実感される。

ベルリンの壁が崩壊した直後にロンドンの国立劇場（NT）が上演した『リチャード三世』（一九九〇年初演、演出リチャード・エア）は、時代を一九三〇年代に設定、ファシストのリチャードがクーデターを起こし、天下を取ると黒い軍服に着替えて登場した。東欧革命の時期に世界ツアーを行なって大成功、アクチュアルな舞台と絶賛された。

主演はイアン・マッケラン。この公演が基となって、後に劇画調の映画『リチャード三世』（一九九五年、監督リチャード・ロンクレイン）が生まれた。おふざけ満載の笑える悲劇。

なにせ、開幕はランカスター軍司令部に戦車が突っ込んできて、「この映画の舞台は中世ではなく、二十世紀だぞ〜」と強烈にアピール。悪党宣言は優雅な戦勝パーティのユーモアたっぷりのスピーチにしてしまう。さらにモノローグの後半は、パーティを中座したマッケランが、トイレでおしっこをしながら独り言つ、「どうせ俺は醜い体の出来損ないだ」。アンへの求愛も、オリヴィエ映画のようなリアリズムでは説得力がないとばかりに、病院の地下の薄気味悪い死体置き場で、シュールに。

人生、巻き込まれたら悲劇、距離を置いて見れば喜劇――ただし、ブラック・コメディ――という状況がままある。だから、ヒトラーでさえ、戯画化できる。神の目で凝視すれば、人間の所業など、すべて笑止千万。バルザックはそれを「人間喜劇」と呼んだ。さかのぼれば、ダンテの『神曲』（＝神聖喜劇）にたどり着くか。

よって『リチャード三世』も、さじ加減しだいで、悲劇にも喜劇にもなり得る。マッケラン主演の映画は、正義など糞くらえの、グロテスクな神聖喜劇といったところ。己の欲望のおもむくままに、悪党が悪党らしく大暴れする痛快娯楽活劇に徹している。

極悪人リチャードは最後まで悩まない。ラストは火の海に自ら飛び込む。これ、当時大ヒットしたハリウッド映画『ダイ・ハード』（一九八八年）で、アラン・リックマン扮するテロリストのボスがビルから落ちてゆくシーンのパクリなのだが、その奈落に転落するマッケランが、満面の笑みを浮かべている。

もっとも、諧謔《かいぎゃく》が過ぎると、日本では受けない。マッケランの大人の漫画映画、ヨーロッパでは大当たりをとったが、わが国ではさっぱりだった。シェイクスピアの聖典《バイブル》を、不謹慎だ、と。

ということで、名優たちの演技や演出を比べてみると、やっぱりいろいろあるわな。それほど単純な芝居でもなさそう。ヘッヘッヘッ、さすがシェイクスピア！

いつの時代にもどこの国・地域にも、建国叙事詩やら王朝叙事詩やらの類いは枚挙にいとまがない。

日本なら日本武尊《やまとたけるのみこと》、いやそんな大昔の英雄伝説ならずとも、幕末の動乱、あれだって「近代日本の曙～っ」と高らかに語られる叙事詩にほかならない。またアメリカは歴史の浅い国である。建国神話がない。唯一それらしきものとして存在するのが、十九世紀の西部開拓時代の物語。独立時は東部の十三州だけだった国が、野蛮な〝インディアン〟と戦いながらついに太平洋岸まで開拓線《フロンティア》を西進させていった。それをハリウッドはある時期までさかんに映画化した。ジョン・フォードの「西部劇」、なるほどあれは叙事詩だ。

4 王朝叙事詩の虚と実

さて、シェイクスピアはテューダー王朝の第五代国王エリザベス一世（在一五五八―一六〇三年）の治世後半に芝居を書きはじめた。最初に手を染めた題材はバラ戦争（一四五五―八五年）。彼が人気作家として頭角を現した時期からおよそ百数十年前の血みどろの内乱である。ランカスター家とヨーク家の骨肉の争い。有力貴族が次々と倒れる中、リッチモンド伯ヘンリーが躍り出て、ヨーク家の残忍なる国王リチャード三世をボズワースの野に破り、テューダー王朝を開く。めでたし、めでたし。これがテューダー政権の王朝叙事詩である。

もっとも、こういう勇気凜々《りんりん》の話には――とくに芝居にすると――たいていは尾ヒレがつく。例えばヘンリー六世の末亡人マーガレットは、史実ではバラ戦争の途中で大陸へ去り、そのまま歴史の表舞台から姿を消す。だが、シェイクスピア劇では、リチャード三世の天下になった後も、老いた彼女が繰り返し亡霊のごとく現れて、ヨーク家に呪いをかける。また、リチャード三世の背中にこぶがあり足も不自由と、あの醜き姿はなんとヒューマニストの誉れ高きトマス・モアの作りごとだという。リチャードは前王朝のモンスターとして、極悪非道に描けば描くほど、テューダー政権にとっては都合がよかったわけである。

そう、お芝居はやっぱりお芝居、すべてフィクション、虚構の世界――したがって演劇研究も、全部フィクショナル！――なのである。けれども、その〝虚〟の研究を突き詰めていくと、じゃあ〝実〟って何だ？　事実とは、史実とは、現実とは、真実とは何ぞや？　つまりは、本当のことって何なのかがわからなくなってくる。そこが面白い。

ちなみに中国では、はなから正史を〝正しい歴史〟と考えていないとか。あれは各王朝が自分たちの都合のいいように編纂したもの、正しいはずがないじゃないか、と。

時間的な距離を考えれば、沙翁の見たバラ戦争は、現代の日本人がイメージする幕末の動乱に近い。そこにも近代日本の夜明けを演出する尾ヒレがいくらでも見いだせる。坂本竜馬もそのひとり。

彼が有名になったのは、「辺境人《マージナル・マン》」を愛する司馬遼太郎が『竜馬がゆく』（一九六二―六年）を書いてからだ。薩摩と長州だけじゃない、土佐の片田舎にもこんな志士がいたんだぜ〜、と。

一方、後年のジョン・フォードは白人がインディアンをやっつける話に懐疑的になり、しだいに陰影に富む、勧善懲悪ではない、したがって活劇としては面白くない西部劇を作るようになる。今日ではインディアンはむろん悪党にあらず、白人よりずっと前からアメリカ大陸に住んでいた先住民、〝ネイティブ・アメリカン〟と呼ばれているのは、ご存じのとおり。

虚と実。シェイクスピアのイングランド史劇も、テューダー朝の正史をベースに執筆したフィクションである。熱帯魚のような尾ヒレもたくさんついている。だが、テキストを熟読すれば、行間に込められた詩人の〝誠〟も透けてみえてくるのが、沙翁の歴史劇。

例えば、リッチモンド伯ヘンリーである。バラ戦争の生んだ怪物たるリチャード三世を倒した正義の使者、栄光あるテューダー王朝の開祖。しかし、実在のヘンリー七世は陰気で狭量、そして王位継承権を要求できそうなヨーク家の残党を片っ端から抹殺していった。彼の治世は、バラ戦争時以上の戦乱の時代であった。

シェイクスピアもそれを知っていたのだろう。彼はヘンリーを気のない調子で、できるだけ影の薄い、魅力のない端役として造形している。王朝叙事詩のヒーローたるべき人物を単なる急場しのぎの〝機械じかけの神〟にとどめている。

と、今宵も舞台に目を凝《こ》らせば、シェイクスピアが正史に潜ませた〝歴史の真実〟が見えてくるかもしれない。

第2章　初期の喜劇と悲劇

1 忘れえぬ舞台
『ヴェローナの二紳士』

忘れえぬ舞台というものがある。僕にもむろんいくつもあるが、考えてみれば、忘れえぬ理由はそれぞれ異なる。ロイヤル・シェイクスピア劇団（RSC）の『ヴェローナの二紳士』（一九九一年初演）は、「こんな粗雑な戯曲が面白い舞台になるはずがない」との思い込みを粉々にぶち壊してくれたという意味で忘れられない舞台である。

イタリアのヴェローナに親友同士の青年紳士二人。ヴァレンタインは広く世間を見て立身出世をと、ミラノへの留学を決心する。一方のプローテュースは、恋人ジュリアと離れられず、ヴェローナにとどまると言う。女なんかに、とヴァレンタインにからかわれる。だが、ヴァレンタインはミラノに着くと、大公の娘シルヴィアに一目惚れし、さらに遅れてやって来たプローテュースも、故郷に置いてきた恋人を忘れて親友の思う相手にぞっこん惚れ込んでしまう。そこから始まる二紳士の葛藤と背信と和解を綴った、シェイクスピア初期の青春喜劇。

いかにも三文芝居である。批評史・上演史をひもとくと、いつの時代も評判の悪い作品だったことがわかる。最も説得力に欠けるのは、プローテュースのあまりにも唐突な裏切り、そして終幕近くで突然この友を許すヴァレンタインの信じられない寛容さ。人物たちがチャラいのか、作者がチャラいのか。また、時や場所が混乱していたり、あいまいな記述が多かったり、登場人物の性格が首尾一貫していなかったりと、テキストにかなり問題がある。サミュエル・ジョンソンは、駄作だからこそかえって沙翁の刻印が残っている、ノーマン・サンダーズは、将来の喜劇の大成を約束したうえでの若き詩人の手つけ金のような戯曲、と[1]。でも、作品が不出来だと、批評家たちの言も下手くそな弁護論にしか聞こえない。

　さて、僕がオックスフォードに滞在していたころ、ＲＳＣのその年のストラットフォード・シーズン、いちばんの目玉はデヴィッド・サッカー演出の『ヴェローナの二紳士』だよ、これだけは見逃すな、というのがイギリス人の間でのもっぱらの評判であった。ほんとうかいな？　あの殴り書きの芝居が。

　手元のノートには、一九九一年十二月十二日にスワン劇場にて観劇、とある。雪も降らないのに霜と霧で一面銀世界の寒い日、列車が遅れ、途中のレミントン・スパ駅からタクシーをとばして劇場へ駆け込んだ。

　で、会場に入ったとたん、そこは別世界であった。僕のお気に入り、客席に三方を囲まれた張り出し舞台《スラスト・ステージ》のスワン劇場、奥舞台に七人の生バンドが入り、桜の木の枝があしらわれている。左右にある格子戸は日本風か。ピアノが一台。出演者たちが芝居の始まる前から交代で歌い、またダンスをしている。開幕直前に僕が飛び込んだ時には、すっかり客席がなごみ、役者と観客の間の垣根はすでに取り払われていた。

　女性歌手が歌っているうちに、スッと二紳士が登場して、芝居がスタートする。ヴァレンタインは背が高くて洋服もビシッと決めているが、バリー・リンチ扮するプローテュースは小柄、髪も生え際がそろそろ危なそう。

　ジュリアは可憐な娘、プローテュースからの手紙を破り、でもひとりになった時にそれを読む姿がとってもいじらしい。一方のシルヴィアは成熟した大人っぽい女性である。あまり出番の多い役ではないが、しかし登場すると、ちょっとした表情にゾクッとさせられる。演じるはサスキア・リーヴズ。一九九一年度のRSCの看板女優、なるほど不倫や近親相姦を犯す役を十八番《おはこ》にしている彼女なら、女がなんだと豪語していたヴァレンタインをコロッと行かせて説得力がある。

　登場人物は、ヴァレンタインとプローテュース、シルヴィアとジュリア、さらには小姓スピードと召使ラーンスといった具合に、互いに対をなしている。初期の沙翁はそういう相称的《シンメトリカル》な人物設定を好んだ。けれども舞台では、双方が好対照に見える方が面白い。

　だから、ダンディなヴァレンタインに仕えるスピードもパリッとしたスーツを着込み、他方プローテュースの召使ラーンスは、黒い山高帽に冴えない上着を着た田舎者の爺さん。そして実は、この喜劇の一番の人気者は、ラーンスの連れている犬なのである。舞台に出てきたのは、どう見ても雑種犬、でもあくびをしたり、主人の言うことを聞かなかったり、よく馴らしてある。二幕三場でラーンスと犬が退場する時には、会場から大拍手。皆が心から楽しんだと満足を示す、これこそがほんものの拍手喝采！

が、犬にすっかり食われているように見えて、どうしてどうしてラーンスの独白に耳を傾ければ、実に味がある。観客の反応を十分に計算に入れ、それに応えて悠々と演技をしている。ＲＳＣはレパートリー・システムで、[2]役者は複数の芝居のいくつもの役を掛け持ちしなければならず、なかなか大変なのだが、ラーンスを演じたリチャード・ムーアはほとんどこの役だけのために呼んできた俳優らしい。

四幕四場、そろそろ間延びしてきたコメディにカンフル剤を打つべく、簡素な裸舞台に大理石の（むろん作り物だが）噴水が奈落からせり上がってきて、おっ、ちゃんと水も出るではないか。観客はもちろん大喜び。遊び心満点の舞台で、ラーンスの長ゼリフが始まる。なるほどリチャード・ムーアは特別扱いのようである。

わがシェイクスピア学の師匠に昔言われた、「沙翁は詩として読むか、演劇として研究するか。両方では焦点がぼやけるから、どちらかに決めなければいけない」と。戯曲か舞台か、文学か芝居か、テキストかパフォーマンスか。だが、欲張りな僕は後に映画まで論じることになる不肖の弟子で、しかし三十代半ばの英国滞在中に、かの国の役者たちが舞台で朗じる詩の魅力に目を（耳を？）開かれた。

この芝居も、犬に美味しいところをかっさらわれて、なおセリフも聞かせるラーンスの妙味。単なる通俗的な面白さだけにあらず。だから、退場する際の称賛の拍手は、犬とラーンスと、両者に対するもの。上手な俳優あってのシェイクスピアの詩行と実感させられた。

時代設定は一九三〇年代に移してある。ヨーロッパが没落し、アメリカがのし上がってきた両大戦間の時期である。ミラノ大公の宮殿は、さながらアメリカの金持ちの別荘といった風。籐《とう》の椅子とソファー、テニスのラケットなどの小道具も裕福なブルジョワ階級を想像させる。シンプルな舞台だと気の利いた小物を置くだけで、それが有効なシンボルとして機能する。

　音楽は、生バンドがジョージ・ガーシュウィンやコール・ポーターなどのジャズ・ナンバーを演奏する。おゝ、アメリカ！　転換の間に、一九三〇年代の化粧をして黒いドレスを着た女性歌手が歌う。劇の進行中、彼女は奥舞台のピアノにひじをつき、背筋をピンと伸ばしてスラスト・ステージの芝居をじっと見ている。その格好がまたイカす。四幕二場では、プローテュースがピアノ奏者に曲をリクエストし、マイクを取って、歌手とデュエットする。それは聞けば、シェイクスピアの詩に曲をつけたもの。ステキ。

　演出のデヴィッド・サッカーは、小劇場の芝居を得意とし、当時はヤング・ヴィク劇団を率いていた。テムズ川南岸のヤング・ヴィク劇場で見た、悲劇仕立ての『冬物語』もアーサー・ミラー作の『みんな我が子』も、ピ〜ンと張り詰めた緊張感がずっと続く、裸舞台の演劇のお手本のような公演だった。

　そのサッカーが、へ〜エ、こんな愉快なコメディも作るんだ。サスキア・リーヴズ以外は、RSCでは二流どころの俳優ばかりのチームで。

　大化《おおば》けしているのはジュリア役のクレア・ホールマンである。黒いドレスから小姓に変装すべく少年の服装になり、帽子で髪を隠すと、ガラリと変わる。思いを寄せるプローテュースに、彼の恋の使いをさせられた時の嘆きの独白（四幕四場）は、観客の同情を一身に集めて、人気絶頂のサスキア・リーヴズを食ってしまうくらい。このストラットフォード・シーズン、彼女はマイケル・マロニー(3)を相手役に、『ロミオとジュリエット』のヒロインに抜擢された。さもありなん。

まだ〝人生の垢〟のついていない若者たちが繰り広げる、他愛なくもベタな恋物語である。ちょっとしたことですぐに気が変わる。単純な罠に容易に引っかかる。若気の至りの連発。易々《やすやす》と間違いを犯し、軽々と人を許す。いいなあ、若い奴らは！

だが、後に憂い多き人生を抱擁する円熟した喜劇や、人間の心の深淵を覗《のぞ》き込む暗黒悲劇を書く大文豪ウィリアム・シェイクスピアである。いくら習作期の戯曲とはいえ、この軽佻浮薄《けいちょうふはく》さはマズいよなあ。

人の感情の激変する様を、詩人は好んで劇化した。『から騒ぎ』、『トロイラスとクレシダ』、『オセロー』、『リア王』、『冬物語』……どれも人物たちの突然の心変わり、豹変ぶりを描いて、理屈を越えた説得力をもつ。しかし、『ヴェローナの二紳士』のテキストには、そうした可能性を開く豊かな含蓄はない。チャラい、軽い、薄っぺらい。それが良くも悪くも悪くも悪くも、「戯曲の本質」といえようか。

だから、研究者にはこの芝居は救えない。まだ作者に芸術的な力がそなわる以前の戯曲である。となると、台本に魔法の粉をかけられるのは、演出家と、そして役者しかいない。

シリアスでどっしりとした悲劇には見終わった後いつまでも心に残る舞台があるが、軽やかな喜劇で脳裏に焼きついて離れない芝居は、デヴィッド・サッカーの『ヴェローナの二紳士』が初めてであった。辛辣な劇評で鳴らす『タイム・アウト』も「一夜「生きている喜び」を味わえる」と絶賛。三流の戯曲の本質を忠実に舞台化して、なお観客が心底からの幸福感に浸れる芝居に仕上げている。

四半世紀近くたって、いまだに忘れえぬ珠玉の舞台である。

2 フリンジのシェイクスピア
『夏の夜の夢』

『夏の夜の夢』は、舞台を見るより戯曲を読む方が好きだ。疲れている時に、シェイクスピアの叙情的な詩をほんの数ページ読むだけで、ウトウトと気持ちよくなってくる。年をとった。このごろ本を開くと、すぐに眠くなる。

一方、劇場にこの芝居を見に行くのは、ちょいと勇気がいる。歌や踊りのたっぷり入ったロマンティックな幻想劇だから、演出家がいろいろといじくれる。いつの間にか演出過多になって、観客の疲れを癒すどころか、かえって疲労感を増幅させる舞台になることも多い。

むろんピーター・ブルック演出の『夏の夜の夢』（RSC、一九七〇年初演）のような、一時代を画する伝説的な公演もあった。だが、意欲満々でついつい「原作の精神」から離れ、いったい何を見せたいのか、舞台からシェイクスピアの香りが全然漂ってこない凡作も少なくない。

そう、ロンドンの沙翁劇は、「戯曲の精神」を外していると、劇評家たちから徹底的にぶっ叩かれる。原作にある時代や場所の設定を守る公演はもはやあり得ず、安全路線の教科書的な演出も考えられず、しかし戯曲の咀嚼なきアイデア先行の舞台は、痛烈な皮肉を込めて酷評される。それは有名どころの演出家に対しても、まったくお構いなし。

だが同時に、実に公平だと思うのは、フリンジ（実験劇場）の芝居も、ウエストエンドの商業劇場の公演と同様に、各新聞・雑誌に批評が掲載されることである。劇場街の周辺《フリンジ》にある小劇場の低予算の芝居にも、批評家たちはしっかりと目配りをしている。

そんな劇評の中で、僕の昔からのお気に入りは、ロンドンの週刊情報誌『タイム・アウト』の辛口の批評である。おせじで誉めないから、『タイム・アウト』が勧める芝居を見に行けば、まず外れはない。日本の批評とは大違い！[4]　また、今はインターネットで、自宅にいながらにしてロンドンの劇評が読める。便利な時代になったものだ。

今春［二〇一二年三月］、エドワード・ボンドの『ビンゴ』[5]を鑑賞するついでに、さて演劇の都で何を見ようかと『タイム・アウト』のホームページを覗《のぞ》いてみれば、4つ星（満点は5つ星）がついて、しかも毎週「批評家のお勧め《クリティックス・チョイス》」欄に登場していたのが、リリック・ハマースミス（Lyric Hammersmith）と演劇集団フィルター（Filter）による『夏の夜の夢』（演出ショーン・ホームズ）だった。フリンジのシェイクスピア劇！　ほんとうに面白いの？　若手俳優ばかりのハチャメチャな芝居らしいのだが。行ったことがない劇場、知らない演劇集団。いくら『タイム・アウト』のご推奨とはいえ、半信半疑で、天井桟敷の切符を取ってみた。

ハマースミス。ロンドンの中心部から地下鉄のピカデリー線で西へ二十分ほど。すぐ駅前にある、イギリス人の好きな由緒を感じさせる建物とはほど遠い、近代的で平凡なビルの中にあるリリック・ハマースミス劇場。う〜ん、想像していたのと違う、叙情的《リリック》にあらず。

それでもパンフレットを読むと、百年以上の歴史があるという。ハロルド・ピンター、ジョン・ギールグッド、ロベール・ルパージュなども公演を行なったとか。失礼しました。

若者の教育に力を入れているという。事実、建物に入ると、ロビーは若い連中でいっぱい。いつもシェイクスピアを見る芝居小屋の雰囲気とは違うのだが、でもワイワイガヤガヤ、とってもいい感じだ。「スタジオ」と呼ばれる劇場に入ると、これも予想とは異なり、オペラ座をギュッと圧縮したような、ウエストエンドにもよくある普通の造り。舞台も張り出し舞台《スラスト・ステージ》かと思っていたら、額縁舞台《プロセニアム・ステージ》。開幕前、場内には明るくてポップな音楽が流れている。

舞台に、若いのだろうが髪の毛はもう薄くなったひとりの男が現れ、ひたすら早口でしゃべりまくる。「観客はいずれ後悔するだろうよ、あ〜あ、今晩は『一人の男と二人の主人』（*One Man, Two Guvnors*）(6) を見に行けばよかったなんて……ブツブツブツ。」場内は爆笑しているが、はて、何を言っているのやら、よくわからない。相当ひどいアイルランドなまり。

男はエド・ゴーハン、音楽集団「ロンドン・スノーケリング・チーム」のメンバーで、職人のクインスを演じる役者、そしてリード・ギターも担当する。

一幕が始まる。アテネの公爵シーシュース（ジョナサン・ブロードベント）は黒縁のメガネにカジュアルなジャケット、ちょっと上流の雰囲気を醸す若者。おっ、ちゃんとシェイクスピアの韻文を朗じている。周りの宮中の面々も含めて、まともまともも。よかった、このままアイルランドなまりの英語が続いたら、どうしようかと思っていた。

ほどなく公爵とアマゾンの女王ヒポリタの結婚を祝おうとするアテネの職人たちが登場する。だが、ボトムの姿が見えない。妖精パックの魔法でロバにされてしまうボトムがいなくて、どうやって『夏の夜の夢』を上演するんだ。

ボトムは特別ゲストが演じるとか。クインスが、「サー・イアン・マッケラン」と発表すると、場内から「キャ～ッ！」ほほう、たしかにマッケランはイギリスを代表する舞台役者。でも、ずいぶん爺さんだぜ。いや、そもそもロンドンの劇場でこれほど黄色い声が飛ぶのを聞くのは初めてだ。新鮮、新鮮。

だが、横から「彼は来れない」と耳打ちされる。そりゃそうだろう、マッケランがこんなB級のショーに出るはずがない。で、職人たちは客席に向かって「誰かボトムをやってくれないか」、「おまえ、どうだ」。すると客のひとりが、「いいよ」。えっ、太った男が舞台に上がってくる。どうやら客ではなく、役者らしいのだが、パンフレットにはクレジットされていない。

と、そんな調子。これって、ほんとうにシェイクスピア⁉　客席はゲラゲラ、ガハハ笑っている。けれども、俳優たちは日本の若手お笑い芸人とはレベルが違う。笑わせ方が堂に入っている。ほんものの コメディアンだ、そしてシェイクスピアのセリフも節目節目でしっかりしゃべっている。つまりは、若いのに演技力もセリフ術も身につけた俳優たちが、素知らぬ顔をしてふざけているのである。

二幕に入って、妖精の王オーベロンが登場すると、先ほどのシーシュースと同じ役者。スーパーマンのコスチューム。青いタイツ、胸にはSならぬ、オーベロンのOの文字、背中にマント、腰のセーフティベルトは白地に赤十字。なるほど大人になりきらないピーターパン的な正義の使者らしい。

一方のタイテーニアは、生地の透けた黒のスカートをはいたセクシーな女王、乳離れしていないオーベロンとは好対照な役作りである。ヒポリタと一人二役。

シーシュースとオーベロン、ヒポリタとタイテーニアを同じ俳優に演じさせて、アテネの宮廷社会と森の妖精の世界をつなぐ工夫は、ピーター・ブルック以来おなじみだが、それにしても計十人で、王族・貴族と妖精と職人と、それから音楽、ギターとキーボードとドラムの生演奏をすべて引き受ける。若いっていいなあ。

妖精たちは姿を見せない。パックは――リリックの黒いTシャツを着た、無愛想な舞台監督風の男（ファーディ・ロバーツ）が、そうらしい。子供っぽいオーベロンを、むしろパックがリードしている。妖精が空を飛ぶ場面は、ミュージシャンたちが「ヒューッ」と音を出し、黒衣の舞監《ブカン》が右へ左へと顔を動かして、高速で飛びまわる様子を目で追っているよう。ライブの音響だけで、観客の想像力に訴える。おシャレ！

惚れ薬は青いペンキのようなもの。それをライサンダーにかける。さらに、タイテーニアにも乱暴に浴びせるのだが、舞台の奥に白いタイルの浴槽のセット。青い液体をかけられた妖精の女王は、崩れるように浴槽の中で失神する。これが青でなく赤だったら、さながら血まみれの殺人現場。サイコスリラー映画の乗りである。

なんともはや、メンデルスゾーンの『夏の夜の夢』序曲からは遠く離れてしまった。十九世紀ドイツ浪漫派を代表する一曲。マックス・ラインハルトとウィリアム・ディーターリの戦前のハリウッド映画『真夏の夜の夢』（一九三五年）も、メンデルスゾーンをふんだんに使っていた。甘美で、安心して笑える、古きよき時代のシェイクスピア。

しかし戦後は、シェイクスピアの恋愛喜劇の裏に、抑圧された性的欲望や愛する者への悪意を読み取るようになる。フロイトの唱道した、潜在意識下で人間を突き動かす衝動は、両大戦で人間の残虐性を極限まで見せつけられた後、ついにコメディにまで暗い影を落とす重要な要素となる。ヤン・コット[7]もピーター・ブルック[8]も、フロイトの衣鉢《いはつ》を継いで、一九六〇年代の寵児となった。

いや、沙翁劇だけではもちろんない。ヒッチコックの『サイコ』は一九六〇年の大ヒット映画。悪夢のような浴場での殺人シーン、人間の潜在意識の闇を突きつけるラスト。今見ても、ゾクゾクする。その後は、映画でも演劇でも、フロイトは当たり前のように援用され、消化された。今やフロイトは無意識になった。

お話は『夏の夜の夢』。ロバにされたボトムをどう見せるか。今さら着ぐるみでもないだろう。と思っていたら、音だけ。ボトムの声が変わる。歩くと、ミュージシャンたちが奏でる蹄《ひづめ》の音。そして、ボトムがロック調の歌を歌うと、タイテーニアがすり寄ってくる。

視覚芸術たる映画に比べれば、演劇ははるかに俳優のセリフを聴きながら想像の世界に遊ぶメディアである。それは活字を読みながら想像をめぐらせる小説の楽しみ方に近い。一時、演劇は舞台装置や照明の発達によって〝見せる〟娯楽になろうとしたが、映画がライバルになってからは、ふたたび観客の想像力を喚起する方向に舵を切った。されば、「なにもない空間」と。

〝人力〟による、音響だけのパックとボトムの見せ方、いや聴かせ方。これぞ演劇――なあんてうっとりしているのは、おじさんだけかもしれない。舞台では所狭しとドタバタ騒動が展開する。壁の一部が紙でできていて、口論になった恋人たちがそれを破ってステージに登場する。額縁舞台の前方がなぜか突出していると思ったら、そこも床が紙でできた落とし穴になっていて、オーベロンがみごとにはまる。彼はやがて、天井を破って、宙吊りで降りてくるシーンも。

恋人たちの喧嘩はエスカレートし、物を投げ合う。白い粉。俳優全員がそれを投げはじめ、ほどなく客席にも。粉を舞台に投げ返す観客もいる。すると、役者が観客を指さし、「おまえ、やったな」。僕が見た日は、二階席にやたらと笑う女の子がいた。その笑い声に釣られてボトムが思わずニヤリ。が、こうなってくれば、ついつい客席と即興で掛け合いをやりたくなるものだが、それは最低限にとどめている。

毎日、動きが違うのは間違いない。だが、アドリブでやっているようで、俳優たちは頭の中で、常に綿密に計算しているのだろう。〝芸〟と呼べるレベルのインプロビゼーション（即興）！

恋人たちは舞台に張ったポータブル・テントの中でよろしくやっているよう。パックがマイクを近づけると、中から艶《つや》っぽいセリフが聞こえてくる。また、ライサンダーとディミートリアスは赤外線銃を構えたつもりで対峙。いろいろな映画やテレビゲームからのパクリが入っている。おじさんは知らないネタも多いのだが、若い観客たちは、もう大はしゃぎ。

スーパーの袋に忍ばせた食べ物を投げ合うころには、パックがオーベロンに、「おい、座れ」。二人で演出家よろしくデッキチェアに腰かけ、はては缶ビールにつまみまで口にしながら、舞台の惨状を眺めている。

五幕の職人たちの劇中劇は、ライオンの怒鳴り声を、これまたライブの音で作っている。ピラマスとシスビーの物語は、この公演ならお茶の子さいさい、ご想像のとおりの滑稽さ。

終幕はパックが、メチャクチャになった舞台を無言で見まわす。アナーキーな祭りの後の虚しさを噛みしめ、そしてシェイクスピアのエピローグのセリフできちんと締めくくる。

『夏の夜の夢』はシェイクスピアがまだ三十歳をちょっと過ぎたころに書いた、『ロミオとジュリエット』、『リチャード二世』と並ぶ、彼の最も叙情的な作品のひとつである。だから、メンデルスゾーンが十七歳で作曲した浪漫的な序曲は「原作の精神」に忠実といえよう。

しかし、フロイト以降、夢はすっかりロマンティックではなくなってしまった。そう、抑圧された本音がデフォルメされた形で出てくる、と。それは悪夢のこともしばしば。けれども、この芝居、ピーター・ブルックでさえ、今からみると叙情的な部分をずいぶん残している。バッサリとカットはしていない。

フリンジの『夏の夜の夢』は、若い観客が心から楽しめ、自分も将来、芝居をやってみたいと思うようになる舞台である。その点、リリック・ハマースミスの教育目的にピッタリと適《かな》っている。しかし同時に、うるさいロンドンの劇評家たちがこぞって「戯曲の精神」に忠実だと絶賛する本格派（？）の公演でもあった。

原作の叙情性を犠牲にし、なお二十一世紀の夢判断に照らして「戯曲の本質」をみごとに捉えた若者芝居である。脱帽。

3 誰が主人公か
『ヴェニスの商人』

『ヴェニスの商人』の定番の論題である――誰が主人公か？

日ごろ、シェイクスピアなどほとんど読んだことも舞台を見たこともない学生たちと沙翁の芝居を語り合っているが、それはこちらも教えられることの多い貴重な体験である。彼ら彼女らには古典劇に対する先入観がない。僕も「解説など読まずに、とにかく真っ白な気持ちでテキストを読んできな」と。で、そうした白紙の頭と心から出てくる感想は、僕自身の偏見をあぶり出してくれる。僕がいつの間にか当然の前提だと考えていたことが、いかに根拠のない思い込みであったか。

と同時に、学生たちのさまざまな偏見にも気づかされる。演劇や映画の鑑賞でいえば、どれほどハリウッド作品の影響が強いか。総じてハリウッド映画には、格好のいい、スッと共感できる主要人物がいて、その好感度高き人物と心を一《いっ》にして物語の世界を旅すれば、二時間ゆったりと楽しめる。そう、アメリカ映画が見やすいのは、ストーリーが単純だからではなく、観客が魂を預けられるヒーロー、ヒロインが存在するからである。

また、善玉と悪玉がすぐにわかるのも、見やすい理由。アクションものでいえば、正義の味方が邪悪な敵をやっつける。かつての西部劇では白人が野蛮なインディアンを退治した。戦後の戦争映画では、連合軍がヒトラーと死闘を繰り広げて、ヨーロッパに平和をもたらした。だが、一九六〇年代の公民権運動以来、インディアンは先住民族《ネイティブ・アメリカン》となって悪役まかりならずとされ、同じころヴェトナム戦争で世界中から「ヤンキー・ゴー・ホーム」と罵声を浴びせられたアメリカは、ナチスでさえ絶対悪としては描けなくなる。米ソ冷戦時代はソ連ないしは共産党もずいぶん悪玉に駆り出されたが、それもベルリンの壁が崩れてからは……

敵にして文句が出ないのは、そう、宇宙人だ。『スター・ウォーズ』を何作も安心して作れるのには、訳がある。ＳＦＸやＣＧを駆使した映画制作にもドンピシャだし。

と、まずはシェイクスピア劇がハリウッド映画とはだいぶ違う、自動的に感情移入できる主人公は存在せず、勧善懲悪の芝居でもないと、学生たちとの対話はそこいらへんからスタートすることが多い。

タイトル・ロール（title role）ということばがある。主人公の名が作品のタイトルになる。それが普通のようにも思えるのだが、さて、シェイクスピア劇の場合は……

沙翁の歴史劇、このジャンルは簡単で、イングランド中世の国王の名前が作品名になっている。『ジョン王』、『リチャード二世』、『ヘンリー四世』など。もっとも、なよなよとした軟弱な王様、またリチャード三世のような残酷な独裁者もいて、必ずしも国王を主人公と呼んでよいかどうか。

シェイクスピアの処女作と推測される『ヘンリー六世』三部作はその典型で、統治能力なき為政者の治世に群雄が割拠する様を描く。各幕ごとに主人公《ヒーロー》が変わる。プロ野球の試合後のお立ち台のような、〝日替わりヒーロー〟状態。

悲劇もだいたいタイトル・ロールが主人公といえるだろう。しかし、優柔不断なハムレット、部下に軽々と騙《だま》されるオセロー、横暴で娘たちの気質も見抜けないリア王、王位を簒奪してから悩むマクベスと、ハリウッド映画と同じくらい突出したヒーローなんだけど、必ずしも格好よくはない。問題を抱えて苦悩する人たちばかり。だから、勧善懲悪劇ではない。また、作品のタイトルを担ったジュリアス・シーザーは、劇の途中で死んでしまう。十九世紀の批評家エドワード・ダウデンは、この劇の主人公は生身のシーザーではなく、〝シーザーの精神〟である、と。なるほど文学として読むだけなら賢い答えなのだが、さて芝居を上演するとなると、劇団の看板俳優をどの役に配するか。シーザーではなさそう、アントニーかブルータスか。(9)

そして喜劇は、『間違いの喜劇』、『から騒ぎ』、『お気に召すまま』、『終わりよければすべてよし』、『冬物語』などと、実にいいかげんな、熟慮の跡がうかがえないタイトルが多い。喜劇は人間関係性の芝居、すなわち群像劇だから、ひとりでタイトルを背負える人物はいないってわけか。でも、そうなると『ヴェニスの商人』の場合は——具体的な名前だ、ちょいと気になる。

名優はどの役を演じたがるか。『ヴェニスの商人』なら、もちろんシャイロックだろう。もっとも、彼はユダヤ人の高利貸しだから、商人ではない。この作品は一五九〇年代ロンドンの反ユダヤ人感情の高まりの中で書かれたといわれている。[10] シェイクスピアもヴェニスに舞台を移して、キリスト教徒の商人たちが業突張りのユダヤ人を懲らしめる喜劇を書こうとしたようだ。けれども、沙翁はシャイロックを書いているうちに面白くなってしまったらしく、他の人物たちとのバランスを無視して、おどけ者の脇役を大きく膨らませた。それは、フォールスタッフやリア王の道化をはじめ、シェイクスピアのよくしたところである。

シェイクスピアが筆をすべらせた結果、『ヴェニスの商人』は後世、悲劇的なユダヤ人の劇に変容していく。十九世紀になると、名優エドマンド・キーンとヘンリー・アーヴィングが、喜劇的な悪役の枠を越えるシャイロックを演じてみせた。そして何より決定的だったのは、言わずと知れたナチスによるホロコーストである。[11] もうユダヤ人の金貸しを道化者にはできない！

ちなみに、ウンベルト・エーコとジャン・クロード・カリエール[12]が対談をして、興味深い話をしている。曰く、我々はシェイクスピアの劇を彼が書いたとおりには読まない、だからこそ書かれた当時のシェイクスピアよりずっと豊かなんだ。書物にはそれぞれの時代が加えた解釈がこびりつく、傑作は自らが喚起した解釈を吸収することによって、より個性的になっていくのだ。本は読まれるたびに変容し、後世の読みが作品に影響を及ぼす。セルバンテスはカフカに影響を与えたが、カフカもセルバンテスに影響を与えた。なぜならセルバンテスを読む前にカフカを読めば、読者は知らず知らずのうちに『ドン・キホーテ』の読み方が変わるはずだからだ、と。[13]

今日のシャイロックは、ホロコーストと、それを思いながら読まざるを得ない現代人の解釈を吸収して、沙翁の筆になるユダヤ人より一層奥行きの深い登場人物に変容しているわけである。

看板の男優がシャイロックを演じたいとすれば、女優はポーシャであろう。四幕一場の法廷シーン。法学博士に変装したポーシャは、まずシャイロックに慈悲の大切さを説く。友人の借金の肩代わりをし、しかし自身の船が帰港せず返済期限に間に合わなかったアントーニオに、情けをかけてやってはどうか。「慈悲は強制されるものではない、天から地に降りそそぐ恵みの雨のごときものだ」、「慈悲は王権による支配以上のもの、王の心中に王座を占める、それは神ご自身の性質のあらわれだ。よって地上の権力は、慈悲が正義をやわらげる時、神の力に似たものとなる」、だからシャイロックよ、正義ばかりを求めず、慈悲をかけてやれ、と。

いいセリフじゃないか。感動的ともいえる名スピーチである。シェイクスピアは、世の中、正しきことだけで動くものではないことを熟知している。

けれども、シャイロックは応じない。契約をたがえた時の利子代わり、何がなんでもアントーニオの心臓近くの肉一ポンドを要求する。すると正義の味方、もとい正義より慈悲を説くポーシャは、論法を一変させ、ならば彼の肉を切り取れ、しかしその際に一滴でも血を流せば、ヴェニスの国法によって罰せられるぞ、と。[14]

そこからシャイロックへのすさまじいバッシングが始まる。「目には目を」、いや「理屈には理屈を」と言った方がよいだろうか。裁判が終わるころには、寄ってたかって、もうユダヤ人をボコボコ。出来の悪い勧善懲悪劇と同じ臭いがしてくる。財産はすべて没収、おまけにキリスト教徒に改宗せよ、と。

残酷ではないか。信仰は西洋人がアイデンティティを形成するひとつの大きな拠りどころ。なのに、ユダヤ人たることをやめろ！　と、それはもう、法廷に集まったキリスト教徒たちによる集団リンチにほかならない。敵役《かたきやく》が懲らしめられるのを笑っていた観客は、しだいにシェイクスピアが返す刀で自分たちキリスト教徒の不寛容と偽善性を暴いていることに気づくだろう。

そう、それくらいのことはやる男だ、シェイクスピアは。彼は人の心を見透かす作家、自分の芝居に登場させる人物たちのように純情で善良で、しかしだからこそ己の独善性を認識していない人間とは違う。うん、やはり勧善懲悪劇ではない。

というわけで、我々はだんだんとシャイロックに同情するようになり、それにつれてポーシャはこまっちゃくれた策略家の小娘に見えてくる。⑮おっと、ポーシャはむろん商人にあらず、さらにヴェニスではなくベルモントの人間。よって、主人公にはなり得ない。

また、彼女に惚れ込んだバッサーニオも主役を張れる押し出しも性格の深みもなし。

結局、タイトル・ロールにこだわれば、海外に何艘もの商船を走らせるアントーニオが、ヴェニスの商人その人と考えざるを得ない。バッサーニオからポーシャと結婚するための軍資金を頼まれ、手持ちの金がないためにシャイロックに借金をして、災難を呼び込む大商人。たしかにこの芝居、アントーニオの「俺は憂鬱だ〜」との宣言から始まり、ラストは彼ひとり連れ合いをたずさえずに舞台を去る。『お気に召すまま』のジェークイズと同じ孤高の人。⑯なんとなく気になる人物ではある。

だけどなあ、視点人物でもなく、狂言回しでもない。主役どころかなんらかの劇的機能を有する脇役とも思えず。この喜劇の主人公はいずこに。[17]

で、お話は、喜劇とは何ぞや、という点に行き着く。シェイクスピアの喜劇、これがまた至極適当で、「ハッピーエンドの作品は全部コメディ」としかいいようがない。いや、西洋演劇における喜劇の概念も沙翁劇ほどではないにしろ、けっこういいかげんで、「これで決まり」という定義があるわけではない。

　他方の悲劇、そちらはたいてい古代ギリシャの哲人アリストテレス、彼のカタルシスの概念を用いて説明される。そう、カタルシス。排便、排泄、もっとシャレたことばを使えば、浄化。なぜ人々が、楽しくも喜ばしくもない暗い悲劇を鑑賞するのか。それは我々が主人公に共感し、感情移入して、主人公と同じ視点で悲劇的な物語の世界を旅すれば、日ごろから心の奥底に沈殿している鬱々たる気持ち、体内の毒素を浄化できるからだ、と。

　ハリウッドのアクション映画の多くは、これを通俗化したものともいえようか。

　そして、喜劇はそれ以外の全部を十把《じっぱ》一《ひと》からげで……おっと、その前に歴史劇。シェイクスピアの場合は、彼が死して七年後に出版された最初の全集「第一フォリオ版（First Folio）」のジャンル分けが慣例化している。すなわち、「史劇」、「悲劇」、そして「喜劇」と。歴史劇全十篇は、前述したように、イングランド中世の王様の名が冠されている。これは芸術的な性質を云々する分類ではなく、題材を念頭に置いたジャンルの設定といえようか。沙翁は作家として駆け出しのころ、自国の歴史を問うことからその創作を開始した。

各王の治世を材料にして戯曲を執筆しているうちに、シェイクスピアは国王の内心をつくづくとおもんぱかるようになる。そこから苦悩する王侯貴族たちを主人公とする悲劇が誕生する。

だが、シェイクスピア劇全三十七篇の中で最も数が多いのは、十七篇の喜劇。詩人は何を思いながらコメディを書いたのか。こうは考えられないか。彼の初期のイングランド史劇は、支配階級の権力闘争、彼らの群雄割拠、栄枯盛衰の様相を描いている。それを起点にして王の内面にフォーカスするようになったのが悲劇、そして民衆を含めたさまざまな階級の人々の関係性に興味が向かったのが喜劇と。

だから、喜劇はひとりの人間の内面を忖度《そんたく》する芝居にあらず。主人公をひとりに定める必要もなし。また、ただ笑わせれば喜劇というのは、もちろん単純にすぎる。喜劇も歴史劇や悲劇と同様、社会やそこに生きる人間を問うている。

僕の気に入っている喜劇の発想は、バルザックの「人間喜劇（La Comédie humaine）」である。バルザックは十九世紀フランスの民衆の置かれた悲惨な状況と彼らの残酷な運命を飽くことなく描きながら、それも距離を置いて神の目で見れば、滑稽にしか過ぎないと。命名はダンテの『神曲（*La Divina Commedia*）』から。そう、あれもコメディ！　だが、ルネサンスの巨匠の長篇叙事詩を「喜劇」とは訳しづらいので、森鷗外は『神曲』と訳した。

つまりは、喜劇――少なくともシェイクスピアの喜劇――は、そんなにリラックスして読むべき、また舞台を見るべき代物ではないのである。笑いが入ると、すぐに軽く受け止めてしまうのが、日本人の悪い癖。喜劇の方が実は悲劇よりよほど深刻な社会と人間の実態を暴いていることはままある。

しかも、感情移入できる主人公、物語を旅する際の羅針盤となる人物が不在。誰かに魂を預けずに、作品をすべて自分で吟味しなければならない。それって、ハリウッド映画に慣れきっている人には、存外難しい技なのである。

現実でも人々は、自分の意志を一任できる、自分の思考を停止できるヒーローやらリーダーやらを、意識的にも無意識的にも求めている。民主主義は本来、強すぎる指導者の出現を、独裁を許さぬための次善の策のはずだが、日常を生きるのに忙しい我々にはなかなか面倒臭い制度でもある。(18)そのため、〝お任せ民主主義〟が跋扈《ばっこ》する今日このごろ。ヒーローのいない喜劇の世界も、自分の頭を使わなければならないゆえに、決して見やすいジャンルの芝居ではないのである。

で、えっ、『ヴェニスの商人』の主人公は誰かって。僕の答えは平凡。シェイクスピアが誰を中心人物と特定させないようにあえて〝外した〟タイトル。または、繁栄せる貿易立国ヴェニスの商人社会を象徴する表題、そして作品はそこで右往左往する人々の群像劇。いずれにしても、主人公が誰かなんてどうでもいい、それより自分の目で一長一短ある、等身大の、普通の人間たちの悪戦苦闘ぶりを見極めるのが、喜劇のオーソドックスな楽しみ方なのではないだろうか。

4 パパたちのシェイクスピアとは大違い！
『ロミオ＋ジュリエット』

「パパたちのシェイクスピアとは大違い！」――『ロサンゼルス・タイムズ』からのこの引用が『ロミオ＋ジュリエット』（一九九六年、アメリカ映画）日本公開時の新聞広告を飾っていた。僕は恐る恐る映画館に足を運び、見終わった時には、なるほどたまには広告が真実を突くことがあるんだなと感じ入った。

とにかく、すっげえ映画である。原作はまだ三十歳になったばかりのシェイクスピアが綴った情熱的なラブストーリー。若い二人が、出会ったその瞬間から一気に燃え上がり、そして大人たちの無理解のためにパッと散った、涙々の青春物語である。と、そうはわかっていても、それにしても、この映画の疾走感、ジェットコースターのようなストーリー展開、音楽の騒々しさ、美術のケバケバしさ。「戯曲の精神」を現代に移植するとこんなに疲れる映画になるのかと、圧倒されることしきりであった。(19)

いや、皮肉を言うつもりはない。僕はアメリカのシェイクスピア映画制作史上初の傑作と高く評価している。詩劇の伝統がないのに英語で演じなければならないという、シェイクスピア上演には世界で最も大きなハンディキャップを負っているアメリカが、ついに新しい風をシェイクスピア映画に吹き込んだといいたく感激している。もっとも、監督のバズ・ラーマンはオーストラリア人、そしてロケ地はメキシコではあるけれど。

さて、僕の世代の人間にとって『ロミオとジュリエット』といえば、もちろんフランコ・ゼフィレッリ監督の映画（一九六八年、イギリス・イタリア合作映画）が決定版である。甘いマスクだけのレナード・ホワイティングと、胸はデッカイがブロークン・イングリッシュしかしゃべれないオリヴィア・ハッシー、それでもオペラの演出で鳴らしたゼフィレッリが若者たちのストレートな純愛悲劇を華麗に、スピード感あふれるカメラワークで描き切って、これぞ現代的なシェイクスピア映画と呼ばれたものだった。ニーノ・ロータの甘い主題歌も大ヒットしたなあ[20]。

と、パパたちはかつて感動したのである。ところが、僕のゼミの学生にゼフィレッリ映画の話をし始めると、「あゝ、あのタイツをはいたやつね」と言下に切って捨てられてしまった。「オリヴィア・ハッシーは布施明と結婚していたんだぞ」と言うと、「布施明って誰？」そう、考えてみれば三十年も昔の映画！　光陰は矢のごとく流れるということを、痛切に思い知らされてしまったのである。

で、一九九〇年代の『ロミオ＋ジュリエット』を初めて映画館で見た時は、あまりにもインパクトが強すぎて騒々しさばかりが印象に残った。しかし、あらためてビデオで見直してみると、バズ・ラーマンの演出がなんとも光っている映画なのである。

例えば、『ロミオとジュリエット』は一目惚れの物語、だから二人の出会いのシーンは演出家の腕の見せどころである。舞台はキャピュレット家の仮装舞踏会。リオのカーニバルもかくやという騒々しい乗りは若者向き。ドラッグをやって目が回ったロミオはトイレで吐いている。と、黒人歌手デズリーがしっとりと静かに「キッシング・ユー」を歌いはじめて、銀幕の雰囲気はロマンティックに一変。まさに絶品の緩急である。そしてロミオは熱帯魚の泳ぐ水槽を眺めている。するとその向こうに、あどけない女の子の顔が見える。清らかな水よりもさらに清純なジュリエット。見つめ合う二人。一瞬のうちにロミオとジュリエットの「赤い糸」を納得させる、実にさわやかな演出なのである（ラーマンはマイアミのナイトクラブのトイレにあった水槽から、この演出を思いついたとか）。

二人は舞踏会に戻る。ロミオは中世の騎士の格好、天使の羽根をつけたジュリエットが可憐。宇宙服のパリス（絵に描いたようなハンサム・ボーイ）と踊るジュリエットを見つめるロミオの笑顔がいい。後ろからジュリエットの手を握り「この卑しい手があなたの手に触れ、聖堂を汚しているのなら、罰は覚悟しています」、エレベーターの中でキスをしながら「この唇はあなたの唇で罪が清められる」。

ここで苦笑しながら感心させられるのは、若い恋人たちがシェイクスピアの古臭い詩を、ベタのアメリカ英語で、散文的に、さながら日常会話のようにやすやすと語って、違和感を感じさせないことである。

いったいアメリカ人がシェイクスピアにコンプレックスを抱く最大の原因は、先にも述べたように、彼らが詩劇の伝統をもたないという事実に帰せられる。佐伯彰一がその魅力的な『アメリカ文学史』(筑摩叢書)の冒頭で書いている。アメリカ文学が世界文学史の中でたいへん特異な点は、それが散文から始まったことである。たいがいの国の文学は口誦的な詩のジャンルから出発するが、ひじょうに若い国アメリカの文学には、そもそも叙事詩や民衆的な歌謡が存在しなかった、と。[21]

そう、アメリカは、たとえ英語を共通語としていても、文学や演劇の分野ではイギリスとは異文化の世界なのである。散文の国アメリカにはシェイクスピアの韻文を朗じる伝統がない。シェイクスピア劇は、それを翻訳で舞台にかけられる非英語圏なら、「脚本」として受容できる。しかし、不幸なことにアメリカ人の母語は英語だから、彼らはシェイクスピア劇を英語で上演しなければならない。だが、舞台における英米の言語の違いは、イギリス英語とアメリカ英語というような、単なるなまりの異同ではない。韻文と散文という、シェイクスピア作品を分析するうえできわめて重要な要素に関する問題をはらんでいるのである。

シェイクスピアのその古風な詩を、アメリカの若者感覚で自在に語っているのは、ご存じレオナルド・ディカプリオ。この二十一歳の俳優、非凡である。天才！　努力して得た演技力ではない。瞬時の感情移入のみごとさ、一瞬の表情に内心を映す技《わざ》を身につけている、そして正直な心情をごくごく自然なセリフまわしで表現することができる。詩劇の伝統がないのがどうした、このしゃべり方がシェイクスピアのセリフの真の表現だ、そう言いたくなるくらいの天性の俳優センスに恵まれている。

ローレンス・オリヴィエがかつて語ったものである。ロミオは厄介な役だ、どんなにたっぷり演じても、ジュリエットに比べればまだ足りない。[22] そう、ロミオはどうやってもこうやってもジュリエットに食われてしまう割に合わない役なのだ。ところが、この映画のディカプリオはジュリエットの引き立て役に終わっていない。劇場を出た時に、こんなに存在感が記憶に残るロミオは初めて。格好ばかりのハリウッド・スターとは全然違うのである。

　かといって、ジュリエット役のクレア・デーンズが見劣りするわけでは決してない。十七歳、セクシーではないがステキな笑顔。演技も文句なしの一級品。僕が大嫌いなアクターズ・スタジオ[23]の出身なのに！

　ロミオとジュリエットがお互いに敵同士の家柄だと知った時の、そのサッと変わる二人の表情が息を呑むほど。ジェットコースター・ムービーが一瞬凍りつき、「星に運命づけられた恋人たち」の行く末を、シェイクスピアの饒舌《じょうぜつ》な詩に頼らずに予言している。

　また、有名なバルコニー・シーン。窓から最初に顔を出すのがジュリエットではなくて太った乳母というご愛嬌の後、ジュリエットが「ロミオ、ロミオ、あなたはなぜロミオなの」と語りはじめる。すぐ後ろにいるロミオに彼女が驚いた拍子に、二人はプールにドボン。以下の恋人たちの語らいは水の中で。世に名高い場面の演出は、これくらいひねらないと観客の印象に残らない。

　だがこのシーン、バズ・ラーマンの演出以上に誉め称えたいのは、二人がほとんどセリフだけで場面を引っ張っていることである。自然に、自然に、ごくふつうに愛を語り合っていて違和感がない。シェイクスピアの詩をアメリカ英語で散文的にしゃべっても、この二人なら許す！　音楽もかすかに聞こえる程度。騒々しい映画という第一印象が嘘みたいな、しっとりとした名場面に仕上がっている。

全篇を通じてバズ・ラーマンは「水」を演出に多用している。ロミオの初登場は海岸、ジュリエットはお風呂の中。二人の出会いには清らかな水槽を使い、今述べたバルコニー・シーンはプールといった具合（オーストラリアではファースト・キスをプールでする習慣があるという）。さらにティボルトはロミオに銃で撃たれると水の中に落ちる。水が汚れたということなのだろう。その後どしゃ降りの雨の中、ロミオが天を見上げて、「俺は運命の慰みものだ」。後朝《きぬぎぬ》の別れでも、ロミオはふたたびプールに落っこちる。ラーマンはあれこれにぎやかな演出をしながらも、このようにきちんと一本の線を引いているのである。

そのラーマン演出で感心するのは、あくまでシェイクスピアの原作の中からアイデアを抽出していることである。これは沙翁演出の正攻法に則《のっと》った姿勢態度といえよう。

例えば、映画の最初で若者たちが喧嘩を始める場所はガソリンスタンドになっている。原作ではルネサンス・ヴェローナの町の中心の広場という設定、それを現代に置き換えると、車好きの連中が鉢合わせするところ、つまりそこはガソリンスタンドだ、と。

また、シェイクスピアが描く、たがいがはずれたエリザベス朝当時の社会は、現代でいえばドラッグ漬けの世の中。となると、修道僧のロレンスが栽培している怪しげな薬草、あれも麻薬じゃないかというラーマンの勘ぐりがリアリティを帯びてくる。さらに、映画に出てくる薬《ヤク》の名前はクイーン・マブ、なるほどマキューシオが「マブの女王は夢を生む妖精の産婆役」と語る有名なスピーチの内容と合致するではないか。

そして、ルネサンスは宗教戦争のおびただしかった、宗教が社会に対して絶大なる支配力を有していた時代である。それを思い出せば、映画にしつこいほど登場する巨大なキリスト像やマリア像、それにネオンがきらめくケバい祭壇が大きな意味をもっていることがわかる。

細かいお遊びとしては、ビリヤード場の名前が「ザ・グローブ」（シェイクスピアの芝居が演じられたエリザベス朝の劇場名）、タバコの銘柄がアジンコート（『ヘンリー五世』に出てくる戦場の名前）、そしてお札に刷られた人物がバズ・ラーマンの顔と、これはほんのご愛嬌である。(24)

ラーマンは登場人物に関しても、面白い解釈を披露してくれる。シェイクスピアの原作中で、マキューシオはロミオに恋しているような節《ふし》がある。ラーマンはそれを拡大して、ゲイの気がある人物とした。だから仮装舞踏会でマキューシオは、嬉々として女装しているのである。(25)また映画では、キャピュレット夫人とティボルトの不倫関係がほのめかされている。これは戯曲の中で、夫人がティボルトの死を知らされた時にずいぶん大仰な嘆き方をするところから考え出されたのかもしれない。もっとも原作の後半は、嘆き悲しむセリフばかりが多くて出来の悪いことで知られている。そこをラーマンが（わざと？）深読みしたわけなのだが。

このように、世紀末版『ロミオ＋ジュリエット』はハチャメチャなようでありながら、シェイクスピアの原作にみごとに忠実である。バズ・ラーマンの経歴を読んでみると、メル・ギブソンと同じオーストラリアの国立演劇学校の出身、そしてピーター・ブルックの『マハーバーラタ』(26)の助手を務めている。そう、きちんと芝居作りの基礎を積んでいる男なのだ。それでいて映画も作り、オペラを手がけ、雑誌の編集、さらには選挙の宣伝参謀と、自らの表現方法の拡大を飽くことなく模索しているオ人なのである。

イギリスの演出家や俳優は先行作品を決して無視できない。踏襲するにしろ、反対の道を行くにしろ、まずは先達の残した作品と対決しなければならない。とくに決定版の舞台や映画がある演目はなおさらだ。ラーマンの映画と同じ年に封切られたケネス・ブラナー監督・主演の『ハムレット』（一九九六年、イギリス映画）なんか、オリヴィエ版の逆、逆を行こうとして考え落ちになっているところがたくさんある。

その点、バズ・ラーマンは正攻法のシェイクスピア演出を学んでいながら、先行作品を無視できる異文化圏に身を置いている。南半球の国に生まれ育った彼は英国古典劇にコンプレックスを抱くことなく、華麗に反逆してみせた。「新しきものは常に辺境から生まれる」のことばどおり、ゼフィレッリ版を払拭する映画は、シェイクスピアの「辺境人《マージナル・マン》」たるバズ・ラーマンをして初めて可能となった。これ、二十八年ぶりの快挙と言うことができよう。

レオナルド・ディカプリオとクレア・デーンズ以外の若手はシェイクスピア作品には向かない並の俳優である。ただし、マンチュアのロミオに手紙を持って行くバルサザーというチョイ役の若者は悪くない。また、修道士ロレンス役のピート・ポスルスウェイトだけはシェイクスピアの詩を聞かせてくれる。大ヒット作『ブラス！』（一九九六年、イギリス映画）に主演した、あのイギリスの舞台俳優だ。太った乳母を演じるミリアム・マーガリーズはれっきとしたイギリス人だが、スペイン語なまりの英語で笑わせてくれる。

ラスト近く、薬の効き目が切れてまどろんでいるジュリエットの目の前でロミオが毒薬をあおる。

秒差の悲劇。原作はこの場面、ロレンスが二人の前をウロウロしてまだるっこしいので、「運命の瞬間」を演出した映画が一層みごとに思える。

ただし、この傑作青春映画、さめざめと涙するかわりにグッタリと疲労感に苛《さいな》まれてしまった僕は、つくづくと自分が「パパの世代」だと実感させられた。

もっとも、僕のゼミの学生にゼフィレッリ版とバズ・ラーマン版の両方を見せたら、予想に反して、好みが真っ二つに分かれた。そう、タイツをはいたルネサンス・バージョンの方がいいという若者もけっこういるのだ。新しきをたずねて古きを知る。ディカプリオから始めて徐々に時代をさかのぼり、四百年前の戯曲に誘《いざな》う。これからのシェイクスピア教育は、このくらいの手練手管を使わないともう時代遅れである。なにしろ、文学危急存亡の時代なのだから。

第3章 イングランド史劇——第二・四部作

1

沙翁《シェイクスピア》はやっぱり詩だと言えるまで

『リチャード二世』

役者で見せる、いや聴かせる芝居である。『リチャード二世』（一五九五―六年）はアクションの少ない、地味で静かな作品、シェイクスピアの歴史劇を初めて見るなら、そりゃ悪王が大立ち回りをする『リチャード三世』の方が面白いに決まってる。

プランタジネット王朝最後の国王リチャード二世は、詩人肌だがいいかげんでチャランポランな性格、この王様では国は治まらない。自分の追放した従弟の貴族ヘンリー・ボリングブルック（後のヘンリー四世）に逆に攻め込まれ、退位させられた史実に取材したイングランド史劇である。

僕は昔々、『リチャード二世』で修士論文を書いた。なんで修論の題材にこの俗受けしない芝居を選んだのだろう？　けれんみたっぷりの『リチャード三世』より詩作品としては上、ということを確かめたかったのか。戯曲を一所懸命読んだ跡はある。先の見えない下積みの時代。『リチャード二世』は史劇か悲劇かなんて、グチャグチャと自問自答している。いや、そもそも史劇とは何ぞや？[1]　作品のテーマは？　つまるところ、この芝居の魅力はどこにあるのか？　それに「論文の書き方がわからない〜っ」というレベルのまま、時は空しく過ぎていった。で、修士論文は――あれでよく通してくれたと、今でも地べたに頭をこすりつけたい気持ちでいっぱいである。(2)

『リチャード二世』はそれまで沙翁が書いていた年代記風の歴史劇ではなく、国王の晩年、彼が王座から引きずり下ろされ、はては獄中で殺されるまでの二年間に焦点を絞っている。芝居は、一三九八年にボリングブルックが有力貴族のトマス・モーブレーを告発する場面から始まる。これはシェイクスピアが使ったであろう種本のひとつ、エドワード・ホールの年代記(3)の書き出しと一致する。

おっと、僕は修士課程をからくも修了した後、都立大に学士入学し(4)、西洋史を勉強させてもらった。シェイクスピア学者の手になる中世イングランド史の解説に飽き足らず、一度歴史学の先生方が何を考え、どういう風に史実ないしは史料と向き合っているのかを覗《のぞ》いてみたかったからである。

入学から三年後、エドワード・ホールの年代記を分析して、卒論を書いた。大きな収穫のひとつは、歴史をいきなりプランタジネット王朝の落日のエピソードから記述する、それがいかに普遍史を志向した中世の年代記類の姿勢と異なるかを発見したことであった。それまで歴史といえば、天地創造から筆を起こし、イングランド史よりはキリスト教世界全体を叙述するのが通例だった。だが、ホールの発想はまったく違う。彼のライトモチーフは敬愛するヘンリー八世の治世の同時代史を書くことであり、ヘンリー四世による王位簒奪に始まる十五世紀の混乱と無秩序は、そのための長い序章であった。

指導教官(5)曰く、「きわめて異例、実にポリティカル」。

シェイクスピアはおそらく、ラファエル・ホリンシェッド（Raphael Holinshed）の年代記[6]を手元に置いて『リチャード二世』を執筆したのだろうが、しかし版権のない時代、どの年代記も先行する他の作品からの引き写しは頻繁だった。よって、沙翁がホリンシェッドを参照したのか、それに先行するホールに頼ったのかは微妙。けれども、シェイクスピアが十五世紀を描いた歴史劇八篇の底流をなす十五世紀像、すなわち一三九九年のヘンリー四世の登極から一四八五年のバラ戦争の終結までの時期を歴史の一パターンと考える歴史像は、ホールの『年代記』にその源があると結論づけてよさそうである。[7]

とくにシェイクスピアがイングランド史劇に手を染めた一五九〇年代は、処女王エリザベス一世の後継者問題が階級の上下を問わず、人々の大きな関心の的となっていた。正当な王権の継承はいかにあるべきか。もっと端的にいえば、次の国王は誰がなるのか。

また、エリザベスの宮廷は、自らの寵愛する臣下だけを傍らにはべらせるリチャード二世の王宮に似ていたらしい。街で評判の高かった沙翁の歴史劇に、晩年のエリザベスが「私はリチャード二世よ」と語ったという記録が残っている。

絶対王政期に国王の廃位と暗殺を扱った芝居がいかなるインパクトをもったか、それは議会制民主主義の時代に生きる我々の想像をはるかに越えている。しかし、現代のイギリスにおいてもこの動きの少ない、寒々しい歴史劇は堂々たる人気を博している。いくら王室好きな、王室ものの芝居がしばしば大ヒットする英国とはいっても、大昔の王位簒奪劇がこれほどイギリスの観客を引きつける理由は、その政治性だけでは説明できない。

となると、やはり詩の魅力なのだろう。『リチャード二世』は、ほんとうに詩を語れる俳優の舞台に出会わないと、その真価はわからない。まさに役者の力量が問われる芝居なのである。

二幕一場。国王の叔父ジョン・オブ・ゴーントが臨終に際して語る詩行は、最も美しいイングランド賛歌のひとつとして名高い。わが祖国は「王権によって統《す》べられた島だ」、第二のエデンだ、天国にも比せられる、この幸福な種族、白銀《しろがね》の海にちりばめられた貴重な宝石、この祝福された土地、このイングランド……

エリザベス朝の当時、戯曲は文学と認められていなかった。文学に値するのは、詩のみ。沙翁はペストの流行で劇場が閉鎖されていた時期に長篇の物語詩『ヴィーナスとアドーニス』、『ルークリース凌辱』を相次いで出版し、さらに叙情的な十四行詩《ソネット》をせっせと書いて、貴族たちに回覧していたらしい。

やがて劇場が再開され、シェイクスピアがものしたのが、『ロミオとジュリエット』、『夏の夜の夢』、そして『リチャード二世』。悲劇、喜劇、史劇の違いはあれ、いずれも叙情的で美しい韻文が心地よい作品である。

また、院生のころ、『リチャード二世』の韻律を調べていて、ブランク・ヴァース(8)の詩形をきれいに守っていることに感激したのを覚えている。「四大悲劇」の時期になると、韻文を崩し、その崩し方がまた絶妙とも思えるのだが、沙翁若きころの叙情史劇の端正さにも捨てがたい魅力がある。

ＢＢＣ版の『リチャード二世』（一九七八年、ＮＨＫ放映一九八一年）では、かつてリチャード二世役で鳴らした名優ジョン・ギールグッドが、今度は老貴族ジョン・オブ・ゴーントに扮して、この愛国詩を歌うような調子で朗じていた。

だが、ゴーントの「白鳥の歌」はほどなく、イングランドが「今は恥辱にまみれてしまった」、「恥ずべきかな、自らを征服してしまった」と嘆き節に変わる。その痛烈な一節に、内憂を抱えたエリザベス政権に対する批判が隠されていると教えてくれたのは、ソ連のシェイクスピア研究者A・A・アーニクスト[9]であった。絶対王政時代に検閲をかいくぐりながら諷刺の矢を放つシェイクスピアのアクチュアリティを語ってお見事。ソ連の学者が西側の人々とは異なる行間の深読みに長《た》けているのは、検閲が自分たちの痛切な現実問題だからである。

おゝ、『リチャード二世』はやっぱり政治劇だ!

リチャード二世がアイルランドに遠征している間に、ゴーントの息子ヘンリー・ボリングブルックが追放の禁を破って帰国し、挙兵する。三幕二場、リチャードがウェールズの海岸に戻ってきて語る「空ろな王冠(the hollow crown)」に関する切々たる名ゼリフ。「墓と蛆虫《うじむし》と墓碑銘の話をしよう」、「みんな、この大地に座って、王たちの死の悲しい物語をしよう」。

BBC版でタイトル・ロールを演じたのは、当時旬を迎えていたデレク・ジャコビ。うまい!シェイクスピアの三十七作品すべてを足かけ八年(一九七八—八五年)にわたって放映したそのテレビシリーズ[10]、だが低予算で、しかも教科書的な演出、必ずしも好評な番組ではなかった。しかし、同シリーズをどんなに批判する人でも、『リチャード二世』だけは絶賛する。

僕は大学院に入学したころ、すでにこの番組を見ていたはず。でも、修士論文では「詩がいちばんの魅力」とは断言できなかった。いや、修論は長く書かなければいけない。「ジャコビの詩的なセリフまわしが絶品」とだけでは論文にならないではないか。

ちなみに、僕は原文至上主義者ではない。よく英文学の先生方の中には、文学は原文で読まなければ話にならないと言う人がいるが、それならばご本人はゲーテやドストエフスキー、チェーホフやギリシャ悲劇を原語で読んでおられるのだろうか。僕はもっと翻訳を積極的に活用してしかるべきだと考えている。ただどうだろう。小説はある程度翻訳で楽しめても、詩はやはり原文で読みたいではないか。僕は語学などさして好きでも得意でもないが、シェイクスピアを英語で読めるようになったことだけは無上の幸福だと思っている。

テレビ版の『リチャード二世』を聴いていると、シェイクスピア劇が散文で書かれた近代劇と根本的に異なることを実感させられる。散文は理性に訴えるが、韻文には独特のリズムがあり、体全体に訴えかけてくる。

四幕一場、リチャードがボリングブルックに譲位するくだりは、この史劇のクライマックスである。二人の王冠をめぐるやりとり、井戸と釣瓶《つるべ》の比喩、自身の罪状が綴られた文書を読みあげよと強要されるリチャードの哀れ、そして自分の顔を鏡に映す無力な彼の表情。

このクーデター、実際には失政の続くリチャード二世に業を煮やした議会が動いたようで、『ケンブリッジ中世史』には「革命（revolution）」とあったのが印象に残っている。(11) なるほど、イギリスで封建時代から近世の絶対王政期にかけて国王の暴政と戦ったのは議会。アメリカは戦争を行なう際にも「世界にデモクラシーを広めるため」と宣《のたま》う、あれはもはやイデオロギーにほかならないが、英国で民主主義といえば、それは歴史的な戦いによって勝ち取った議会制民主主義を指す。

だが、沙翁芝居に議会の発想は乏しい。ここのシーンも舞台がウェストミンスター・ホールの議場というだけで、お話は王座から追われるリチャードと新王ヘンリー四世となるボリングブルックの直接対決に終始する。

『バラ戦争七部作』をひっさげて東京グローブ座のこけら落としを飾ったイングリッシュ・シェイクスピア・カンパニー（ESC）[12]の公演（一九八八年）では、『リチャード二世』のこの場面、人物たちの衣裳も舞台美術も黒が基調でさながら葬式のよう、後方には白地に赤十字の大きなイングランドの旗。リチャードに扮するのは、ジャコビより五歳年下のマイケル・ペニントンである。が、朝十時から夜の十一時近くまでかけて一気に上演された、『ヘンリー六世』から『リチャード三世』になだれ込む連作は、僕にとって興奮しながら見た忘れえぬ舞台だが、他日に見た『リチャード二世』の方は——気持ちよく寝てしまった。大学院を修了して数年後、本音ではまだまだ地味な詩劇よりも波瀾万丈のスペクタクル劇の方が好きだったようである。

けれども、後年ESCの舞台ビデオを見たら、怒濤の第一・四部作より名優ペニントンの詩的な語りが中心のシンプルな『リチャード二世』にすっかり魅せられてしまった。我、沙翁の詩劇に開眼せり!?[13]

ジャコビもペニントンも決してハンサムな俳優ではない。映画だと脇役がほとんどだ。しかし、セリフが勝負のシェイクスピアの舞台ではたしかに超一流。『リチャード二世』も理はボリングブルックにある。リチャードは、幕が開くなり気まぐれで横暴な君主を印象づけ、だが後半になると観客のその第一印象は大きく揺さぶられ、いつしかダメ国王に感情移入させられる。ラストで獄死するころには、「リチャードの死の悲しい物語」を鑑賞したな、と。

はてさて、沙翁の本格的な舞台を面白がれるようになるまでには、ずいぶん時間と手間暇がかかった。二十代の後半、ろくな論文は書けなかったが、それでもきちんと詩を分析し、先行研究を（今よりずっと）丹念に読み、ノートも山積みになるほど残している。そんな若いころの自分を、今、素直に誉めてやりたいと思う——よく腐らずにシェイクスピアと付き合った。おまえは偉い。

2 フォールスタッフの立ち位置

『ヘンリー四世』

あの人気者、イギリス文学史上の名物男、サー・ジョン・フォールスタッフが闊歩《かっぽ》する芝居である。ビヤ樽のような腹を突き出し、酒は飲み放題、女は抱きまくる、むろん顔や体型でもてるタイプにあらず、絵に描いたようなエロ爺《じじい》、だが口説き上手、大ぼら吹き、嘘偽りの固まり、豪放磊落《らいらく》に見えて実は臆病で弱虫、逃げ足速し、人を騙《だま》しても盗みをはたらいても賄賂を受け取っても罪の意識は皆無、「サー」を名乗りながら中世の騎士道精神を罵倒する名ばかり騎士、無責任、お気楽、自分勝手、チャランポラン、しかして明朗快活、彼が登場すると周囲がパッと明るくなる、愛嬌があって憎めない、怒っていた奴もついつい彼のことは許してしまう、次王たる皇太子ハルまで悪の道に誘い込む、およそ浮世のしがらみなく、人生を本音で生きる、それはそれはみごとな自由精神の持ち主、ラブレーの筆になるガルガンチュアやパンタグリュエル、セルバンテスのドン・キホーテと並ぶ、そう、まさにルネサンス精神の権化！

僕は学生時代、年をとったら、こんな老人になりたいとあこがれたものだ(14)。

で、タイトルは『ヘンリー四世』第一部・第二部、まじめな歴史劇⑮である。この大酒飲みのスケベ親父、希代《きたい》の無責任男を、舞台のどこにどういう風に立たせるべきか。

全二部作の第一部は、内乱に苦悩する王宮のヘンリー四世の姿から始まる。自分も前王リチャード二世に叛旗を翻し、クーデターによって王座に就いた点が弱みだ。封建諸侯たちとの不和を嘆く国王の長ゼリフ、「この作品は歴史劇だぞ〜」と宣言し、「おっ、今日の芝居はお堅そうだぜ」と観客に覚悟させる、重苦しくも政治的な開幕シーン。

と、場面が転換して一幕二場、ハルこと王子ヘンリーの部屋。そこで真昼間にフォールスタッフがグースカ寝ている。ふつうは老いとともに、トイレが近くなり、また世事への憂いもあり、若い時ほど熟睡できなくなる。だがご老体は、豪快に爆睡している。それだけで羨《うらや》ましい。皇太子に起こされ、さっそく悪態をつく。ハルと一緒に追いはぎをやろうという話になる。

ほどなく王子ひとりになると、彼の有名な独白、「俺はおまえたちの魂胆などちゃんと見抜いている、俺は太陽だ、今は怪しげな雲に覆われているが、しかるべき時が来て、その暗雲を取り除き、本来の輝きを見せれば、人々は意表を突かれ、かえって大喜びするだろう」。評判の悪いモノローグである。素の人間性をさらけ出すフォールスタッフに対して、腹に一物の王子ハル。将来は——次作『ヘンリー五世』では——、アジンコートの戦いでフランス軍を撃破する英雄国王の若かりしころの放蕩物語、さて、その皇太子の内面は？

真夜中のギャッズヒルの丘。フォールスタッフらが計画どおり商人を襲って大金を奪うが、その直後に変装したハルと彼の腹心ポインズが飛び出して彼らを脅し、ヘッポコ騎士らは這々《ほうほう》の体で逃げてゆく。舞台ではいくらでも滑稽に演出できようが、戯曲で読めば、いかにもあっけない一場である。

　むしろ第一部の白眉とされる喜劇的場面はその後の二幕四場、ロンドンの下町、イーストチープのいかがわしき猪首亭《ボアーズヘッド・ターバン》でのやりとりである。フォールスタッフたちが手ぶらで帰ってくる。さっそく愚痴だか自慢話だかが始まる。彼らを襲ってきた十人以上の悪党と二時間戦った、それがハルに煽《あお》られ、あっという間に話は相手が五十人に膨れ上がり、殺した敵の数もどんどん増える。シェイクスピアの筆が乗って乗って、止まらなくなっているのがわかる。ハルもポインズも、さらには観客も皆、真相は先刻承知のうえで聞いているという仕掛けである。

　フォールスタッフの大言壮語が頂点に達したところで、王子が、「俺たちがやった、おまえたちの相手は二人だけだった」と。さあ、どうする、フォールスタッフ？　躊躇《ちゅうちょ》は一瞬だけ、彼は平然として、「おまえたちだってことは知っていた」と。ヘッヘッヘッ、「でも、お世継ぎを殺《や》っちまうわけにはいかないだろう、俺の本能が勇気を押しとどめたのだ」。お見事！　見た目ではなく行動でもなく、こうした豊饒なることばのおかしさが、フォールスタッフの真の魅力である。

　ボアーズヘッド亭では、フォールスタッフとハルが国王の声色を真似る、有名な見せ場が続く。国王に扮したフォールスタッフがハルに、「おまえの悪仲間の中に、ひとりだけ徳高き老人がいる……彼以外は追放してもよい」と。国王役がハルに代わり、王子の悪友をボロクソに貶《けな》す。すると、デブの王子は、「フォールスタッフを追放なさるのは、全世界を追放するのも同然です」と。ハルは「わしは追放するぞ」と——たぶん多くの俳優は真顔でクールに語り、フォールスタッフの顔は一瞬憂いを帯びる、ってところであろう。

　行状よろしからぬ、また内心の見えぬ王子ハルに対して、反乱軍の若大将ヘンリー・パーシーは情熱の固まり、あだ名は〝熱い拍車《ホットスパー》（Hotspur）〟。ヘンリー四世も、熱血漢のホットスパーがわが子であってくれれば、と宣《のたま》う始末。第一部の風雲児である。

　芝居は、王宮や反乱軍の様子を伝える政治の世界とボアーズヘッドの庶民の世界が、交互に描かれる。歌舞伎でいえば、「時代物」と「世話物」が混在した作品。また、前者のセリフは韻文で、後者は散文で綴られている。

　クライマックスは、国王軍と反乱軍が相まみえるシュルーズベリーの戦いである。さすがのハルも、いざ戦争となれば国王軍に馳せ参じ、危うく討たれそうになった父王の命を救う。おゝ、改心したか、放蕩息子⁉　激戦につぐ激戦。

　そんな天下分け目の関ヶ原で、ひとり本音を吐くのが、フォールスタッフである。血塗られた戦場での名高きモノローグ（五幕一場）。名誉って何だ――「空気だ《エア〜ッ》」。そう、人はなぜ命を賭して戦うのか、名誉のためか、お国のためか、はたまた陛下のためか⁉　さらに人は、何に突き動かされて損な、ヤバい、危うい仕事を引き受けるのか。金や利害のためだけではあるまい、会社のため、組織のため、いや自らのプライドがためか、出世欲、自己顕示欲のなせる業？　それとも宗教的《ミッション》倫理観、天職《ベルーフ》の意識、上流階級の義務感《ノブレス・オブリージュ》が駆り立てるのか⁉　それらを原始的に一言でまとめて〝名誉〟、その目に見えぬ理念を空気だ、と。しかり、しかり。フォールスタッフは命の危険を感じると、死んだふりをして、戦場に横たわる。やっぱり人間、命がいちばん大事だよなあ。

やがてハルとホットスパーの一騎討ちとなる。ちょいとしたアクションシーン。王子が敵の、勇気凛々《りんりん》の、自身より好感度の高い熱血児を倒す。そして、息を切らせながらふと横を見ると、贅肉の山が転がっている。おまえもあたら命を散らしたか。ハルは悲しげな顔で去ってゆく。と、フォールスタッフがむっくりと起き上がり、ホットスパーの屍《しかばね》を見下ろして、名ゼリフを吐く、「真の勇気は慎重さなり」(16)と。御意《アーメン》。フォールスタッフは、こんな火の玉みたいな奴が生き返ったらたまらないと、グサリ、グサリ、何度もとどめを刺し、「よし、俺が討ち取ったことにしよう」。名誉と情熱の象徴たるホットスパーの亡骸を担《かつ》いで、戦場をのっしのっしと歩きはじめたところで、ハルと出くわす。王子はもちろん、口あんぐり。

この作品、反戦劇か!?　派手な活劇シーンより、無頼漢の語る「人間の本音」が印象に残る幕切れではある。

第二部。われらがフォールスタッフはどこか元気がない。体調がよくないらしく、医者に小便を調べてもらう。痛風だとか。当たり前だ、あれだけ暴飲暴食の無茶苦茶な生活をしていれば、尿酸値が上がらないはずがない。道端で高等法院長に会い、お小言を頂戴するが、耳が聞こえないふりをする。さらに猪首亭の女将《おかみ》クィックリーに、全財産飲み食いされ、結婚の約束も不履行と訴えられるが、なんだかんだ言いくるめてしまう。第一部では支配階級の名誉の観念を皮肉る機能を果たしていた騎士は、第二部の幕が開くと、陽気さが影をひそめ、悪賢さが目立つ爺さんに格下げされている。

二幕四場のボアーズヘッド亭の場面も、あまり出来がよろしくない。第一部の同幕同場のルネサンス的な、祝祭的な気分がない。二番煎じか？　また、ハルとフォールスタッフが交わるのは、ほとんどこのシーンのみ。

『ヘンリー四世』には、最初から二部作の構想だったのか、それとも途中で二作に割ったのかという議論がある。そもそもヘンリー四世の治世、種本の年代記(17)には大したネタがない。反乱の記述ばかりで、つまらない。そこでフォールスタッフなる喜劇的人物をシェイクスピアは創造したのだが、彼は一度興に乗ってくると、作品としてのバランスなどものかは、肥満体をさらにさらに膨らませてしまう、およそ計画性のない作家。しかしそうなると、「こりゃ、一作品では収拾がつかない」、沙翁が途中から二部作に変更したと、僕は推測している。(18)

反乱軍の話もパッとしない。ホットスパーに相当する脇役がいない。彼は第一部の前半では情熱系の好漢、けれどもしだいに猪突猛進ぶりが気になりだし、冷静・冷徹な王子ハルを引き立たせ、終幕ではフォールスタッフがうそぶく「真の勇気は慎重さなり」の一句を決めゼリフたらしめる対立概念を体現する役割を担っていた。

戯曲では反乱軍もフォールスタッフも意気の上がらない第二部の前半を、劇場の観客にどう飽きずに付き合わせるか、演出家の腕の見せどころといえよう。

沙翁もそれは十分に承知していた。そこで怪しげな脇役を増やした。〝すぐ行かせる〟女将クィックリーに加えて、フォールスタッフの新しい愛人として登場するのはドル、〝お人形〟。彼のアナーキーな子分ピストルは、〝一物《いちもつ》〟って感じか。『ヘンリー五世』ではクィックリーと結婚して猪首亭の亭主に収まっている。さらに田舎判事のシャローは〝浅はか〟、サイレンスはこれも判事のくせに〝しゃべれない〟男で、しばしば吃音《きつおん》という設定で舞台に現れる。ちなみにフォールスタッフ（Falstaff）は、愚か（fool）で、不正（foul）な男で、むろん太っちょ（fat）な奴とも読めようか。

二幕四場は、ボアーズヘッド亭で飲み騒ぐフォールスタッフにも召集がかかり、ドルとの短い別れの場が、ちょいと劇場をしんみりさせる。転換すると、深刻な空気が漂う王宮、三幕一場。病床の国王が政情不安を嘆きながら、眠れぬ夜を過ごしている。彼の長いモノローグの結びは、「幸福な民よ、眠れ！　王冠を頂く頭《こうべ》に安らぎは訪れない」[19]。民衆の浮かれ騒ぎが吹っ飛ぶ、痛烈かつシリアスな詩行。ヘッヘッヘッ、歴史劇らしくなってきたじゃありませんか。

続く三幕二場は、これも名高きフォールスタッフの兵隊集めの一場。戦う気のない巨漢の隊長に協力するのは、前述したグロスターシャー[20]のおいぼれ治安判事シャローである。昔から老いた名優が扮して、時にはフォールスタッフを食ってしまうほどの人気を博した。口から出まかせばかり、若いころの色と喧嘩の自慢話は、どうやら全部嘘のよう。その横にいるのが〝沈黙の人《サイレンス》〟というのも笑える。彼らとともに兵を選ぶフォールスタッフは、袖の下をよこした者は家に帰し、戦争にはおよそ役に立ちそうもない新兵ばかりを補充して、満足げに戦場へ向かう[21]。

フォールスタッフの横には、もう王子ハルはいない。シェイクスピアは意識的に二人を引き離そうとしている。そして、ハルの代わりを務める素朴な田舎判事たちをカモろうとするフォールスタッフが、だんだんと狡猾な小人物に見えてくる。

『ヘンリー四世』は日本人にとって、しょせんよそ様の国の歴史劇。日本で上演すると、ついついフォールスタッフという圧倒的な道化にスポットライトを当ててしまう。だが、シェイクスピアが第二部で必死に、人気の出過ぎた彼の株を下げようとしているその筆遣いを思うと、やはりこの芝居の中心は政治の世界にありそうなのである。また、イギリスの俳優は脇役まで皆、実にうまい。多彩な登場人物たちを演技力のある俳優たちが演じる、フォールスタッフがピタリとアンサンブルにはまっているロンドンやストラットフォードの舞台を見ると、あらためてフォールスタッフが主役の劇ではないと実感させられる。

話はストーリーに戻って、反乱軍の首謀者たちは、ハルの弟、ランカスター公ジョンの政治的駆け引きにより逮捕され、国王軍は戦火を交えることなく内乱を治める。しかし、ロンドンの王宮では国王ヘンリー四世がいよいよ衰弱し、シュルーズベリーの戦いの後ふたたび放蕩生活を送っていたハルと、そしてイングランドの行く末を案じている。

四幕五場。もはや虫の息の父親が眠る部屋にハルがやって来る。すでに事切れたと早合点した息子は、父王の枕元の王冠を持ち去る。だが、父はまだ生きていた。彼は目を覚ますと、王冠がないことに気づき、戻ってきた息子にありったけの罵声を浴びせる。「なぜあと半時間が待てぬのだ?」ハルは必死に反論する。息子の真情を知った国王は王子に諭《さと》す。自分は紆余曲折の末に王冠を手に入れたので苦労したが、おまえは違う、正統の継承者だ、しかし無事安寧もまた王位を狙う者を生む、外征に従わせよ……

シェイクスピアは現実政治をよく知っている。国王の皇太子に対する最後の戒めは、君主いかにあるべきかを語って、実に厳しい長ゼリフである。と同時に、ここには「父と子」という永遠の文学テーマが凝縮されている。しかも、二人はふつうの父子ではない。ハルは次の王位を運命づけられた人物である。おそらく最初は、グレて遊び歩いていたのだろう。だが、どこかでフォールスタッフたちと手を切らねばとも思案していたはずだ。評判の悪い独白もその表れであろう。そして、ずっとギクシャクしていた父と子は、最後の最後に王冠をめぐって本気でお互いをさらけ出すことによって、心が通じ合う。幸せではないか。父親と息子が心底わかり合えるなんて、実際にはめったに見かけない光景である。[22]

ヘンリー四世崩御。以前にハルをたしなめて牢獄送りにしたことのある高等法院長が、新王の誕生で自分は左遷だと憂えている。意を決して自らの正しさを語る正義漢の法律家。するとヘンリー五世は、「もっともだ、今後ともよろしく頼むぞ、私の息子の同じ無礼を戒めるその日まで長生きしてくれ」。泣かせるセリフである。シェイクスピアという作家、歴史劇では現実政治の非情さ、理不尽さを語ってさわやかなシーンは少ないのだが、たまにこういう人情場面を見せてくれる。放蕩息子の変身。臭いなあと苦笑いしながら、ほろりとさせられてしまう名場面である。

終幕は、ハルがフォールスタッフを追放する、これも世に名高きシーン（五幕五場）。ハルが即位すると聞いて駆けつけた悪友に、「おまえなど知らぬ」と。ロンドンから十マイル以内に近づくべからず。ハルが最後まで冷たいのではないかという批評はもちろんある。でも、日本の時代劇ならば、「江戸十里四方所払いを命ず」、「えっ、そんな寛大なお裁きでよろしいのですか」って一場だ。おまけに年金も出すとか。

ハルは若き日に共に浮かれ騒いだ悪友たちと別れ、非道な策略が多々待ち受けている、魑魅魍魎《ちみもう》魑《りょう》の跋扈《ばっこ》する王宮へと戻っていく。これは誰にでも訪れる「青春の終わり」の一幕としても味わうことができる、すぐれて普遍的な物語である。

で、さて、昔話をひとつお許しいただきたい。学生時代、僕のシェイクスピア学の師匠がイギリスの現代文学を味読する読書会を開いていた(23)。大学院生・学部生を中心とするその勉強会に、ひとりのお婆さんが参加していた。官庁勤めをしていたが、年金が出る年になったのですぐに退職、今は読書と年に一度の海外旅行が楽しみだという。謙虚で物腰穏やか、けれども一本筋が通っている。僕がいいかげんな訳し方をすると、「狩野さん、私はちょっと読み方が違うんですけど」と、何度か指摘された。若い学生たちと違って、文学作品を頭で読んでいない、自分の人生と足を絡ませながら、しかし正確に一字一句を吟味している風であった。

生涯独身だったとか。正直に申し上げると、僕には偏見があって、「ずっと独身の女性は、ちょいときついところがある」と。でも、このお婆さんには、教養があり、節度があり、人より前に出ず、しかし思ったことは率直に、誠実に、人を傷つけないように口にする。「私、お妾《めかけ》さんの子なの。日蔭者よ」とは、いつぞや読書会の後、食事をしていて、ポロリと語っていた話だった。

その読書会が閉会となって何年かがたち、僕は別の勉強会に彼女を誘った。今度は月に一冊ずつ翻訳でシェイクスピアを読んできて、わいわいと感想を言い合う社会人の会である。その日は『ヘンリー四世』がテキスト、参加者が口々に「フォールスタッフが面白い」と話す中で、彼女だけは「私、フォールスタッフは嫌い。無責任ですよ」と。きつい言い方とは無縁だと思っていた彼女にしては、ピシャリとした口調、僕にとっては強烈な一言だった。

彼女とはその後、音信がとだえていたが、ある日彼女の友人という女性から電話がかかってきて、一周忌の法要に出てほしいと言われた。天涯孤独の彼女は、その友人に看取られて、永眠していた。法事の席で聞かされた話は――お婆さんは若いころ、歌舞伎の若手役者と一緒に暮らしていた、でもそろそろ彼が売れてきた、彼女は足手まといになるといけないからと、身を引いたというのである。

そんな彼女が嫌ったフォールスタッフである。シェイクスピアの創造したフォールスタッフは、為政者を痛烈に揶揄《やゆ》し批判するが、同時に国家の安定と繁栄を願う立場に立てば、新王には当然切り捨てられるべきならず者である。『ヘンリー四世』は、政治の世界と民衆の世界、その両方の世界観なり価値観なりを絶妙のバランスで見せてくれる。上からの歴史と下からの歴史が交錯する重層構造の芝居。しかも、両者は単に並置されているだけでなく、お互いがお互いを諷刺し合う。その要《かなめ》となっているのがフォールスタッフである。だから、彼は王侯貴族に外野の安全地帯から野次を飛ばす存在ではなく、自分も徹底的に批判される無責任男なのである。

頭ではわかっていた、そうしたフォールスタッフの立ち位置を、ストンと腹の底に落としてくれたのは、折り目正しい生き方を自らの内心の〝名誉〟としていた老婆の一言であった。

3 大衆の時代の『ヘンリー五世』

『ヘンリー五世』（一五九八—九年）は、シェイクスピアが書かざるを得なかった芝居である。だが、このイギリス文学史上に燦然《さんぜん》と輝く愛国劇を、沙翁はどういう気合で執筆したのか。

シェイクスピアはテューダー朝の王朝叙事詩たるバラ戦争を扱った四部作——『ヘンリー六世』三部作と『リチャード三世』——でデビューし、それらが大ヒットして、一躍人気作家となった。その数年後、彼がものしたイングランド史劇は、歴史をさかのぼってバラ戦争の遠因となった、ヘンリー・ボリングブルックがリチャード二世から王位を簒奪するクーデター事件に取材した『リチャード二世』。映画『スター・ウォーズ』シリーズでいえば、エピソード1ってところだ。そしてヘンリー・ボリングブルックが国王になってからの物語『ヘンリー四世』がエピソード2、さらにジョージ・ルーカスが一九七七年に監督したシリーズ第一作につなげるべくエピソード3を撮ったように、シェイクスピアもまたヘンリー四世の息子にしてヘンリー六世の父親、ヘンリー五世の治世を描かなければならないことは、筆を取るかなり前から覚悟していたであろう。

その勇猛果敢な名君の物語、アジンコートの戦場でフランス軍を撃破する愛国劇を、シェイクスピアが何を思いながら綴ったのか。そもそも理想的君主の活躍する英雄譚など、あまり劇作家の興味をそそるものではないだろう。シェイクスピアしかり、彼が取り上げる王侯貴族や国家のリーダーたちに、ほとんど出来のよい人物はいない。脆弱で統治能力を疑われるリチャード二世やヘンリー六世、前国王の死に責任を感じて苦悩するヘンリー四世やマクベス、やりたい放題暴れまくる極悪非道のリチャード三世、権力を無思慮にも娘たちに譲ってしまって転落するリア王、嫉妬に狂って判断を誤るオセローやレオンティーズ、計算ずくのエジプト女王の色香に迷うアントニー、自らの行動力のなさに自殺まで考えるハムレット……と、まあ、賢いと言えるのは、せいぜいがミラノ大公の地位を奪われながらも魔法の力で無人島を統《す》べるプロスペローくらいであろうか。

　つまり詩人は、高貴かつ清廉であるべき支配者たちの裏側の心情、矛盾する性格、複雑な人間性を、これでもかこれでもかと描きつづけた作家である。その沙翁がヘンリー五世に関してだけは、ちょっと気合が違う。

　そこで、この例外的な歴史劇をめぐる昔からの批評は、ヘンリー五世の中に理想的な名君を見るか、それとも戯曲の行間にシェイクスピア一流の皮肉を読み取るか、両陣営に分かれて相譲らず。どちらかというと、英文学研究者には後者の説をとる人が多いだろうか。

　さて、『ヘンリー五世』を戯曲文学として読んだ場合は、むろん諷刺やあてこすりが散見される。けれども、それを前面に押し出して舞台化できるかどうか。

沙翁テキスト批評の碩学《せきがく》ドーヴァー・ウィルスンは、第一次大戦が始まった第一週にストラットフォードで「アジンコートの叙事詩劇」を見た時の興奮を、決して忘れられないと語っている[24]。また、ローレンス・オリヴィエも第二次大戦中に監督・主演した映画『ヘンリィ五世』（一九四四年）では、ヒトラーを迎え撃つイギリス軍よろしく、高らかに国威発揚のラッパを吹き鳴らした。そりゃ、そうだ。もともとこの作品は情報大臣から頼まれて制作した国策映画、そうせざるを得ない事情があった。

しかし面白いのは、ヘンリー五世はまさにはまり役と思えるカリスマ的な俳優のオリヴィエが、当初はヒロイックな芝居に背を向けようとしたという話だ。俳優仲間のラルフ・リチャードソン[25]にヘンリー五世について聞くと、彼は「ありゃ、ボーイ・スカウトの隊長さ」とうんざりした口調で言った。舞台の稽古が始まると、オリヴィエはヒロイズムに抵抗して調子を下げた。だが、どうもうまくいかない。すると、ふだんはほとんど彼にダメ出ししない演出家のタイロン・ガスリーが英雄的に演じてみせ、「こんなふうに自分もいい気持でやらなければ、とても客をつかめないよ」と語った。それで吹っ切れた。以来オリヴィエは「大アリア」に取り組み、「英雄的な演技もできる俳優」として有名になり、後年の映画でも雄々しくヒロイックに演じたというのである[26]。

もっとも、オリヴィエの映画を戦時体制の中で制作された硬派でマッチョな作品と勘違いしてはいけない。映画の歴史が始まって半世紀、シェイクスピア映画も数かぎりなく作られたが、それらはほぼすべて見るにたえない駄作ばかり。ところがオリヴィエによって突然、史上初の本格的なシェイクスピア映画が世に送り出された。映画は演劇に比べてはるかに芸術的に劣る、労働者階級の娯楽とみなされていた時代に、彼はシェイクスピア劇という「芸術」を、さまざまな階級の人々に楽しんでもらえる「国民文化」に昇華させた。

大衆の時代のシェイクスピア劇の幕開きである。

オリヴィエの演技は男臭かったが、監督としての彼の手腕は実に繊細だった。冒頭はミニチュアの模型でテムズ川沿いのロンドンの風景を捉え、一六〇〇年当時のグローブ座の様子を活写する。ややコミカルに、かわいらしく沙翁の時代の演劇状況を映す。そしてたっぷり三十分間、シェイクスピアなど見たことがない観客をシェイクスピアの過剰なことばに慣れさせてから、映像の世界へと移行する。

だが、グローブ座を離れた後も、装置や衣裳はどこかおとぎ話風。オリヴィエは中世の物語本の挿絵を参考に、意図的に古めかしくて人工的なセットで撮影したという(27)。それが沙翁の詩と合うんだ、と。なるほど、ユーモラスな背景やセリフまわしや場面展開があってこそ、ボーイ・スカウトの隊長が凜《りん》とした姿に見えてくる(28)。

オリヴィエの『ヘンリィ五世』は、スターリンに依頼されてエイゼンシュテインが撮った『イワン雷帝』(一九四四―六年)(29)と並んで、第二次大戦が生んだ、国威発揚映画を超える芸術映画だと、僕は高く評価している。

シェイクスピアの魅力はなんといってもその詩行にある。沙翁は詩作品として読むか、それとも舞台で上演されるものとして捉えるかとしばしば議論されるが、僕にとっては両者は別ものではない。つまり、イギリスの俳優たちは詩を語る訓練を若いころに演劇学校で徹底的に受けている。だから、シェイクスピア劇は舞台で役者が朗じる詩を聴くもの――と、僕はそう考えている。

　となると、よく引用されるのが『ヘンリー五世』の冒頭、「おゝ、詩神ミューズよ、創造の最も輝かしき天頂にまで炎を噴きあげるあなたの力を貸してほしい、舞台には王国を、演じる役者には王侯貴族を、そして壮大なシーンを見つめる観客には君主たちを……この闘鶏場のごとき芝居小屋に広大なフランスの戦場を収めることができるだろうか？　またはこの0字形の木造小屋にアジンコートの空を慄《おのの》かせたおびただしい数の兜《かぶと》を詰めこむことができるだろうか？」と唱える有名なプロローグである。グローブ座の裸舞台では、アジンコートの合戦シーンはほとんど再現不可能。だから、詩神ミューズの力を借りて、観客の皆様の想像力に訴えるしかありません。と、これはシェイクスピアの本音であったに違いない。また、ことばしかなかったからこそ詩文学として超一流の作品が創造できたのもたしか。

　ケネス・ブラナーが監督・主演した『ヘンリー五世』（一九八九年）で、この絶品の前口上《プロローグ》を朗じた序詞役《コーラス》はデレク・ジャコビ。暗がりの中で彼がシュッとマッチを擦《す》り、“O for a Muse of fire”と。ほほう、詩神の炎ってか！　小道具を実にうまく使う。ほどなく照明のスイッチが入ると、そこは撮影所の倉庫。ジャコビが機材の間を歩きながらプロローグを高らかに謳い上げると、気分は一気に戦乱の世へ、風雲急を告げる。

　オリヴィエは芝居がかったユーモラスな調子で、一見《いちげん》さんの観客の緊張をほぐしてから銀幕の沙翁劇へ誘《いざな》った。一方、時代は下って平成元年のブラナーは、映画スタジオの裏側で開幕シーンを撮って、最初から「これは映画だぞ〜！」と主張した。すでにシェイクスピア映画を見慣れた観客を相手に、冒頭から緊迫感のあふれる映像を見せつけたわけである。

ブラナーはオリヴィエを尊敬しながら、常に彼の逆々をやった。オリヴィエが国民を鼓舞する頼もしきリーダーを体現すれば、ブラナーは街を歩けばそこいらへんにいそうな若者として登場する。王冠をかぶらず、自信もなさそう。えっ、彼が王様⁉　その現代的な、ごくふつうの青年が、フランスとの戦争を経験して人間的に成長していく姿を追う。

オリヴィエのフランス軍はどこか滑稽で軟弱そう、対してブラナー映画では格上で、しかもファッショナブル。現代のフランス人のイメージどおり！　そしてフランス王は、僕がいちばん好きな英国男優ポール・スコフィールド。渋い、うまい、ブラナーなんかヒヨッコに見える。

だが、ブラナーはアジンコートの戦場で、五倍の敵にひるむ将兵を必死で励ます。何で俺が、と言うなかれ、将来「俺はあの日、あの場にいたんだ」と語って羨《うらや》ましがられる戦いをしようぜ、俺たちは幸福な少数《ハッピー・フュー》だ、と。題して「聖クリスピアンの日の演説」（四幕三場）。ブラナーという役者、見てくれは童顔の冴えない男だが、セリフをしゃべらせると、うまい、うまい！　脱帽。

で、終幕は英仏の和平条約が成立し、ブラナーは王冠をかぶり、名優ポール・スコフィールドと二人並んで、おゝ、対等に見えるじゃないか。国王として、役者として。やってくれるねえ。

時代は二十一世紀。ニコラス・ハイトナーがナショナル・シアター（National Theatre, NT）の芸術監督（在二〇〇三—一五年）に就任して最初の演出作品に選んだのは、『ヘンリー五世』（NT、二〇〇三年）だった。時あたかもイラク戦争の開戦直後。[30]トニー・ブレア政権が米ブッシュ大統領と共闘してイラクへ攻め込み、ロンドンの街は戦争反対のムードに包まれていた時期に初日の幕が開いた。

ハイトナーのシェイクスピア劇で毎度おなじみなのは、戯曲の中にリアルタイムの今を読み解いて、それを舞台上に呈示する芝居作りである。『ヘンリー五世』は、迷彩服に機関銃の将兵たち、報道カメラマンも従軍して、イラクとおぼしきアジンコートの情景を見せる、いかにもハイトナーらしい現代版沙翁劇。新芸術監督はまず各幕の冒頭にある口上を政府の公式見解と観客に想像させ、その一方舞台では戦争の残酷な実相を見せつけた。語られることばと現実のギャップ。さらに、巨大なスクリーンやテレビでメディアが伝える戦闘場面を映す。これも肉眼で見る戦争といかに異なるか。[31]

そしてヘンリー五世には黒人俳優エイドリアン・レスター[32]を起用した。オリヴィエは信仰心に厚かったといわれるヘンリーを、国立肖像画美術館《ナショナル・ポートレート・ギャラリー》にある有名な肖像画と同じ、僧侶のようなおかっぱ頭の国王として演じた。ブラナーはそれを意識して、現代の大衆的で平凡な兄ちゃんのヘアスタイル。だけど、エイドリアン・レスターとなると、丸刈りの黒人だぜ。傭兵隊長のオセローならともかく。いくら多人種、多文化の時代ったって、イギリス人ご自慢の名君をわざわざ黒人俳優に演じさせるか!?　あゝ、異化効果。NTにはずいぶんと「ヘンリー五世は白人だ、英国と君主に対する冒瀆《ぼうとく》だ」という手紙が舞い込んだとか。[33]

黒人国王は、精鋭からはほど遠いイギリス軍の兵士たちを叱咤《しった》激励し、軍規違反を犯した旧友バードルフは至近距離からピストルで頭を撃ち抜き、自ら国家の大義と実際の戦争の残虐性の間で揺れ動く姿を描く。また、フランスの王女キャサリンの英語学習のシーンは、ふつう緩急をつけるための息抜きの場《コミック・リリーフ》としてユーモラスに演出されるのだが、この舞台では征服者の言語たる英語を王女が必死に学ぶ一場となっている。

　こうした今の時代を反映させる舞台作りは、口で言うほど易しくはない。平凡な演出家がやると、いかにも取ってつけたようになるのだが、ハイトナーは若いころから一貫して古典劇を現代と切り結ばせて、そのセンスが抜群な演出家である。『ハムレット』（NT、二〇一三年）では、イヤホンをつけた警護官を人物たちの背後に立たせて、体制側とデンマーク王子のスパイ合戦を現代と共鳴させた。また、『ジュリアス・シーザー』（ブリッジ・シアター、二〇一八年）の古代ローマには、アメリカの大統領選挙の党大会をオーバーラップさせる。けれどもハイトナーの〝現代〟は、単に観客の気を引く舞台の仕掛けにとどまらず、シーザーはトランプ風の大衆迎合家《ポピュリスト》、ブルータスは大衆の心を動かせぬ学究肌のエリート、アントニーは「ポスト真実」のアジテーターと、戯曲の中にシェイクスピアは今日の作家ではないかと思いたくなる政治家群像を見いだしている。

　だがそれにしても、国立の劇団が、そして就任したばかりの芸術監督が、『ヘンリー五世』を上演してここまで国家の行なう戦争を痛烈に皮肉る芝居を打てるのはただ事ではない。公的助成金を受けている団体、また新たに大組織を任されたばかりの男がやる芝居がこれか。どこぞの国の芸術家とは気骨が違う、演劇風土も、見る側の意識も異なる。[34]

苦笑しながら見た、さらに危ない演出の『ヘンリー五世』は、BBCの連作イングランド史劇『空ろな王冠』（二〇一二年）中の一篇。ロンドン・オリンピックの年に仕掛けられた文化プログラム「カルチュラル・オリンピアード」の一環として、サム・メンデス制作総指揮（共同）のもとに作られたテレビ番組である。(35)

女流演出家テア・シャーロックは、この愛国劇を葬式の場面から始める。なにっ、誰の？　前王ヘンリー四世か、いや五世だ。葬列にプロローグがナレーションでかぶさる。だが、高らかな英雄劇のそれにあらず。まろやかな、優しげな、寂しげなジョン・ハートの声。棺桶の中のヘンリー五世は、人気者トム・ヒドルストン。

そこから回想シーンとなり、ヘンリー五世が白馬を飛ばして宮廷に帰り、サッと王冠を受け取る、その軽さが笑える。権威なさそう。

シェイクスピアが芝居を書いたのは絶対王政の時代である。王権は神授されたもの。沙翁に共和政の発想はなかった。有能で強靭な君主が統治する安定国家がベスト。それが崩れれば、無政府状態《アナーキー》に陥る。清教徒革命なんて、まったく視野になかった。

そして戦争。イングランドはアルマダの海戦（一五八八年）に勝って天下を取ったのではない。むしろスペインの逆襲に怯《おび》えて緊張する世相の中で、シェイクスピアは動乱のイングランド中世史を書きはじめた。さらに前門の虎だけでなく、後門の無政府地帯アイルランド。おそらくは『ヘンリー五世』が初演されたであろう一五九九年に、エリザベスの寵愛を受けた若きエセックス伯ロバート・デヴルーが、一万七千の兵を率いてアイルランド討伐に向かった。女王の治世中で海外に渡

った軍隊として最大の兵力であった。(36)

詩人は『ヘンリー五世』の第五幕のプロローグで、この時代の寵児に激烈なエールを送っている。曰く、「身分は［ヘンリー五世に］劣れども皆に愛されている、我らが女王陛下の将軍が、叛徒たちをその剣先に串刺しにしてアイルランドから凱旋すれば、いかに多くの市民たちが彼を歓迎するために町中に繰り出すことでしょう」と。だが、当代の人気者はほどなく進退窮まって帰国し、女王の信を失い、その一年四カ月後クーデターを企てて未遂に終わり、断頭台の露と消えた。

そんな猛々《たけだけ》しい時代、戦争は天災のごとく避けられない、あって当たり前の凶事、そしてひとつ間違えれば一気に国家も傾く。詩人が史劇をものした当時の緊張感を想像すべし。

で、お話は二十一世紀の、議会制民主主義の、主権在民の、大衆の時代の演出である。強き英雄国王は旗色が悪い。テア・シャーロックは女性らしく（!?）マッチョなカリスマ国王を拒否して、大陸に攻め込んだヘンリーを等身大に描こうとする。ハーフラー攻め（三幕一場）で苦戦する自軍の将兵たちに「もう一度突撃だ」と檄を飛ばす名ゼリフ、オリヴィエは、また彼とは逆々の演出を志向したブラナーも、馬上から格好よく叱咤したが、ヒドルストンはなんと白馬から降りてしまう。そして、膝をついて部下たちにチマチマッと語りかける。ヘッヘッヘッ、どうして名場面をわざわざ矮小化するの!?

映像作品である。やろうと思えばいくらでもスペクタクルにできるアジンコートの戦闘シーン、だがカメラはアップが多く、なんか迫力がない。また、ヒドルストンのセリフも、部下たちを激励しながら、自分のことばの真実性を疑っているかのよう。

この演出で演じる王様役は難しい。自らの権力を疑う、中途半端な、元気のない、やり損なヘンリー五世。しかし、それをいつもはスカッと格好いいトム・ヒドルストンが素知らぬ顔して演じている。僕はこの作品の国王にではなく、非英雄的な国王に徹したトム・ヒドルストンのプロ根性に感じ入った。

ラストは冒頭の葬儀のシーンに戻り、エピローグが流れる。ヘンリー五世の世は短命に終わり、六世が幼くして王位に就き……僕は『ヘンリー五世』のプロローグは学生時代から鼻歌のように口ずさんでいたが、このエピローグはエピソード3から最初の史劇へのただのつなぎくらいにしか考えていなかった。だが、口上をナレーションで語っていたジョン・ハートがここで姿を現し、エピローグの最終行を包容力あふれる声で朗じた時、名君の短くも苦い治世がみごとに解毒されるのを感じて、戯曲の終幕をあらためてじっくりと読み返した。

いいなあ、オリンピックという国家行事に国営放送のＢＢＣがぶつけた英雄譚が、こんなに苦渋に満ちた「空ろな王冠」の物語というのは。僕の愛するイギリス人のひねくれた根性を、日本（人）に求めるのは無理な話であろうが。

さても、シェイクスピアの気合やいかに？——そりゃ、愛国劇だ、間違いない。沙翁には君主政以外の選択肢はなかった。だが、善王のことも、他の歴史劇の人物たちと同様にぶっ叩かないではいられなかったのが、作者の性分というやつだ。これも間違いない。けれども、名君の不出来で不完全な部分を、大衆の時代の舞台でこれだけ敷衍《ふえん》し拡大して見せられると、それはそれでこの芝居の基調とは異なるだろう、と。

シェイクスピアは草葉の陰で苦笑いしているか、それとも、「ほほう、二十一世紀の大衆社会では俺の描いた英雄は否定されているのか」と喜んでいるか。詩人を感心させる舞台、いや英雄不要の、真の民主主義社会の実現を期待したいところではある。

4　BBCシェイクスピア史劇『空ろな王冠』をめぐって

ひさしぶりに論じてみたいシェイクスピア劇の映像化作品が現れた。

詩と映像の調和――それが僕の初めての単著『シェイクスピア・オン・スクリーン』（一九九六年）のテーマだった。シェイクスピアの詩劇と映像の間には深い溝がある。視覚芸術たる映画は、少なくとも劇場へ沙翁の詩を聴きに行くという伝統のあるイギリスでは、傑作を生みだせないのではないか。観客に見せてナンボの映画では、その長所を生かせば生かすほど、原作の豊饒な詩の魅力を台無しにしてしまうのではないか。

ピーター・ホール曰く、「シェイクスピアの言葉の本質は、非映画的であることを避けられない」[37]。よって、シェイクスピア映画の「プロモーション・ブック」をめざした拙著は、辛口の映画論と評された。また、同書を出版した一九九〇年代はシェイクスピア映画がブームといえるほど制作されて、「ニューウェーブ・シェイクスピア」なんて呼ばれた。だが、総じて大衆路線エンタテインメントを指向したそれらの映画は、沙翁劇をスクリーン上でいかに表現するかに関心が集中して、戯曲の解釈自体は陳腐というレベルにとどまっていた。だから、これもバッサバッサとやっちゃった[38]――後はただ沈黙。

で、僕がシェイクスピア（映画）に沈黙している間に、映像技術はＳＦＸからＣＧ、さらに３Ｄへと日進月歩し、一方で基本的には俳優の肉体芸である演劇はハイテクの時代に取り残された感がなきにしもあらず。そんな二十一世紀も十年を過ぎて、おゝ、出てきた、出てきた。シェイクスピアの「原作の精神」と映画の撮り方の両方を知っている男が仕切った沙翁映画が。

沙翁劇の演出から００７映画まで監督するサム・メンデスが制作総指揮《エグゼクティブ・プロデューサー》（共同）を務めた『空ろな王冠』（*The Hollow Crown*、ＢＢＣ、二〇一二年）。すなわち、『リチャード二世』、『ヘンリー四世』二部作、『ヘンリー五世』の歴史劇四部作を連続放映したＢＢＣのテレビ番組である[39]。この必見のシリーズを、四本まとめて批評しておきたい。

まずは、『リチャード二世』。演出は今が旬のルパート・グールドである。

開幕は木製の天井、そこから磔《はりつけ》のイエス像が吊るされている。「墓と蛆虫《うじむし》と墓碑銘の話をしよう」、「王たちの死の悲しい物語をしよう」と、リチャード二世が三幕二場で語るセリフがナレーションで入る。カメラが下りてくる。

と、王座にリチャード二世が座って、臣下たちに接見している。その国王が第一声を発したところで、「うまい！」、「こいつ、何者？」と、僕はひっくり返ってしまった。ベン・ウィショー、三十二歳（制作時）。しばらくシェイクスピアとご無沙汰しているうちに、ロンドンの役者たちはいつの間にか世代変わりしてしまった。

フワフワッと宙を浮くような声で、しかし流れるように沙翁の詩行を口にする。気まぐれなダメ国王に扮し、でもシェイクスピア役者として実に魅力的なのだ。すごい奴が出てきた。

対して、リチャード二世の従弟にして、後に彼を廃位し、自分が次の国王ヘンリー四世となるヘンリー・ボリングブルック。こいつは流れるように詩行をしゃべらない。セリフの切り方が変わっている。ふつうは無能な国王に叛旗を翻す役だから、やり手の貴族を演じてコントラストをつけるのだが、彼はどこか自信なさげ。

ロリー・キニアという役者である。外見も冴えない。丸顔で髪の毛はすでに薄くなり、でも、なにっ、ベン・ウィショーと二歳しか違わない三十四歳。今時のロンドンの俳優は、わからん！

ボリングブルックが追放され、彼の父親、すなわちリチャード二世の叔父ジョン・オブ・ゴーントが嘆く二幕一場。瀕死の老貴族がイングランド賛歌を謳いあげ、そして国王に最後の忠言をするゴーントの見せ場（聴かせ場？）である。扮するはパトリック・ステュアート。彼のことはもちろん昔から知っている。顔なじみの俳優は、見ていて安心だ。「第二のエデン、天国にも比せられる……このイングランド」、カメラは彼を真正面からアップで捉え、名優のテンションの高い語りだけでこの場を作っている。

リチャードの今ひとりの叔父たるヨーク公もうまい。役者は誰だ？　ショーン・コネリーが老けて、体が縮んだのかと思ったら、なんとデヴィッド・スーシエ。わからなかった。従兄弟二人の対立に割って入る穏やかな性格の調整役だが、国王にもきちんと意見する。スーシエは名探偵ポアロだけの役者ではない。ＲＳＣでも幾多の名演技を披露したベテランの舞台俳優である。

ゴーントが他界し、リチャードがアイルランドに遠征すると、早くもボリングブルックが戻ってくる。ひとり海岸に上陸し、野原の道を歩いていると、馬に乗った三人の男たちが近づいてくる。ノーサンバランド伯が黙って彼に手綱を渡す。セリフなしの挿入シーン。ここは映像的に、象徴的に、短く、反乱軍が形成されていく様子を見せる。上手。

三幕二場。帆船が一艘、ウェールズの海辺へ。リチャードが陸に上がる。ボリングブルック決起、自軍の形勢不利の報を聞き、「王たちの死の悲しい物語をしよう、退位させられた王もいる、戦争で虐殺された王も……みんな殺されたのだ、なにせ王がかぶった空ろな王冠には死神という道化者が居座っているのだから」。

二人はフリント城で対峙する。金色の鎧兜《よろいかぶと》を身につけたリチャードがひとり城壁に立つ。後ろには金色の天使がラッパを吹いている飾り。孤立無援の国王は作り物の天使に守られているってか。彼はほどなく城壁からボリングブルックのいる地上に降りてくる。これもシンボリック。

三幕四場、王妃と庭師の爺さんが語り合う息抜きのシーンは、緑まばゆき庭園にした。これまで国王の白い衣裳、クリーム色のテント、金ピカではなく上品な金色の甲冑など、気品の漂う淡い色合いを見せておいて、ここはサッと色彩を変え、気分を一新する。なるほど、アクションだけが映像の見せ場ではない。

四幕はリチャードがウェストミンスター・ホールの議会で退位させられる、この作品のクライマックス・シーンである。ダメ国王の哀れで女々しい長ゼリフに、ついつい同情させられる。格好よくない、でも文句なしのセリフ術。やっぱり芝居は役者だ！

有名な井戸の比喩、リチャードとヘンリーが互いに握りしめた王冠のその輪の中に、井戸を覗《のぞ》き込むがごとき二人の顔を捉える。王冠の中空（hollow）から道化者が見える、と。

ベン・ウィショーはRADA（王立演劇学校[40]）を卒業した翌年、トレヴァー・ナン演出の『ハムレット』（オールド・ヴィク、二〇〇四年）に主演して、絶賛された。二十三歳でデンマーク王子を演じて名をなしたのは半端じゃない。今夏［二〇一五年］はルパート・グールドが率いて絶好調のアルメイダ劇場でエウリピデスの『バッコスの信女』に出演。悔しきかな、切符が手に入らなかった。彼の顔を見たければ、サム・メンデスが監督した『007　スカイフォール』（二〇一二年、イギリス・アメリカ合作映画）で、同シリーズ最年少のQに扮している。へへエ、あの若造だ。

おっと、ジュディ・デンチ演じるMの隣に突っ立っているパッとしない助手がロリー・キニア。彼は二〇一四年から日本にもお目見えしたナショナル・シアター・ライブ（NT Live[41]）では、『ハムレット』（NT、二〇一三年）のタイトル・ロール、また『オセロー』（NT、二〇一三年）ではイアーゴーを演じている。売れっ子なのである。僕もこのごろは流れるようにしゃべらない彼の独特のセリフまわしにはまってしまって、ロンドンではベン・ウィショーのギリシャ悲劇の代わりに、キニアが主演した『審判』（ヤング・ヴィク、二〇一五年）を見てきた。不可解なカフカ作品の主人公に彼はピッタリ。

そのキニアはリチャード二世の見せ場では、受けの演技に徹している。議会でウィショーが切々と語る長ゼリフを黙って聞いているだけで、銭が取れる。受けてナンボ、主役を立ててナンボの演技ができるのも名優の条件のひとつである。これがハリウッドや日本の俳優にはなかなかできない。

五幕。原作は年代記風で必ずしも面白くないところだが、三十分以上かけて割と丁寧に描く。キニアが王位に就いても、相変わらず冴えない、威厳がないのがおかしい。なるほど、「空ろな王冠」をかぶった生身の人間なのだ。一方、リチャードはポンフレット城の暗い洞窟に半裸の姿で幽閉されている。オーマール（原作はエクストン）らが彼を殺しに来る。大弓《クロスボウ》から放たれた矢がリチャードの胸に突き刺さる。おっ、これは前に見たぞ。そう、開幕早々のクレジットが流れるシーンで、リチャードがお気に入りの家来ブッシーに、矢を受けて殉教する聖セバスティアヌス[42]の絵を描かせていた。それだ。

ラストは、新王ヘンリー四世のもとに次々と謀叛人たちの生首が届く。ほどなく粗末な棺桶に押し込まれたリチャードの遺体も。蓋を開けて、狼狽するヘンリー。カメラが上方に引いていくと、棺の中のリチャードは殉教したイエスのよう。冒頭の天井から吊るされたイエス像の姿と重なって、幕となる。

『リチャード二世』は映像向きの作品とは言いがたい。全篇叙情的な韻文からなり、長ゼリフも多く、動きの乏しい、戦闘シーンにいたっては皆無の、地味で、けっこう退屈な劇である。だから、この芝居の成否は詩を朗じる役者の力量にかかっている。ルパート・グールドは映像的な技術を抑制的に使い、イギリスが誇る舞台役者たちに存分に語らせて、〝非映画的〟な傑作を生みだした。ベン・ウィショーはこの作品でBAFTA[43]の主演男優賞を獲得している。

だが、『ヘンリー四世』二部作は、原作戯曲もＢＢＣ版もだいぶ趣が異なる。『リチャード二世』が叙情史劇《リリカル・ヒストリー》ならば、『ヘンリー四世』は現実政治の世界をもっと写実的に、世俗的に、散文的に呈示する。ヘンリー四世の息子ハルの悪友フォールスタッフが活躍する「世話物」の場がその印象を一層強くさせる。

サム・メンデスは、ケンブリッジ大を卒業してほどないころ、ジュディ・デンチを起用して『桜の園』（オールドウィッチ劇場、一九八九年）を演出し、一躍脚光を浴びた。弱冠二十四歳の若者が日本でいえば〝人間国宝〟のような大女優にどうやって稽古をつけたのか？　僕もイギリスに研究休暇で滞在した時期に、その二十代の新進気鋭の演出家の舞台をずいぶんと見たが、ある意味若者らしくない、さして特徴のない、奇をてらわない、「古典をテキストのとおり舞台に乗せればこうなるよね」といった作品の数々。そうした台本の読みの正確さと深さでジュディ・デンチをはじめとする大御所たちを引っ張っていったのかと、あれこれ想像したものである。

そのサム・メンデスがはじけたのは、『アメリカン・ビューティー』（一九九九年、アメリカ映画）から。ハリウッドに乞われてアメリカン・ドリームをこき下ろすブラック・コメディを撮り、映画初監督でアカデミーの作品賞と監督賞を受賞した。あれも、彼が監督を依頼された時にはすでに出来上がっていた——監督だけ見つからなかったという——台本に忠実、視覚的な効果は抑え気味に、しかし的確に挿入して見事だった。テーマもストーリーも俳優も純正アメリカンなのに、どこかロンドンの舞台作品の香りがした[44]。

けれども、サム・メンデスの方もギブ・アンド・テイク、映像技術を使いこなすノウハウをハリウッドから学んだのであろう。その経験が後年の、天性の映画監督かと見まがうばかりの『007スカイフォール』の成功へとつながっていく。

お話は叙情的にあらざる、しかしだからこそ映像化に向いているかもしれない『ヘンリー四世』二部作に戻る。演出はリチャード・エア、彼もまた映像の何たるかをよく心得たベテランの演出家である。

『ヘンリー四世』第一部の一幕一場は、王宮のヘンリー四世が封建諸侯の反乱に頭を悩ませている姿、そして一幕二場は国王の苦悩を知ってか知らずか、王子ハルが真昼間にやっと起き出したフォールスタッフと悪態をつき合う様を描く。前者はちょいとお堅く、後者は下世話なシーン。戯曲のまま上演すると、どちらもじっくり、たっぷりの感がある開幕である。

リチャード・エアは、まず王子がアップテンポの音楽に乗って、フォールスタッフに会いに行く様子を映した。悪友はビヤ樽のような腹をさらし、高いびきで寝ている。ベッドの隣には尻を出したままの女。と、場面は王宮の深刻な会議に転換する。そして、またハルとフォールスタッフのくだりへ。

映画は「編集の芸術」といわれる。カットとカット、シーンとシーンをどうつなぐか、それが勝負だ、と。エアは冒頭の二場を短く切り分け、両者を交互に見せる。これだと、二つの場面が同時進行しているのがわかり、銀幕にリアルタイムの緊張感が漂う。さらに、スピード感も。

二十一世紀、演劇も映画もこのスピード感が大切だ。日常からして気忙《きぜわ》しい㊺現代においては、じっくり、たっぷりは退屈と眠気をもよおす。劇場でも教室でも。困ったものだ！

王子ハルに扮するのはベン・ウィショーと同世代の人気者、三十一歳のトム・ヒドルストンである。赤茶色の革ジャンを着た、今風の兄《あん》ちゃん。衣裳だけでなく、表情や感情の出し方も、現代人のそれ。変に時代がかった作りをせず。これは今日のロンドンの舞台での演じ方と共通する。ヒドルストンの顔を確かめたいなら、ウディ・アレンの『ミッドナイト・イン・パリ』（二〇一一年、スペイン・アメリカ合作映画）、ハリウッドの脚本家が一九二〇年代のパリにタイムスリップするおとぎ話で、スコット・フィッツジェラルドに扮している。

また、フォールスタッフ役は、この四半世紀イギリス演劇界の屋台骨を支えてきたサイモン・ラッセル・ビール。若いころからしばしばサム・メンデスと組んで、ＲＳＣでもＮＴでも多くの名演技を披露してきた。ハルより背が低く、彼の目の高さまでしかないが、それでも存在感が違う。この番組、サイモン・ラッセル・ビールが初めてフォールスタッフを演じるということでも話題になった。

二幕四場のボアーズヘッド亭の場面。フォールスタッフが大ぼらを吹き、ハルに嘘八百だとなじられ、しかしみごとにしらばっくれる。さらに、二人がヘンリー四世の真似をして、国王を笑い飛ばすおなじみのシーン。ここは皆、大笑いはしているのだが、どこか危険な空気が漂う本気モード。王子も陽気に騒いではいるが、その内面は読めない。

酒場の女将《おかみ》クィックリーに扮するは、ジュリー・ウォルターズ。当たり役は『リタの教育』（ドンマー・ウエアハウス、一九八〇年）のヒロイン、また『リトル・ダンサー』（二〇〇〇年、イギリス映画）で主人公の少年にバレエを教えるウィルキンソン先生を演じた女優といえば、わかるだろうか。

ハルは反乱軍の決起で風雲急を告げる王宮に呼び出される。冷たそうな石造りのホールに、冷え冷えとした空気が漂う。赤い帽子をかぶり、ため息まじり、ふてくされた態度で現れた王子は、さっそく父王に罵倒され、口許に笑みを浮かべたところで、ビンタを食らう。ハルは真顔で十字を切り、敵の急先鋒ホットスパーの首を取って、これまでの不品行の償いをすると誓う。

いざ、合戦。天下分け目のシュルーズベリーの戦いへ、フォールスタッフも嫌々戦場へ向かう。ほとんど白黒に近い映像。いいなあ、この寒々とした情景。デジタルの時代、色合いの調整も簡単にできるようになった。

「名誉って何だ？　空気じゃないか」――ヘッポコ騎士の名ゼリフはナレーションで流し、彼の〝意識の流れ〟にした。そこに滑稽味はなし。真剣勝負の戦場での、彼の真情として捉えた。ハルとホットスパーの一騎討ちもリアルに見せる。ハリウッド映画の戦闘シーンに見劣りしない。そして、死んだふりを決め込んでいたフォールスタッフの決めゼリフ、「真の勇気は慎重さなり」も、おどけた調子なし。喜劇ではなく、歴史劇だぞ〜、と。

ＢＢＣはかつてシェイクスピア劇全三十七作品を足かけ八年（一九七八―八五年）にわたって制作・放映したことがあった。けれども予算不足にあえぎ、ほとんどがテレビスタジオでのセット撮影、演出も教科書的で、「退屈さに野次とあくびが絶えない[46]」とまで酷評された[47]。

そのトラウマから脱するべく、００７の監督率いるチームは、ロケ撮影に徹し、シーンを入れ替え、セリフのカットもバッサバッサ、二十一世紀の映像技術をフルに使って、スピード感あふれる、観客に一気に見せる歴史劇を撮った。いや、お見事。これで三十年前のBBCシェイクスピア・シリーズの呪縛から解放されたのではないか。

もっとも、『リチャード二世』はまだ二時間二十一分あったが、『ヘンリー四世』は二部とも一時間五五分。ここも切ったか、あそこも切ったか、ちょっとカットし過ぎの感がなくはないけれども。

『ヘンリー四世』第二部。冒頭は小姓がフォールスタッフの小便の入った器を持って、彼の部屋に入ってくるところ（一幕二場）から。「流言」による口上はカット。映画はしばしば開幕シーンで、主人公ないしは視点人物を大写しにする。「今日は、この人の目線で物語を見るんだよ～」と。この作品は少年のアップからスタートし、彼にフォールスタッフ没落の顚末《てんまつ》を見とどけさせる。

舞台はスコットランドにほど近いイングランド北部に移って、一幕一場。僻地の景色は、淡い緑が美しい。背景に城が立つ。でも、CG映像は絵のような風景に過ぎるという向きもあろう。その領地でノーサンバランド伯が息子ホットスパー戦死の報に接する。

一方、フォールスタッフは高等法院長を煙《けむ》に巻き、また貸した金を返さぬと訴えるクィックリーもなんとかなだめる。王子はシュルーズベリーの戦いで改心したと思いきや、ふたたび王宮を抜け出して、ブラブラしている。父王の悩みは深い。

と、早くも三幕一場。真夜中、ヘンリー四世が眠られぬ夜を過ごしている。長いモノローグを、王宮をウロウロしながら、ごくごく自然に独り言としてしゃべる。夜中の廊下、松明《たいまつ》が焚かれ、窓から月明かりがさす。みごとなライティング。映画は「光の芸術」とも呼ばれる。デジタルの時代になって、照明による表現の幅が広がった。疲弊した国王が無人の部屋に入る。王座に近づき「幸福な民よ、眠れ」、さらに王座に手を触れ「王冠を頂く頭《こうべ》に安らぎは訪れない」。決めゼリフ！　国王の姿はシルエットで、〝絵〟もピタリと決まっている。

ここで庶民のにぎやかな声が聞こえてきて、場面は二幕四場のボアーズヘッド亭に戻る。フォールスタッフの愛人ドルが、飲みすぎて吐いている。その名のとおり過激なピストルがベロンベロンに酔っ払って登場し、一悶着起こす。民草のなんとノーテンキなこと。大人たちのアナーキーな騒ぎを横で小姓が見ている。

そこへハルと彼の腹心ポインズが現れる。フォールスタッフが膝の上に乗せたドルに聞かせる王子とポインズの悪口を屋根裏から盗み聞き。老人と情婦はいい雰囲気になり、ベッドに入ってよろしくやって……むろん、そこでお邪魔虫がバアッと。ハルがエロ爺《じじい》をやり込め、フォールスタッフが下手くそな言い訳をする。あゝ、お気楽。

舞台は王宮へ転換、さっきの三幕一場の続きのシーンになる。王座に座ったまま寝入っている国王に臣下たちが駆け寄る。夜中の一時過ぎ。ヘンリー王は、「我々に運命の書を読みとる力があれば」と。唸《うな》るように、「どんなに幸福な若者でも、来し方の危難、行く末の不幸を思って、その書を閉じ、死を選ぶかもしれない」。支配者の、そして人生の苦さを語って絶品のセリフ、またそれを朗じるみごとなエロキューション。

おっと、ヘンリー四世役の俳優を紹介しわすれた。『リチャード二世』の時のロリー・キニアに代わって、続篇の二部作ではジェレミー・アイアンズが演じている。僕はこの俳優、これまでどうも好きになれなかった。あくが強すぎる。『ダイ・ハード3』（一九九五年、アメリカ映画）の、あのテロリスト役の男だ。いや、ハリウッド映画ならまだしも、わが愛するルイ・マルの数少ない駄作『ダメージ』（一九九二年、イギリス・フランス合作映画）、あれもぶち壊しているのはジェレミー・アイアンズのあくといえよう。

ところがぎっちょん、シェイクスピア劇では抑えが利いている。世に「戯曲が役者を育てる」ということばがある。イギリスの俳優はシェイクスピアが、ロシアの役者はチェーホフが、フランスの俳優はモリエールが育てる、と。そりゃ、ハリウッドのスターはかわいそうだ。あんな薄っぺらな台本で演じていれば、〝自分〟を前面に押し出さないわけにはいかないだろう。

だが、イギリスの舞台役者はまず役柄になり切ろうとする。ジェレミー・アイアンズは、何よりヘンリー四世であろうとしている。もちろん、頬に大きな傷痕をつけるなど、いろいろやってはいるが、でも沙翁劇の詩行を語る彼のセリフ術が彼のあくを薄めて、渋い千両役者たらしめている。

三幕二場は、気分を変えてグロスターシャーの片田舎。一面の銀世界に十二匹のアヒルが歩いてくる。フロスト。雪も降らないのに、芝生に霜《フロスト》が降りて、きれいな白銀の風景を現出するイギリスの冬の風物詩である。そこに第二部の名物キャラ、田舎判事のシャローとサイレンスがやって来て、フォールスタッフの兵隊集めを手伝ったり、昔話をしたり。フォールスタッフは農民たちに賄賂を要求し、金をよこさぬ者だけを選び、ポンコツ部隊を編成する。ドタバタに近いシーンだが、ひとたび戦争が起こった際の民衆の悲哀をかいま見せて、有名な場面である。

王宮ではヘンリー四世が発作に倒れる。ベッドに横になり、王冠を枕の上に置かせる。ハルが駆けつける。王冠に指をかけて眠る父王に息子は、なにゆえそんな心をわずらわせるものを枕元に置いているのか、と。国王が死んだと思った王子は、王冠を手にホールへ行って、王座に座り、王冠をかぶってみる。目から涙が流れる。

と、そこで父王が目を覚ます。ヘッヘッヘッ、とても発作を起こしたとは思えない足どりでハルのもとへ。王子はバツが悪いことこのうえない。父子が対決する四幕五場の名シーン、リチャード・エアは王冠をかぶったハルを王座に座ったまま動けなくし、瀕死の老王にその周囲を歩きまわらせ、王子をなじらせた。「愚か者が！　おまえがほしがっている王位という名誉は、おまえを押し潰す重荷にしかならぬのに。なぜあと半時間が待てないのだ？」

ハルは王座から引きずり下ろされる。王子は父をなだめるように反論して、王冠にまつわる心労が父上の体をむしばんだ、それを呪いながら冠を頭にのせてみたのです、と。父と子は床に座り込む。国王は君主の統治いかにあるべきかを説く。最後に、自分が王位を手に入れた経緯について神に許しを乞い、ハルに王冠をかぶせ、次王の治世の平安を祈りながら息絶える。

このクライマックス・シーン、さすがのトム・ヒドルストンも、ベテラン俳優の前ではたじたじの感がある。先に散文的な芝居だと述べたが、ここはジェレミー・アイアンズが韻文劇の魅力を堪能させてくれる。ただし、ヒドルストンのセリフは切り過ぎ。飛ぶ鳥落とす勢いの若手役者に、もう少ししゃべらせてもよかったのではないか。

映画は、前述したとおり、視覚的なメディアである。映像で見せながらくどくど語るのは野暮というものである。しかし、長い詩行が真骨頂のシェイクスピア劇、その映像化はどうあるべきか。

いったい小説は活字を追いながら想像をめぐらせて楽しむ娯楽である。一方映画は、繰り返すが、見せてナンボのメディア。だが、人間は見えてしまうと、そこから先に想像の翼が羽ばたかなくなる傾向がある。では演劇は、見るものか聴くものか？　芝居はいくら舞台美術に凝ってみても、しょせん映像にはかなわない。それゆえ演劇は、映像と圧倒的にセリフ量が異なる。すなわち、俳優のセリフを聴き、想像の世界に遊ぶメディア。そう、小説ファンは演劇を、映画に近い媒体《メディア》と考えがちだが、実は芝居は映画より文学に近いのかもしれない。

戯曲は詩や小説とならぶ文学ジャンルのひとつと位置づけられ、一方映画のシナリオは文学とは認められていないのも、そうした理由による。とくにシェイクスピアの詩劇は文学のひとつの頂点をなす作品群であり、だからこそその映像化は一筋縄ではいかない難業なのである。

ラストはフォールスタッフが新王の戴冠式に駆けつけるが、「おまえなど知らぬ」と拒絶される、これも名高きシーン。沙翁劇全作品の中で最も有名な道化者の末路におどけなし、笑いなし。逮捕される彼を小姓が目の当たりにして、去ってゆく。フォールスタッフの悲しげな顔をアップで捉えて、幕が下りる。

全篇、危急存亡の時代の緊張感をはらみ、その分フォールスタッフの道化ぶりは抑えられている。サイモン・ラッセル・ビールを連れてきて、彼に派手な立ち回りをやらせない。もともと目立つ役者ではないが、そうした地味でシリアスなフォールスタッフに徹してなお存在感を保っている。彼が名優と謳われるゆえんであろう。

女流演出家テア・シャーロックの『ヘンリー五世』は、少女が野の花を一輪摘むアップの映像から。寂しげな音楽。民衆が教会の前に集まっている。少女が喪服の王妃に花を投げる。まだ若い王妃がかすかに微笑む。彼女の後ろには侍女に抱かれた赤ん坊。

教会で葬儀が始まる。結婚式ではなく葬式である。すると、ヘンリー四世の葬儀か？　原作冒頭の高らかな序詞《プロローグ》がナレーションで流れる。ただし、昔を優しく思い出すような調子。ふつうの序詞役《コーラス》と違う！　だけど、いい声をしている。誰だ？　と、すかさずジョン・ハートとクレジットされる。そして遺体は、おゝ、トム・ヒドルストン。彼の顔がアップになって、「ヘンリー五世」とタイトルが出る。

つまり、ヘンリー五世の死から始めたわけか。でも、この演出は危ないよ。今時、女流演出家がどうのこうのと言うのも時代遅れだろうが、勇気凛々《りんりん》の、ある意味マッチョな愛国劇を女性の視点から描こうってか。う〜ん、大丈夫かいな⁉

場面が転換し、白馬を疾走させるヘンリー五世。カンタベリー大司教とイーリー司教が王宮の廊下を歩きながら、国王の噂をしている。即位してから、皇太子のころとはガラリと変わった、と（一幕一場）。ヘンリー五世が王宮に到着、ひょいと王冠を受け取り、頭にかぶる。王座に腰を下ろしても、ひじをついて、格好いいねえ。フランス使節がテニスボールをみやげに若いイングランド王をからかうシーンも、ピシャリと言い返して、ステキ。イケメンで、むろんセリフまわしも文句なく、ヒドルストンの魅力炸裂といったところか。

フランスとの戦争が始まる。居酒屋の庶民たちも、イングランドの白地に赤十字、「セント・ジョージ・クロス」の布を腕に巻き、気勢を上げる。だが、クィックリーがフォールスタッフの死を男たちに告げる。ジュリー・ウォルターズの達者な語り。安心して聞いていられる。バードルフ、ニム、ピストルとの別れはしんみりと。戦争に連れていかれる民衆の心情を反映させる。

二幕二場、ヘンリー王の臣下たちの陰謀が露見するサザンプトンの場は全部カット。また、エクセター公が国王の名代としてフランス王に謁見し、フランス王位を要求するシーンはなんでもない場面だが、老貴族に扮するアントン・レサーが易々《やすやす》と沙翁の詩行を朗じる、そのセリフまわしを聞いているだけで満足。背の低い、見栄えのしない爺ちゃん、でもエロキューションと表情と、そして目の演技も抜群。そう、芝居を締めるのは、こういうベテランの脇役である。

と、速い、速い。三十七分で二幕まで終わってしまった。イングランド軍の船の帆はセント・ジョージ・クロス。おっ、かつてのフォールスタッフの小姓もドーヴァー海峡を渡る船に乗っている。ハーフラー攻め（三幕一場）は、城壁を登ろうとして、上から熱湯をかけられる。ヘンリーが「もう一度突撃だ」と兵士たちを励ます長ゼリフ、ローレンス・オリヴィエもケネス・ブラナー[48]も馬上から勇壮に激励したが、ヒドルストンは白馬から降り、膝をついて部下たちに語りかける。カメラはずっとアップ。ヘヘエ、なんか演出が小さくないか。

フランスの王女キャサリン（メラニー・ティエリー）が侍女のアリス（ジェラルディン・チャップリン）に英語を教わる場（三幕四場）は、シリアスな歴史劇に緩急をつけるために思いきりコミカルに演出するのが通例だが、テア・シャーロックは必ずしも滑稽に作っていない。また、バードルフが行軍中に盗みをはたらいて処刑される場面（三幕六場）、ヘンリーが登場した時には、ボアーズヘッド亭の旧友はすでに木に吊るされている。国王が断腸の思いで、しかし軍規を正すべく毅然として死刑を命ずるシーンだが、映画はヘンリーが何もできない状況に設定している。

この作品も、シーンの入れ替えは頻繁、セリフも相当カットしている。

四幕に入り、アジンコートの戦いの前夜、ヘンリー王が野営地を巡回する。国王はひとりになり、大地にひざまずいて神に祈る。その不安げな姿を小姓に見られているのに気づいて、立ち上がる。

夜が明ける。イングランド軍の劣勢は明らかである。フランス側の兵員はわが軍の五倍だと貴族たちが弱気になっている。そこにヘンリー五世が現れて、彼らを叱咤《しった》する。四幕三場、イギリスが誇る愛国劇のそのまた最も愛国的と謳われる「聖クリスピアンの日のスピーチ」である。ここは国王の感動的な演説に周囲の兵士たちも集まってきて、一気に盛り上がる、そんな大歌舞伎にしたいところ。ヒドルストンはウェスモランド伯にまず語りかけ、それから貴族ひとりひとりに。しかし、カメラはアップのまま。聴衆も貴族たちだけ。おっと、小姓も聞いているが。兵隊の数が足りないなんて嘆くな、「我々は幸福な少数だ」と演説がサビの部分にさしかかるとヒドルストンはちょっと涙目、だがここでもカメラは引かない。女流演出家は、国王をカリスマ的に撮ることを拒否して、小さな演出に徹する。

が、これ、意図はわかるが、なんか面白くない。ヒドルストンの上手な語りまで一本調子に思えてくる。けれども批評家曰く、「ヘンリーは好戦的愛国主義を嫌っているだけでなく、自身の弁舌にもうんざりしている」、「彼はなんとか自分のことばを信じようとしているのだ」と。(49) なるほど。ヘンリーは単に王位に就いただけでは王権を神授されたとは信じられない、自分は偉大な国王にならねばと思い、でもそうはなれない自分がいる。彼はイングランド王として将校たちを鼓舞しながら、その心を揺さぶる自分のことばを疑っている。さらには権力の何たるかにさえ懐疑的になっている、ってか。おゝ、現代的！[50]

この等身大のスピーチに感じ入った王の従弟、黒人のヨーク公が前衛を任せてくれと志願する。戦闘開始。激しい戦い、アップが多いが、デジタルの時代だ、リアルに、迫力のある戦場シーンになっている。ヘンリーは馬から落とされ、歩兵とともに戦う。白兵戦だ。国王の勇敢な姿を、しかし大きくは見せない。

森の中、小姓の肩に後ろから手をかける男がいる。嫌な予感。原作にある子供たちまで虐殺されたという話（四幕七場）はカットされている。代わりにこの少年がやられるのではないか。だが、男はヨーク公だった。そして、小姓ではなくヨーク公が背後からの剣に倒れる。少年は生き延びて、アジンコートの戦いの見届け人となる。

やがて雌雄が決する。イングランド軍勝利と自軍の戦死者少なしの報に、ヘンリーは兵士たちにはばかることなく大地に両膝をついて神に感謝する。

五幕二場はフランス王宮での和平交渉と、王女キャサリンへの求婚の場。ヘンリーは途中から王冠を脱ぎ、下手くそなフランス語でキャサリンにプロポーズする。やっと王女と、侍女アリスと、そして息苦しかった銀幕にもなごやかな雰囲気が漂う。フランス王が部屋に入ってくる。ヘンリーが「あなたのご息女を妻にしたい」、フランス王が辛そうな顔で、「差し上げよう、息子よ」。もちろん政略結婚である。が、二人の笑顔には真実の愛がうかがえるというお話。

けれども場面が転換すると、キャサリンの悲しげなアップ。冒頭の葬儀のシーンに戻る。コーラスによるエピローグがナレーションで流れる。キャサリンが生まれたばかりの赤ん坊、ヘンリー六世をアリスから受け取り、抱きかかえる。この映画に登場した貴族たちも参列している。小姓がセント・ジョージ・クロスの布を握りしめている。彼の手元にカメラが下りてゆき、同じ布きれをもつ男の手のアップからふたたびカメラが上がっていくと、おゝ、やっと顔を見せたか、ジョン・ハート。デヴィッド・リンチの『エレファント・マン』（一九八〇年、イギリス・アメリカ合作映画）に主演した俳優が、こんな優しげなお爺ちゃんになっちゃった。

と、そう、小姓が老いてからコーラス役として語るイングランド史という仕掛けである。ジョン・ハートが無人のホールの王座に歩み寄り、セント・ジョージ・クロスの布きれにいとおしげに口づけし、この苦渋に満ちた物語のすべてを包みこむようにまろやかな声でエピローグの最後の一行半を語る。かすかに口許に笑み。フェイドアウト。(51)

賞は取れない作品である。トム・ヒドルストンはいわばやり損なヘンリー五世に徹して、プロの舞台役者の心意気を示した。テア・シャーロックは愛国劇の数々の雄々しき名ゼリフをカットしたりテンションを落としたり、さらには沙翁の豊かな遊びまでそぎ落として緩急のつかぬことを恐れず。だが、イギリスの誇る英雄伝説をみごとに反転させ、ややもすると窮屈で解放感のなかった等身大の国王の物語は、ラストのジョン・ハートの包容力あふれる語りで洗い流される。

ヘンリー五世、享年三十五。彼もまた、アジンコートの戦いにおける栄光を手に入れる英雄というよりは、若くして世を去った儚《はかな》き国王だった。この歴史劇シリーズのタイトルは『空ろな王冠』。

ちなみに僕の修士論文のタイトルは、“A Study of *Richard II*: The Hollow Crown”。なるほど、こういう風なことを書きたかったのかもしれない。が、あの時は力およばず。いや、蛇足の独り言でございます[52]。

第4章　ハッピー・コメディ

1　ロイヤル・シェイクスピア劇場の喜劇

『から騒ぎ』

シェイクスピア研究者とは名ばかり、ロイヤル・シェイクスピア劇団（RSC）の本拠地たるストラットフォード・アポン・エイヴォンには、二十三年間行かなかった。いろいろな事情があったにせよ、あまりにも長いブランク。その間にロイヤル・シェイクスピア劇場は改築されて、張り出し舞台《スラスト・ステージ》の魅力的な空間に生まれ変わった。

で、実にひさしぶりのストラットフォード詣でで最初に見た芝居は、『恋の骨折り甲斐（*Love's Labour's Won*）』[1]（RSC、二〇一四年）だった。えっ、聞いたことない作品？　僕も知りません。その現存しない沙翁劇（!?）は、実は『から騒ぎ』だったのではないかという推測のもと、『恋の骨折り損（*Love's Labour's Lost*）』と二本立て《ダブルビル》で上演する。つまり、二作を同じ舞台装置[2]で、また主要人物も同じ役者たちが演じて、日替わりで見せる。

加えて時代設定は――昨今のシェイクスピア劇は、戯曲に書かれている時代では昔すぎる、そこで現代よりちょっとだけ古い時期に舞台を移して上演することが多いのだが――今回は第一次世界大戦（一九一四―一八年）[3]からちょうど百年ということで、大戦の前後としている。なるほど、『恋の骨折り損』は恋の季節が終わり、真顔の人生が始まる予感で幕が下り、『から騒ぎ』は戦争が終わって将兵が戦場から帰ってくるシーンから始まる。前者は一九一四年、後者は一九一八年の出来事とすれば、二作は大戦をはさんだ一対の芝居にできる、と。いろいろと考えてくれますなあ。演出はクリストファー・ラスカム。

『恋の骨折り甲斐』、いや『から騒ぎ』は、若い貴族クローディオがシチリア島のメシーナ知事レオナートの娘ヒーローに一目惚れし、結婚することになるが、悪意を抱くドン・ジョンの計略にはまって彼女の貞操を疑い、結婚式のその場で罵詈雑言《ばりぞうごん》を浴びせる。しかし、最後にはドン・ジョンの悪事が露見して、めでたく二人が結ばれるまでを描く喜劇。

もっともこの芝居には、女嫌いで独身主義を標榜するベネディィックと彼に輪をかけて男嫌いの才女ベアトリスの恋愛という脇筋がある。この脇筋、もともとはクローディオとヒーローの恋愛模様と対照させて、主筋を引き立たせるために盛り込まれたものであろうが、一度乗り出すと筆が止まらなくなるのが、シェイクスピアの常。ベネディィックとベアトリスのことば遊びをふんだんに含んだののしり合い、「機知合戦《ウィット・コンバット》」の方がすっかり有名になってしまった。

シェイクスピアが三十代半ばでものした戯曲である。彼はイングランド史劇とドタバタ喜劇で一躍人気作家となり、しだいに政治の難しさを知り、人間の不可解さを痛感し、でもまだ人生の垢は溜まり過ぎていないころ。『から騒ぎ』は、『お気に召すまま』、『十二夜』と並んで「幸福な喜劇《ハッピー・コメディ》」

と呼ばれる一篇である。

RSC『から騒ぎ』の開幕は病院。スラスト・ステージには鉄のベッドが五つ、メシーナ知事の机とストーブ。ヒーローとベアトリスは看護婦姿である。ベアトリスは最初から毒舌を吐いている。なるほど気の強い、傷病兵に厳しく接する、こんな看護婦がいそうじゃないか。また、レオナートは将校服、おっと、戦場から戻ったドン・ペドロらも軍服である。

レオナートが弟のアントーニオから、クローディオのヒーローへの恋心を知らされる短いシーン（一幕二場）は、病院のセットがちょいと後方に引っ込み、舞台の前方にできた狭いスペースで展開する。大劇場なのに、わざと狭い空間で芝居をさせる面白さ。次の一幕三場は、ステージ中央の奈落からビリヤード台がせり上がってきて、ドン・ジョンが玉を突きながら己の邪心を語る。ただ告白するだけではつまらない。何かやりながらしゃべらせるのがコツである。

また、小太りで髪の後退したドン・ジョンは、ほほう、杖をついている。戦場で負傷したのだろう。戯曲では舌足らずな、それゆえに動機がわからず不気味な彼の悪意。だが、彼の外見と表情と、そして杖によって、彼が底知れぬ悪党というよりは、むしろ劣等感に苛《さいな》まれている小心者だと、ドン・ジョンの陰湿さの理由《わけ》を納得させてくれる。

レオナート邸での仮面舞踏会（二幕一場）は、ヒーローの弾くバイオリンの音《ね》を聞いているうちに、大きなクリスマスツリーやピアノなどが乗った舞台が前方に出てくる。上手に転換するものだ。そこで歌やらダンスやら、なごやかなホームパーティが始まる。ひょいと仮面をかぶっただけのベネディックに、ベアトリスが彼と知らずに悪態をつく。まあ、リアリズムで考えれば、気づかぬはずはないのだが。

と、他愛ないといえば他愛ないやりとり、しかしそれをイギリスの観客たちはゆったりと楽しんでいる。シェイクスピア劇だといっても肩肘張らず、日本なら落語でも聞きにきたかのように、自然体で笑い興じる。おっと、僕の見ている三階のバルコニー席から舞台を見下ろすと、最前列の席にいる育ちのよさそうな娘さんが、母親と一緒に満面の笑みを浮かべているのが目に入る。ハイソを気どらず、でも素直で教養がありそう。いいな。

エドワード・ベネット扮するベネディックはドン・ペドロに、ベアトリスのそばにはいたくない、どんなささいなご用でもお命じください、楊枝一本取りにアジアの果てまで行ってもいい、と。ベネディックをやりこめる陽気で高慢ちきなベアトリスを演じるのは、ミシェル・テリーである。美人ではない、だが今、イギリスの中堅どころではトップの女優だろう、二〇一八年からはロンドンのグローブ座の芸術監督を務めている。

二幕三場。ドン・ペドロの歌手バルサザーが、「♪ 嘆くな乙女よ、泣いてはならぬ、男は絶えず食わせ者……(4)」と歌う。これ、全シェイクスピア劇の中で最も有名な挿入歌のひとつである。

舞台と客席がすっかり一体となったところで、この芝居の白眉の場面が始まる。ベネディックがカーテンの裏に隠れているのを承知のうえで、ドン・ペドロ、レオナート、クローディオの三人が、「ベアトリスはベネディックにぞっこんなんだってよ〜」、でも今さら好きだと打ち明ける手紙も書けずに苦しんでいる、と。男三人組のでたらめな話に、カーテンの後ろでは物を落とす音が聞こえ、時にベネディックが驚いた顔を覗《のぞ》かせて短く傍白し、さらに大きなクリスマスツリーの中から顔や手を出し、そのいちばん上の星の飾りに顔を突っ込み、はては感電して煤《すす》だらけになる。スラップスティックに思いきり笑わせる。なんて他愛ない！　けれども、それが単なるギャグに終わっていないのは、シェイクスピアの戯曲のセリフにみごとに呼応しているから。

続く三幕一場では、ベアトリスがヒーローとその侍女の噂話を塔の上方の窓から聞いている。ベネディックはベアトリスに恋焦がれている、しかしベアトリスは自尊心が強すぎて、男を軽蔑しているから始末に負えない、と。

人間は笑って笑って、その後に真情あふれる告白を聞かされると、とても心に沁《し》みるものである。ベネディックもベアトリスも、まんまと騙《だま》された後にそれぞれひとりで舞台に残り、「俺はベアトリスに愛されているのか」、「ベネディック、私を愛してください、私もあなたを愛しますから」と独白する。

いやいや、お芝居ならともかく、現実にはそう簡単に人間の気持ちは変わらないよ、と言うかもしれない。だが、例えばいつもレポートを厳しくダメ出しするゼミの先生、「あ〜あ、なんでこんなゼミに入っちゃったんだろう」とゼミ生がため息をついていたら、同級生が「でも、先生、おまえのこと誉めていたぜ、あいつがいちばん鍛えがいがあるって」。それを聞いたとたんに、「わあ、先生、ステキ〜！」なんて——（傍白）そんなことがあったらいいな。

逆に、ハンサムで寛大で頭脳明晰で質実剛健で正義漢の先輩が、実は内輪の飲み会では後輩の悪口をさんざん言っていると漏れ伝わってきた。そりゃ、事実を確認する前に、もうその先輩に対するあこがれは半分吹っ飛んでしまうだろう。そうした感情の激変、評価の逆転は、学校でも職場でも、日常けっこうあるのではないか。

我々が人の噂でいかにコロッと心変わりするか。いや、口コミだけではない、今日の情報化社会、テレビや週刊誌や、さらにはインターネット上には、怪しげな情報がウジャウジャしている。どれほど現代人が情報操作されているか。

古典における普遍性とは何ぞや。いつの時代も変わらぬ人間性を探究しているのが古典だとしばしばいわれるが、それは変わらないのではない、ますます増幅されている場合に、我々は古典の普遍性、ないしは現代性を実感するのである。

さて、主筋は同じ情報操作のテーマをもっと深刻に描く。ドン・ジョンがクローディオにヒーローはふしだらな女だと中傷し、おまけに自分の従者が夜、女と逢引きしているところを遠目に見せ、さもヒーローが男と密会しているように信じ込ませる。クローディオはもうイチコロ、結婚式での花嫁罵倒とあいなる。

このお話、デジャヴュ感はないか。そう、『オセロー』と同じなのである。あの勇気凜々《りんりん》の英雄将軍が副官イアーゴーの讒言《ざんげん》とハンカチ一枚のトリックにものの見事に引っかかって、愛妻デズデモーナの不義密通を疑い、彼女を絞め殺してしまう。これも嘘だ〜い、と苦笑したくなるストーリーなのだが、一流の俳優が演じる『オセロー』の舞台を見ると、おゝ、なんと人間の愛情や信念はくだらぬ情報で容易に崩れ去ることかと、あらためてシェイクスピアの洞察力に舌を巻いてしまう。

『から騒ぎ』は『オセロー』の原型となった作品である。人生の垢がまだつき過ぎていない時期の沙翁は、ガセネタに対する人間心理の無防備さと脆弱さという主題を喜劇に収めたが、しかしかろうじて悲劇の一歩手前で踏みとどまったというのも、たしか。

詩人も、当然危ない展開になってきたと気づいた。そこで後半から唐突に田舎警官のドグベリーたちを登場させて、ドタバタを演じさせ、芝居がシリアスになり過ぎないように取り繕《つくろ》った。四幕二場、たまたま捕らえられたドン・ジョンの従者を、ドグベリーらが尋問する。狭い取り調べ室が奈落から上がってくる。ここも舞台を小さく使う。警官たちと逮捕された者たちがぎゅうぎゅう詰めの空間で、ナンセンスなお笑いの一席を演じる。ドグベリーが紅茶――紅茶好きなイギリス、取り調べでもまずはお茶だ――のポットで火傷しそうになったり、書記が部屋から外に出られなくなって四苦八苦したり。

また、ドグベリーは「おまえは警官である俺に疑いの念を払わないのか」と。えっ⁉　これ、敬意（respect）を疑い（suspect）と間違えた。ベネディックとベアトリスの舌戦はなるほど知的、ウィット・コンバットと呼ばれるのに対して、こちらは無教養な人間が威厳を持たせようとして、ことばの誤用を連発する。後世には「マラプロピズム（malapropism）」[5]の名で知られている。

ドグベリーに下手くそな役者が扮すると、いかにも浮いた場面になってしまうところ。だが、RSCの舞台はニック・ハヴァソンが動きもことばも思いきり作っているのに、場内は爆笑している。彼は『恋の骨折り損』でも、無学な田舎者コスタード役で好演している。

ちなみにこの舞台は、ライブで映画館に配信した「RSCライブ（RSC Live）」のDVD（輸入盤）[6]が発売されていて、通販で簡単に手に入る。聴覚障害者用の英語字幕《サブタイトル》がついている。これが優れもの。日本語の字幕だと、それをついつい読んでしまって耳が閉じてしまう。お勧めは、まずシェイクスピアの戯曲を（翻訳でもいいから）読み、ストーリーと登場人物を頭に入れる。そのうえで、英語のサブタイトルをチラリチラリと目にしながら、映像を見、俳優の語る英語のセリフを聞くやり方。教室でもきわめて有効。本場で生の舞台を見るための格好の練習になる。

ベネディックとクローディオはヒーローをめぐって一触即発、あわや決闘か——と、偶然通りかかったドグベリーの支離滅裂な説明により、ドン・ジョンの悪だくみが明らかになる。

終幕はベネディックとベアトリスがなかなか素直になれないながら、お互いの気持ちを語る。シリアスな場面はきちんとシリアスにやる。喜劇だからといって、無理に笑わそうとしない。それがいい。でも、お互いがラブレターを書いていたことが発覚、二人がキスをするころには、片意地を張っていた男女に心が通いはじめて、どちらの毒舌にもトゲがなくなっている。

そう、恋愛は男女の武装解除だ。裸になる。いや、お布団の中で下着を脱げばいいわけではない。この人の前だったら鎧兜《よろいかぶと》を脱いで、心が裸になれる。この人だったら、信頼して、自分の長所だけでなく短所も、自分の内面のダークな部分も、全部さらけ出せる。しばしば恋をすると、女性は（男性も）きれいになるといわれる。それは自己解放した晴れやかな表情がフッと顔に浮かぶから。若者よ、恋をしよう、そして心をスッポンポンにしよう！

蓄音機から流れる音楽に乗ってダンスが始まり、あれっ、いつの間にか舞台にはベネディックとベアトリスだけが残され、二人がもう一度キス、暗転、すかさず場内から万雷の拍手。戯曲としてのバランスは無茶苦茶、こんなに強引なストーリーで、急転直下の結末で、でも終わってみれば、観客たちは心からハッピーな気分に浸っている。歌と踊りのシャレたアンコールは二回だけ。オペラやミュージカルのように延々とアンコールが繰り返されることはない。スッキリしている。

　ストラットフォードに四半世紀近くも訪れなかったことを、あらためてもったいなかったなあと思いながら、幸福感いっぱいで夜道を帰路についた。

2 お気に召すまま
『お気に召すまま』

『お気に召すまま』――実にいいかげんなタイトルだ。そして、芝居の内容もタイトルと同様、いいかげんでとっ散らかっている。宮廷から追放された面々が、アーデンの森でロビン・フッドよろしくアウトローの生活、さらには恋愛遊戯に興じる牧歌劇の一篇。

シェイクスピアが種本に使ったトマス・ロッジの散文ロマンス(7)では北フランスの森が舞台、しかしアーデンは沙翁の母親の旧姓でもあり、どうやらシェイクスピアは彼の生まれ故郷ウォリックシャーの森林地帯あたりを思い浮かべながら、お母ちゃんの懐に抱かれて息子たち娘たちが人生の傷を癒す様を描いたらしい。歌あり踊りあり、でもこれといったストーリーがあるわけではない、題名どおり、お気に召すままの祝祭劇。

なのに、シェイクスピア喜劇の代表作のひとつとされる。大きな魅力は、個性豊かで曲者《くせもの》ぞろいの登場人物たちにある。弟に領主の地位を奪われ、森で自由気ままに暮らす公爵、兄のオリヴァーと喧嘩別れして同じ森へ逃げ込んだオーランドー、彼の心を試す男装の才女ロザリンドとその従妹シーリア、彼女たちのお供をする道化のタッチストーン、さらには憂鬱気質の貴族ジェークイズなどなど。

また、ワイワイガヤガヤの合間に、人生を俯瞰《ふかん》するような名ゼリフがふと語られる。「この世はすべてひとつの舞台、人は男も女も役者に過ぎぬ、それぞれ舞台に登場しては、やがて退場していく。」続いて、人間は一生の間にたくさんの役を演じる、それは七幕ものの芝居なり、と。赤ん坊、泣き虫の生徒、恋する若者、長じては功名を求める兵士となり、いかつい目をした裁判官となり、やがて老いぼれ、終幕ではふたたび赤ん坊に戻る。これ、ひねくれ者のジェークイズが人生を要約して、イギリス人にこよなく愛される一節である。

そして、公爵に仕える貴族で、この芝居の音楽担当アミアンズが歌う、「♪吹けよ、吹け吹け、冬の風、おまえの心はあたたかい、恩を忘れる人よりも」（小田島雄志訳、軽やかな七五調）も、アーデンの森の気分とこの戯曲のモチーフを端的に伝えて見事である。

そう、歴史劇と悲劇でずいぶんと人殺しを描いてみせたシェイクスピア（一五六四《ヒトゴロシ》―一六一六《イロイロ》年）が、それらのシリアス劇の幕間狂言のごとく、各階級の融和のために喜劇を書いたのではないかという説が実感できるハッピー・コメディである。

で、実は僕の卒論は、『お気に召すまま』中の脇役、前述の道化タッチストーンを分析したものだった。“A Study of Shakespeare's Comedies: chiefly on Touchstone”、一応英語で書いた。英語でしか書かせてくれなかったので。一九八〇年一月提出、当時はパソコンはおろかワープロもなかった時代、年末から年始にかけて必死でタイプライターを打った。

それは、むろん凡たる論文であったが、しかし一所懸命書いた。〆切の日、徹夜明けで、ギリギリの時間に教務課の窓口に提出し、キャンパスのそばの電停——大学の近くを都電が走っていた——の脇にあるとんかつ屋で、ゼミの仲間二人と乾杯したビールの味は、一生忘れられない。今も、あの固くて黒い板の表紙をつけ、二つ穴に紐を通して結わえた卒論が自宅の納戸にしまってある。僕は昔をノスタルジックに回顧するのはあまり好きではないが、それでも下手くそな英語で書かれたその卒論を目にすると、若干の感慨なきにしもあらず、である。

では、なぜ卒論のテーマに喜劇を、そしてタッチストーンを選んだか。ひとつは、俳優座の舞台『お気に召すまま』（東横劇場、一九七八年一月）が気に入ったからだった。東横劇場——かつて渋谷の駅ビル（東横デパート、渋谷再開発にともない閉館）の上階にあった、ウナギの寝床のように細長い、後ろの方の安い席からは、舞台がはるか遠方に見えた劇場である。おまけに地下鉄銀座線の電車が駅に入ってくると、ガタゴト揺れた！

増見利清の演出は、木々を鉄パイプで作って無機質な森を現出させ、音楽はロック、そしてキャストは全員が男優と、ヤン・コット以来の〝甘さひかえめ〟の舞台作りだった。後で聞いた話では、シーリア役の山本圭は女役が嫌で嫌で、ロザリンドに嫉妬して大きな風船を引っかく場面では、本気で爪を立てていたとか。

大学生のころ、それなりにシェイクスピア劇は見たが、この舞台はなぜかとくに心に残った。ある高名な演劇研究者が言っていた、「若い時に見た舞台は大切。人間、中年になってどんなに完成度の高い演劇を見ても、それで自分の人生を変えようとは思わない。しかし、若いころは、つまらない芝居を見て、人生が変わることがある」。いや、俳優座の舞台を完成度が低いとはいわないが、僕の当時の鑑賞眼にはドンピシャ、ちょうどいい難しさと楽しさをそなえたウェルメイド・プレイであった。

そのコメディの中の、なんで脇役の道化を取り上げたのか。これも理由ははっきり覚えている。大学四年になった年の春にイーニッド・ウェルズフォードの『道化』（内藤健二訳、晶文社、一九七九年五月）が翻訳出版されたのだ。原著は一九三五年に出た古い本だが、イギリスの女流演劇史研究者の手になる労作は、タッチストーンがシェイクスピアの想像の産物ではなく、道化は広く絶対王政期のヨーロッパの宮廷に実在していたことを教えてくれた。

リチャード・タールトンはエリザベス女王お気に入りの道化師で、女王のメランコリーを医者よりずっと上手に治せたという。また、タールトンの弟子のロバート・アーミンは舞台でも活躍、シェイクスピア劇の道化《フール》たるタッチストーン、『十二夜』のフェステ、『リア王』の道化は、みなアーミンが演じた。道化はすなわち愚者《フール》、宮廷道化には肉体的ないしは精神的に障害をもつ者も多かったが、しかし絶対君主に対して言い捨て御免、辛辣な諷刺の矢を放てる言論の自由を有していたとか。ほほう、魅力的じゃないか。

だが、きまじめでまっすぐな指導教官は、「シェイクスピアをやるなら、なぜ悲劇を取り上げぬ？」と。えっ、本格的に沙翁を研究する準備なんて——という本音は、むろん口に出せず、もごもごしていた。すると先生は、『お気に召すまま』のキャラクター論なら、ジェークイズの方が面白いはずだ。タッチストーンは格下だろう」と。

今なら僕も、牧歌劇に一点の翳《かげ》りを与えるジェークイズを取り上げるかもしれない。また、ジェークイズはアルカディアを距離を置いて見ているのに対して、タッチストーンは下から貴族たちの森の生活を批判する。その視点の違いで理想郷がどう違って見えるか、と論じる文章も書けるだろう。だが、学生のころにそんな知恵はもちろんなく。

たぶん僕は「道化をやりたいんです」てなことを怖々言ったのだろう。すると指導教官は、「ならば、なぜリアの道化をやらぬ？」と追い討ちをかけてきた。もう秋も終わりそうになってから、作品を変えて、しかも『リア王』なんて胃のもたれる重厚な芝居を、あと一カ月や二カ月で学生が分析できるはずがないじゃないか、ふざけんな、と心の中で叫んだ。

でも、ヘッヘッヘッ、あれから三十数年、僕もゼミの学生に今、同じような説教をしている。「なぜ自分の手に余るほどの本格的な作品に全力でぶつかっていかないんだ？　君たちの持ってくるテーマは、どれもこれもみなチャラい！」残酷なことを要求しているなあ。

もっとも、大学に入ってすぐの時期に英語の授業である先生が言っていた、「ユーモアには国境がある。ユーモア論なら、まだまだ博士論文が書ける。文学なんかよりそっちの方がいいですよ。これからは人と違う分野をやらなくちゃ」。語学について教わったことは、ほとんど忘れてしまったが、そういう断片的な雑談は覚えている。が、さて、タッチストーンでどうやってユーモア論を書こう⁉

自分がなぜ『お気に召すまま』を卒論の題材に選んだか。三つ目の理由は、卒論を脱稿する直前、暗中模索の徹夜作業の中で、はたと悟った（ように記憶している）。僕は大学で剣道部に在籍していた。といっても選手としては補欠で、代わりに三年生の時は主務を兼ねていた。その幹部をしていた一年間は、たった三十人ほどの集団をまとめていくだけで、なんでこんなに苦労するんだと、まさにため息の連続であった。その時、人生で初めて、集団の中の個、また個を活かすための集団なるものを切実に考えさせられた。

あらゆる部員の融和はいかにして達成できるか。僕は主将の裏方にまわり、時々茶々を入れながら、皆を励ます「賢い愚者《ワイズ・フール》」に徹するより致し方なかった。なるほど、自分が道化に惹《ひ》かれた理由が、本音でわかった⁉

まあ、卒業論文なんてその程度の代物であった。それで精一杯だった。けれども、僕のシェイクスピア学の師匠となった他大学の先生は語っていた、「文学を真空管の中にあるものと考えちゃいけない」、「シェイクスピアを自分の生活に導入することが大切なんだ。古典と自分の足が絡んできて、そこから文学はほんとうに面白くなる」。研究レベルの論文など到底書けなかった二十代の駆け出しの時期、大きな慰めとも励ましともなった恩師のことばである。そうだ、愚直でも稚拙でも、自分の本音に正直な、己の人生観に根ざした問いを発し、その答えを模索する〝自分への手紙〟を書きつづけよう。

で、その後エラスムスの『痴愚神礼讃』も読んでみたが、ルネサンスの愚者文学について認識が深まることはなく、自分の実人生と足が絡んでくる思いも抱けなかった。僕の喜劇への関心は、そんな具合で立ち消えになった。

時はたち、人並みの下積みを経験し、幸運にも大学の専任教員になった。僕は若いころに留学はできなかったが、三十五歳の時に大学から研究休暇をもらい、初めてイギリスに一年間滞在した。研究地に牛津《オックスフォード》を選んだのは、ロイヤル・シェイクスピア劇団（ＲＳＣ）の二つの本拠地、ロンドンとストラットフォードの中間にあるからだ。どちらへも日帰り可能。長年の夢が叶い、じっくりとイギリスの芝居を鑑賞する研究生活（？）を満喫した。

僕にとって幸福だったのは、学生時代に外国文学にあこがれ、研究者を志し、そして後に現地へ行き、現実を目の当たりにして失望する、そういうよく聞く経験をついぞしなかったことである。僕はロンドンとストラットフォードの舞台を見て、ますますイギリス演劇にあこがれを抱くようになった。英国の俳優たちの朗じるシェイクスピアの詩は、あらためて僕の心に響いた。

また、二十代の後半から三十代の前半にかけて、僕は沙翁のイングランド史劇を勉強していたが、一年間の遊学中にイギリスの観客がコメディを悠々と楽しんでいる姿に接して肩の力が抜け、自分も素直に、正直に、心底から喜劇を笑えるようになった。

ＲＳＣの演目も、案外コメディが多い。なるほど、気張って悲劇や史劇ばかり読む必要もないか。『お気に召すまま』はそんなシェイクスピア喜劇の中でも、とくに上演回数の多い演目のひとつであった。

そうした舞台から二つほど紹介しておきたい。まずは、スワン劇場[8]の裸舞台で『ヴェローナの二紳士』（ＲＳＣ）を演出して、一九九一年ストラットフォード・シーズンの話題をかっさらったデヴィッド・サッカーが、RSC大劇場で『お気に召すまま』（RSC、一九九二年）に挑戦した。宮廷シーンはシックな、一方森の場面はリアルな装置を組み、笑いを抑えてシリアスな作りにした。祝祭的な喜劇のイメージをもって舞台を見るとちょいと退屈なのだが、家に帰ってから思い出してみると、ジワリと来た。こういう演出もありかな。

おかしかったのはマチネの公演、第一幕の宮廷の場面に登場した後、ラスト近くまで出番待ちが長い役者たちが、屋上で日向ぼっこをしていたこと。イギリスは緯度が高く、どんよりと低い雲がたれこめ、雨も多い国である。だから、太陽が出たらすぐに屋外に出ろと教えられる。俳優たちも五月の日差しに誘われて、気持ちよさそうに肌をさらしている。その姿が幕間のテラスから観客たちに丸見え。気どらぬ、おおらかな役者たちよ。

『お気に召すまま』は、兄を追放した現公爵が終幕で改心して、めでたしめでたしに終わる、その唐突さに苦笑させられる芝居だが、一緒に観劇した友人は、「あゝ、あそこでお天道様に当たってリラックスして、それで公爵は心を入れ替えたのね」と。むべなるかな。

もう一本は、僕がこれまでに見たベストワンの『お気に召すまま』。旅劇団チーク・バイ・ジャウル(9)の創設十周年記念公演は、これも全員が男優だった。ロザリンドとシーリアの男装は、日本の時代劇でよくお姫様がお忍びで男の格好をする、その程度のご愛嬌の場合も多いのだが、しかし上手な男優が扮する女役がさらに男装すると、男なのか女なのかが判然としなくなり、今流行《はや》りのジェンダーとは何ぞやという問いに突き当たる。

また、ロザリンドを演じるのが黒人のエイドリアン・レスターなのが、この公演の目玉。詰物もなにもしていない、男の体型のままのロザリンドで、ちょっとした仕草やしゃべり方で女らしさを匂わせる。男に変装しても、一切の誇張なし。ロザリンドがジェークイズに自分の平たい胸を触らせて女だと気づかせ、口に指をあてて、黙っていろ、と。シーリアが観客を大笑いさせる演技をする横で、地味にさりげなく性の錯綜を表現する。

この役者、うまい！　黒人だからではなく、俳優としての巧みさで『お気に召すまま』の上演史に残るだろう。ピーター・ブルックが後に『ハムレットの悲劇』[10]で彼をタイトル・ロールに使った際、巨匠は、黒人のデンマーク王子に意味をもたせようとしたのではなく、単に『お気に召すまま』の彼が魅力的だったので起用した、と。おゝ、ブルックと同じ意見とは、僕の鑑賞眼もまんざらではない。エヘン。

舞台は開幕で、ジェークイズ役の俳優が、「この世はすべてひとつの舞台、人は男も」――と、役者の大部分が下手《しもて》に寄る。そして「女も」――今度は女役の三人だけが上手《かみて》に寄る――「役者にすぎぬ」。場内は爆笑、ここでもう完全にお客さんを味方につけ、後は思うまま。役者も観客も乗り乗りで、夢のような三時間十分であった。

この芝居、ロンドン公演を見送って、わが愛するスワン劇場で見た[11]。「チーク・バイ・ジャウル（Cheek by Jowl）」とは〝頰と頰を寄せて〟の意、『夏の夜の夢』の恋人たちのやりとりのセリフから取った名前である。観客と距離の近い親密な舞台をめざす劇団に、スワン劇場の裸舞台はピッタリである。旅回りの彼らは、装置も照明も音楽も最低限、ほとんど役者の演技だけで芝居を作る。僕は在外研究中に、舞台から余分なものをそぎ落とし、俳優たちの一挙手一投足に観客の注意を集中させる「なにもない空間」の演劇に目覚めたが、チーク・バイ・ジャウルの作品はその典型であった。

帰国してから、イギリスの土産話をある研究会[12]でしゃべった折、俳優座の増見利清さんが聞きに来て、声をかけてくださった。なんでもストラットフォードに舞台写真を撮りつづけている有名な写真屋があるとか。その店のウィンドーには、以前は舞台装置の華やかな見栄えのする写真がたくさん並んでいた。それが一九六〇年代以降はアップの俳優の写真ばかりになったというのである。さもありなん。

さて、英国の上質の舞台と観客たちの素直な反応に感激しながら、僕はかの国のコメディの、日本の喜劇とは異なる特徴を肌で感じるようになった。それは単に観客を笑わせ、ほろりとさせるだけでなく、社会の状況や常識や美徳を素知らぬ顔して皮肉る諷刺喜劇の精神である。イギリスのユーモアは人々をなごませるためではなく、むしろ笑いの衣をかぶせて自分たちの社会の欠陥を糾弾する武器として使われてきたのではないか。

そう、上下の身分が厳然と存在し、検閲も厳しかった時代、自由にもの言えぬ、しかし本音を言わねば収まらぬ面々が、さながら道化のように、愚かなふりをして、うすらとぼけて、鋭く真理を突く「諷刺文学」を発達させた。それはやがてイギリス文学の保守本流を形成していく。ジェーン・オースティン、ディケンズ、サッカレー、バーナード・ショー、オスカー・ワイルド、E・M・フォースター……誰の作品を読み返しても、そこここに辛辣でブラックな、そして背後に深い憤りを込めた笑いが横溢している。

小説も演劇も、さらには映画も、英国の作品をちょいと見まわせば、あれもブラック、これもグロテスク。過激なところでは、「ブラック・ユーモアの父」と謳われたジョナサン・スウィフトの告発文から、近くはモンティ・パイソンの猛毒をまぶしたコメディまで(13)。

それらは明らかに日本の、おかしくてやがて哀しき「人情喜劇」の類いとは質を異にする。笑わせて、心を癒すのではない。むしろ、笑っているうちに、だんだん腹がたってくる。えっ、何に？　自分たちの真の姿に、そして自分たちの社会のどうしようもなさに。人間は自己欺瞞《ぎまん》の生きものである。自分の見たいものだけを見て、自分の見たくないものには自然と目を閉じる傾向がある。その盲目の壁を笑いのつるはしで打ち壊す。

娯楽《エンタテインメント》と芸術《アート》の違いとは何ぞや。人々の見たいものを見せるのが娯楽、対して見たくないものをなんとか見せてしまうのが芸術。だとすれば、喜劇は単なる気晴らしの娯楽にあらず。それは悲劇以上にリアリティを有し、悲劇よりも深く、えぐるように人間と社会の実相を暴きだすシリアスな演劇なり。

イギリス人の言う、「自分を笑え、そうすれば世界は笑ってくれる」。その背景にある諷刺精神の意味を探ることが、かの国から帰国してから十数年間、僕の四十代の研究テーマのひとつとなった。それは卒論で自ら発した問いへの二十年来の居残り勉強と言おうか。そして、幸いなことに『スクリーンの中に英国が見える』という読み手の労力をまったく無視した大著の中で、山ほどのイギリス映画を材料にして、ゲップが出るほど語りまくって、長年の溜飲《りゅういん》を下げた(14)。

正直のところ、僕は研究者の意識などほとんどなく、ただ面白い演劇や映画が見られればそれで満足という遊び人である。シェイクスピア劇も、知性や教養を身につけるために読んだり見たりしてきたわけではない。単に面白いから付き合ってきた。いや、誰の手になるどの戯曲も、自分の人生観や感性に触れるかどうかを「試金石《タッチストーン》」とし、自分が本音で気に入った作品のその面白さについて、論文とも批評ともいえぬ漫談を書いてきた。

つまりは、お気に召すままやってきただけ。我ながら、実にいいかげんなもんだと思う。それを今さら反省はしないが、でも一言謝りたい気分にはならなくもない。ヘッヘッヘッ、好き勝手して、ごめん。

3 イギリスの香りが漂う喜劇
『十二夜』

トレヴァー・ナン監督の『十二夜』（一九九六年、イギリス映画）は、ゼミの学生たちと恵比寿《えびす》ガーデンシネマ⑮に見に行った。再開発なった東京の新名所［当時］、ビアホールで有名なファッショナブルな一角にある映画館である。当然、映画批評会はジョッキを片手に夜遅くまで続いた。

心配したのである。シェイクスピア劇なんか読んだことも見たこともないという学生がほとんどだったので。若かりしころの「初体験」はなんでも大切。初めて見るシェイクスピアがつまらないのでは、もう一生見る気がしないかもしれない。だから学生に最初に見せるシェイクスピア作品は、なるべく彼ら彼女らの見慣れたハリウッド映画に近いバージョンか、またはできるだけ違和感の少ない現代風にアレンジした作品を選ぶようにしている。ところが今回は学生たちが「授業をつぶして皆で見に行こう」と、さっさと日取りまで決めてしまった。ほんとうに大丈夫かしら。地味で暗い雰囲気の『十二夜』だと聞いているのだが。

で、案ずる必要はちっともなかった。「［シェイクスピア映画で］こんなに笑えるとは思わなかった。」ビールが美味しかったからだけではなく、授業がつぶれたせいでもなく、まんざらお世辞でなく「面白かった」と言ってくれたので、やれやれホッとしたのである。

さて、その映画版『十二夜』はステキな挿入シーンから始まる。船の中の仮装大会、アラビア風の衣裳に身を包んだ二人が、お互いのベールを取って顔を見せる。よく似ている。ひとりがもうひとりの口髭をはがす。付け髭だ、女だ、と船内の客たちからどよめきが起こる。今度はもうひとりが相手の口髭に手をかける。と、その時船がグラリと揺れて……

上手なのである。双子の兄妹セバスチャンとヴァイオラ、二人の「瓜二つ」を観客に納得させるのは映像では至難の業《わざ》。舞台ならなんとでもごまかせるのだが、スクリーンではすべてが見えすぎる。だから別々の役者が演じる双子の男と女を「そっくり」と映画館の観客に思わせるには、いろいろと仕掛けが必要になってくる。その点トレヴァー・ナンはさすが。双子の紹介の仕方がおシャレ、しかも二人を嵐の海に放り出すタイミングもドンピシャである。

難船して兄と別れ別れになったヴァイオラは、イリリア国（今のクロアチアあたり）の海岸に漂着する。その様子を崖の上から見ている男がいる。道化のフェステ。彼は『十二夜』の喜劇の世界を一歩離れた地点から眺めている、いわゆる「視点人物」。と、そういう解釈をするのが二十世紀の冷めた批評のよくするところだが、トレヴァー・ナンはそこいらへんを開幕からさりげなく、しかし的確にスクリーン上に表現してみせる。

やっぱりシェイクスピア劇を知り尽くした監督である。一九六八年にロイヤル・シェイクスピア劇団（ＲＳＣ）の芸術監督に就任したのが二十八歳の時、その後もずっと英国演劇界の屋台骨を支えてきた、イギリスでトップの演出家のひとり。トレヴァー・ナンの作る舞台は、細部まで繊細な演出が入った、理にかなった正攻法の作り方。それでいて、堅苦しくなく、わかりやすく、観客を楽しませるツボを心得ている。だが、通俗に流れず、上品であか抜けている。まさに職人肌の演出家といえようか。

そのトレヴァー・ナンは、映画のタイトルバックを作らせても気が利いている。ヴァイオラは見知らぬ土地で生き抜くために男装してオーシーノー公爵の小姓になる決心をする。そこで彼女が髪を切りコルセットを外す、そのショットを重ねながらのクレジットタイトル。ズボンに布を入れて一物《いちもつ》にみせ、胸をキュッと締めつけるところなど、クスリと笑える品のよいユーモアがまぶしてある。

そう、この芝居の大きなテーマのひとつは、今流行のジェンダーの問題である。女性が男の格好をしたら、どういう風に自分の内面が変わるか、変わらないか。男らしさ、女らしさって何なのか。男と女の心根は、どんな風に異なっていて、どこが同じなのか。そうした文学的テーマをさらりと、きちんと、スマートにタイトルバックで紹介している。

舞台設定は一八九〇年代に移してある。ナンによれば、「地方の豪族が栄華を極めた最後の時代」だからとか。また、「意識的に男と女の違いがはっきり出る時代」を舞台に選んだとも。(16)

男女の差異が厳格だった時代に、ヴァイオラがコルセットを外して黒い軍服を着たら。口髭までつけて。イモージェン・スタッブズの演じる男装の娘は、初々しくて、健気《けなげ》。それにかっわい〜いのだけれど、男の観客の共感を呼ぶ演出がちょいと過多のような気がしないでもない。実はこの女優さんはトレヴァー・ナンの奥さん［当時］、監督の私情が入っている、と考えるのは下衆《げす》の勘ぐりだろうか。

逆に割を食《く》っているのは、男姿のヴァイオラに恋をするオリヴィア姫の方。演じるのはヘレナ・ボナム・カーター。イギリス映画ではおなじみの俳優だが、今回はどこか冴えない。ちょっと痩《や》せたせいか、それとも監督の演出が奥さんに集中したせいだろうか。もっともヘレナ・ボナム・カーターもトレヴァー・ナンが発掘した彼の秘蔵っ子の役者なのだけれど。

道化にしてはまじめな顔つきで騒動を淡々と眺めているフェステは、ベン・キングズレー。『ガンジー』（一九八二年）で国際的に知られる以前から、ロイヤル・シェイクスピア劇団（ＲＳＣ）の主役級だった舞台俳優である。インド人の血をひく、見るからに異国風の顔立ち、しかしそのエロキューション（セリフまわし）は純粋な英国調。『十二夜』では歌も歌えるところを披露してくれる。やっぱり役者としての基礎が違うなあと、あらためて感心させられた。

この物語のいじめられ役、堅物《かたぶつ》で野暮な執事のマルヴォーリオに扮するのは、知る人ぞ知るイギリスの名舞台俳優ナイジェル・ホーソーンである。彼が主演した王室もの『英国万歳！』(17)（一九九四年）は昨年［一九九七年］日本にも入ってきたが、案の定ヒットはしなかった。そう、ほんとうにイギリスらしい映画はなかなか国境を越えない。『十二夜』では、地味めに、抑えを利かせながら、クスッ、クスッと笑えるマルヴォーリオに役作りをしている。もっと滑稽にもできる役柄を、生身の人間の心情をにじませながら、現実味たっぷりに演じている。

セバスチャンを助ける脇役アントーニオは、ニコラス・ファレルが好演。オリヴィアの侍女マライア役で光っているイメルダ・スタウントンは、今後もっともっと伸びるイギリス演劇界期待の女優である。

と、僕がシェイクスピア映画の解説をすると、俳優の話が多すぎるとしばしばクレームがつくのである。[18] しかし、僕が役者に思い入れがあるというだけでなく、アメリカや日本の映画・舞台と比べてイギリスが抜きん出ているのは、なんといっても俳優の質。かつては大リーグと日本のプロ野球くらい違うと言っていたのだが、近ごろは日本人がずいぶんアメリカの野球界で活躍するようになった。そこで最近は、アメフトのスーパーボールと日本選手権くらいレベルの差がある、と説明している。レベルを云々して語弊があるとしたら、演技の質に明らかな相違があるといえばよいだろうか。

そしてこの映画での僕の「発見」はオーシーノー公爵だった。RSCで主役を張るトビー・スティーヴンズをもってきた。なるほど芝居や映画は生もの、ひとり達者な役者が入るだけで、作品がガラリと変わる。今回もトビー・スティーヴンズが加わっただけで、公爵とヴァイオラ、オリヴィアの三角関係にグッとリアリティが増している。僕は見ていて思わず小躍りしてしまった。

『十二夜』を舞台にかけるとなると、オーシーノーはたいてい一段落ちる俳優が演じる役なのである。何カ月も役者を拘束する演劇の公演では、すべての役柄に名優を配する金銭的余裕はない。『十二夜』でいえば、高い金を払って、必ずしも面白みがあるわけではないオーシーノー公爵に上手な役者をもってくることはなかなかできない相談である。

が、映画は違う。舞台より短い制作期間なら、一流の俳優を使える。戯曲を読んでも芝居を見てもあまり引き立たない役に演技力抜群の役者を使える映画には、これまで気づかなかった発見が期待できる。オールスターの俳優で芝居を作れるなんて、舞台では実現不可能な映画だけの贅沢！

イギリス好きにとってこたえられないのは、いかにも英国らしいお屋敷や自然の風景が楽しめることである。『十二夜』は一応地中海沿岸の国イリリアが舞台とされているけれど、実にイギリス的な雰囲気を漂わせる喜劇として知られている。そこでトレヴァー・ナンはイングランド南西部のコーンウォール半島でロケをした。イギリスのカントリー・ハウスは室内装飾がシンプル、それに手入れの行き届いた庭園もお見逃しなく。オーシーノー公爵の居城はセント・マイケルズ・マウント。島なのだけれど、干潮になると海の中道ができて歩いて渡れる、モン・サン・ミッシェルのコーンウォール版である。何度かスクリーンに現れる美しい海岸線はイングランド南部の典型的な風景。

撮影は晩秋を選んだ。木々が秋色をしている。薄暗いお屋敷の内部をたびたび映す。また、高緯度で、日が暮れるのがうんとはやいイギリスの海岸線の黄昏。そう、人生の秋を連想させる憂いに満ちた原作喜劇の気分を、背景の風景にもたっぷりにじませている。舞台作りのプロ、トレヴァー・ナンは銀幕にも的確にシェイクスピアの「戯曲の精神」を映し出している。

細かい発見は多々ある映画だが、新しい解釈はそれほど見当たらない。そんな中で、ラストだけはビシッと新鮮に決めてくれた。多くの登場人物にお屋敷を去らせ、ハッピーエンドの裏側の現実をかいま見せる。自由人フェステが旅立ち、オリヴィアの叔父のサー・トビーとマライアが馬車に荷物を積み込む。それにアントーニオまで出て行かせるのは珍しい。またマルヴォーリオは、スーツ姿で傘にトランクを手に持つジェントルマン・スタイルのお暇《いとま》。それぞれの新しい人生に旅立って行く光景をきめこまやかに粋なタッチで映してみせる。そして、内面の感情をずっとしまい込んでいたフェステが、夕日の見える海岸の高台で初めて晴れやかに笑う幕切れが実に印象的。

日本人がイメージする典型的な「イギリスのユーモア」を味わえる映画である。憂いや悲しみを胸に秘めながら騒ぐ、哀愁の漂うコメディ。

「ニューウェーブ・シェイクスピア」なんて呼ばれる昨今［一九九〇年代半ば］のシェイクスピア映画ブーム(19)、だが後世に残る傑作となると、案外この地味でオーソドックスな秋色の喜劇『十二夜』のような気がする。バズ・ラーマンの第三世界的異文化バージョンの『ロミオ＋ジュリエット』で青春の情熱に疲れたら、またケネス・ブラナーのゴージャスでサービス精神満点の超大作エンタテインメント『ハムレット』に飽きたら、イギリスの秋景色に身をゆだねながら憂鬱でシリアスで落ち着いた人生を思ってみるのもよいのでは。

第5章

四大悲劇

1　ハムレットの悩み

ハムレットの悩みはモナ・リザの微笑とならんで永遠の謎だといわれる。その謎解きに多くの人々が挑戦するものだから、諸説紛々、甲論乙駁《こうろんおつばく》、百家争鳴《ひゃっかそうめい》。結果は、論文や批評――僕は〝攻略本〟と呼んでいる――の山、山、山[1]。学問の世界、先行研究はしっかりと消化しておかなければいけないと躾《しつ》けられる業界[2]だが、ヘッヘッヘッ、冗談じゃない、そんな妄言を真に受けたら最後、肝心の『ハムレット』を読んでいる暇がない。

けれども、無手勝流で『ハムレット』をひもといても、謎は深まるばかり。混沌として無秩序、いろいろな挿話がてんこ盛り、物語は蛇行して締まりがなく、シェイクスピア劇三十七作品中で最も長い、およそ四千行の戯曲。ノーカットで上演すると、四時間におよぶ。

僕がシェイクスピアを読みはじめたきっかけは、大学二年生の時に手にした中野好夫の『シェイクスピアの面白さ』（新潮選書、一九六七年）であった。今は亡き英文学の大先生、毒舌で鳴らした東大の名物教授は、『ハムレット』なんて支離滅裂だ、大学生が読んで最初から面白いと思えるはずがないと高らかに言い放つところから筆を起こした。

そんな中野節に励まされて苦節――いや、まあ、人並みに苦労して――十八年、僕は四十歳で初の単著『シェイクスピア・オン・スクリーン』（一九九六年）を上梓した。これが僕の主著。へへエ、残りの人生は余生だと思っている。(3) その沙翁論の第一章を、『ハムレット』は支離滅裂な作品だという話から書きはじめたが、誰も中野好夫へのオマージュだと気づいてくれなかった。自分でバラすのは癪《しゃく》にさわるが、ここに告白しておく。僕なりに中野越えをめざしたんだけど。

で、何が言いたいかというと、以下、先行研究などものかは、僕なりにハムレットの悩みは何だったのかを推測した一篇だと。『ハムレット』同様、いささか冗長になりますゆえ、ご容赦のほど。

『ハムレット』の名高き開幕シーンは、デンマークのエルシノア城の城壁の上。真夜中、番兵の交代時間である。まだ主人公のハムレットは登場しない。「そこにいるのは誰だ？」、「いや、おまえこそ。動くな、名を名乗れ」、「国王陛下万歳！」(4)。舞台を初めて見て気づくはずはないのだが、最初に「誰だ？」と叫んだのは交代に来た番兵のバーナードー、対しておまえこそ名乗れと言い返したのは、いま見張りに立っているフランシスコーである。逆ではないか。本来、誰何《すいか》するのはフランシスコーの方だ。バーナードーは相当怯《おび》えている。また、「国王陛下万歳！」は暗闇の中での番兵同士の合言葉だが、この芝居、国王殺しの物語なのだから、痛烈な皮肉(5)として響く。

と、油断がならない詩行。大学の英文学講読の授業では、「一字一句の世界だよ。シェイクスピアは舞台で見るより、テキストを読んだ方がずっと面白いよ」と、文学の先生ならばたいてい、そう宣《のたま》う。中野好夫は、このちょっと先の詩行で、二晩続きで現れたという亡霊を、まず「例のやつ(this thing)」と言い、続いて「その恐ろしい姿(this dreaded sight)」と述べ、そして「亡霊(apparition)」と、衛兵のマーセラスが次々と言い換えていくのが見事だ、と。(6) 最初から亡霊とは言わない。読者ないしは観客に「何だろう」と想像させて、劇世界へ引き込む。そんな小さなサスペンスが張りめぐらされている。

僕も『ハムレット』への入口は、テキストの精読からだった。舞台で見れば、あっという間、しかしシナリオの密度の濃さには感心した。また、今でもイギリスの俳優たちの朗読を、四十年も前にダビングしたカセットテープで聞くのが好きだ。

おっと、テキストの話をすると、止まらなくなる。先へ進もう。

寒風吹きすさぶ夜中の胸壁で、マーセラスとバーナードー、さらにハムレットの親友のホレーシオが、他界した先代のハムレット王に瓜二つの亡霊を見る。わが国は今、風雲急を告げている、先王がノルウェー王フォーティンブラスと一騎討ちして手に入れた領地を、同名の息子フォーティンブラスが取り戻そうと兵を動かしている。そうした折に先王の亡霊が現れるのは不吉だ。

ホレーシオらがそんな話をしている時に雄鶏が鳴く。僕の好きなホレーシオの短いセリフがある、「見よ、茜色《あかねいろ》の衣に身を包んだ朝が東の丘の露を踏みしめている」。(7) ここ、舞台効果などなにも要らぬ。達者な役者の朗じる詩を気を散らされることなく聞きたい。(8)

一幕二場。城内の大広間で、先王ハムレットの後を継いで新国王となった彼の弟クローディアスが、兄嫁のガートルードとの結婚を発表する。また、宮内大臣ポローニアスの息子レアティーズが、戴冠式のために帰ってきたが務めは果たしたので留学先のフランスへ帰りたいと願い出る。新王は、よかろう、と。さらに、甥のハムレットは――おっ、まだ父王の死を嘆いておるのか、これからは私を父親と思ってくれ、ここに宣言しよう、わが王位を継承するのはハムレット、おまえだ、と。だから、ヴィッテンベルクの大学へ戻りたいなどと言ってくれるな。

渋々応じるハムレット。だが、一同が退場し、舞台にポツンとひとりになると、長い独り語りを始める。これが第一独白である。そう、「生くべきか、死すべきか」と唱える第三独白があまりにも有名だが、デンマークの王子は劇中で計四回（七つと数える人もいる）、モノローグを口にする。その第一――あゝ、この硬い(9)肉体が溶けてしまえばいい、この世は雑草はびこる荒れ放題の庭だ、父上が亡くなって二カ月、いや一月で母上が再婚するとは、「心弱き者、汝の名は女(10)」、あんなに父上の亡骸に寄り添っていたのに……

そこへホレーシオが、先王の亡霊を見たと知らせに来る。

一幕三場はポローニアス邸。レアティーズが妹のオフィーリアに、ハムレットがたとえ愛していると言ってきても、おまえとは身分違い、くれぐれも自重しろと語っている。と、父のポローニアスがやって来て、レアティーズに留学先における訓戒をたれる。思ったことを軽々に口に出すな、付き合いは親しんで狎《な》れず、喧嘩はいかん、だがやるなら相手に一目置かせるまでやれ、皆の意見をよく聞き、自分の判断は聞かせるな、金の貸し借りはやめろ……ヘヘエ、どれもこれもごもっとも。しかし息子も父も、人には正論をぶつが、自分は、と言えなくもない。ポローニアスの一家、ハムレット家の寒々とした親子関係とは対照的に、ユーモラスで暖かみのある一場を演じる。

観客がちょいとリラックスしたところで、ふたたび夜の胸壁。ハムレットがホレーシオらとともに亡霊に会う。亡霊曰く、私は庭園で昼寝をしていた時に、おまえの叔父に毒を耳に注ぎ込まれたのだ、息子よ、クローディアスに復讐してくれ。ガ〜ン。王子は、「この天と地との間には、ホレーシオ、哲学などでは夢想できぬことがあるものだ」、「この世の関節がはずれている。なんの因果か、それを直すべく生を享《う》けてしまった(11)」と名ゼリフを吐いて、第一幕が終わる。

第二幕に入る。ポローニアスがパリのレアティーズに金と手紙を届けるべく使いを送る。一幕からしばらくの月日がたったことを観客に知らしめる短いやりとりである。使者と入れ替わりにオフィーリアが登場し、ハムレットの様子が変だ、気が狂ったのではないかと父親に伝える。

続く二幕二場は長いシーンである。新国王のもとに、ハムレットの幼なじみのローゼンクランツとギルデンスターンが呼ばれてくる。二人はクローディアスから、ハムレットの心のうちを探ってほしいと頼まれる。

また、隣国ノルウェーの老王からの伝言が報告される――甥のフォーティンブラスが兵を集めているのは知らなかった、デンマークを攻めるようなことはさせぬ、ただし甥がポーランドを攻略するためにデンマーク領内を通過する許可をいただきたい、と。はて？　フォーティンブラスについては、何度も、そして常に舌足らずに語られる。この芝居の謎のひとつである。

政治向きの話が終わると、待ってました、ポローニアスがハムレット様のご乱心は、うちの娘オフィーリアに恋焦がれたためだと話しはじめる。ベラベラしゃべる。決めゼリフは「簡潔さこそは知恵の真髄[12]」。平凡な一句、しかしそれを発する資格のない御仁が口にすると、観客の笑いを誘える。おまえに言われたくないわ！

そこに当の王子が、本を読みながら登場する。おしゃべり大臣が、何を読んでいるのかと聞くと、「ことば、ことば、ことば」。これも平凡にして、後世に残る名ゼリフ。「シェイクスピア劇は見るものじゃない、セリフを聴くものだよ」云々と、文脈から独立してしばしば引用される。

ポローニアスが煙《けむ》に巻かれた後、ローゼンクランツとギルデンスターンがハムレットに探りを入れるが、のらりくらりとやり過ごされる。いや、ハムレットは、二人が国王と王妃に何を命じられたのか、彼らの思惑を見透かしている。

亡霊の言を確かめるべく狂気をよそおうハムレット。一方、新王クローディアス、喪服をサッと着替えて彼と再婚した母ガートルード、さらに提灯《ちょうちん》持ちのポローニアスらは王子の真意をはかろうとスパイを放つ。そう、この芝居、国王になれなかったハムレットがひとり、叔父による新政権の腐敗に気づいて思い悩む物語である。周囲は皆、すばやく新体制になびく。官軍への雪崩《なだれ》現象は、世の常。古今東西、スレた大人たちの行動は変わらない。

例えば現代なら、まだ世襲制が残っている企業で、社長が死んだ。次期社長の座は当然、長男にまわってくると思いきや、副社長が他界した社長の未亡人と結婚して、トップに座った。なにか上の方がきな臭いぞ。しかし社員たちは、何事もなかったかのように新社長の側にシフトする。俺たちには守るべき妻子がいるんだ、上層部の権力闘争になんか巻き込まれてたまるか[13]。

そんな中でひとりだけ、「おかしい」と声をあげた青臭い若者がいた。ほかならぬ御曹司である。

新社長は、俺の後を継ぐのはおまえだと約束してくれた、もう少し待っていれば、トップの座は自然に手に入るのに。

孤立無援のハムレット。常識ある大人の対応ができない。この世の関節がはずれていることに我慢がならない純粋な、もとい頑《かたく》なな王子。そこで、体制に与《くみ》しないハムレットと新体制の安定を図るクローディアスとの間に壮絶なスパイ合戦、情報合戦が展開される。[14]

と、旅回りの一座がエルシノアにやって来る。芝居好きのハムレットは大喜び。さっそく役者たちに古代ギリシャの英雄劇のセリフを語らせ、明日の晩、『ゴンザーゴー殺し』をやってくれ、ついては少しセリフを追加してほしい、と。

このエピソード、座長役は各劇団の長老格の俳優が演じる。古臭い大昔の芝居の一節を悠々と朗じると、主人公のハムレットをさえ食ってしまう、そんな演技力抜群の老優が扮する役柄。僕はいつも王子役以上に、今回は誰が座長を演じるのだろうと楽しみにしている。[15]

第二幕のラストはハムレットの長い独白である——俺はなんという意気地なしだ、役者たちはたかが作り話にかりそめの情熱をかき立て、魂を打ち込んでいるのに……自らの優柔不断を嘆くハムレット。いや、まだ証拠が不十分だ、そうだ、クローディアスに芝居を見せて、彼の本心を探り当てよう。[16]

三幕に入る前に、ひとつ〝外堀〟の話をしておきたい。僕はハムレットの悩みの第一は、国王になれなかったこと、よって『ハムレット』は王位継承をめぐるミステリー劇だと考えている。それを語るには、テューダー朝の時代状況に触れる必要がありそうだ[17]。

我々現代人は、王位継承がいかに近世国家の命運を大きく左右したかという問題に鈍感である。そもそも近世の君主国（monarchy）とフランス革命以後の国民国家（nation）との間には、決定的な違いがある。同じ国家といっても、前者は国王ないしは王家の持ちもの、対して国王の首をはね、民衆に主権ありとした国民国家は、あくまでも全住民が国を担う存在であることを根本理念としている。

そうした差異ゆえに、革命以前のヨーロッパでしばしば起こった王位継承戦争が、いやその前に、国境の変更が戦争よりもむしろ王侯貴族の結婚によってなされた事実が、今日の我々にはなかなか実感を込めて理解できない。そんな場合、王家の家系図を傍らに置くと、近世国家のカラクリがわかってくる。

シェイクスピア劇でも、国王を国王たらしめる王家の血筋の説明があちこちに散見される。『ヘンリー五世』の開幕早々、国王はカンタベリー大司教から、女子の相続権を否定するサリカ法[18]について延々と講釈を聞き、その法律がなんらヘンリー王のフランス王位を要求する権利の妨げにならないことを確認したうえで、フランスへ軍を進める。

女性の王位継承権――イングランドにサリカ法は存在しなかったが、中世以前でただ一人の女王マティルダが異常な性格だったこともあり、また女性の統治者は結婚相手を選ぶのが難しいため、女性の君主は好ましくないとされていた[19]。ヘンリー八世が王子欲しさに六人の妻を娶《めと》り、うち二人と離婚し、二人を処刑したのはご存じのとおり。

だが、ヘンリー八世の唯一の嫡男エドワード六世は十五歳で早世し、王位にはエドワードの姉、身分は庶子だったメアリーが就く。そのメアリー一世はカトリックを信仰し、プロテスタントの指導者を三百人近く火刑に処して、血に飢えた《ブラディ》メアリーと呼ばれたのも悪名高き話。イングランドにとって不幸中の幸いだったのは、五年間で彼女の治世が終わったことであった。

そして、次王がプロテスタントのエリザベス一世。彼女もまた処刑されたアン・ブーリンの娘として非嫡出の身であり、厳密にいえば、ヘンリー七世の曽孫で隣国スコットランドにいたメアリー・ステュアートの方が有力な王位継承権者だったという。[20]このカトリック教徒のメアリーこそエリザベスの天敵、三十年近くにわたって女王の喉元の棘であり続けたスコットランド女王であった。

と、テューダー朝の国王五人のうち、長男が父王を継いだのはエドワード六世のみ、王位継承は先王が崩御するたびに迷走して国家の命運を脅かした。王位継承権や王家の家系図が人々の関心を呼ばないはずはなかった。

シェイクスピアがまず筆を起こしたのは悲劇ではなく、十五世紀のイングランド史劇だった。王権を争奪する凄惨な内乱、バラ戦争（一四五五―八五年）を題材にして沙翁が『ヘンリー六世』三部作を書いた一五九〇年代初頭、エリザベス女王（一五三三―一六〇三年）は六十歳になろうとしていた。織田信長が「人生五十年」と謡った安土桃山時代の還暦である。しかも〝処女王〟には嫡子どころか兄弟姉妹もいなかった。誰が次の国王になるのか？

当時の王侯貴族から庶民にいたるまで、王位継承権をめぐる話題には並々ならぬ興味を抱いていた。シェイクスピアはそこに目をつけ、王冠を奪い合う内乱の空しさを綴って、人気劇作家への道を切り開いた。また、今日我々の知る台本に近い形で『ハムレット』が初演されてから三年ほど後にエリザベス女王が崩御。王位は件《くだん》のメアリー・ステュアートの長男、スコットランド国王ジェームズ六世、イングランド国王としてはジェームズ一世に渡り、一六〇三年ステュアート王朝が始まる。

そんなエリザベス朝末期の時代状況の中で、グローブ座の観客が『ハムレット』をどう見たか。先代のデンマーク王ハムレットが他界し、未亡人となったガートルードが、先王の弟クローディアスと再婚、クローディアスは兄の王位を引き継いだと宣言する――おかしいではないか。長子相続なら、父と同じ名の王子ハムレットが王位に就くはずなのに。(21) と、いかがであろう、人々は『ハムレット』を不可解な王位継承から始まるミステリー劇として享受したのではないか。

もうひとつ。テューダー朝の開祖ヘンリー七世は、そもそもジェントルマンの身分に過ぎなかった。ところがバラ戦争の過程で、ランカスター家の貴族たちが皆、戦死ないしは殺されてしまったため、急きょランカスター家傍系にあたるテューダー家のヘンリーが貴族に叙せられ、リチャード三世への反乱軍の総帥に祭り上げられた。彼はリチャード三世を討ち果たし、王位を奪取すると、翌年ヨーク家のエリザベス――リチャード三世の兄で先王だったエドワード四世の娘――と結婚し、これによりプランタジネット王朝から分かれたランカスター家とヨーク家が、テューダー家のヘンリー七世によって統合され、イングランドの王家はふたたびプランタジネット王朝に接合されたと印象づけようとした。

『ハムレット』初演時の観客は、デンマークの王位が女系の血筋を通じて継承されていた、ハムレットやクローディアスではなく、ガートルードに王位継承権があり、それゆえ彼女と結婚したクローディアスが国王になれたというフィクションをテューダー王朝成立の経緯と重ねて楽しんでいたかもしれない。だが、さらに事を突き詰めれば、ヘンリー七世の王妃となったエリザベスはたしかに女性としてはヨーク家の第一位相続権者であったが、男子の継承権が優先するという当時の一般通念からすれば、エリザベスより王位に近い人間はまだ何人も生存した。そしてヘンリー七世は、その治世の最後まで彼らの反乱に苦しめられたのである(22)。『ハムレット』はやはり、次王が誰になるか判然とせぬエリザベス一世晩年に書かれた、王位継承権をめぐる一大推理劇だったのではないだろうか(23)。

第三幕。クローディアスとポローニアスがオフィーリアに、ハムレットと偶然出会ったふりをして話をしろ、その様子を自分たちが物陰から窺《うかが》っているから、と申し渡す。

そこへハムレットが登場し、ヘッヘッヘッ、「生くべきか、死すべきか（To be, or not to be）」。前後の場とほとんど脈絡のない、ポコッと浮いている独り言、しかし観客は「さて、今宵のハムレット役者は第三独白をどういう風にしゃべるか」と、王子が舞台に現れる前から落ち着かなくなる。それって、芝居を鑑賞する態度として、あまり健全なこととは思えないのだが。

で、独白の内容は——復讐を決断できぬ自らにそろそろハムレットがイラついてきて、いっそ死のうか、と。その含意を汲み取れば「生くべきか、死すべきか」、また僕の学生時代には、小田島雄志がbe動詞を素直に「このままでいいのか、いけないのか」と直訳して評判になった(24)。

なぜハムレットは復讐を躊躇《ちゅうちょ》するのか、その逡巡《しゅんじゅん》の長さ、そして沙翁の説明不足が、後世の解釈合戦を生み出した。前述したように、シェイクスピアは中世のイングランドを描く歴史劇から戯曲に手を染めた。そこでは六人の国王――多くはダメ君主――について熟慮し、エリザベス朝の厳しい検閲をかいくぐりながらけっこう辛辣な批判も加え、(25)しかし彼らを揶揄《やゆ》しているうちに王様稼業ってのも大変な仕事だなあと、つくづく同情してしまった節がある。それが「空ろな王冠（the hollow crown）(26)」なるモチーフ。

王位継承権を争う中世史劇の枠構造とモチーフは、後年の悲劇にも引き継がれる。ただし、シェイクスピアの興味はしだいに王侯貴族たちの深い心の闇を追究する方向に向かったようだ。すなわち、それまでは「外側から」政治史を記述していた沙翁が、王族たちの葛藤を「内側から」語りはじめる。

そうした内面心理を描出する手段として使ったのが「独白」である。それはハムレットがつぶやいたのが最初ではない。沙翁史劇の諸王たちも口にしたが、『ジュリアス・シーザー』で愛するシーザーを殺害するかしないか迷うブルータスの心の揺れを活写するあたりから、自らのテクニックとして意識的に使いだした。そして、『ハムレット』になると、胸いっぱい、独白いっぱい。(27)

ひとくさり名調子のブツブツを聞いたところで、オフィーリアが祈禱書を読みながら姿を見せる。「美しきオフィーリアよ」、「あら、殿下、いかがお過ごしで」、「元気、元気、元気」。私、ハムレット様にいただいた贈り物をお返しいたします。と、ここでハムレットの調子が変わる。「おまえは貞淑か？」、「おまえは美しいか？」、さらに「かつてはおまえを愛していた」と言い、すぐに「愛していなかった」と否定する。そして、「尼寺へ行け」。世に「尼寺の場」と呼ばれる名シーンである。

ハムレットが急に激したのは、なぜか。多くの舞台では、様子を窺うクローディアスとポローニアスに、ハムレットが気づいたことにしている。(28)それが劇場で見ていると、いちばん自然な流れだ。愛するオフィーリアまで体制側の手先になっていたとは。王子の孤立感はひとしお。尼寺は当時、女郎屋の隠語でもあったという。

おっと、ハムレットはそもそもオフィーリアを愛していたのか。小田島雄志は「愛していた説」が七対三ないしは八対二の割合で有力だと述べて、「愛していなかった説」のドーヴァー・ウィルスンに嚙みついている。(29)これも議論百出。(30)

三幕二場は劇中劇のシーンである。城内の広間でハムレットが役者たちにアドバイスしている。セリフはさりげなく、大仰な仕草はやめろ、芝居は「自然に鏡をかかげるもの（the mirror up to nature）」だ――それはシェイクスピアの演技に対する基本姿勢であっただろうということで、しばしば引用される一句。そう、けれんみがあってはダメだ、と。

劇中劇はいろいろと遊びができる。見世物的な要素を挿入でき、観客に一息つかせる場でもある。ハムレットはその古めかしい芝居の中に、国王が毒殺されるシーンを挟み、クローディアスの顔色を覗《のぞ》こうとする。題して「ネズミ取り《マウストラップ》」、沙翁好きのアガサ・クリスティが同名の推理劇を書き、ロンドンではエリザベス二世が即位した一九五二年から半世紀をはるかに超えるロングランを続ける名物芝居になっている。(31)

で、クローディアスは、途中でいたたまれなくなって、席を立つ。その芝居やめい、見たかホレーシオ、はい、しかと、間違いない。

　ハムレットはガートルードに呼ばれて、彼女の部屋へ。すると、おっ、クローディアスがひとり祈っている姿が見える。舞台だと、城内の礼拝堂、十字架に向かって、ってところだ。シェイクスピアは悪役にも魅力的な独白を語らせる。僕はこのクローディアスの一心につぶやくモノローグが好きだ。アダムとイヴの息子カインが弟アベルを殺害した人類最初の罪悪(32)を自分も犯してしまったと、兄殺しを告白し――ここで亡霊のことばどおり、先代ハムレット王が弟によって亡き者にされたのが事実だと判明する(33)――天に許しを乞う。

　ハムレットが背後から義父に近づく。今なら殺《や》れる。いや、待て、祈りの最中に殺しても、あいつは天国へ行ってしまう、それでは復讐にならない。ここでも逡巡するハムレット！　長いクローディアスの懺悔《ざんげ》が終わる。そして最後に、「ことばは天をめざすが、心は地にあるまま。心のともなわないことばが天に届くはずがない」。これがいいんだ。自分では必死に悔い改めようとしているのに、どうしても心底からの悔恨にならない。ベラベラと後悔のことばは並べているが、それが口先だけだと本人も十分自覚している。よくある話ではないか。僕は王子の〝正調〟の独白よりも、悪党役のベテラン俳優が朗じる、自分に対する恨み節に心惹《ひ》かれる。

　ハムレットは父の敵《かたき》をやり過ごし、ガートルードの居間へ行く。そこにはポローニアスが先まわりして、壁掛けの陰に身を隠している。息子は母親をなじり、彼女の悲鳴にポローニアスが声をあげ、ハムレットが壁掛けごしに彼を刺し殺す。ネズミか、王か、なんだ、出しゃばりな道化ではないか。

　だが、ポローニアスという男、単なる天然のおどけ者ではない。モデルはエリザベス一世に四十年間仕えて、ハムレット初演の数年前に他界した重臣ウィリアム・セシル[34]ともいわれる。女王は旧来の封建貴族と新興の市民階級を巧みに登用して競わせた。セシルは後者。もしエリザベス朝の観客がポローニアスにセシルの影を見ていたとすれば、彼は君主と一蓮托生の側近、またハムレットとオフィーリアは身分違いで、結ばれるべくもなかったと想像するだろう。

　ハムレットは、父王とは似ても似つかぬクローディアスと再婚した母親を責める。いい年をして、爛《ただ》れた情欲が燃え盛ったのか。すると父親の亡霊が現れて、早く復讐せよ、だが母親の闘う魂には手を貸してやれと言うのが、おかしい。ガートルードには亡霊の姿は見えない。おまえ、宙を見つめて、どうしたの？

　この場面の母子をいかに演出するか。フロイト流にいえば、ハムレットはオイディプス（エディプス）・コンプレックス、つまりはマザコンの気があり、ここは近親相姦に近い激しい〝バトル〟を展開させるのが、現代の舞台の流行《ファッション》である[35]。

『ハムレット』は、王子とオフィーリアの恋愛よりも、ガートルードとの親子関係の方に重心がありそうだ。むろんそこには王位継承の問題も絡んでいる。

　シェイクスピアの神格化という罪作りな所業を始めたのは、十九世紀初頭のロマン派である。ワーズワースと並ぶイギリス浪漫派の総帥コールリッジはハムレットを「悩める知識人」と論じた。

ドイツもロマン主義では負けていない。十八世紀は政治的、軍事的、また文化的にもフランスがヨーロッパを席巻した時代、その断トツの先進国フランスにコンプレックスを抱いた片田舎ドイツの知識人たちは、「おっ、イギリスにシェイクスピアという型破りな作家がいるではないか」と沙翁を発見して持ち上げた。古典的でピシッとした形式を重んじるフランス演劇とは異質な、野性味あふれるシェイクスピア！　その礼賛者の筆頭がゲーテである。(36)

さらにロシア。ハムレット関連でいえば、ツルゲーネフは猪突猛進のドン・キホーテと対比してデンマーク王子の優柔不断さを強調した。これはわかりやすく、かつ強烈、後世のハムレット・イメージに多大なる影響を及ぼした。(37)

シェイクスピアの、また『ハムレット』の学説史を紹介しはじめると収拾がつかなくなるので、ここまでにしておくが、ロマン派の沙翁礼賛を起点とする十九世紀批評のひとつの大きな特徴は、登場人物たちの〝性格〟をさかんに論じた点にある。(38)(39) さながら実在の人物のように分析する。その名残《なごり》といおうか、今日でもシェイクスピア劇の概説書には、しばしば「運命悲劇」と「性格悲劇」なることばが出てくる。

曰く、シェイクスピアが三十歳前に書いたであろう『ロミオとジュリエット』は「運命悲劇」と呼べよう。プロローグで「不幸な星の恋人たち」と謳われ、ティボルトを刺殺してしまったロミオは、「俺は運命の慰みものだ」と嘆く。若い恋人たちを破滅へと向かわせるのは、二人の外側に位置する大人たちの絶大なる権力であり、それは運命とも言い換えられる。ロミオとジュリエットにはほとんど咎《とが》がない。だから、観客はさめざめと泣ける。だが、シェイクスピアの人間観察が深まってから綴られた「四大悲劇」では、悲劇の原因は主人公自身の深き心の闇に求められる。それが「性格悲劇」だ、と。

　歴史劇だけでなく、悲劇もまた初期の作品から円熟してくると、外から内へ、戦うべき敵が自分自身の内側にいる芝居になっていく。深く思索《デンケン》する王子ハムレットってか。

と、おまえはどう考えるかって。そうですね。内面劇といっても、性格に特化してしまうと、生まれつきの性質を〝静的《スタティック》〟に捉える方向に行きすぎるかもしれない。僕はむしろ人間関係性の中でハムレットの内面を見つめたい。周囲から隔絶して、孤立無援に陥った王子。それだけで十分悲劇のヒーローたり得ると思うのだが……

　でもその前に、もう少し物語をたどっておきたい。舞台は第四幕。国王は王妃ガートルードから、ハムレットがポローニアスを殺害し、遺体を持ち去ったと報告を受ける。のらりくらりと言い逃れる王子から、やっと死体の隠し場所を聞きだし、ハムレットにイングランド行きを命じる。従者はローゼンクランツとギルデンスターン、二人に持たせたイングランド国王への親書には、王子が到着しだい殺せ、と。

　四幕四場。デンマークの野をポーランドへ進軍するフォーティンブラスをチラリと登場させる。ふと考えれば、ノルウェーからポーランドなら海路だろうに。この脇役、なにか怪しい。が、彼の大軍に遭遇したハムレットは、また独り言つ――ポーランドのほんの一握りの土地のために、役にも立たぬ名誉のために、二万人の軍隊が死地へ向かう、それに比べて臆病な俺は復讐すらできずにいる、と。う〜ん、何を悩んでいるんだか。やっぱりグズな性格の王子というべきか。これがハムレットの第四独白である。

そのころ、エルシノア城も風雲急を告げていた。父親ポローニアスの死を不審に思ったレアティーズが暴徒たちとともに乱入してきたのだ。彼もまたフォーティンブラスと並んで直情型、なかなか行動できぬハムレットを際立たせる〝劇的機能〟を有する。そう、登場人物たちをあまり実在の人間のように分析しすぎても、行き詰まる。お芝居だ、それぞれの劇中における役割というものがある。

父親の復讐を叫ぶレアティーズを、誰が敵《かたき》か知りたくないかと言ってなだめるクローディアス。そこへ入ってきたのは、あわれ、発狂したオフィーリアである。ここは可憐なるオフィーリアの見せ場。ハムレットに思いを寄せていたであろう、しかし自らの意思で行動する近代的な女性にあらず。結局はクローディアスとポローニアスに操られ、ハムレットに見透かされて、邪険にされる。そのうえ父親まで殺されて。受身の乙女は、口あんぐりの兄レアティーズの前で、花を配りながら花ことばを語り、夢中で歌を歌う。

ハムレットからクローディアスに、帰国を告げる手紙が届く。なにっ？　今ごろはイングランドで始末されていると思ったのに。国王はレアティーズに、王子と剣術の試合をせよとけしかける。レアティーズも、それなら剣先に毒を塗っておこう。クローディアスは、念のため、毒入りの杯も用意しよう、と。悪い奴らだ。

そこに王妃が登場して、オフィーリアが死んだ、と。ここはガートルードの見せ場、いや聴かせ場。小川のふちの柳の木によじ登り、枝が折れて、すすり泣く流れに落ちた、しばらくは人魚のように川面に浮かび、昔の歌を歌っていたが……ラファエル前派の画家ミレーはこの場面に触発されて「オフィーリア」(一八五二年)を描いたが、沙翁劇の方は古代ギリシャ劇と同様、出来事の多くは舞台の外で起こり、それを役者が報告するだけ。観客は俳優の朗じる詩行を耳にしながら、想像の世界に遊ぶ。これがシェイクスピア劇の本来の姿だ。(40)

ちなみに、先にも触れた、ハムレットとオフィーリアは心が通じていたか否かの問題。僕の愛するチェーホフの『かもめ』(一八九五年)は、『ハムレット』を枠構造に使っている。(41)劇作家をめざす若者トレープレフと女優志望のニーナ、また青年の母親アルカージナと年下の愛人で作家のトリゴーリンは、エルシノア城の王族を横滑りさせた人物たち。で、『かもめ』――いやチェーホフのほとんどの作品――は、人の真意の伝わらなさを大きなモチーフにしている。トレープレフとニーナは相思相愛と思いきや、ニーナはただ舞台に立ちたいだけ、マザコン気味のトレープレフは大女優の母親に認められたいのに、アルカージナは息子と張り合い、むしろトリゴーリンに思いを馳せる。そのトリゴーリンはニーナにちょっかいを出した末に、清純だった娘を捨てる。すべての人間関係は片思いの連鎖、誰の心と心も通じていない。

それを念頭に置けば、チェーホフはハムレットとオフィーリアを両思いの恋人たちとは考えていなかったはずだ。総じて日本人はウェットで、悲劇のヒーローとヒロインとなると、先験的《アプリオリ》に愛ある交流を想像する傾向があるが、魑魅魍魎《ちみもうりょう》の跳梁《ちょうりょう》するデンマークの王宮も、腹に一物の芸術家たちが閑居するロシアの田舎屋敷も、甘っちょろい恋愛劇には似つかわしくない。僕はチェーホフ作品のように、ハムレットとオフィーリアにも常なる〝すれ違い〟を読み取りたい。

もうひとつ、『かもめ』。チェーホフのいわゆる「四大戯曲」の第一作もとっ散らかった芝居である。ユーモア作家としてすでに人気を博し、しかし人間の魂の深層を凝視する大文学は書けずに腐心していたチェーホフが、この『かもめ』で一皮むける。が、一皮はむけたが、まだ彼のモチーフは雑然としたまま放り投げられただけだった。彼の「人生は忍耐の旅」なる世界観は、後続の『ワーニャ伯父さん』、『三人姉妹』、『桜の園』で練りこまれ、円熟した形で表現される。けれども、いちばん人気があるのは、よくわからない青春劇『かもめ』の方。

同じく『ハムレット』も、後世には「四大悲劇」と称された作品群の第一作。要するに実験作なのだ。歴史劇のフレームの中に「空ろな王冠」を突っ込んではみたものの、まとまりなく、どの挿話も舌足らずで、支離滅裂の、さながらバイキング料理――デンマークだからではないだろうが[42]――のような、なんでもござれの代物になってしまった。モチーフだけをいえば、王権を不用意に手放す愚行から起こる悲劇『リア王』、王位を簒奪して悲劇に陥る『マクベス』、さらには英雄将軍ともあろう者が小さな嫉妬心から大きな間違いを犯す『オセロー』と、「深い心の闇」は中世北欧の海賊国家の話よりずっと成熟していて、座りがよく、わかりやすい。

なのに、皆に愛されるのは『ハムレット』なんだよねえ。なんでなんだろう。

最終第五幕は、「墓掘りの場」からである。二人の道化が墓を掘りながら、死因が怪しげでもお偉いさんの娘なら融通が利くんだと話している。キリスト教圏では自殺は天下の大罪、教会墓地に埋葬してもらえない、だが身分が高ければお目こぼしかと皮肉って客席を笑わせる。そう、シリアスな場面ばかりでは観客の緊張感が持たない。時に息抜きの喜劇的な一場が必要だ。演劇ではそれを「コミック・リリーフ（comic relief）」と呼ぶ。この五幕一場は、『マクベス』の、ダンカン王暗殺直後の「門番の場」（二幕三場）と並んで、観客を思いきり笑わせ、息継ぎをさせ、安堵《リリーフ》させる、模範的なコミック・リリーフとして世に知られている。

ハムレットがやって来て、鼻歌まじりに墓を掘っている道化たちに呆れる。墓穴から頭蓋骨が放り出される。あの髑髏《されこうべ》も、生きているころは歌を歌っただろうに。誰の墓を掘っているんだ？　昔は女だった奴のでさあ。道化は王子だとは気づかずに、なれなれしい口をきく。

いつから墓掘りをやっているんだ？　王子ハムレット様が生まれた日から、ほら、狂ってイングランドへ送られたあの王子様。あっしはガキの時分からもう三十年、墓を掘っている。と、ここでハムレットの年齢が三十歳だと判明する。(43)であれば、『ハムレット』を青春悲劇とするには、ちょいと年をとり過ぎている。やっぱりハムレットの悩みは王位継承問題にありと考えた方が違和感がない。

そら、また頭蓋骨が出てきた、誰のだ、ヨリックって王様の道化、とんでもない野郎のでさあ。ヘヘエ、エリザベス女王の宮廷にも道化がいた。(44)ハムレットは子供のころ、そんな王宮に実在した道化によくおんぶしてもらったとなつかしがっている。

そこに葬列が近づいてくる。国王、王妃、それにレアティーズもいる。なんと今掘られている墓穴はオフィーリアのためのものだった。妹の墓に飛び込んで嘆くレアティーズ。ハムレットもたまらず飛び出して、おい、見苦しいぞと、一喝する。「俺はオフィーリアを愛していた。実の兄が何万人束になっても負けないほどに。」おゝ、ハムレットはオフィーリアを愛していたんだ。でも、死んでしまうと、皆そう言うんだけど。つかみ合いになったハムレットとレアティーズは、やっとのことで引き離される。

五幕二場。ハムレットがホレーシオに、帰国にいたるまでの経緯を語る。彼は船の中でイングランド国王への親書を発見して偽物とすり替えた、自分の代わりにローゼンクランツとギルデンスターンがかの国で死刑になっているだろう、良心は咎めぬ、大物同士が命がけで斬り結んでいる時に小物がしゃしゃり出てくるのは危険だ、と。

王子は幼なじみの二人につれない。どっちがローゼンクランツでどっちがギルデンスターンかも見分けのつかない脇役たち。ハムレットの冷たいことばを聞くと、ちょっとかわいそうになってくる。そこで英国の劇作家トム・ストッパードは、『ローゼンクランツとギルデンスターンは死んだ』（一九六六年）なる不条理演劇をものした。エルシノア城の権力闘争を、ある日突然呼び出されて王子をスパイせよと命じられ、はては訳もわからぬうちに異国で処刑される小物たちの目で見直して、一九六〇年代の大ヒット作を生んだ。

『ハムレット』は国王になれず、また関節のはずれた理不尽な世の中に耐えきれなくなった男の孤独な戦いを活写した悲劇である。彼の留学先はヴィッテンベルク[45]、そう、ルターの宗教改革で知られた大学である。今日の日本なら、浮世の争いごとに嫌気がさして、仏門に入るってイメージか。けれども、国王と王妃の懇願、さらに父親の亡霊の出現によって、王子は俗世にとどまることにした。

浪漫派ならずともロマンティックな気分をかき立てられるではないか。矛盾に満ちた現実の中で自らの立ち位置を定められぬハムレット。それはまだ大人社会で清濁併せ呑む術《すべ》を知らない現代の青年たちの心情にも通じる。王位継承の問題がピンと来ない二十一世紀にあって、『ハムレット』は自己喪失《アイデンティティ・クライシス》に陥った若者の青春悲劇として演出されることも多い。[46]

だが、古典主義を標榜する詩人T・S・エリオットからすれば、ハムレットには彼の感情に見合う「客観的な相関物件」がない、王子に大きな悩みを抱かせるに足る事実なり状況なりがない、となる。[47] ちなみに、御大は王位継承には触れていないが。

で、トム・ストッパード以外にも、常識人にあらざるハムレットとは別の視点で物語を書き直したい衝動に駆られた作家はたくさんいる。わが国でも、志賀直哉の「クローディアスの日記」（一九一二年）は、ハムレットを嫌ってクローディアスの方がまっとうだ、彼は無罪だと、いかにも実直な志賀らしい主張を展開した短篇小説。また、太宰治の『新ハムレット』（一九四一年）は、「一つの不幸な家庭」を描いた、「学問的、または政治的な意味は、みじんも無い」、「狭い、心理の実験」と作者が「はしがき」で語っているそのとおりの中篇小説である。僕はこの日本文学のお家芸たる私小説の風をなした古臭い『新ハムレット』によって、シェイクスピアの『ハムレット』が単なる「家庭劇」ではなく、ロイヤル・ファミリーをめぐる政治劇だと痛感させられた。偉大なるかな、反面教師！[48]

そうなのだ、古代ギリシャ劇以来、悲劇のヒーローはすべからく王侯貴族であった。彼らは家庭内の骨肉の争いに苛《さいな》まれ、しかしその家庭は王家、したがって悲劇は国家の運命を左右するスケールの大きな物語を形成した。主人公《ヒーロー》が市井《しせい》の人物になるのは、十八世紀の市民社会とともに誕生した文学ジャンルたる「小説」からである。

トム・ストッパードの描くローゼンクランツとギルデンスターンは、現代の大衆社会の凡人代表、彼らは悲劇のヒーローたり得ず、あわれ、闇の世界へ消えていく。(49)

お話は『ハムレット』の五幕に戻って、国王の太鼓持ちのオズリックが訪れ、クローディアスがハムレットとレアティーズのフェンシングの試合を望んでいると伝える。洒落者《しゃれもの》のレアティーズはパリで剣術の腕を上げてきたとか。だが、神学を学んでいたハムレットも剣の修業は欠かしていなかった、よし、受けてたとう、と。ほほう、王子はやっぱり、ロマン派の青白き、憂鬱症の、ウェルテル(50)のようなベタの文化系男子ではなさそうだ。

でも、胸騒ぎがする。いや、気にすまい。雀一羽落ちるのも神の摂理だ。と、イングランドから帰ってきてからのハムレットは狂乱の王子にあらず、どこか達観したように落ち着いている。

いよいよ大詰め、フェンシングの試合である。レアティーズは毒を塗った剣で戦うが、なかなかハムレットに斬り込めない。クローディアスは、喉が渇いたであろうと、ハムレットに毒杯を飲ませようとするが、えっ、ガートルードがそれを横から取って、ゴクリ。焦ったレアティーズは、休憩の間に王子に斬りつける。ハムレットは怒って、レアティーズの剣を奪い、彼に傷を負わせる。ガートルードが「お酒に毒が入っている」と言って、バタリと倒れる。虫の息のレアティーズが、自分もハムレットもうお仕舞いだ、と。事情を知ったハムレットは国王を一突き、さらに「近親相姦(51)と人殺しの罪を犯したデンマーク王よ、毒を飲み干せ」と叫んで、クローディアスに杯をあおらせる。

エリザベス朝で大流行した「復讐劇」の段取りである。主要人物はほぼ全員死ぬ。今日でも犯罪を描く娯楽作品《エンタメ》は、大向こうを唸《うな》らせる流血のクライマックス・シーンが定番だ。大衆を相手にした人気作家シェイクスピアも、そのパターンに則《のっと》っている。

ハムレットはホレーシオに、事の顚末《てんまつ》を後世に伝えてくれ、またデンマークの王位を継承するのはフォーティンブラスだと告げ、「あとはただ沈黙（The rest is silence.）」と言い残して、絶命する。(52)

この芝居は「そこにいるのは誰だ？（Who's there?）」という問いかけで始まり、ハムレットは「あとはただ沈黙」の決めゼリフで事切れる。これは「自分とは何ぞや」を模索する、アイデンティティ・クライシスをテーマにした作品だ――な～んて説は、いかにも格好はいいけれど、まあ、自意識の強い現代の後づけ解釈であろう。シェイクスピアがどこまで自覚的に書いていたか。

シェイクスピアは勧善懲悪の芝居を書かなかった人である。勇気凜々《りんりん》の英雄譚も好まず。むしろ国王なり英雄将軍なり、国家のリーダーたるべき人物の裏側の心情を、「深き心の闇」を追究しつづけた作家である。リア王もマクベスもオセローも皆、不完全な、もっといえば愚か者ばかりだ。

なのに、総じて研究者も演劇人も愛読者も、ハムレットだけは〝きれいなヒーロー〟と思いたがり過ぎていないか。なんとか王子をダメ人間の範疇《はんちゅう》から救い出そうとしている。けれどもハムレットは、神経質で、恋人に優しくできず、マザコンの気があり、世間知らず、人間関係が下手で、体制に与せず、行動力に欠け、決断力なく、ブツブツと心の中で独り言つだけ――それでも十分、青春の「自分探し」などとうの昔に終えた、現実に否が応でも適応した行動をとらざるを得なくなっている、しかしどこか満たされぬ思いを胸に秘めながら日々の生活に追われている中年以上の人たちの心にも、惻々《そくそく》と訴えてくるものがある。いいじゃないか、不完全な主人公で！

おっと、王子が死んでからもう一場ある。時々チョロチョロと顔を出していたフォーティンブラスが入場してくる。ホレーシオからハムレットの遺言を伝えられ、そうか、俺がデンマーク国王かとうなずき、ならばハムレットを武人にふさわしく葬送せよと命じて、長かった芝居の幕が下りる。

このフォーティンブラス、『ハムレット』を三時間に収めようとすると、真っ先にカットされる人物である。王位継承がインパクトを持たなくなった現代にあってはお邪魔虫。ハムレットの死を悲しむ余韻をそぎかねない。だが、どんなに乱世を描いても、終幕には秩序の回復者が現れて平和な世に戻るのが、エリザベス朝演劇の原則。これは中世のキリスト教的な摂理史観がルネサンスの時代になってもまだ支配的だったからだとか(53)。

けれども、クローディアスとガートルードが死んだ後に、ハムレットが次の国王はフォーティンブラスだと宣言したわけだから、このノルウェー王の甥っ子はデンマーク王家と血縁関係にあったはず。グローブ座の観客たちは、作者が舌足らずに、というより意図的に隠しつつ描いているとも思える「機械じかけの神」をめぐる家系図を想像しながら、王子の次期国王指名のカラクリを楽しんでいたのではないだろうか。

前述したように、『ハムレット』初演の数年後にエリザベス女王が崩御、王位は断絶したテューダー家からスコットランドのステュアート家に渡る。家系図をたどれば、エリザベスの叔母でスコットランドに嫁いでいたマーガレット、その孫でエリザベスの宿敵だったメアリーの息子が、新イングランド国王ジェームズ一世として即位する。

終幕のフォーティンブラス曰く、「記憶をたぐれば、この国には多少の権利がある」。ジェームズも長年、同様の大望を胸に抱いていたはずである。(54)

2　両雄並び立った『オセロー』

ナショナル・シアター・ライブ（NT Live）から一本取り上げてみたい。イギリスでは二〇〇九年六月にスタートし、日本にも二〇一四年二月に上陸した〝映画館で見る演劇〟たるNTライブ。ライブと謳っているが、わが国では何カ月か遅れての上映、でもその代わりに日本語の字幕がつく。飛行機の長旅をしなくても、イギリスで評判の芝居を日本の映画館で見られる。ほぼ隔月の上映、僕の最近の大きな楽しみのひとつである。(55)

そのNTライブを企画したナショナル・シアターの前芸術監督ニコラス・ハイトナーが演出した現代服の『オセロー』（NTオリヴィエ劇場、二〇一三年）は、オセローにエイドリアン・レスター、イアーゴーにロリー・キニアを配した、僕のお気に入りの公演である。僕にしては珍しく、二度も劇場へ見に行った。

開幕は、ヴェネツィアならぬロンドンのパブの気分。けたたましく今日日《きょうび》のポップ・ミュージックが流れて、舞台がスタートする。パブも客層によって店の雰囲気が異なる。ここはさしずめ労働者階級が多く出入りしそうな酒場だろうか。

そのうるさいパブの前で、イアーゴーがビールを片手に、タバコを吸いながら愚痴っている。オセローは俺を差し置いて、ほとんど実戦経験のないキャシオーを副官に任命しやがった、と。英語はコクニーなまりで、いかにも品のないしゃべり方。しかもこのロリー・キニア、シェイクスピアの詩行を変なところで切る、かなり癖のあるセリフまわし。それに、まだ三十代なのに髪の毛薄く、丸顔で威厳なく、およそ〝スター〟とは縁遠い風貌である。だが、NTライブでは『ハムレット』（NTオリヴィエ劇場、二〇一三年）でも堂々の主役を張っている。実にユニークな、もっと言えば不思議な役者だが、このイアーゴー役でイギリス演劇界の最高賞たるローレンス・オリヴィエ賞、その最優秀主演男優賞を獲得した。と、そう、人気と実力を兼ねそなえた、今、売り出し中の俳優である。

イアーゴーが労働者階級出身の叩き上げの軍人なのに対して、オセローは悠々たる英雄将軍の風情。一幕三場は国家安全保障会議の乗りである。トルコ軍がキプロス島へ向かっているとの報が続々と入ってくる。そこへバラク・オバマよろしくエイドリアン・レスターがやって来て、白人の公爵や元老院議員たちを前に物怖じしない。

僕はこのジャマイカ系の黒人俳優、旅劇団チーク・バイ・ジャウルの『お気に召すまま』（一九九一年）で楚々としたロザリンドを演じているのを見て以来のファンである。同じくその舞台を見て彼を気に入ったピーター・ブルックは、後に『ハムレットの悲劇』（ブッフ・デュ・ノール劇場、二〇〇〇年）でレスターをデンマーク王子役に据えた。また、ニコラス・ハイトナーがナショナル・シアターの芸術監督に就任して最初に演出した『ヘンリー五世』（NTオリヴィエ劇場、二〇〇三年）でも、レスターはタイトル・ロールを演じている。黒人が白人のお嬢様や王子、英雄国王に扮して違和感のない、なかなかの演技力の持ち主である。

ハイトナーはイラク戦争[56]が開始された直後、自国の国王が敵地に乗り込む愛国劇『ヘンリー五世』を、現代服で、中東とおぼしき設定で、むろん皮肉を込めて舞台に乗せ、話題を呼んだ。また、思い起こせば彼の出世作のひとつ、『ジョージ三世の狂気』（一九九一年、アラン・ベネット作）は、精神的に病んでいたといわれるジョージ三世（在一七六〇―一八二〇年）に首相ピットをはじめとする政治家たちが振り回される物語だが、ピットはマーガレット・サッチャーの姿とオーバーラップするのだそうで、NTリトルトン劇場の観客に大受けしていた[57]。おまけの話だが、ウィキペディアによれば、ハイトナーはミュージカル『ミス・サイゴン』（一九八九年）を演出して大金を手にし、「これで、自分のやりたいことだけをできるようになった」と語ったとか。いいねえ。さらに儲けようというのではない、これからは自分の作りたい芝居だけを作れる。芸術家たる者、かくあるべし。

で、ハイトナーのNT芸術監督としての演出活動は『ヘンリー五世』に始まり、芸術監督最後の沙翁劇に、ふたたびエイドリアン・レスターと組んで『オセロー』を選んだ。どちらも今日の軍隊内部の状況を共鳴させて、古典劇に内在するアクチュアリティを引き出した。

二幕に入ると、場面はキプロス島に移る。そこは昔も今も近東地域ににらみを利かせる東地中海の軍事拠点である。シェイクスピアの時代はヴェネツィア共和国とオスマン・トルコが奪い合い、大英帝国の時代のイギリスはエジプト、そしてスエズ運河の株を買収した後は植民地帝国の生命線たるインドへの海路を確保すべく、同島をトルコから奪取した。第二次大戦後は一九六〇年にイギリスから独立したが、その後ギリシャ系住民とトルコ系住民の間で軋轢《あつれき》が絶えない島である。

そんな係争地に迷彩服を着た英国軍が緊急出動してくる風。緊迫した雰囲気。けれども、トルコ軍は嵐により全滅した、と。あゝ、肩すかし。派遣された兵士たちはやることがない。ただ待つだけの退屈な日々。そうした折、イアーゴーがキャシオーに飲めぬ酒を一気飲みさせ、失態を演じさせる（二幕三場）。

現代の観客にも四百年以上前の芝居がスッと実感できる演出である。劇評には「超のつく明快さ（hyper-clarity）で各行、各プロットをX線透視している」[58]と。しかり。ハイトナーは陸軍の退役将校にアドバイスを仰いでいる。彼は、ベレー帽のかぶり方など、細かいところまで俳優たちに教えたが、ロリー・キニアだけは従わなかったという[59]。なるほど、キニアはセリフだけでなく、衣裳の着方などでも、イアーゴーの粗雑さ、ぞんざいさを表現していた。

NTオリヴィエ劇場は、古代ギリシャの円形劇場を模した造りで、大きなスラスト・ステージ（張り出し舞台）を客席が取り囲む。千人以上入る大劇場なのに舞台と客席との心理的な距離が近い、とても魅力的な演劇空間である。むろんスペクタクル劇もできる。だが、売れっ子の舞台装置家ヴィッキー・モーティマーは、キプロスの場面、可動式の仮設兵舎を登場させ、その閉鎖的とも思える狭いスペースで、イアーゴーがオセローに毒を吹き込む名場面を演じさせた。

そう、開放的な空間は映画にこそふさわしい。演劇――とくにシェイクスピアのことば、ことば、ことばの劇——は、役者と観客が外部から閉ざされた場所で、いわば秘めごとを語り、聞くがごとき親密性を共有できるのが持ち味である。だからロンドンでは、大きな芝居小屋で見る者の目を楽しませる仕掛けをいろいろとほどこしても、沙翁劇の究極の魅力は俳優の語るセリフ、そしてことばを介した人と人との緊張関係、彼らの内心の葛藤にあるという大原則はしっかりと守られる。つまりは、スペクタクルが俳優のセリフを邪魔しない。

『オセロー』の面白さはやっぱり、悪辣なるイアーゴーが舌先三寸で火のないところにパタパタと煙をたて、余裕しゃくしゃくだった英雄将軍の嫉妬心をかき立てて、彼に愛する新妻の不貞を信じさせるやりとりにある。悪意に満ちた部下のねちっこくもいやらしいことばの魔術と、その毒に侵されていくオセローの猜疑心と嘆き、彼の奈落への落ちっぷりが見どころの芝居である。

オセローは怒り心頭、安普請の兵舎の壁を拳《こぶし》でぶち抜き、また仮設トイレの便器で吐く。イアーゴーは急いでコップに水道の水を汲むが、オセローが卒倒したのを見て、自分で飲んでしまう。クールで小さなアクションが笑いを誘う。

映画館の大画面の映像は、二人のいびり、いびられる表情をアップで捉える。(60) 僕のように演劇を、役者が豆粒のようにしか見えない天井桟敷でばかり見ている貧乏性の人間には、芝居小屋とは異なる魅力が味わえる。さらにＮＴライブは舞台を全篇カットせずに中継するわけだから、約三時間の長丁場。一般に映画は二時間を越えると長く感じられる時代である。だが、演劇は生身の人間が目の前で演じているから、途中に休憩をはさんで三時間、見る者の集中力が保てる。そしてＮＴライブもまた、映画よりはるかにセリフの多い作品を、デジタルの高画質の映像によって、生の舞台に近い感覚で、長時間集中力を途切らせることなく鑑賞できる。

　大きなスクリーンに映し出される役者たちのやりとりを見ていると、やはりシェイクスピア劇は、俳優のセリフ術と演技力が勝負なのを痛感させられる。ロリー・キニアのちょっとした言いまわしと仕草の妙。冒頭のパブの前での不満でも、三幕と四幕のオセローを追いつめる嘘八百でも、青二才のキャシオーに昇進を阻まれた男の嫉妬心と復讐心が実によく窺《うかが》える。

　イアーゴーに関してはロマン派の大御所コールリッジの「動機なき悪意」なる一句が独り歩きして、謎多き大悪党というイメージが流布している。だが、キニアのイアーゴーはごくありきたりの男。不服な人事に腹をたて、上官を陥れようとする奴なんて、そこいらへんにいくらでもいるではないか。ずぼらでだらしなくて、でも根は案外きまじめで、自分の気持ちはストレートに言えない拗《す》ね者(61)。それはキニアの役作りよりも、ハイトナーの演出によるのかもしれない。彼の舞台の明快さは、ただ単に設定を現代に移したことだけから来るのではない。沙翁劇に現代人を闊歩《かっぽ》させるのが上手なのである。

　そしてオセロー。エイドリアン・レスターは軍人としては凜《りん》として頼りがいがあり、しかしあけっぴろげで軍隊以外の世界をあまり知らない将軍を演じた。腹の底を見せぬイアーゴーに存外容易にたぶらかされる。

　人間、年をとると、わかってしまえば簡単なことがわかってくるものである。公人として偉大な人物が、私的にはいかにふつうで、無邪気で、時には愚かかというのも、そのひとつである。僕も若いころは、仕事ができる人はそれなりに人望があり、徳も高いと素朴に思い込んでいた。けれども能力と地位にはギャップがあり、さらに人間性や私生活となると、それらの間には関連性なんてないんじゃないか。人の上に立つと、嫌でも明るく、前向きに、豪気に見せなければならない。だが、それが高じると、いつの間にか世間を知らず、人の心を理解せず、おまけに家庭もボロボロになったりして。外から見える公人の姿とその人物の裏側は、異なっていて当たり前⁉

『オセロー』も四大悲劇といい英雄将軍の話というから、ついつい壮大な悲劇なり叙事詩なりを想像してしまうのだが、実は小さな家庭悲劇であり、シェイクスピアはそうした前方からは窺い知れない英雄の後ろ姿にこそ人間の本質を見ている。僕も偉い人たちとそれなりに付き合わなきゃならない経験を通して、そんな表に出したくない公人の人間性を意地悪く描いた沙翁劇の面白さがよ〜くわかるようになった。

オセローはひどく愚かな人物ではない。巷《ちまた》によくいる、ごくふつうの人間なのである。

主人公について、もうひとつ。以前オセローは、白人の名優が黒塗りで演じるのが通例だった。そうなると、肌はアラブ系の褐色にするか、それともアフリカの真っ黒なネグロイドに扮するかという問題が出てくる。ムーア人とあるからおそらくは褐色のイスラム教徒なのだろうが、ローレンス・オリヴィエは黒光りがするほどの黒人になりきった。イアーゴー役のフランク・フィンレーには抑えた演技をさせ、自分は大きな振りの大歌舞伎を披露した。今見ても惚れ惚れする千両役者の名舞台だが、〝ワンマンショー〟のきらいがなくもない。(62)

もう一本、僕の好きな『オセロー』は、イアン・マッケランがイアーゴーに扮したRSCの公演（ジ・アザー・プレイス、一九八九年）である。この時はアメリカの黒人オペラ歌手ウイラード・

ホワイトにオセローを演じさせた。太くて低い、うっとりする声、だがマッケランと並ぶと、どうしても演技力に差がついてしまう[63]。『オセロー』は両雄並び立たずの典型の芝居である。名優が名演技を披露すればするほど相手役者がどう応じるかが難しい。さりとて名優を二人起用すると、収拾がつかなくなる。

また、面白いのは、ひとたびオセローに黒人を配すれば、観客は傭兵隊長がアラブ系かアフリカ系かと詮索しなくなることである。最近はイギリスの演劇界も、多人種・多文化が当たり前になり、白人以外の俳優も沙翁劇にふつうに登場するようになった[64]。が、むろん黒人だったら誰でもオセローを演じられるわけではない。

エイドリアン・レスターは黒人というだけでなく、現在のロンドンの舞台で主役を張って誰も文句を言わない役者である。もっとも、レスターとキニア、二人の達者な演技を存分に楽しみながら思ったのは、そびえ立つ名優の時代は終わったな、と。

細工は流々、イアーゴーは段取りを済ませると、五幕二場、脇役に転じてオセローにスポットライトを譲る。デズデモーナ（オリヴィア・ヴィノール）を殺し、すぐに愛妻の貞潔だったことを知って嘆くオセロー。レスターがシェイクスピアの詩行を切々と朗じて、賢明ならざる男に観客の共感をグッと引き寄せる。ありのままの私を伝えてくれ、「愚かにではあるが、心底から愛した男を[65]」と。

現代に設定を移し、ふつうの現代人が登場すると、古典劇は大時代がかった本来の魅力と深みを損なうことがしばしばある。しかし、ハイトナーの現代バージョンがそうなっていないのは、二人の性格俳優がピタリと息を合わせ、みごとなアンサンブルを築いていることに大きな理由がありそうだ。キニアが英雄を奈落に突き落とす悪行にも心躍ったが、見終わるとレスターの語る沙翁の詩がオセローの愚かさ、いや純粋さを際立たせ、我々の心を浄化してくれる。

なるほど、オセローが高貴《ノーブル》なのは彼が英雄将軍だからではないのである。

3 古典劇の現代化
『リア王』

シェイクスピア劇をいかに上演するか。沙翁劇三十七作、各戯曲ごとに、上演にともなう難しさが異なる。いわゆる「四大悲劇」を例に挙げれば、『ハムレット』はとっ散らかった物語で、エピソードがてんこ盛り、適当にカットしないと収拾がつかない。『マクベス』は単純明快な作品のようでいて、前半と後半のペースが違う、またマクベス夫人の苦悶を舞台上でどう表現するか。『オセロー』は、オセローとイアーゴーのどちらに比重を置くか、両雄並び立たずの典型といえる芝居である。

そして『リア王』は、大時代がかっている。キリスト教伝来以前の古代ブリテンのお話、シェイクスピアの生きたエリザベス朝からみても大昔の神話的な、原初的な寓話なのである。それをどう上演するか。とくに昨今のイギリスは、〝現代的上演〟流行り《ばやり》――その二十一世紀風の趣向が僕にはなんか面白くないのである。つまり、戯曲本来の精神、原作の肝となる部分を生かしきれていないのではないか。

そこで本節では、『リア王』を題材に古典劇の現代化の問題を考えてみたい。

イギリスは、古典劇と現代劇の区別がさほどない。日本の、歌舞伎と新劇との間のギャップのようなものはないと、しばしば語られる。また、ついこの間――二十世紀――までは、現代に近い、でも〝ちょっと古い〟時代にシェイクスピア劇の設定を動かす、さすがに沙翁の原作にある古代や中世では縁遠いからと、よく説明された。

ところが二十一世紀の今日、そのシェイクスピア劇の上演スタイルの流行に押されて（？）か、近代リアリズム演劇まで時空を越えて現代化される傾向が出てきた。チェーホフの『三人姉妹』は一九六〇年代のビアフラが舞台とな。イプセンもストリンドベリも今日《きょうび》のロンドンが舞台、テネシー・ウィリアムズ劇もあのアメリカ南部の地域性をかなぐり捨てて、表現主義的な舞台になっていたり(66)。

となると、シェイクスピア劇もちょっと古い時代では収まらなくなり、現代さらに近未来の物語になったりして。人間、年をとると適応力が劣化する。ロンドンやストラットフォードに芝居を見にいくたびに、現代化された古典劇の舞台について行けない自分がいるわけである。

時代と、そして場所の設定だけではない。沙翁劇の登場人物たちの感情をいかに表現するか。芝居は今宵一夜の芸術、人物たちはその時その時、劇場に来てくれた観客たちに訴える感情の出し方、表情、仕草をしなければならない。

今やシェイクスピアの現代的上演では右に出る者のいないニコラス・ハイトナー、僕が最初に見た彼の沙翁劇はバービカン劇場[67]の『リア王』（RSC、一九九一年初演）だった。幕が開くと、レイフ・ファインズ演じるエドマンドがグロスターの靴をせっせと磨いている。ほほう、こうやって父親にかしずく私生児の姿を表現するんだ。レイフ・ファインズとの出会いもこの芝居と、そしてその二日前に見た『トロイラスとクレシダ』（RSC、一九九〇年初演）のトロイラスであった。若くてハンサムで演技力もある、いい役者が出てきたなあ、と。

だが、僕にレイフ・ファインズのイメージを決定的に焼きつけたのは、日本に帰ってきてから見た『シンドラーのリスト』（一九九三年、アメリカ映画）の残虐非道な強制収容所長アーモン・ゲートだった。ウワッ、あの時靴を磨いていたあいつだ！

お話はニコラス・ハイトナーの『リア王』である。三姉妹は今日どこにでもいそうな娘たち。ゴネリルはショートヘア、コーディーリアはパーマをかけた長髪。姿形だけならともかく、役作りも現代劇のようにあっさりしている。ゴネリルもリーガンも憎々しさが足りない。女の欲と欲の壮絶なぶつかり合いがない。ジョン・ウッド演じるリア王はさすがの名演技だったが、悪役たるべき娘二人がおとなしくなると、リアが単なるわがままな年寄りに思えてくる。フェミニズムの悪しき影響か――と、僕の当時の観劇ノートには、ハイトナーの現代バージョンへの違和感が綴られている。

で、『リア王』の一幕一場、リアが登場し、俺は引退する、王国は娘三人に三分割する、だがその前におまえたち、父親に対する愛情を語って聞かせろ、と。愚かなるかな老王、そもそも領土を分割すれば、国王の権力が弱体化するのは明らか、またゴネリルとリーガンのお追従のスピーチにご満悦のリアも、こいつ、これでよく王国を長年統治してきたな。さらに末娘コーディーリアの直言に激怒する姿は、人の心を見抜けなくなっている独裁者の哀れを開幕早々から見せつける。

他愛ないといえば他愛ない、要するに寓話仕立ての芝居である。子供向けの教訓劇にだってなりそう。事実、戦前の日本の国語の教科書には、親への忠孝――忠君愛国もかな――を教えるべく、しばしば開幕の一場が取り上げられていた。おっと、学生に聞けば、「あっ、『リア王』、教科書でやった～」と。へヘエ、今でも儒教的愛国心を刷り込むべく、活用されているようだ。

シェイクスピアは、中世の骨肉の王位継承争いたるバラ戦争を描くところから筆を起こした。それは彼が芝居を書く百数十年前に実際に起こった、テューダー王朝の〝建朝叙事詩〟でもある。今日の日本人がイメージする幕末の動乱よろしく、新たなる時代を切り開くための試練の時期として活写した。しかし、王権を求めての泥沼の戦い、そんな殺伐とした史実を追ううちに、権力闘争の不毛を実感したのであろう。詩人はやがて円熟した筆で、権力と人間の関係を問う寓意劇へと向かった。十五世紀イングランドの史実に縛られることなく、王権の本質をより思索的に問う抽象劇を志向した。

『リア王』はある意味、家庭悲劇である。僕の大好きな小津安二郎の『東京物語』（一九五三年）、老いた両親が東京見物に出てきて、でも長男も長女も生活に追われ、両親を厄介者扱いする。ひとりかいがいしく世話するのは、戦死した次男の嫁、原節子扮する紀子だ。

コーディーリアは難しい役である。楚々としていて、清潔感があり、心底父親のことを思っている。だが、そういう〝天使〟の役は、下手な女優がやるとションベン臭い点取り虫の優等生になって、作品全体を台無しにしかねない[68]。その点、原節子はみごとなコーディーリアであった。けれども僕は、戦後日本の家族の崩壊劇たる『東京物語』を見るたびに、これは『リア王』ではない、沙翁劇は単なる家庭悲劇ではないと再認識させられる。

また、二十一世紀の老齢化社会、リア王は認知症にしてみたくなる。名優サイモン・ラッセル・ビールは医者の家系の出身だ。サム・メンデスの演出で『リア王』（NT、二〇一四年）のタイトル・ロールに初挑戦した際には、仕草や奇異な行動など、認知症の症状をずいぶん研究したという。だが、その時五十三歳、ちょっと作り過ぎかな。そして『リア王』に求められるのは、八十の坂を越えた老王の病状のリアリティよりはむしろ、国家の独裁者が権力を放棄して丸裸になった時に味わう人の世の冷酷さ、残酷さであろう。

リア王が八十歳を過ぎている、それは寓話構造の中での人生最晩年という意味であって、現代の一般大衆の家庭で疎《うと》んじられる老人の姿をリアリズムで表現しようとするものではない。

そう、つまりはギリシャ悲劇に近いのだ。神々の子孫たる王族たちの骨肉のバトル、それは人間の根源的な姿を追求すると同時に、王家の権力争い、国家を束ねるべく神授された大権をめぐる壮大な闘争劇。

『リア王』を現代化する際に、その〝大きさ〟を何によって置換するか。

二〇一八年、ロンドンのデューク・オブ・ヨークス劇場でジョナサン・マンビィ演出、イアン・マッケラン主演の『リア王』[69]を見た。八十歳を前にしたマッケランが沙翁劇で主要な役柄を演じるのはこれが最後になるだろうとの触れ込みで、五百席余りの劇場は連日超満員だった。やっと切符を手に入れたその公演、でも、う〜ん、マッケランは文句なしなんだけど、演出がなあ。大きさがない。リアが担っていた封建的な大権力の重みが伝わってこない。

また、黒人のコーディーリア。いや、今さら俳優の人種をどうこう言うつもりはないが、ありていに申し上げれば、下手くそなのだ。舞台に女優や非白人を積極的に起用しないと〝政治的によろしからず《ポリティカリー・インコレクト》〟なる縛りについては後日に議論を譲るが、それを推し進めるならば、もう少し達者な俳優を使うべきだ。開幕場面ではコーディーリアの逡巡《しゅんじゅん》と父王への真心が感じられない。また終盤では迷彩服を着て、強き女性をアピールしているが、しかし旧来のコーディーリア像をひっくり返して、新しき天使を創出するレベルには到底達していない。失敗の原因は、女優の演技力だけでなく、マンビィの演出にも求めるべきかもしれない。

ポリティカリー・コレクト（politically correct）でも、舞台が不出来では、演劇外からの縛りへの観客の支持は長続きしないであろう。

さらにゴネリルとリーガンにも迫力がない。ゴネリルはフォーマルスーツ、一方リーガンはミニスカートのカジュアルな装いでチャラそうな女と、二人の敵役《かたきやく》の差別化を図ったが、ただそれだけ。その先になるほどそういう解釈をすれば原作戯曲のそんな側面が浮かび上がってくるのかという新たな発見が楽しめない。演出が小手先にとどまっているのだ。

笑ってしまったのは劇場で買ったパンフレットにあった記事、一九八〇年代からフェミニストの批評家たちがリアの娘たちを救い出そうとしはじめた、と。(70) アーメン。だけど、この矮小化されたた娘たちを見ながら僕はあらためて実感した――やっぱり悪役は悪役たるべし、悪党は憎たらしい、人々の憎悪をかき立てる、人間の真っ黒な腸《はらわた》に見る者が戦慄を覚える存在でなければ、芝居は面白くならない。邪悪な姉二人がフェミニズムなんかに遠慮せずどす黒いオーラを放ってこそ、純白の、曇りなき心を有するコーディーリアも映えるだろうに。

僕が惚れ込んでいる沙翁劇中の猛女の筆頭は、『蜘蛛巣城』（一九五七年）の浅茅、山田五十鈴が演じたマクベス夫人である。能面のように表情を変えずに、亭主の鷲津武時（三船敏郎）に殺人を教唆する悪妻の鑑《かがみ》（⁉）、何度見てもゾクゾクするんだよねえ。

それを僕は長らく、山田五十鈴の演技力と、そして黒澤明の演出力がためと考えてきたが、二十一世紀のどこかチマチマした『リア王』を何本か見ているうちに、戦後昭和期の時代精神《ツァイトガイスト》に思いを馳せるようになった。

そう、うちの親父がよくテレビで見ていたプロレス中継の演技者たち。噛みつき魔フレッド・ブラッシー、鉄の爪フリッツ・フォン・エリック、四の字固めのザ・デストロイヤー、黒い呪術師アブドーラ・ザ・ブッチャー……やがて悪役の中には、スタン・ハンセンとかブルーザー・ブロディとか、善玉のチャンピオンの人気を凌《しの》ぐ者も現れた。

悪役レスラーは時に暴走して、レフェリーを殴り、場外乱闘におよび、だんだん本気になって悪党同士で仲間割れし、新たな因縁を生みだす。ヘヘエ、シェイクスピアも同じ、彼の筆もしばしば暴走し、自分でも止められなくなって場外乱闘が始まる。

シェイクスピアは勧善懲悪劇を書かなかった。善玉と悪玉は、現実世界と同様に、決して分かれない。善人に偽善の臭いを嗅ぎ、悪人にも一理あると語る。シェイクスピアは人間の裏側が好きだ。一皮むくと、人間様の外っ面とは異なるどんな心根が見えてくるかを繰り返し綴った。

ちょいと懲らしめられる道化役に過ぎなかったシャイロックは、当初のシナリオから逸脱して、悲劇のヒーロー一歩手前まで書き込んでしまうし、自堕落なヘッポコ騎士フォールスタッフは天下国家をぶった切って、最後は盟友ハル王子に切り捨てられ、哀愁を漂わせる。嫌われる優等生マルヴォーリオも、そこまでいじめることはないのにと同情されるほど、詩人は筆をすべらせてしまう。そんなシェイクスピアの仕掛けた場外乱闘は数知れず。

だから、タッグを組んでいたゴネリルとリーガンも、精力絶倫のエドマンドをめぐって仲間割れし、芝居の終盤では骨肉の殺人へと発展する。

僕が山田五十鈴と並んで大好きな悪女たちは、旧ソ連のグリゴーリー・コージンツェフが監督した『リア王』（一九七〇年）のエリザ・ラージン（ゴネリル）とガリーナ・ヴォルチェク（リーガン）である。よくいる中年ロシア人の体型をした二人が、イケメンのエドマンドに競ってむしゃぶりつく。「そのふくよかな姉妹のどす黒い肉欲に、爛《ただ》れた魅力を感じて舌なめずりしたくなる」――と、えっ、どこからの引用かって？　ヘッヘッヘッ、僕が四十歳の時に書いた解題の一節である。[71]

ところが、五幕ではそのおばさん二人がエドマンドを求めて戦場を駆け回り、女心の切なさを見せつける。演技力抜群のロシアの女優が演じれば、悪女がただの悪女にとどまらない。ヒールたるべき場面ではとことんヒールらしく、しかし極悪非道に徹してこそ、そんな悪役がフッと覗《のぞ》かせる深情けに、観客はグッと胸を締めつけられる。それこそが真の女性への応援歌であろうに。違うか!?

コージンツェフの『リア王』の開幕シーンは、みすぼらしい身なりをした極貧の民衆が群れをなし、岩だらけの荒野を行く。その荒涼とした丘の向こうにリア王の居城が現れる。どん底の生活にあえぐ貧民たちが無言のコーラス役を務めているわけだ。そして三幕で、リアが嵐の中をさ迷い、風雨を避けるべく入った小屋には、冒頭の貧民たちが所狭しと身を横たえている。リアに寄り添う道化は、丸刈りの、強制収容所《ラーゲリ》の囚人のような男。

ソ連の監督は、沙翁劇を国王の内面劇にとどめない。リア王は自らが築いた独裁国家の惨状、己の不正義がもたらした貧困社会の実状を目の当たりにし、その一員となることによって、真の人間性に目覚める[72]。そこに込められた共産主義体制に対する痛烈な批判の目。がんじがらめの検閲の中で、コージンツェフが異国の古典劇に託したアクチュアリティ。

終幕は、伝令のラッパが吹き鳴らされ、エドガーとエドマンドが一騎討ちを行なう。伝令の合図はさながら第七の封印が解かれ、天使たちが吹くラッパのごとし。兄弟の決闘は善と悪の最終対決とも思える。コージンツェフは「ヨハネの黙示録」、世界の終焉と最後の審判を扱った、太古の幻想文学の世界をスクリーンに再現した。その大きさ!

勧善懲悪劇を描かなかったシェイクスピアが、『リア王』だけは中世の道徳劇にも似て、善と悪とを登場させている。だが善を体現するエドガーが勝利を収め、エドマンドが断末魔の告白を語った直後、城壁の上でリアが叫び声をあげ、首を吊られたコーディーリアが短く映る。その背景に混沌を象徴する、渦を巻く海が見える。「泣け、泣いてくれ、泣かぬか、おまえたちの心は石か」、リアが生涯の最後に目にした光景はカオスであった。

ルネサンスの時代においてもなお支配的だったと言われる、最終的には神が世界の秩序を回復させると教えるキリスト教の摂理史観を、沙翁は『リア王』の終幕で逸脱する。また、戯曲にあるその世界像《ワールド・ピクチャー》との葛藤を、コージンツェフは的確に映像化している。

僕は拙著『シェイクスピア・オン・スクリーン』（一九九六年）の中で、グリゴーリー・コージンツェフの『リア王』を世界最高のシェイクスピア映画のひとつと評価した。(73) 映画封切り時の現実世界を投影したそのアクチュアリティ、そして『リア王』の壮大な世界像の置換。あれからおよそ半世紀、僕はコージンツェフ映画を超える『リア王』の映画にも舞台にも出会っていない。まだ見ぬ二十一世紀の、僕の当時の評価を覆してくれるシェイクスピア劇が早く現れないかと心待ちにしている。(74)

4 暗闇の中の彷徨《ほうこう》
『マクベス』

『マクベス』（一六〇五―六年）は、若いころからもう何回読み直したかわからない、僕のいちばんの愛読書である。だが、あの有名なマクベスのモノローグ――

明日、明日、また明日と、
小刻みな忍び足で一日一日が過ぎてゆき、
とうとう定められた最後の時にたどりつく。
昨日という日々はいつも愚か者たちに、埃まみれの
死への道を照らしてきた。消えろ、消えろ、
つかの間のともし火！　人生は歩きまわる影法師、
下手くそな役者だ、舞台の上で大仰に出番を演じ、
退場すれば誰も覚えていない。それは白痴の語る

一場の物語、わめき散らす声と怒りが響きわたり、
しかし意味は何もない。(75)

ていることは、思うに必ずしも実感を込めて理解していなかった。ふだんから僕が英語で鼻歌のように諳《そら》んじている十行なのに。

もう終幕が見えてきた五幕五場、マクベスが夫人死去の報に接した直後の独白である。虚無的な響き、いや学生のころは〝アンニュイ〟とフランス語を使ってみたくなるような、心地よい倦怠感を誘う一節。なんでもこの十行から、十五人以上の現代作家が作品のタイトルを頂戴しているとか。(76)アメリカのノーベル文学賞作家、ウィリアム・フォークナーの『響きと怒り（*The Sound and the Fury*）』（一九二九年）、おゝ、これもそうだ。ヘエ、やっぱり有名なんだ――と、その程度の代物だった。ところが、最近はいやに切々と、じんわりと伝わってくるものがある。嫌だなあ、年とったなあ。もっとも、嫁さんはお陰様で、まだぴんぴんしているけれど。

さて、一六〇三年にエリザベス女王が崩御し、イングランドはスコットランドのステュアート家から王様を迎えた。(77)女王に劣らず芝居好きな新国王ジェームズ一世は、シェイクスピアが幹部をしていた宮内大臣一座のパトロンとなり、劇団はめでたく国王一座となる。また、ジェームズは悪魔学をご研究遊ばしていたという。

そこで、シェイクスピアはそつなく、十一世紀のスコットランドを舞台にした『マクベス』を書

いた。開幕は、魔女三人が荒野でマクベスを待ち伏せ、呪文をかけようと語り合う場面である。おどろおどろしく、「きれいは汚い、汚いはきれい（Fair is foul, and foul is fair.）」と唱える。これ、実は『マクベス』のライトモチーフである。世の中すべからく「水清ければ、魚棲《す》まず」。また、「清濁併せ呑む」難しさよ。さらに太宰治なら、「恋とは」「美しき事を夢みて、穢《きたな》き業《わざ》をするものぞ」（「東京八景」）――ちょっと意味が違うか⁉

ほどなく一幕三場、マクベス初登場の場で、彼の第一声は、「こんなに天気が変わる日（So foul and fair a day）は初めてだ」。あれま、もう魔女の呪文にかかっている。内乱を鎮圧して帰路についた勇将に魔女は、「万歳、マクベス、おまえはやがて国王になる」と。一緒にいた彼の同僚バンクォーが、俺の未来も占ってみろと言うと、「おまえは王にはなれないが、おまえの子孫はなるだろう」と。危ないよ〜、こういう怪しげなつぶやきは。

激戦を制したマクベスに対する国王ダンカンの信頼は一気に上がった。今宵はマクベスの居城で戦勝を祝おうと宣《のたま》う。一方、城では夫人がマクベスからきた手紙で事のしだいを知り、あの人は野心があるのに気性が乳のように優しい、偉大なる地位を欲しているのに手を汚すことはしたくない、とぼやいている。

イギリス文学史上に名高い悪妻である。およそ女優たる者、楚々とした善良なる淑女よりも、こういうどす黒い邪心を抱いた悪女を演じてみたいものだ。猛女そのままに亭主の尻をピシピシ叩くもよし、官能的に、肉感的に、腰の引けた宿六を教唆するもよし。

いや、出世するには、悪妻を持つにかぎるという説もある。かのソクラテスも、妻クサンチッペに罵倒されるわ、水をぶっかけられるわ、それゆえに偉大なる哲学者になれた⁉(78)でも、嫁さんの顔を見たくなくて学問に逃げ込むならまだしも、王位を簒奪しろとけしかけられるのでは。あなた、ダンカンがわが家に来るのよ、千載一遇のチャンスじゃないの、殺《や》っちゃいなさいよ！　おゝ、怖《こわ》(79)！

城の前で夫人が国王を迎える一幕六場は、短くも明るい場面。ダンカンは、清々しい風が心地よい、と。陰謀渦巻く暗黒の悲劇で、一瞬、空気を入れ替える。みごとな緩急。

二幕に入っても、マクベスはまだウジウジしている。兵士たちが祝い酒に酔って寝静まった真夜中、彼は短剣の幻を見て、動揺する。だいぶ参っている。だが、ようやく決心し、ダンカンの寝ている部屋へ。舞台では、暗闇の中、退場したかと思うと、すぐに戻ってくる。「俺はやったぞ。」えっ、もう殺っちゃったの。ハリウッドのアクション映画にあらず。見せる芝居ではない。ギリシャ悲劇同様、切った張ったは舞台の外で行なわれることが多い。これ、セリフ劇の王道といえようか。

悪に手を染めた男が嘆く、「マクベスは眠りを殺した」、「海神ネプチューンの支配する大海原の水を全部使っても、俺の手についたこの血を洗い流せるだろうか」。名ゼリフが続く。一方夫人は、亭主がダンカンを刺した短剣を手にしているのを見て、なんでそんなもの持ってきたの、と。自ら血まみれの剣を死体の転がる部屋に置きに行く。付き人に罪をなすりつけなくては。悪妻の方が気丈夫である。

すると、ドンドンドンッ、誰か来た、城の門を叩く音が鳴り響く。国王が暗殺されるという極悪非道な、漆黒の闇の世界が、一気に崩れる。観客が日常的な感覚を取り戻す。絶品の効果音である。(80)(81)

さらに道化役の泥酔した門番が、誰だ、うるせえ、としゃべりまくって、客席をなごませる。「コミック・リリーフ」(82)のお手本のような場面である。

そして、城内はむろん一騒ぎ、マクベスは自ら殺した部屋付きの兵士にダンカン暗殺の罪を着せるが、次の二幕四場では、すでに貴族のマクダフとロスが、あれはマクベスの仕業だな、と噂話をしている。(83)だが、人はいつの時代もどこの国でも、新権力にそんなに軽々に逆らわないものである。新王の実力のほどがわかるまでは、皆知って知らん振り。マクベスは首尾よく王位を手に入れる。

が、それにしても、この芝居、クライマックスがあまりにも早い。マクベスが一気に王座に駆け登り、さてこれから先、何を描こうというのか。『マクベス』は、シェイクスピアが二十代後半に書いた『リチャード三世』を、十数年後に改作した作品といえる。若書きの歴史劇は、独裁者の暗黒政治の話なのに、どこか陽気で、明るくて、軽やかだった。つまりは鼻つまみ者の醜男《ぶおとこ》リチャードが己の野望に目をぎらつかせ、やりたい放題に暴れまくる悪党一代記。日本ならさしずめ、勝新太郎の座頭市か井上ひさしの描く藪原検校《やぶはらけんぎょう》の雰囲気だろうか（例が古くてごめん）。

悪のヒーローがなぜ受けるのか。それは自身が心の奥底に隠しもっている欲望を、世の法律や道徳などものかは、極限まで思う存分追求してみたいという、人間誰しもが密かに抱いている願望を体現しているから。そんな悪の華の典型、リチャード三世の「野望の果て」を綴った顚末記《てんまつ》は、見る者に解放感さえ覚えさせる痛快な人気芝居だった。

けれども、四十歳を過ぎたシェイクスピアがふたたび創作した王位簒奪者は、グズグズと思い悩む。それは魔女と嫁さんに眠っていた野心を煽《あお》られ、躊躇《ちゅうちょ》すれば怖い顔でにらまれ、結局勢いに乗じて王権を強奪した前半よりも、むしろ王座に就いてからの方が顕著になる。すなわち、マクベスが「空ろな王冠（hollow crown）」(84)を手に入れてからの不安と憂鬱が肝の心理劇。だから後半は長くて、しかし元気のない、意気の上がらない、そう、まじめな男の焦燥と苦悶の物語となる。なるほど、ハリウッドのアクションスターとは異なる質の演技力とセリフ術が要求される、実に沙翁らしい内面劇。

魔女はバンクォーの子孫が国王になると予言した。まずい、バンクォーと、それからあいつの小倅《こせがれ》も始末しろ。刺客は命令どおりにバンクォーを暗殺するが、彼の息子は取り逃がす。それを聞いたマクベスの動揺はいや増し、貴族たちの集まった宴席でバンクォーの亡霊に慄《おのの》くという醜態をさらす。

『マクベス』を読んでいたクラスの院生が言った、「国王になれると予言されたんだから、待っていればいいのに」と。また、もうひとりの院生は、「マクベスは明智光秀。最後まで待てる家康が勝った」(85)。学生の自由な読みはいつも楽しいかぎりだが、しかし二人の解釈は残念ながら、日本の戦国時代の終焉を回顧しただけ。スコットランドでは、バンクォーは待つ間もなく殺害された。さらにマクダフも、留守宅を襲われ、妻子を惨殺される。

そう、優れたリーダーは自分の足りない部分を補ってくれる有能な人材をブレインに迎える。けれども独裁者は、自分に取って代わりそうな実力のある部下を排除しようとする。だから、「待つ」という策には、よほどの手練手管と胆力が必要だと知るべし。

と、そうこうしているうちに、五幕一場。マクベス夫人がひさしぶりに舞台に登場すると、精神を侵されてさかんに手を洗う仕草をしている。まだ血の臭いがすると、つぶやきながら。あれほど勝ち気な嫁さんだったのに。悪妻の方が先に心が折れた！　夫人にはほとんどその心理を説明するセリフがない。あっても素朴な、乾いた散文がちょぼっとだけ。いつもの沙翁のねちっこい、修辞的な、重厚な、言い方を変えれば冗長な、でも我慢して聞いているとズシンと胸に響く詩行は語らせてもらえない。あゝ、舌足らず。ほぼアクションのみで、しかしある意味、女優の腕の見せどころともいえようか。

奥方が乱心するまでの間に、亭主の方は魔女に会いに行く。バーナムの森が動くまでは大丈夫だ、女の腹から生まれた者には、おまえは滅ぼせない。ヘッヘッヘッ、またまた怪しげな予言。だけど人間、逆風になると、こんなまやかしの占いにもすがりたくなる。

木下順二はマクベスの心理を、運転手が死んだ車が急坂を逆落としにころがり落ちていく、それを車中から眺めている人間の心境だ、と述べている。落ちていく、落ちていく、周囲の風景が、木々の一本一本までが、さらには転落する自分自身も鮮やかに見える状況、と。(86)なるほど。

恥ずかしながらわが身を振り返れば、僕は人を押しのけてでもトップに立ちたいという欲求も器量も持ち合わせず、それでも職場で人並みの仕事をすれば、そりゃ脛《すね》に一つや二つ、三つや四つくらいの傷はあるわけで……ある時管理室のおばちゃんに、「狩野さん、あんたここまで来るのに、いったい何人の人を踏み台にしたの？」と問われ、「そうねえ、片手で数えられるくらいかな。でも、僕を踏み台にした奴は二桁はいるぜ」と。

また、昔、役者の真似事をしたこともあるが、観客席から見ればきれいな舞台も、自分がそこに立てば、とっ散らかった舞台裏まですべて丸見え。もう一度、真っ白な目で、素直に、純真な気持ちで客席から芝居を見たいと思っても、ついつい気になるのは舞台の裏側の方。「きれいは汚い、汚いはきれい。」芝居は虚業だ！　そして人生もまた、虚業なのかもしれない。

マクベスに、お妃が他界したとの報が伝わる。「明日、明日、また明日……」織田信長謡う「人生五十年」の時代の、沙翁四十代の感慨である。平均寿命が延びた今日の日本なら、さしずめ還暦前くらいか。おゝ、今の僕の年齢ね。

だが、その後マクベスはもう一戦、ダンカンの息子マルカムやマクダフらの軍勢との絶望的な戦いに臨む。やれやれ、僕も定年まで、もう一丁かな。疲れるな。

シェイクスピアが自らの精神的危機に陥った時期に書いた作品であろう。世の中と折り合いがつかず、人生と和解できず、先の希望を抱けない。しかし、そんな深い暗闇の中を彷徨《ほうこう》する五里霧中の人間心理を描いて、『マクベス』は人生の折り返し点を過ぎ、下り坂を歩む人々に、大仰で下手くそな生き様もまた善しと深呼吸させてくれる、凜《りん》とした悲劇の傑作である。

第6章　問題劇

1

悲劇に飽き足りないシェイクスピア

『トロイラスとクレシダ』

日曜夜九時からの人気テレビ番組に『知ってるつもり?!』[1]がある。毎週一話完結で、歴史上の偉人や各界の著名人の人生をたどる趣向。寝っ転がりながら一時間で歴史の勉強をしたつもりになったり、有名人の裏話に好奇心をそそられたり。何より世に名を残した人たちの人生ドラマを凝縮した形でみせてくれる、なるほど忙しい現代人好みの番組ではある。

だが、いつぞや、大学時代の同級生との飲み会で、わが友人のひとりが宣《のたも》うた。「俺たちの平凡な人生だって、一時間に凝縮すれば『知ってるつもり?!』くらいドラマチックにはなるわな。」見れば皆、そろそろ中間管理職に足を突っ込み、背負いたくもない責任を背負わされ、毎日凡事に明け暮れる、ごくごくふつうの哀愁漂う中年男ばかり十数人の集まりでの一言だった。

さて、ふつうの人間、いやふつう以下の英雄たちを描いたシェイクスピアの作品に『トロイラスとクレシダ』（一六〇一―二年）がある。英詩の父ジェフリー・チョーサーの『トロイルスとクリセイデ』（一三八〇―三年）は悠々たる語り口の恋愛詩の傑作だが、同じ題材を扱ったシェイクスピア劇の方は、悲劇とも史劇とも喜劇ともつかない支離滅裂な芝居。F・S・ボアズという賢い人がいて、十九世紀の末にこの戯曲を、『終わりよければすべてよし』、『尺には尺を』とともに、「問題劇」と称した。何がどう問題なのかは必ずしもはっきりしないのだが、とにかく「問題劇」といわれると、そうだそうだとうなずきたくなる、なんともつかみどころのない劇である。

そのうえ、小難しくてよくわからない議論の場面が挿入されている。そこから初演は大衆劇場ではなく法学院で行なわれたのではないかという説が有力となっている。上演史をひもといてもろくな記録が残っていない、どうやらずっと不人気芝居に甘んじていたらしい。

しかし、時代は変わった。世相がシニカルになった第二次大戦後、『トロイラスとクレシダ』は辛口のブラック・コメディとして再発見される。斜に構えた戦後の人々の口に合い、四百年も前にどうしてこんな現代的な戯曲が書けたんだろうと持ち上げられるようになった。なるほどこの芝居、日本流のベトッとした人情喜劇を嫌う僕の好みにもピッタリ合う、乾いた諷刺喜劇として演出できそうな作品なのである。

時は紀元前十二、十三世紀、今やトロイ戦争の真っ最中。となれば、ホメロスの英雄たちが活躍する叙事詩の世界――のはずだが、劇は冒頭からトロイラス、つまりトロイ王プライアムの息子にしてこの芝居の主人公たる若者が、鎧《よろい》を脱ぎ捨てながら、俺は女のことで頭がいっぱいで戦《いくさ》などとてもする気になれないと、愚痴をこぼす。開幕早々から、あれっ、おやっ、と思わされるアンチ叙事詩劇の様相を呈している。

オールスター・キャストで登場するヒーローたちも、主人公に負けず劣らず英雄詩をぶち壊してくれる。ギリシャ軍の総大将アガメムノンは正直で女好きだが、耳くそほどの脳みそもない男だという。その弟メネレーアスは、妻ヘレンをトロイのパリスに寝取られた、いかにも間抜けな亭主。パトロクラスは将軍たちの物真似、そう、大学生たちがよくコンパで演じるような調子で仲間の仕草を真似してオチャラケている。エージャックスは味方にさえ見くびられる頭の足りないでくの坊。また、ギリシャ軍の華たるアキリーズは己の名声に酔いしれて傲岸不遜《ごうがんふそん》、だが愛する女の件でいじけてテントに引きこもったきり、終幕近くでやっと戦場に出たかと思うと、卑怯にも丸腰のヘクターを取り囲んで惨殺させる始末。モラルは地に落ち、全軍ぶったるんだまま、もし今日のようにワイドショーや写真週刊誌があったら、格好の餌食にされそうな醜態をさらしている。

トロイ軍の士気も似たり寄ったり。トロイラスの兄パリスはヘレンといちゃついてばかり。そもそも、このトロイ戦争、今も述べたとおり、パリスがヘレンを奪い取ったことが発端で始まったのだが、戦いも早七年目を迎えて膠着状態。ホメロスの世界だから英雄たちが雄々しく戦っているとついつい思ってしまうが、冷静に考えれば、ダラダラと続く戦争に飽き飽き、厭戦《えんせん》気分が漂っている方が現実感があるというものだろう。

その戦争がおっ始まった原因、ヘレンなる女も、美人だ美人だと登場人物たちのセリフにはあるが、それを真に受けて美人女優を使ったのでは舞台が成り立ちそうもない。ここは下品で無教養な、淫売のような女でありたい。いっそ思いきって、厚化粧に下着見え見えの派手派手衣裳、マニキュアやペディキュアを塗りたくり、もう若くはない、だいぶ腰のあたりにも肉がついている、しかし男好きのする場末の飲み屋のママさんみたいに役作りしたら面白くなるかもしれない。

その下半身熟女にパリスはメロメロ、デレデレ。「こら、人妻を奪うなら、もうちょっと伊達男らしく毅然とせい」と一喝したくなる体《てい》たらく。これでは、何のために戦争をしているのかわからない。空しきかな戦争！　戦争の〝大義〟をグロテスクに茶化してみせるシェイクスピアは、平静をよそおいながら内心は怒りに燃えている反戦平和論者なのではないかと思えてくる。

ところで、この混沌とした芝居の題名は『トロイラスとクレシダ』、つまり恋愛劇でもあるのだ。シェイクスピアは恋人たち二人の名前をタイトルにした戯曲を三本書いている。『ロミオとジュリエット』（一五九四―五年）は、十代の若者たちの気恥ずかしくなるほど一途な純愛物語。『アントニーとクレオパトラ』（一六〇六―七年）は、分別盛りの中年の不倫物語。そして『トロイラスとクレシダ』は、主人公二人の年齢も芝居が書かれた年代も、ちょうど二作品の中間というあたりが、この戯曲を解く鍵になりそうなのである。

純愛と不倫の真ん中。まさか甘くて幸せ一杯の新婚生活では、男女の心理的葛藤などあるはずもなく、とても文学作品にまで昇華できない。だから作者は、結婚前の、まだフラフラしている若者たちを主人公にした。トロイラス二十二歳、クレシダはハイティーンといったところか。

この二人が実に現代っ子だから笑ってしまう。パンダラスなるおじさんに引き合わされ、情熱的に愛を誓い合うと、すぐさまベッドへ直行の早業。思い込んだら命がけのロミオとジュリエットだって、ちゃんと結婚式を挙げてから一夜を共にしている。ところがトロイの恋人たちは、サバサバとドライにアッケラカンと行為を致してしまう今風の若者たちなのだ。

また、二人の後朝《きぬぎぬ》の別れの場面をみると、この芝居が『ロミオとジュリエット』のパロディだということがわかる。ジュリエットは「まだ朝ではないわ、あれはヒバリではなくナイチンゲールよ」と、ベッドから出ようとするロミオを引きとめる。だが、トロイラスは「せわしい朝がヒバリに起こされ、うるさいカラスを呼び覚ます」と言って観客を苦笑させ、ロマンティックな雰囲気を拒絶する。

ちなみに、恋の仲介役を自認するおかしなおじさんパンダラスは、ジュリエットの乳母とロレンス修道士の役どころを担っている。トロイラスとクレシダを結びつけて、「今後恋の取り持ち役は、世界あまねくパンダーと呼んでくれ」と高らかに謳い上げて有頂天になっているが、事実パンダー(pander)ということばは、今日でも「ぽん引き」の意味でりっぱに使用されている英語である。

三作品が似ているといえば、男の方がきまじめで割を食っている点も共通している。ロミオはどんな名優が演じても、ジュリエットの引き立て役をさせられてしまう損な役柄。アントニーは異国情緒たっぷりのエジプトの女王にいいように翻弄されて自滅する貧乏くじ。常に女性上位の色恋模様を呈している。

トロイラスの運命はさらに残酷で、涙なくしては語れない。女の愛をまじめに信じるトロイラスに対して、クレシダの方は二人の仲を引き裂かれると、さっそくダイアミディーズなる男になびいてしまう。しかもシェイクスピアはご丁寧に、ダイアミディーズがクレシダに言い寄る様子をトロイラスに覗《のぞ》き見させ、さらに毒舌家サーサイティーズがそれを物陰から盗み見て辛口の実況中継をするという風に、念入りにトロイラスいじめを実行する。ロミオと並んで納骨堂で自害するジュリエット、毒蛇に自らを噛ませてアントニーの後を追うクレオパトラを考えると、トロイラスはなんとも哀れ、作者の仕打ちには、僕も同じ男として義憤を感じずにはいられない。

　チョーサーの恋愛詩では、しとやかで成熟した未亡人のクリセイデは、現実を柔軟な心で甘受したことになっている。しかし、このトロイ女、エリザベス朝当時は、浮気女の典型として悪名を馳せていたのだそうで、シェイクスピアも若き尻軽女として造形した。先ほど、ヘレンは不美人だろうと述べたが、クレシダも顔だけ整ったお嬢様女優にはできない役。鼻っ柱が強く、利発で、機を見て敏、乗り換えが上手で、コケティッシュなフラッパーといったところであろうか。

　だが、俳優も人の子、観客の共感を得たいのは人情である。それに自分が劇のヒロインだと思うと、どうも嫌われ役に徹しきれないらしく、僕が今までに見た舞台では、「これぞ悪女クレシダ」と唸《うな》りたくなる蓮っ葉な自堕落娘には、ついぞお目にかかったことがない。クレシダにかわいげがあり過ぎると、芝居全体が甘口になって、作品の意図を十分表現できないはずなのだが。

　一方、クレシダに振られたトロイラスは、ふたたび黙々と大義名分なき泥沼の戦いへと立ち去っていく。華々しく戦死することも自害することも許されない。その理不尽！　およそ芝居の主人公に指名されたら、最後はパッと散りたいではないか。演劇における〝死〟は、俳優にとっては輝く一瞬。役者は自分が死ぬ場面になると、たいそう役作りに凝るものである。

　となると、この芝居の宙ぶらりんはいったい何なのだろう。主人公二人は死なず、戦争は相変わらずダラダラと続く。最後はパンダラスの訳のわからない梅毒のお話で幕が下りるという肩すかし。恋人たちの行く末にもトロイ戦争の勝ち負けにも無関心をよそおうシェイクスピア。戯曲自体に決着をつけることを、作者は断固拒否してはばからないのである。

とにかくウナギのようにつかみどころのない、何が劇の中心かはっきりしない芝居である。なんでもトロイラスとクレシダが登場するシーンは劇全体の三分の一ほどとか。ロミオとジュリエット、アントニーとクレオパトラが九割以上舞台に顔を出しているのと好対照をなしている。人物も大勢にぎやかに舞台を闊歩《かっぽ》するが、はてさて劇団の看板俳優はどの役に当てたらよいのか。

演技力とセリフ術に長《た》けた役者なら、たぶんサーサイティーズを演じたがるだろう。英雄たちを口汚くののしる不具のギリシャ人。劇のコーラス役よろしくあちこちの場面に登場しては、ツバを飛ばして毒舌を吐く。ちょうどヘッポコ騎士フォールスタッフやリア王の道化のように、国家の大義や支配階級のあり方を痛烈に批判してお手打ちにならない天下御免の存在なのだが、フォールスタッフや道化よりもなお下品で辛辣な憎まれ口をたたく。

英雄や恋人たちの人物評価も、彼のセリフの中に散在している。戯曲は小説と違って、登場人物に関する作者の直接の説明がない。他の人物のしゃべった人物評が性格分析のひとつのよりどころとなるのだが、その解説者が主観と偏見に満ち満ちた毒舌家では、彼の言ったとおりの役作りをするわけにもいかない。

英雄たちはどこまで腑抜けなのか、クレシダとヘレンはどの程度淫売根性をさらけ出しているのか。そこいらへんもなんとも捉えどころのない、演出家や俳優の役作りしだいでいかようにも変わってしまいそうな「問題劇」なのである。

以前に『ロミオとジュリエット』のビデオを見た学生が、「二人は死んじゃったけれど幸せですね。これはハッピーエンドの芝居です」とうがった感想を述べていたが、それでは『トロイラスとクレシダ』は悲劇か喜劇か。恋人たちが死なない終幕は、ほんとうにハッピーエンドなのか。悲劇の崇高さはまったく感じられない。「かわいそう」と心から主人公に同情し、感動に打ち震えながら気持ちよく泣ける作品ではない。かといって、健康的で開放的な笑いがあるわけでもない。もどかしい思いに駆られる、煮えきらない、カタルシスを拒絶する芝居。

イギリスの作家オールダス・ハックスリーは「悲劇と全面的真実」というエッセイの中で述べている。悲劇とは様々なことがある人生からエッセンスの部分だけを蒸溜したものである。大河の水面に現れた渦のようなものであり、しかし川そのものは悠々と流れている。悲劇は読む者に歓喜の気持ちを起こさせるが、純粋すぎるがゆえに、人生の全面的真実とは両立しないのだ、と。(2)

『トロイラスとクレシダ』の主題は何であろうか。恋愛劇なのか、戦争を愚弄《ぐろう》する劇なのか。おそらくは両方であろう。シェイクスピアは天下国家の話を、日常的、個人的、人間的レベルで捉えようとしている。戦争批判も単なる抽象的で理念的な批判ではない。人々の情欲、裏切り、打算、名誉欲、支配欲などの延長上に国家の戦争——ほかでもない人間様がおっ始める戦争があると考えている節がある。だから、サーサイティーズはこのホメロスの世界を「いつだって戦争と好色ばかり」と乱暴に要約しているが、戦争と好色、国家の大義と人間の内心の醜悪はどこかで絡み合っている。それをたっぷり贅肉をつけて重層構造で描いてみせる。エッセンスを蒸溜するのではなく、底に沈んだ澱《おり》も水面に浮かぶ塵芥《ちりあくた》も濁り水も丸ごと芝居の中に押し込める。

ギリシャの英雄たちは、各地方の部族長たちである。大義名分なき戦争に無理やり駆り出され、背負いたくもない責任を背負わされた〝中間管理職〟にほかならない。その彼らのキラキラと輝く姿を追う英雄叙事詩はなるほど純粋だが、それは現実の人間たちの心情を反映したものではあり得ない。

人間は誰しも充実した人生、輝いている人生を送りたいと願っている。平凡でありたくない、埋没したくない。だが、輝きは常に一瞬のもの。冷静に考えてみれば、輝きの瞬間が一生の間にいったい何度訪れるだろうか。だから、輝きの断片を寄せ集め、退屈な人間の一生を一時間に凝縮して視聴者を退屈させないテレビの番組は、どうも「全面的真実」を語ってはいなさそうなのである。

ダラダラとメリハリを欠く三時間以上の芝居には、『知ってるつもり?!』のような贅肉をそぎ落とした気持ちのよさがない。凡事の方がはるかに多い人生の、その平々凡々を不必要なまでに突きつけてくる作品である。輝きの一瞬も挿入されているが、そうした「渦」は芝居の流れの中で薄められ、強く印象に残らない。かったるい人生をかったるい調子で綴ってみせる。人の世は一歩距離を置いてクールにみれば、シニカルかつ諷刺的に描かざるを得ないといいたげ。この芝居には、偉大な悲劇を見終わった時に感じる高揚感というものがない。

だが、我慢して三時間以上付き合うと、たしかにこちらの方が真実の人生に近いようにも思えてくる。そこにはシェイクスピアの文学的戦略を感じないではいられないのである。

2 善と悪のごった煮
『終わりよければすべてよし』

ＢＢＣシェイクスピア・シリーズから一本紹介しておきたい。ＢＢＣが一九七八年から八五年にかけて、シェイクスピアの全三十七作品を制作・放映したテレビシリーズ。予算不足と、テレビスタジオのセット撮影の貧弱さと、それからアメリカ側のスポンサーから出た、教育の一助として利用すべく、舞台をシェイクスピアの生きたエリザベス朝ないしは作品の背景となった歴史上の時代に設定せよとの縛り。

できたテレビドラマはなるほど教育的で教科書的、ロンドンのかっ飛んだ芝居に慣れたイギリス人からは当然そっぽを向かれた。しかし、沙翁劇全作を取り上げたインパクトは大きく、またビデオ開発期と重なり、単にテレビで放映されるだけでなく、後世に残すシェイクスピア劇はいかにあるべきかが議論を呼んだ。結果、沙翁研究の分野では最も権威ある学術誌のひとつ『シェイクスピア・サーヴェイ』（*Shakespeare Survey*、ケンブリッジ大学出版会）が一九八七年（第39巻）にシェイクスピア映画の特集を組み、その後の沙翁劇映像化研究興隆の端緒を開いた。(3)

そんな映像による最初のシェイクスピア全集、「テレビのファースト・フォリオ」(4)たるBBCシリーズから選んだのは、テレビの小さな画面にスッポリ収まって違和感のなかった地味な小品『終わりよければすべてよし』（一九八〇年）である。演出はイライジャ・モシンスキー。

名医の娘ヘレナは亡き父から教わった治療法によってフランス国王の難病を治し、その褒美としてロシリオン伯バートラムとの結婚を許されるが、肝心のバートラムは気が進まない。彼は「私の指輪を手に入れ、私の子供を身ごもれば、私を夫と呼ばせよう」との置き手紙を残して、フィレンツェに逃げてしまう。後を追ったヘレナは、バートラムが愛していたダイアナと入れ替わって深夜の密会に成功、彼の差し出した条件を満たし、バートラムもついにヘレナを愛することを誓う。

最後は題名どおりめでたしめでたしに終わるのだが、終わりだけよければすべてよいというものでもなかろう。バートラムの改心はあまりにも唐突で、二人は結婚しても長続きはしないだろうなどと余計な心配をしたくなる。この戯曲の種本はボッカチオの『デカメロン』の中にある話だが、原話の方はカラッと明るい語り口の昔話で、奇想天外な結末にもべつに違和感は感じない。けれどもシェイクスピアの方は妙にリアルで深刻なところがあり、どう一貫性のある解釈をほどこすか、そこいらへんが「問題劇」と称されるゆえんであろう。

ＢＢＣ版はなにより役者がうまい。バートラムの母親、ロシリオン伯爵夫人を演じるのは、シーリア・ジョンソンである。家族持ちの中年男女の恋愛を描いた『逢びき』（一九四五年、イギリス映画）、切なかったなあ。そんなに美人ではない、しかしイギリス人が「演技力さえあれば、女優は美しく見える」と宣《のたま》う、そのとおりの演技派の名優[5]。それに、まあ、婆さんになってしまえば、外見なんてどうでもよくなるし。このテレビ番組が彼女の遺作とか。

伯爵夫人がパリに向かう息子に、「すべての人間を愛し、でも信頼するのは少数にとどめよ」、「口数が少ないとは非難されても、よくしゃべると責められぬよう」（一幕一場）。いい忠言だ。

パリで瀕死の病に苦しむ国王役は、これも名優ドナルド・シンデン。老優たちがきっちりと作品の重石になっている。フランス王がベッドに伏せ、貴族たちが心配そうに彼を見守るカットは、光と影の画家レンブラントを意識した映像である。背景を暗くし、人物に照明をあててフワッと浮き立たせる。シェイクスピアの生きていた時代に舞台を設定せよとのお達し、ならばと近世絵画を援用した（これなら、予算不足の背景セットも隠せるし[6]）。

モシンスキーの「絵画的」に画像を処理する演出方法には、プロデューサーのジョナサン・ミラー[7]の知的アイデアが反映されている。ミラーは演出をピーター・ブルック、ジョン・デクスター、ウィリアム・ガスキル、イングマール・ベルイマンらに託そうとしたが、そんな大物たちが乗ってくる企画のはずはなく[8]。と、そうね、『終わりよければすべてよし』は予算をたっぷりつけて、スポンサーからの条件も外してベルイマンに演出させたら、僕の大好きな『秋のソナタ』（一九七八年、スウェーデン映画）に伍《ご》する室内劇の傑作になったかもしれない。

ヒロインのヘレナ（アンジェラ・ダウン）。貧しい医者の娘、身分は低いが、伯爵夫人によってりっぱな教育を授けられている。フランス王は「美徳が彼女の持参金だ」と言うが、決して美徳の固まりではない。もろもろの計算ができる。だが、計算高くは見えない。謙虚さと意志の強さを併せ持ち、企《たくら》みごとができる。節度はあるが粘り強く、惚れた男を執拗に追いかける。人の心を引きつけることば遣いができる。人生に対して積極的、前向き。でも、私が、私が、というタイプではない。つまりはかわいいだけではない、自分の考えをしっかりと持った賢い娘なのだ。

そしてBBC版では——最初は遠目、後ろ姿、それからシルエットで映したり。顔がよく見えない。ちょっと視聴者をじらす。しかし、やがてアップになると——美人にはほとんどお目にかかれないイギリスの女優の中でも、平均を下まわる見目形。おいおい、婆さんならともかく、若きヒロインだぞ。演技力のある役者だが、それでも美しくは見えない！　笑えるのである。

一方のバートラムはどうか。伯爵夫人に甘やかされて育てられたのだろう、馬鹿息子である。ことばが内心を正直に表さない。チャラ男《お》。すこぶる評判の悪い人物である。俳優にとってもやり損な役だ。軽佻浮薄《けいちょうふはく》で、自業自得とはいいながら女性陣に一杯食わされ、終幕では無理やり改心させられる。どこが終わりよければだ、バートラムにとっては踏んだり蹴ったりの幕切れである。

ところがそのつまらぬ男の役を端整な顔立ちにして演技力抜群のイアン・チャールスンに演じさせた。彼が国際的に知られたのは、『炎のランナー』（一九八一年、イギリス映画）で神の栄光を称えるために走るピューリタンのオリンピック選手エリック・リデルに、また『ガンジー』（一九八二年、イギリス・インド合作映画）でガンジーと行動を共にしながらしだいに成長していく牧師に扮してからだ。その姿、実に清々しく、主役を任されても脇にまわっても、過不足なく役柄を演じきる。僕がぞっこん惚れ込んだ俳優である。(9)

が、彼は二本のアカデミー賞受賞映画で有名になる前から、イギリスの舞台では伸び盛りの役者として期待されていた。その売り出し中の俳優を軽薄な放蕩息子役に配した。二幕三場、バートラムはヘレナとの結婚をかたくなに断る。よっぽど嫌なよう。国王の命令で渋々承諾しても、すぐにイタリアの戦場へ逃げようとする。ヘレナはせめて別れのキスをと遠慮がちに求めるが、それも拒否する。残酷な男め。ヘレナがとってもかわいそう。けれども、ため息をつくバートラムをアップで捉えた映像を見れば、それがなんとも格好よく、洗練された容姿ときている。

さて、観客は才気煥発な不美人と眉目秀麗《びもくしゅうれい》な馬鹿男と、どちらに共感するか。

バートラムは戦争に行ったフィレンツェでダイアナを誘惑しようとする。四幕二場、夜の暗い部屋で顔と顔を突き合わせて口説き口説かれる男女の姿は、二人の横顔をミディアムの長いワンカットでじっくりと映す。いや、このシーンだけでなく、人々の横顔が多い作品。人物たちが話し、考えをめぐらす様子を、ずっとミディアムないしはアップで捉える。カメラはめったに引かない。映画館の大画面ではなく、テレビの小さなスクリーンを意識した演出である。と同時にグローブ座の大衆ではなく、ジェームズ朝の知的な階級を観客層にしたであろうこの芝居の、ゆったりとした思索の劇という側面を的確に映像化している。[10]

イアン・チャールスンとともに、もうひとり僕の好きな俳優をクレジットで見つけた。ロバート・リンゼイである。BBCシリーズでは『から騒ぎ』のベネディック役、また『シンベリン』のヤーキモー役が印象に残る。だが、ここでは「フランス貴族1」とな。そんなチョイ役になぜ彼を？　そもそもどこに出ていた？　昔見た時には、完全に見落としていた。

NHKの放送からダビングしたビデオを何十年ぶりに見直してみると――いた、いた。フィレンツェ軍の陣営にいる名前も与えられていない貴族その1。理由はすぐにわかった。四幕三場の小さな場面だが、彼がなにげなくいいセリフを口にする。「人生は善と悪とを縒《よ》り合わせた糸で編んだ網だ。我々の美徳は過失によって鞭打たれなければ高慢になるし、罪悪は美徳によって慰められなければ絶望するだろう。」(11)

そう、これが『終わりよければすべてよし』のテーマである。それを端役にさりげなく言わせているのがミソ。いったいハリウッド映画や邦画のエンタメ作品では、格好いいヒーローやヒロインがそれを決めゼリフのごとく語る。するとスター俳優を見にきた観客は胸がスカッとするのだが、作者のメッセージ自体は吹っ飛んでしまう。

一流の作品では、モチーフなるものは、深いところに目立たぬように埋め込まれている。人間は善と悪のごった煮だ、善人と悪人はめったに分けられない、すべての人間に一理がある――と、シェイクスピアの人間観の原点は、どうやらそこいらへんにありそうだ。芝居は上手な俳優をどの登場人物に配するかによって、ガラリと変わることがある。それは単に舞台を盛り上げるためではなく、戯曲に内在するテーマに光を当てるためになされる場合もある。モシンスキーはイアン・チャールスンを起用してヘレナからドラ息子に観客の注目を微妙に移し、ロバート・リンゼイに沙翁の隠れた名句を語らせた。これ、「戯曲の精神」を照らす絶妙の配役と演出である。

また、ジメッと暗い喜劇によくしゃべるおどけ者がひとり。バートラムの家臣ペーローレスである。フォールスタッフに次ぐ人気者というのはやや持ち上げすぎであろうが、ローレンス・オリヴィエもこの口先ばかりの軽薄な男に扮して、バーナード・ショーを喜ばせたとか。(12)ペーローレスはフランスの貴族たちの計略にはまり、敵軍に捕まったと思わされ目隠しをされると、命惜しさにしゃべる、しゃべる。味方の軍の情報も、貴族たちの悪口も、見境なく。そして目隠しを外されると、そこにはバートラムをはじめ見慣れた貴族たちが並んでいるという仕掛け。オリヴィエは人をいじめる役も楽しんだが、オセローやシャイロックやペーローレスなど、ボコボコにいじめられる役柄も嬉々として演じた。

だがこのお調子者のペーローレス、劇的機能からいえば、彼のご主人様の露払いだったことがほどなくわかる。終幕近くになると、バートラムがフランス王から指輪やダイアナの件を問い詰められて、口から出まかせ、よくもまあペラペラと言い逃れの文句を発する。ペーローレスを笑い者にしたバートラムが、今度は己のことばに真実がこもっていないことを露呈する。おっと、一幕で伯爵夫人が「よくしゃべると責められぬよう」と息子を諭《さと》した忠告も響いてくるわけか。

シェイクスピアはしばしば多弁を笑い、また戒めた。『ハムレット』では大臣のポローニアスに長広舌をふるわせ、しかる後に「簡潔さこそは知恵の真髄」と後世に残る名ゼリフを吐かせた。こういう一句はそれにふさわしからぬ人物に語らせると、笑いがとれる。もっとも、シェイクスピアの詩行こそは多弁の極致なのだけれど。

最終場では、フランス王が愚かな者たちをみな許す。ダイアナには、夫を自由に選べ、結婚の費用は自分が出すから、と。二幕でヘレナに許可して災いの元ともなった、それと同じ過ちを犯している。全然賢くなっていない。国王もまた善と悪、長所と短所を併せ持っているわけだ。

さて、この「許し」なるテーマ、シェイクスピアの初期から晩年まで、彼の作品の根底にずっと流れていると説く研究者もいる。しかし、いわゆる「四大悲劇」と並行して「問題劇」を書いていたころの沙翁はしどろもどろ、支離滅裂。ロマンス劇までいくと、一定の達観はあるのだが、どうもこの時期は心底から納得して人を許し、万事をめでたく収めていたようには思えない。

むしろシェイクスピアは、おとぎ話に己の毒を注入し、それを作品中で解毒できず、はては結びをつけるのを放棄している。ごった煮の人生をどう扱っていいのか持て余している。

ＢＢＣ版はテレビ番組ゆえ、フランス王が「機械じかけの神」よろしく許しまくって、後味のよいハッピーエンドの雰囲気を醸しているが、しかしスクリーンの向こう側には終わりが見えず、道半ばで立ち往生しているシェイクスピアの姿が、僕には想像されてならないのである。

3 正義
『尺には尺を』

シェイクスピアの隠れた傑作に『尺には尺を』という暗い喜劇がある。『ハムレット』や『マクベス』など、いわゆる四大悲劇の合間を縫って書かれた、なかなかシリアスな内容の笑えぬコメディである。

舞台はウィーン。領主ヴィンセンシオは急に旅に出ると言い放って、自分の権力は部下のアンジェロにすべて委ね、姿を消してしまう。代理を任されたアンジェロ——その名も〝天使《エンジェル》〟——は、謹厳で潔癖、正義感は人一倍強いが、しかしどうしようもなく融通が利かない。かねがね上司は民衆に甘すぎる、あんなに慈悲をかけていては庶民は図に乗るばかり、だから治安は悪くなり、風紀は乱れるのだと不満を抱いていた。そしてチャンス到来、この際愛するウィーンの町をきれいにしようと、女郎屋の一斉摘発に乗り出す。そんな折、見せしめに指名されたのが若い紳士のクローディオである。恋人と婚前交渉におよび、運悪く彼女を妊娠させてしまった。現代の学生でもよくある話だが、アンジェロの下した判決は退学どころではない。死刑！　あまりにも厳しいのである。

アンジェロのような男、学生時代はまず間違いなく点取り虫の優等生だったはず。人間まじめが肝心だが、度を越すと視野が狭くなるから気をつけなくてはいけない。今日ならばさしずめ一流大学に進学し、末は高級官僚になって国家のために尽くすのだと豪語しているタイプだろうか。まじめだから教師や上司の覚えはめでたい。だが遊びを知らないのが玉に瑕《きず》。そう、気をつけなくっちゃ、大人になってからのはしかは怖いんだぞ。

さて、その優等生アンジェロのもとへクローディオの妹イザベラが兄の命乞いに訪れるあたりから話は面白くなってくる。彼女は純潔の鑑《かがみ》のような女性、厳しい戒律で名を馳せた聖クララ女子修道会の尼僧になろうとしていた折も折、兄の苦境を聞きつけてやって来た。この清純な乙女、なかなか頭の回転のはやい才気煥発な美人だが、化粧などはしたことがなく、男がムラムラッとくる色っぽい女でもない。少なくとも僕の趣味とは違う。兄の助命嘆願も理詰めで攻めてくる。ちょっと冷たそう。彼女もくそまじめで遊びは知らなそうである(13)。

けれどもアンジェロみたいな堅物は、こういうタイプが好きなのだろう。すっかり彼女に惚れ込んでしまう。はては自分に体を許せば兄貴を助けてやると言いだす支離滅裂。これまでの高邁な理想がガラガラと音をたてて崩れ去る。しかし自分の言行不一致は十分自覚しているので、人知れず悶々《もんもん》と悩む。天下国家を治めようとする男が、たかが女ひとりに……だいいち不義密通は死刑なんて言った自分が不義密通におよぼうとは……アンジェロという男、悪党は悪党なのだが、このようにジクジクと反省するところが人間臭い。厳格な法の執行者たらんとする理想と、抑えても抑えても抑えきれない欲望。相矛盾する感情に引き裂かれるアンジェロの姿が魅力的な作品である。

終幕は領主ヴィンセンシオの出番。この暗〜い物語をハッピーエンドにもっていけるのは彼しかいない。実は旅に出たというのは嘘で、修道士に変装して民衆の生活を見まわっていた。アンジェロの愚行も一部始終お見通し。すべてが公になり、クローディオは助かり、アンジェロも改心して許される。こんなに万事が丸く収まっていいのかなと首をかしげたくなるが、まあ、よかったよかったと、そんな喜劇である。

で、この物語、あらすじだけをみていると日本の時代劇とそっくりなのにお気づきか。ふだんは厳しく市中を取り締まり善人面をしている代官が、実は女好きの悪党。両親に死なれながらも、健《けな》気《げ》に明るく、貧乏にもめげずに一途に生きてきた長屋の娘さんに目をつける。ある日、兄がちょっとした出来心で犯した罪を見逃してくれと彼女が頼みに来ると、待ってました、相手の弱みにつけ込んで俺の妾《めかけ》になれとしつこく迫る。けれども悪いことはできないもので、ふつうだったら奉行所の奥まったところに鎮座ましましている北町奉行が、遊び人に化けて事件を調査していた。最後には一同びっくり仰天、桜吹雪か葵の御紋の威力で万事めでたしめでたし。そんなにうまくいくはずはないなんて言いっこなし、たかが晩酌後の骨休めのテレビ番組である。

シェイクスピアをテレビの時代劇と一緒にするとは不謹慎だ——学者さんはそういうかもしれない。しかし坪内逍遥訳を見てみよ。ヴィンセンシオのセリフは水戸黄門と大岡越前を足して二で割ったような文体になっている。シェイクスピアなど、たかが大衆芝居。それを難しく論じてつまらなくした研究者たちの責任は重いといわねばならない。

ところでこの芝居、僕がどうしても好きになれないのはヴィンセンシオである。自分だけずっと安全な場所から事の成り行きを眺めているのが許せない。修道僧に化けてクローディオに会い、死出の旅への心の準備まで説くのはあまりにもやり過ぎ、なんとも冷酷ではないか。

その点、わが愛する遠山の金さんの方がずっと上である。金さんは毎回必ず危ない目に遭う。自分も悪者の用心棒に命を狙われる。体を張っているのだ。悪党の子分どもが何十人も出てくる。彼らにすっかり取り囲まれても、相手を絶対殺さないヒューマニズム。必ず峰打ちにしている（刀の刃が上を向いているところまでよくテレビを見てほしい）。それにあの桜吹雪の格好よさは沙翁にはまったくない。事実シェイクスピアの芝居には、スカッとする、見終わって晴れ晴れとした気分になる作品はほとんどない。

『尺には尺を』が日本の時代劇と同じストーリーでありながら異質なのは、勧善懲悪の劇になっていない点である。善玉と悪玉がはっきり区別できない。好感をもてる人物だと思っていると欠点が目についてくる。嫌な奴だと思っていると案外人間臭くて共感してしまう。人間はなんて複雑で割り切れない生きものなのだろうと考えさせられる。人は善と悪のごった煮なのだ。はるか天上を向いていて神聖で崇高な存在であり、同時に俗悪で下劣でどうしようもない動物、そういう人間の二面性を突きつけてくる。だから単純明快、見終わって「これが青春だ」とか「これこそが正義だ」と叫びたくなる清々しい舞台を期待する人ははじめから見ない方がよい[14]。

シェイクスピアは、自分の主義主張をなかなか披露しない。ハムレットには「芝居の目的は自然に鏡をかかげることだ」とうそぶかせている。人生をあるがままに見せれば芝居はそれでいいとする姿勢態度。よくいえば自分の人生観を押しつけない、悪くいえばこの作家、何を考えているのか、本音がどこにあるのかわからない。

彼はひとつの真理を描くために他の真実を脇に置いて書くことをしない。今日の作家ならば「正義」をテーマにすれば「慈悲」を綴る筆は抑える。だがシェイクスピアはどちらも必要だと主張する。両方をひとつの作品に詰め込んでしまうのでややこしくなる。(15) 彼の戯曲はほんとうにいくつもの解釈が可能なセリフに満ち満ちている。あいまいそのものなのである。

検閲の厳しかった絶対王政の時代に芝居を書いたという事情もあろう。また当時と現代とでは文学に対する考え方がいろいろな意味で異なると宣《のたま》う学者もいる。しかし僕は、すべての真実を抱き込んでまるごと描こうとする衝動こそが、シェイクスピアの精神のかなり中核的な部分だと思っている。複雑な人間と、その複雑な人間が作り出す世の中を、まるかじりで劇化するところに、シェイクスピアの深い思想を感じるのである。

「尺には尺を」なる題名は聖書の文言から取られている。「目には目を」とほぼ同じ意味だが、沙翁は目には目、力には力、正義には正義で応じるのではなく、慈悲もまた必要だと、それも自信があるとは思えない口調で、もごもごと口ごもりながら論じる。

だが、人生とは本来、シェイクスピアの芝居同様スカッと割り切れないものなのだ。世の中だってそうである。もし割り切れると思ったり思わされたりした時には、なにか欺瞞《ぎまん》があると考えた方がよい。とくに国家が「正義」という錦の御旗を掲げた時には、両の目を見開いて監視する必要がある。正義のための戦争など、人類が生まれてこのかた一度も存在しなかった。僕は今年［一九九一年］ほど、「正義」に内在する欺瞞に嫌悪感を覚えたことはなかった。経済制裁で十分だったたはずだ。避けられた戦争である。
アメリカはヴェトナムから何も学んでいない。[16]

第7章　ローマ史劇

1 非沙翁《シェイクスピア》的映画

『塀の中のジュリアス・シーザー』

どういう風に批評しよう。たしかに面白かったのだ。でも、僕がふだんシェイクスピア劇を論じている尺度からすると、好きなタイプの映画ではない。なのに、なぜ気に入ってしまったのか。

パオロ（弟）とヴィットリオ（兄）のタヴィアーニ兄弟が撮ったドキュメンタリー・タッチの映画『塀の中のジュリアス・シーザー』（二〇一二年、イタリア映画）は、シロウト、それもローマ郊外の刑務所内の重罪囚たちに演じさせた沙翁劇である。いや、シロウトを使った映画に秀作があるのは知っている。とくにネオレアリズモ[1]の水脈が流れる国イタリアだ。ロベルト・ロッセリーニ、ルキノ・ヴィスコンティ、ヴィットリオ・デ・シーカ、エルマンノ・オルミらは、いずれもプロの俳優には出せない迫真性をシロウト役者たちから抽出し、銀幕に映してみせた。

けれども、オリジナル・シナリオの現代ものならともかく、古典劇、それもシェイクスピアである。しっかりとした脚本がある。やはり一流の俳優陣で見たいではないか。

八十歳を越えた兄弟監督による沙翁映画は、ベルリン映画祭（二〇一二年）の金熊賞を受賞した。

今日日《きょうび》の国際映画祭では、これくらい奇をてらった作りにしないと大賞は獲得できないのか!? と、ヘヘエ、半信半疑で映画館へ足を運んだのだが。

開幕は、ブルータスのアップ、彼が自害する、戯曲のラストシーンからである。アントニーとオクテーヴィアスが哀悼の辞を述べる——叛徒の中で最も気高いローマ人だ、自らの行為は自由《リベルタ》のためだと信じた、ローマと全世界に宣言しよう、「これこそは人間であった」と。(2) 場内は拍手喝采、観客たちのスタンディングオベーションに迎えられ、役者たちは両手を振り上げて喜ぶ。

そして空っぽの客席、観客たちが刑務所を後にする。「レビッビア刑務所、重警備棟」と字幕が出て、囚人たちはおとなしくそれぞれの独房に戻っていく。

ここで画面がカラーから白黒に変わり、「六カ月前」と字幕。演劇実習の初日、今年度の演目は『ジュリアス・シーザー』だとファビオ——刑務所でインターンをしていた演出家が本名で出演——から伝えられる。オーディションが行なわれ、キャストが決まる。皆、出身地はバラバラ、麻薬売買、組織犯罪、殺人などの重罪を犯した長期の服役囚である。イタリアに死刑はない。

読み合わせから稽古が始まる。自分の土地の方言を使えとファビオから指示が出る。そう、イタリア語は各地方ごとになまりがかなり異なる。なまりというより、ほとんど〝外国語〟に近い感覚なのだとか。タヴィアーニ兄弟は、自分たちの用意した脚本を囚人たちが監房で各々の方言に言い換えていたのを知って、「新しい真実を浮かび上がらせ」ようとしたのだという。(3) 沙翁のセリフに自分たちの真情をオーバーラップさせることができる言語に落としていったわけだ。

『ジュリアス・シーザー』一幕二場の読み合わせ。キャシアスがブルータスに、「近ごろの君はおかしいぞ、旧友の私への友情を忘れたのか」。と、ブルータスが自室でひとり台本を読む、「私の顔が暗いのは、己自身の中で心と頭が戦っているからだ」。キャシアスも自分の部屋で、「私を信頼しろ」。戯曲ではひとつの場面のやりとりを、場所を変えて言わせ、それを巧みにつなぎ合わせる。

窓の外が騒がしい。民衆がシーザーに王冠を捧げようとしている。それをブルータスとキャシアスが窓から見ている。ファビオが「ブルータスは窓に近づくな、彼は見たくないんだ」とダメ出しする。ブルータスは窓に背を向けて、しゃがみ込む。いいポジションだ。「ローマは恥知らずな町だ。」するとキャシアスが、沙翁のセリフを中断して、俺の町ナポリも恥を知らない、「ファビオ、どうやらシェイクスピアはナポリに住んでいたらしい」と。台本とキャシアス役者の実人生が共鳴する。

ブルータスは廊下をモップで掃除しながら、セリフの練習をする。

刑務所内の劇場は改修中だという。それで、役者たちは所内のあちこちで稽古をしているわけだ。彼らの演技は達者とはいえない。けれども監督は、囚人たちが時と場所を異にして語るセリフをみごとに結んで、演劇にはない変化をもたせる。〝編集の芸術〟といわれる映画の力を、タヴィアーニ兄弟が存分に見せつける。

ブルータスが自問自答した末に、「シーザーは死なねばならない」。映画のオリジナル・タイトルは *Cesare deve morire*（英題 *Caesar Must Die*）。雷鳴。ブルータスの監房にキャシアスとその一味がやって来て、シーザー暗殺を教唆する。ブルータスはすでに腹をくくっている。誓いなど要らん、お互いの目を見れば心中の苦悩や怒りがわかる。キャシアスがシーザーの片腕のアントニーも殺そうと言うと、ブルータスは「正義は殺戮ではない」、アントニーまで殺害する必要はない、「シーザーも、彼の胸を裂かずに精神だけもぎ取れたら」。

ここでブルータス俳優はセリフを続けられなくなる。俺個人の問題だ、昔一緒に密輸タバコを売っていた友だちが密告者の口を封じる時に、ブルータスと同じことを言った、と。

セリフの言い方が上手か下手かの問題ではない。ブルータス役者の過去と個人的な心情と、さらには彼の内面の鼓動まで聞こえてくる。職業俳優とは異なる感情移入をしている。

『ジュリアス・シーザー』という政治劇は、三幕のシーザー暗殺とそれに続くブルータスとアントニーのスピーチという頭抜けたクライマックス・シーンをもっている。だが、案外前半の、叛徒たちがクーデターを実行するかしないかの駆け引きに味がある。その地味なやりとりは、人間の感情の機微まで表現できるロンドンの舞台役者たちの演技で見たい——と常々思い、またそういう目線でこの芝居を楽しんできたのだが、いやどうしてどうして。囚人たちは一定の演技訓練は受けているのだろうが、そうした演技術云々では測れない、演技を超えた何かをもっていそうである。

図書室の壁に貼られた大きな海の写真の前で、がっしりとした体軀《たいく》のシーザー役者が『ガリア戦記』を読んでいる。「高校のころは、うんざりだったけれど」と語る。ファビオが、「さあ稽古だ、時間を無駄にするな」。するとキャシアス俳優が「時間を無駄にする？　二十年間刑務所にいる俺に、時間を無駄にするな、ってか」。細かい掛け合いが笑える。

キャシアスの一味のディーシャスが入ってくる。原作の二幕二場である。妻が悪い夢を見たと言って外出を渋るシーザーを、ディーシャスが唆《そそのか》して、暗殺者たちの待つ元老院へ行かせようとする。彼の甘言を聞いているうちに、シーザーが本気で腹をたてる。大嘘つきめ、おべっか使いが。周りは、おっ、何だ？「もう何年も胸にしまってきたんだ、おまえは俺の陰口を言っているだろう」、「外へ出ろ」。二人は図書室の外でもめている。ファビオが、参ったなあという顔をし、不吉な音楽がひかえめに流れる。

が、このエピソードは存外あっさりと終わる。二人が戻ってきて、先ほどの海の写真が一瞬カラーになる。カラーは現実を映し、白黒は非現実の、芝居の、虚の世界だろうか。モノクロとカラーは、でたらめに混在しているわけではなく、なんとなく区分けするものがある。『塀の中のジュリアス・シーザー』は完全なフィクションである。ドキュメンタリー・タッチではあるが、ドキュメンタリー映画ではない。タヴィアーニ兄弟はドキュメンタリー映画の制作からその経歴をスタートさせ、後に寓話性に富む作品をしばしば撮るようになった。この映画では、虚と実は絶妙に混ざり合って、両者の境界はあいまいになっている。

昼間、白い布をまとったシーザーが刑務所の中を歩く。原作の第三幕。囚人たちが「シーザー、万歳！」と声をあげる。行き止まりの空き地で、シーザーに叛徒たちが襲いかかる。最後にブルータスがとどめを刺す。「ブルータス、おまえもか。」金網越しに見ていた囚人たちが逃げてゆく。暗殺者たちは「自由だ、独裁者は死んだ！」、「自由だ、自立だ、解放だ！」と叫ぶが、民衆は姿を消す。アントニーが現れる。シーザーとともに俺もここで殺せ、いや新体制では君は我々の同志だ。

アントニーがブルータス、さらにキャシアスと握手する。

シーザー暗殺のシーン、普通の映画なら、当然スペクタクルを指向するだろう。[4] しかし、そんな派手な演出を期待すると、タヴィアーニ作品はちょいともの足りない。だがその代わりに、看守たちが芝居の稽古を上方の渡り廊下から見物しているカットを挿入した。「屋外活動は終わりの時間だ」、「待て、あと少しだ」、「アントニーの柔軟な姿勢はいいじゃないか」、「いいや、あいつはろくでなしだ」。

原作にあるような策士には見えない、割ときまじめなアントニーが、謀叛人たちの去った後に独り言つ。シーザー、許してくれ、俺は従順なふりをした、だがこれから復讐するぞ。それを看守たちが聞いている。彼らのひとりの口許がかすかに緩む。と、演出はバリバリに入っている。どこがドキュメンタリーなものか。でも、いい挿入シーンではないか。

場面は、ガランと広い刑務所の中庭に移る。シーザーの遺骸だけが中央に置かれる。ブルータスがなぜシーザーを殺さなければならなかったかを語りだす。囚人たちは監房から、鉄製の窓枠を両手で握りしめながら、聞いている。続いてアントニーの演説。「友よ、ローマ人よ、私はシーザーを葬るために来た。」民衆は窓越しに、静かに耳を傾ける。

この名高き場面も、ブルータスとアントニーの名演説、そして興奮した群衆が暴動へと向かう盛り上がりを想像すると、当てが外れる。まあ、刑務所でこのシーンをスペクタクルにして、ほんとうに暴動が起こっては困るが。塀の中の面々に演じさせるには、そもそも危険な芝居である。

自室に帰ったアントニー役者が、その後虐殺になった、あの時代のローマに幸福はなかったと語る。すると同房の黒人が、「俺の国ナイジェリアもだ」と。タヴィアーニ兄弟は、アクションを抑え、服役囚たちの内心に焦点を定める。

劇場の舞台作りが始まる。スキンヘッドのオクテーヴィアスが入ってくる。数日前に入所したばかりだという。「戦闘は本気でやるのか？」、「もちろんだ、おまえをぶちのめす」。だが彼らは皆、暴力沙汰は起こさない。感情を常に抑制している。そうしないと刑務所では生きていけないのだろう。兄弟監督は必要以上の説明はしない。囚人たちには映像に映っていない、心の奥底に隠している心情がありそうだ。それを観客に想像させて、心憎い。おっと、アントニーは面会室から戻ったばかりで落ち込んでいる。

四幕三場は、ロウソクのアップから。夜、テントの中のブルータスに背後からカメラが近づく。ブルータスが見るシーザーの亡霊は声だけ。上手な演出である。五幕に入り、劣勢のブルータスとキャシアスを仰角のカメラで捉える。屋外での撮影、風と波の音だけで、背景は空白だ。いろいろと工夫を凝らす。とくに『ジュリアス・シーザー』の後半は、活劇以外は単調な芝居。監督は象徴的な短いシーンを連ねて、スピーディに物語を進める。

タヴィアーニ作品を見ていていつも感心するのは、素材の見せ方が実に巧みなことである。英米の監督がシェイクスピアを撮ると、どうしても舞台をなぞってしまう。けれども、この兄弟は映画としての呈示の仕方を熟知している。沙翁劇を映画として自立した作品に仕上げている。

刑務所の扉が開き、観客が入ってくる。舞台はすでに終幕近くの戦場シーン、ここからカラーになる。オクテーヴィアスとアントニーの軍が、口々に自由のための戦いを叫ぶ。実際の戦闘は描かず、役者たちのセリフで合戦の様子が語られる。これはシェイクスピアの戯曲のとおり。キャシアスが逝《い》き、ブルータスも命を絶つ。映画は冒頭のアンコールの場面に戻る。太鼓が打ち鳴らされ、役者たちが全員整列して、歓喜の雄叫びを上げる。

嬉しいだろうなあ、世の中から長年隔離されていた服役囚たちが、人から喝采を浴びる気持ちやいかに。そもそも演劇は、演じる側からすると、人と人とのぶつかり合いであり、自己表現であり、自己解放の芸術である。それもふだん感情を抑えに抑えながら、息を殺して生きている囚人たちの晴れの舞台だ。

映画の中にたびたび出てくるのは「自由」である。そして、友情、高潔さ、権力、裏切り、疑念、復讐、殺害も。監督曰く、「素晴らしきかつ嘆かわしき人間同士の関係を銀幕に映し出し」たかったと。[5]

タヴィアーニ兄弟はしっかりとした脚本を作り、それに沿って撮影し、しかし俳優たちの実人生や彼らの予想外の演技によって、脚本はどんどん変わっていったという。[6]一方で、塀の中で再構築された沙翁劇、描けぬものはバッサリ切った。シーザーとブルータスのそれぞれの妻、キャルパーニアとポーシャは登場せず。女性のいない刑務所で、無い物ねだりはしない。また、戯曲に内在する「独裁制か共和制か」という重要なテーマはほとんど棚上げになっている。

けれども、それで「戯曲の精神」に則《のっと》っていないかというと、そうでもない。思いきって取捨選択された、その選ばれた部分は、「おゝ、この戯曲にはそんなモチーフも隠れていたか」と発見させてくれる。そう、よく顔の知られたアメリカのスターたちが出演した通俗的で見やすいスペクタクル映画の『ジュリアス・シーザー』より、よほど原作の〝肝〟を捉えて、それを敷衍《ふえん》している。

映画のラストは、囚人たちがふたたび独房へ。重たい鍵の音が響く。キャシアスに扮した役者が「芸術を知った時から、この監房は牢獄になった」と語り、コーヒーを入れる姿を映して、フェイドアウト。塀の中の、いつ果てるとも知れぬ日常がまた始まる。彼は終身刑囚、実際にタヴィアーニ兄弟に向かって言ったことばを映画で再現したのだという。

演劇とは何ぞや、そして人間の尊厳とは何かといった、根源的な問いかけがスクリーンの向こうから聞こえてくる。シェイクスピア映画は、やはり舞台の演出家ではなく、一流の映画監督が撮らないと面白くならないと思わされる。非沙翁的なようでいて、案外「原作の本質」を的確に銀幕に移植しているシェイクスピア映画の異色作である。

2　シェイクスピアの視点操作
『アントニーとクレオパトラ』

「四大悲劇」で内面世界の深き闇を探究したシェイクスピアは、ふと頭をもたげて、ふたたび外側から歴史と人間を綴ろうと思い立ったらしい。だが、『アントニーとクレオパトラ』（一六〇六―七年）を読むと、ただ単に「内側からか外側からか」というだけではない、天下国家を論じる「上から」の視点か、それとも男女の恋愛という個人的な、いわば「下から」の目線か、はたまた主人公二人に「近寄るか離れるか」ないしは「大きく見せるか小さく見せるか」など、シェイクスピアがさかんに〝視点操作〟をしているように思えてならない。

そんな、映画だったら〝カメラワーク〟にあたる話を一席。

『アントニーとクレオパトラ』は、紀元前四〇年から三〇年の十年間の物語。ジュリアス・シーザー亡き後、古代ローマの実権は彼の養子オクテーヴィアスと、シーザーの部下だったマーク・アントニーが握り、富豪のレピダスとともに三頭政治を開始した。しかし、東方世界を任されたアントニーはエジプトの女王クレオパトラとねんごろになって政治をおろそかにし、ローマのオクテーヴィアスと激しく対立する。雌雄を決するべくアクティウムの海戦（紀元前三一年）で両軍が激突、アントニーはクレオパトラの裏切りもあって敗れ、自害する。だが、クレオパトラはオクテーヴィアスの懐に飛び込むと思いきや、アントニーの後を追って自らの命を絶ち、プトレマイオス朝エジプト王国も滅亡する。

史実によれば、『アントニーとクレオパトラ』の開幕時に、アントニー四十三歳、クレオパトラ二十九歳、そしてオクテーヴィアス二十三歳である。舞台は広い。ローマとエジプトのアレグザンドリアを中心にローマ帝国の数カ所。全四十二場。芝居でよくいう、時と場所と筋の「三一致の法則」は完全に無視され、舞台は次々と転換する。

また、文体は実に華麗で優雅。この作品に対する現代の批評の争点は、そこにアントニーとクレオパトラの「愛の賛歌」を読み取るか、それとも内容とのギャップに皮肉を嗅ぎとるかにあるといえよう。最近は、後者の説の方が有力であろうか(7)。

冒頭はアレグザンドリア、「いやはや、われらが将軍の溺れようといったら、始末に負えん」と、アントニーへの悪口から始まる。かつて彼の目は軍神マルスのごとく炯炯《けいけい》と輝いて三軍を叱咤《しった》し、その心臓は敵との合戦に胸の留め金をはじき飛ばすほど高鳴っていた。だが、それなのに、あゝ、それなのに、今は「己の役目を忘れて、浅黒い顔を見つめ」、「すっかり自制心を失って、ジプシー女の情欲をさますふいご、団扇《うちわ》になりさがっている」と。

そう、主人公たちの登場を待っている観客をちょいとじらして、まずは二人の噂話を聞かせる。

おらが大将はもうエジプト女にメロメロで、とアントニーの部下に嘆かせ、客席に英雄の堕落ぶりを想像させる。今日ならさしずめ、本社時代は有能だった会社の専務が海外の単身赴任先で愛人をつくり、仕事をほっぽらかして彼女の家に入り浸っている、それを社員たちがブツブツと愚痴っているといった図であろうか。

と、そこにクレオパトラといちゃつくローマ将軍その人が登場する。多少の偏見を刷り込まれた観客は、「世界を支える三本柱のひとつが淫売女の太鼓持ちになっている」姿を、自分の目と耳で確かめる趣向である。

女王の第一声は、「それが愛なら、どれほどの大きさか聞かせて」、それに応えるアントニーは、「どれほどと測れるような愛は卑しきものだ」と。あゝ、やっぱり。「ローマなどタイバー河に飲まれてしまえ！　広大なる帝国のアーチも崩れ落ちるがいい！　俺の宇宙はここにある。」なるほど、部下たちの噂どおり。こりゃ、ダメだわ。アントニーはローマにいる二十歳年下の社長、オクテーヴィアスからの使者にも会おうとしない。

けれども、妻のファルヴィアが死に、ポンペーが制海権を握ってオクテーヴィアスに戦いを挑んでいるとの知らせに、ついにローマ帰国を決意する。となれば、クレオパトラとの愁嘆場あり、女王の嘆き節あり。

この芝居は、『ロミオとジュリエット』のようなストレートな純愛悲劇にあらず。ローマとエジプトという、国家と国家を背負った将軍と女王の不倫話である。だから、打算あり駆け引きあり、諍《いさか》いと痴情の縺《もつ》れと裏切りと仲直りが延々と続く、愛の語らいよりは喧嘩の場面の方がずっと多い、実にねちっこい作品に仕上がっている。為政者たちの恋愛は、すなわち政《まつりごと》の世界。それは個人の内面劇に収めるよりも、「外側」から歴史的に描く方が面白そうではないか。

アントニーについては、ローレンス・オリヴィエが述べている。実にくだらん男だ、愚か者だ、おつむの中味はあまりない、「だが幸い、シェイクスピアはそれを取り繕おうとはしなかった」。アントニーはエジプトの女王に手玉に取られる。二人は「純粋に肉体的な関係」にあり、その恋には「知的なものは何もない。純粋な情熱と情欲と快楽だけだ」。そして、「やってはならないことは一つ、同情をかおうとして」アントニーを演じてはいけない、と。(8) つまりは、観客の共感を一身に集める〝スター芝居〟をしてはならない。アントニーは〝異化〟して、客席にじっと観察させるべき役柄なのである。(9)

一方のクレオパトラはどうか。「クレオパトラの鼻がもう少し低かったら世界の歴史は変わっていただろう」と語ったのは、ご存じ、フランスの哲学者パスカルだが、彼女が美人であったかどうかについては諸説ある。もっとも、語学はできたらしい。話術に長《た》けていた。オリヴィエも、アントニーとは違って彼女には「機知と風格があり、洗練されている。もしうまく演じられたら、どんなすばらしいアントニーも到底かなわない」、また「間違っても恋人にその欠点を言うようなまねはしない」と述べている。(10) そう、シェイクスピアはクレオパトラを、人の気をそらさぬ女性として造形している。

クレオパトラはエジプト王国の長《おさ》としての計算を働かせ、かつてはジュリアス・シーザーとの間に一子をもうけ、今はアントニーを文字どおり抱き込んでいる。しかし、女王としての政治的役割を果たすと同時に、ひとりの女としてアントニーに身も心も捧げている。

ローマに去ってしまったアントニーを待ちわび、宦官のマーディアンに「おまえの歌を聞きたいわけではない、私を喜ばせるものを宦官は持っていないはず」と嘆く時のクレオパトラは、心底からアントニーの肉体を求めている。また、今ごろアントニーはどこにいるのだろう、「馬の上かもしれない。あゝ、幸せな馬、アントニーの体を乗せられるとは！」なんてセリフは、フェロモンを大量に出しながら語らなければいけない。さらに、アントニーがローマで再婚したと聞いて怒る場面（二幕五場）のクレオパトラは、わめき散らしながら、女の弱さと悲しさをにじませなければ嘘だろう。

十九世紀のロマン派の詩人たちがシェイクスピアの描くクレオパトラを絶賛したのは当然といえよう。また、二十世紀のイメジャリー研究の先駆者キャロライン・スパージョンがこの劇の壮大な詩的イメージを称揚したのも有名な話。だが、詩行でいえば、その白眉は女王自身ではなく、アントニーの懐刀イノバーバスが語って聞かせる、アントニーとクレオパトラの出会いの光景の回想である。「彼女が身を横たえた御座船は、磨きあげた王座のように水に照り映えていた。船尾には金の延べ板を敷き、帆は紫、それにかぐわしい香を焚いていたので、風も帆に恋わずらいしているほどだった……」（二幕二場）

周知のように、エリザベス朝では舞台に女優が立つことは、風紀を乱すという理由で、お上から固く禁じられていた。だから、クレオパトラも声変わり前の少年が扮したわけで、女王の女っぷりは役者の肉体ではなく、他の俳優が朗じる韻文によって聴衆の想像力に訴えかけられた。イノバーバスは続けて、「[クレオパトラは] 年齢もその容姿を衰えさせず、逢瀬《おうせ》を重ねても無限に変化してみせる。どんな美女でも飽きがくるものだが、あの女に限っては満足したとたんにまた欲しくなる。というのも、どれほど下品な行為も女王の手にかかれば美しくなるから。聖職者でさえ女王のふしだらだけは祝福せずにいられない」と。ロマン派の詩人や詩的イメージの研究者ならずとも、惚れ惚れするではないか。

だが、この芝居、合戦シーンはどう処理したらいいだろう。シェイクスピアの時代の戦闘場面はむろん貧相なもので、それはクレオパトラの人物描写にもまして観客の想像力に頼るしかなかった。しかし、ハリウッド映画の古代ローマ劇を知ってしまった今日の観客は、アクティウムの海戦をスペクタクルとして演出されなければ、満足を得られなくなっている。けれども、詩行を映像で置き換えた際の質的変化はいかなるものになろうか。いや、そもそも古代ローマが壮大であるというイメージは、ハリウッドのスペクタクル映画によって現代人に植えつけられた偏見ではないのか。エリザベス朝の観客はシェイクスピアの詩から、アントニーとクレオパトラの世界を勇壮な歴史絵巻として認識していたであろうか(11)。

と、そう考えると、この作品の真の魅力は、やはり人物たちの関係性と、そこから窺《うかが》える各人の心の機微にありそうなのである。『アントニーとクレオパトラ』は、その開幕シーンにとどまらず、主人公たちが絶えず噂され、称賛され、批判される。観客はそうした周囲の人間たちの批評を聞き、そして中年の恋人たちの行動を実際に目の当たりにして、時に二人に共感し、同化し、また別の瞬間には異化され、冷めた目で〝堕ちた偶像〟たちを見つめることになる。とくにイノバーバスはアントニーを尊敬し、男として惚れ込み、しかしだからこそ英雄将軍の堕落を鋭く見すえる「視点人物」として設定されている。

四幕。アントニーはますますクレオパトラに振り回され、人心が彼から離れていく。イノバーバスもじっと状況を見つめ、迷い、思案し、ついにアントニーのもとを去る。だが、最も信頼していた部下の寝返りを知ったアントニーは、腹をたてるどころか、イノバーバスの置いていった荷物を彼のところへ届けさせる。オクテーヴィアスの陣営にいたイノバーバスは、アントニーの男心を知り、後悔の念を深くして自害する。

いい話なのである。国家を背負い、軍勢を率い、人を愛しても利害が絡まざるを得ない中年男の姿とその苦い心情をさんざん見せつけた後、アントニーと彼の肝胆相照らす部下との潔いやりとりを舞台に乗せる。仕事ができるのはオクテーヴィアスの方、人望家とも微妙に違う、だがそれでいて愛すべき男と共感させてしまうアントニーの魅力を、シェイクスピアは男同士の純な心の交流という形で描いてみせた。

が、しかし、『アントニーとクレオパトラ』の〝吟遊詩人〟たるイノバーバスが途中で舞台から姿を消すと、芝居は一気に大団円へとなだれ込む。敗軍の将アントニーは胸に剣を突き刺す。クレオパトラはローマの支配者に乗り換えようかと迷う。けれども、オクテーヴィアスの〝上から目線〟に、彼をたぶらかすことの不可能を悟る。史実によれば、この時三十九歳。エジプト女王の内心の計算を推し量るシェイクスピアらしいリアリズムの一場はあるにせよ、クレオパトラが毒蛇に自らの胸を嚙ませて、アントニーに殉じるラストは、それまでの情欲もヒステリーも打算も駆け引きも裏切りもすべて洗い流し、観客にきれいなきれいな純粋悲劇を見たかのような思いを抱かせて、劇場を後にさせる。なるほど、これがカタルシスというものなのであろう。

で、さて、お話はシェイクスピアの視点操作についてである。

シェイクスピアは王族の物語を綴ることからその劇作家人生をスタートさせた。彼は初期の史劇で、前世紀のランカスター・ヨーク両家による骨肉の内乱、バラ戦争に題材を求めて、テューダー絶対王政の前史を描いた。その際のシェイクスピアの視点は当然高かった。彼は強力な王権を背景に安定した国家が築かれることを希求していた。共和政を志向した清教徒革命は、まだ遠い先の話だった。

今日の我々は「国家」というと、憲法と議会を有する「国民国家（nation）」をまず頭に思い浮かべるが、フランス革命以前の国家は「君主国（monarchy）」、すなわち王家の持ちものだった。国家の運命は王族の手に握られていたと言っても過言ではない。

よって、王族のもめごとも結婚話も、すべて国家の浮沈に直結した。

シェイクスピアは「上から」の視点で王権を擁護しながら、しかし時に為政者を手厳しくやりこめる「下から目線」の人物たちを設定した。フォールスタッフしかり、リア王の道化もまたしかり。そう、彼らが支配階級を痛烈に皮肉るセリフを書く際のシェイクスピアの筆は、明らかに乗っている。彼は興に入ると、作品全体のバランスを考えずに、特定の人物を肥大化させてしまい、自分でも収拾がつかなくなることがしばしばあった。アントニーの色恋沙汰――天下国家の政!?――を凝視するイノバーバスにも、沙翁の嬉々とした筆遣いが窺える。

このように詩人は、国王と同じ「上からの視点」で、しかし「下からの視点」を巧みに交錯させながら歴史を記述した。だが、彼の目線は、上からか下からかという観点から捉えるだけでは単純すぎるだろう。彼は中世の国王たちを俎上《そじょう》に載せた史劇をものしているうちに、善王、悪王の区別なく、重き荷を背負うた彼らに同情し、彼らの空しき心の闇に魅せられてしまったらしい。そこで「四大悲劇」の時期に入ると、イングランド史劇と同様の権力闘争の劇を、苦悩する王侯貴族の内面から書き直すようになる。つまり、「外側から」歴史を叙述することから作家活動を開始したシェイクスピアは、王権とは何か、権力とは何ぞや、さらには君主たちの権力意識とはいかなるものかを問いつづけ、ついに王族たちの心理を「内側から」探究する視点を獲得したのである。

本節の冒頭で述べたように、シェイクスピアは『アントニーとクレオパトラ』では、もう一度歴史と人間を外側から描写しようと試みている。もっとも、暗闇を行く五里霧中の人間心理を追究した後では、その筆も若いころとは同じからず。この古代ローマ劇に、長くて先の見えないトンネルを抜けたシェイクスピアの一種晴れやかな気分を読み取る批評もあるが、僕には詩人の人間を見る目の相変わらずの厳しさと暗さの方が印象に残る。同作品に続くのが、人間不信に陥った厭人者《えんじんしゃ》たちを主人公とした『コリオレーナス』、『アテネのタイモン』であることを思えば、シェイクスピアの気持ちが吹っ切れたとは到底信じられない。

次に「上からか下からか」、「外側からか内側からか」に加えて、「近寄るか離れるか」ないしは「大きく見せるか小さく見せるか」という視点操作もありそうだ。対象との距離の取り方といったらよいだろうか。ブレヒト流にいえば、同化か異化か。

では『アントニーとクレオパトラ』は、恋人たちを大きく見せようとしたのか、それとも小さく見せようとしたのか。この芝居の興味深い点は、時に観客が英雄将軍とエジプトの女王に共感して座席から乗り出し、また時には体を引いて、冷めた目で二人を眺めるように仕向けているところであろう。シェイクスピアは、さかんに見る者の視点を揺さぶっている。いや、人間だけでなく、古代世界そのものの大小を問うているようにも思える。

そう、「過去」を自分の目で見てきた者はいない。歴史の表象は我々の想像の産物である。そして、現代人の過去に対するイメージは、そのかなりの部分を映画やテレビなど、映像によって形成されているのではないだろうか。とくに異化効果に乏しいハリウッド映画が作り上げた〝壮大な古代ローマ〟なるイメージの影響はきわめて大きいといわざるを得ない。我々は地中海帝国をしばしば、空撮で捉えた俯瞰《ふかん》の映像で頭に思い描いている。

しかし、シェイクスピアはどうだったのか。映像のない時代、沙翁は詩神ミューズの力を借りて、華麗な文体で、ルネサンスが理想とした古《いにしえ》の黄金時代を〝再生〟しようとしたのかもしれない。だが、ブレヒトが一九三〇年代に「異化効果」なる概念を意識化して以来、また巷《ちまた》の気風もシニカルになった現代、読者も観客も『アントニーとクレオパトラ』で語られる詩と内容との間に乖離《かいり》を嗅ぎとらないではいられなくなった。

と、沙翁は一つの戯曲の中に将軍と女王を見つめる多様な視点を導入して観客の目と心を揺さぶり、しかし最後は毒婦《ヴァンプ》クレオパトラが自らを毒蛇に嚙ませて愛するアントニーの後を追う大団円に着地してみせる。若い男女のストレートな恋愛賛歌とは異なる、スレた中年男女の、でもそれもまた大いなる純愛劇といいたくなる。さんざん振り回されて、終わってみれば「いいお芝居を見たなあ」と拍手喝采せざるを得なくなる。

ウィリアム・シェイクスピア、実に達者な芝居作家ではある。

3 指導者の孤独、シェイクスピアの逡巡《しゅんじゅん》

『コリオレーナス』

時はローマがまだ一都市国家だった紀元前五世紀、貴族と平民の対立が激しかった時代である。異民族の討伐で名を馳せた将軍コリオレーナスは、しかしローマの市民たちを蔑視して彼らに妥協することを潔しとしない。なんとか仲間の貴族たちのとりなしで執政官には任命されるが、民衆を焚きつける護民官たちの策略にはまり、ついにローマを追放される。恨みを抱いて敵方と組みローマに矢を向けるが、母親と妻の説得に折れて撤退、結局は裏切り者として殺されてしまう。

軍事的な天才にして民衆の敵となった孤高の英雄を描くシェイクスピアの『コリオレーナス』（一六〇七―八年）は、『ジュリアス・シーザー』、『アントニーとクレオパトラ』などとともにローマ史劇のひとつに数えられる。シェイクスピアの政治思想や民衆観を窺《うかが》えるというので学者の研究材料にはなるが、しかし戯曲としてみた場合、まずは安心して駄作と呼べる作品である。

ただ、駄作には間違いないのだが、どうしてこんな中途半端な戯曲をシェイクスピアが書いてしまったのか。観客に愛される芝居をずっと提供してきた人気作家がなぜそんなへまをやってしまっ

たのか。そこのところが僕にはどうも気になるのである。

この作品が不出来な理由ははっきりしている。主人公のコリオレーナスが読者や観客の共感を呼ばない、我々としてはなんとも感情移入しづらい人物だということに尽きる。『ハムレット』を愛する読者は、叔父クローディアスの新政権のもとで、ひとり腐敗した現実に気づいて苦悩するデンマーク王子の胸の内を知って、彼に感情移入する。神経質で優柔不断、恋人にも冷たいハムレットだが、彼の内面の葛藤に自分自身の青春の悩みと同質のものを見いだして、我々は王子と一体化し、作品の世界にのめり込んでいく。

ところが、コリオレーナスは我々を突き放してしまう。まったくといっていいほど内面の苦悩を吐露しない。ローマ市民を敵にまわすだけでなく、読者や観客を味方にする気がないかのごとくである。「我々はコリオレーナスを、距離を置いて観察するしかない……彼とは決して一体化せず、彼の内心を窺い知る自由も与えられていない」（グランヴィル・バーカー(12)）のであって、なかなか主人公を愛せない、主人公に同化できない、実にドライな劇なのである。

だが、この孤立無援の将軍に同化できる人たちがいる。政治家という人種である。十九世紀のドイツ帝国創始期に辣腕《らつわん》をふるって鉄血宰相の名をほしいままにし、皇帝ヴィルヘルム二世に疎《うと》んじられて引退したビスマルクは、コリオレーナスを深く愛したという。選挙の時だけ国民に頭が上がらない日本の代議士先生たちも、コリオレーナスのすさまじい民衆罵倒のことばを聞けば、わが意を得たりと溜飲《りゅういん》を下げるであろう。

ファシズムの時代には、この芝居が大衆批判に利用された。アドルフ・ヒトラーが政権を握った一九三三年に上演されたコメディ・フランセーズの舞台では、コリオレーナスの罵詈雑言《ばりぞうごん》が当時の社会主義勢力への批判と重ね合わされ、主人公が無知な大衆から理解されずに孤立していく姿が強調された。国家に対する責任を担おうとしない民衆や護民官の中に民主主義の弱点を見たわけである。

その同じシェイクスピア劇を、戦後になってベルトルト・ブレヒト（一八九八―一九五六年）が民衆劇として改作しているから面白い。マルキストにして絶対反戦論者、ナチスに追われて亡命し、晩年は東ドイツで劇作に従事したブレヒトは未完の上演用台本『コリオラン』（*Coriolan*、一九六四年初演[13]）において、現代の視点からシェイクスピア劇を捉える作業を試みた。彼は、護民官を扇動者とせず、民衆ひとりひとりに主体性を持たせた。大衆は護民官に導かれてしだいに成長していく。終幕には、コリオラン（コリオレーナス）が死んだ後、元老院の議事が進むシーンが挿入される。ブレヒトは、ついに英雄がいなくても市民たちが自立して祖国を防衛できるようになったローマの姿を描いている。

だが、このブレヒト劇に噛みついたのが、ギュンター・グラス（一九二七―二〇一五年）である。小説『ブリキの太鼓』（一九五九年）で知られる西ドイツの現代作家グラスは、「東方政策」を掲げて東西ドイツの宥和を図った首相ヴィリー・ブラントの熱烈な支持者としても有名である。グラスは一時期、執筆活動を中断して、この名宰相と社会民主党（ＳＰＤ）のために、政治活動に打ち込んだ。また、東欧革命の時期には、東西ドイツの性急な統合にあえて反対の態度を表明し、統一に熱狂する民衆に石を投げられながら各地を講演してまわったりもした。

そうした行動家グラスにとって、東ドイツの戦後史の転換点ともなった東ベルリン暴動（一九五三年）[14]の際にブレヒトが示した姿勢は、容認できないものであった。彼は『コリオラン』が初演されるや、すぐに批判エッセイをベルリンの新聞に掲載し、さらにはブレヒトをモデルとした諷刺喜劇を書き上げた。

題して『賤民の暴動稽古』（*Die Plebejer proben den Aufstand*、一九六六年）[15]。舞台は明らかに一九五三年の東ベルリンを連想させる。劇団の座長は『コリオラン』を改変して上演しようとしている。ローマ市民と護民官の価値を高め、市民の中に意識した革命家を見たいと考えている。[16]と、その稽古場に、ゼネストを決行中の労働者の代表が飛び込んできて、座長に政府への嘆願文の執筆を頼む。だが、座長は気乗りがしない……

マルクス主義の立場から民衆教化の劇を書いて東ドイツ人民の英雄に祭り上げられた感のあるブレヒトが、いざ民衆の蜂起に直面すると政府に有効な働きかけができなかったことを、グラスは辛辣に当てこすっている。暴君でも独裁者でもないが、やはり民衆の精神的支柱としてカリスマ的存在だったブレヒトが、現実にどう対処し、どのように悩み、いかなる挫折感を抱いたかが描かれる。ブレヒトの政治劇の主題は結局、芸術の範囲内だけのものであって、眼前の現実に対応する力にはならなかったのではないか。政治演劇を標榜したブレヒト自身の存在理由が問われる。民衆と離反した英雄コリオレーナスを断罪した作家が、今度は同じ尺度で断罪される。実際に筆を置いてまで政治に参加したギュンター・グラスにしてみれば、ブレヒトの名声と行動のギャップは、見過ごすわけにはいかなかったのである。

しかし、辛口のブラック・コメディ『賤民の暴動稽古』のラストは、みごとにブレヒトの良心の呵責《かしゃく》とインテリの苦悩を浮かび上がらせている。「なにも知らないやつら。無知な諸君！　罪を意識しながら、ぼくはきみたちを告発する。」(17)自らの力のなさを自覚しながら、大衆を批判する終幕の座長の姿は、シェイクスピアからブレヒトにいたる作品の主題を、現代の視点から照射したものにほかならない。

民衆にとって指導者とは何ぞや。政治的・軍事的指導者ばかりでなく、芸術の分野におけるリーダーとは何なのか。大衆にとって、英雄ないしはカリスマは、いったいどういう意味をもつのか。主権在民を謳う民主主義の時代の指導者とは、いかにあるべきなのだろうか……

と、そこまで考えると、僕はどうしてもシェイクスピアがエリザベス朝からジェームズ朝にかけてのオピニオン・リーダーだったことを思わずにいられない。今日と違ってジャーナリズムが存在しなかった当時、劇場と教会はきわめて重要な世論形成の場であった。イングランドが絶対王政国家として急成長し、そして急速に社会の歪《ひず》みを拡大させていった激動の時代に生き、今でいう王立劇団の大幹部だったシェイクスピアは、オピニオン・リーダーとして、国家の命運に対する少なからぬ責任感を抱いていたはずである。

いったい現代の日本には、虐げられた人間の苦悩を代弁し、弱き者の立場から社会の矛盾を正すことが、文学者の使命だとする固定観念があるような気がする。支配者の側、体制の側に与《くみ》することを潔しとせず、庶民とか大衆の立場でものを語ることが、ややもすると文学者の当然とるべき立場だという認識がどこかにあるのではないだろうか。

けれども、シェイクスピアの拠って立つところは違う。彼は歴史劇の執筆からその作家活動をスタートさせたが、彼の描く歴史は常に統治者の側からみた歴史であった。もちろん支配階級を痛烈に批判し、庶民にかぎりない同情の念を抱いていたのは間違いないが、しかし、彼が大衆の側に立って歴史を記述したことは一度もなかった。人間性の善悪はともかく、民衆の政治力にはまったく信頼を置かなかったシェイクスピアにとって、国家の発展は真のリーダーシップを有する国王による強力な統治をもってする以外には考えられなかった。

シェイクスピアは『コリオレーナス』において、統治能力に欠けた指導者を糾弾している。英雄将軍を冷めた目で凝視している。だが、その一方で、護民官や平民たちにも味方しない。むしろコリオレーナスを描く時以上に厳しい目で、ローマの市民を断罪している。

コールリッジはこの劇を、「シェイクスピアの政治に対するすばらしく冷静《フィロソフィック》で公平な姿勢」(18)を示した作品だと評している。なるほど沙翁は、貴族と平民、どちらの側にも立たず、歴史的事実を冷徹に見つめている。また、観客が主人公に同化することなく、客観的かつ批判的に歴史を直視できるように、ブレヒトいうところの「異化効果」に近いものを、シェイクスピアが狙っていたと考えられなくもない。たしかに『コリオレーナス』には、歴史の実相を、どの人物、どの階層にも感情移入せず、アウトサイダーの立場で綴ろうという作者の姿勢が見てとれる。

しかし、そうはいっても、作家たるもの、そんなに冷めた気持ちで戯曲を書きはじめることができるのか。主人公を突き放して描こうとする意識はあっただろうが、それにしてもコリオレーナスになにがしかの思い入れをもち、愛着を感じることなくして、筆を取れるものであろうか。やはり、作家として主人公に魅力を感じ、その心情に共感する部分があって、初めて芝居の構想も練れるのではないか。

そう考えると、すでに功なり名を遂げ、王立劇団を背負って立ち、芸術家としての自負をもち、オピニオン・リーダーとしての自覚は人並み以上に抱いていたであろうシェイクスピアが、大衆劇場の客席にいる民衆の身勝手さ、無責任さ、政治的無能力さにうんざりしていたことは十分推測できる。「なにも知らないやつら。無知な諸君！　罪を意識しながら、ぼくはきみたちを告発する。」シェイクスピアもブレヒトも、同じ苦さを噛みしめていたのではないか。指導者としての孤独を味わっていたのではないだろうか。僕には、コリオレーナスの大衆に対する罵声が、かなりの程度シェイクスピア自身の観客に対する憤りであったと思えてならないのである。

一連のロマンス劇によって新境地を開く少し前のシェイクスピアの作品には、作者の苛立《いらだ》ちが感じられる。人間に対する不信感とか嫌悪感が見てとれる。四十代に達したシェイクスピアは、平土間《ピット》の観客たちが喜ぶ芝居をもはや手放しで書くことができなくなってしまったのであろう。

だが、人気作家は困惑している。潔癖で頑固でお世辞が言えず、無責任な大衆を憎悪する孤独な英雄コリオレーナスに密かに共感し、その人物像を書き込もうとすればするほど、それは観客の好みに反するアンチヒーローになってしまう。主人公を自分の思いのままに描けば、明日の芝居小屋の客が減るだろう。かといって、自分の信じるところを正直に書かずにはいられない衝動も、また強い。結局、心優《ジェントル》しいシェイクスピアは逡巡《しゅんじゅん》しながら中途半端な戯曲を書いてしまい、頭を抱え込んでいる。そんな姿が目に浮かんでくるのである。

こんなことは、すべて推測といってしまえばそれまでだが、しかし駄作を変に合理的に解釈するよりは、なぜ失敗作になってしまったのかと考えた方が、作者の創作過程に迫れるような気がする。中途半端で完成度の低い作品だからこそ、ふだんはなかなか隙《すき》を見せない大作家の本音がチラリとかいま見える、『コリオレーナス』はそんなちょっと気になる駄作なのである。

4　不完全な英雄たち

「知的な人間になりたいか?」と問われれば、「そりゃ、もちろん」と答える人が大半だろう。しかし、残念ながら人間、本音では〝ものを考える〟なんて面倒臭いことはしたくない。とくに芝居や映画を見る時は、できるだけ頭を使わずに楽しみたいものである。

そこで、世界中の人々が見る映画の八割がハリウッド作品、といわれるそのアメリカの商業映画のエンタメ・マジックのひとつは——主人公が格好いい、好感度が高く、自動的に感情移入できる、そして我々はそんな突出した〝視点人物〟に魂を預けて、物語の世界を漫遊する。自分の頭を使う必要なし。

そう、ハリウッド映画のストーリーは決して単純ではない。でも、常に快刀乱麻の主人公が助けてくれる。だから『ミッション:インポッシブル』は、ストーリーがいくら入り組んでいても気にならない。途中でトイレに立とうが、ポップコーンを食べているうちに肝心の場面を見逃してしまおうが、トム・クルーズにフォーカスし直せば、それで一瞬のうちに物語の世界に戻ることがポッシブルである。あゝ、楽ちん。

ところがシェイクスピア劇では、主役が突出していない。今宵の私の魂は誰に預けたらいいの、状態になる。例えば、シェイクスピア中期のローマ史劇三篇。まず『ジュリアス・シーザー』のタイトル・ロールは、もちろんシーザー。けれども、民衆に歓呼の声で迎えられると皇帝になってもいいなと思うわ、奥さんが不吉な夢を見ると今日は元老院に行きたくないと宣《のたま》うわ、強気と弱気が同居している。はては、芝居の半ばに至らぬうちに暗殺されてしまう。視点人物の役は果たし得ない。

この作品でいちばん高潔なのはブルータス、だけど結局敗れ去る。いや、敗北を喫するだけでなく、民衆の心を捉えられない教条的な政治家でもある。観客が圧倒的な共感を示せるヒーローではない。

その憂国の士を倒したのが、アントニー。三幕二場の、ブルータスとの演説合戦では、スピーチの内容云々よりも、大衆を乗せるのがうまい。つまりはアジテーター、群衆を扇動する技に長《た》けている。昔ならトロッキスト、今なら〝ポスト真実〟の政治屋と呼ばれる類いである。けっこう嫌な奴なのだ。

さても、主役はいったい誰なのか？

で、勝ち組のアントニーと彼より二十歳若いオクテーヴィアス、広大な地中海世界の西半分をシーザーの養子オクテーヴィアスが、東半分をアントニーが統治する時代を取り上げたのが、『アントニーとクレオパトラ』である。だが、政治的には策士のはずのアントニーは、エジプトで女王クレオパトラの色香に迷う。この政治劇のような中年の恋愛劇のような苦いローマ史劇、案外下世話な話なのだ。つまり、若造の新社長に本社を牛耳《ぎゅうじ》られた古参の重役が、致し方なく遠方の支社に単身赴任し、そこでクラブの辣腕のママさんにメロメロにされてしまう情けない物語。アントニーよ、観客の魂を預からずに、自分の魂を吸い取られて、どうするの⁉

そのローマの英雄将軍を骨抜きにするクレオパトラは、不美人だったという説もある。でも、話術には秀でていたらしい。男の気をそらさない。アントニー以前に、これもローマの英雄ポンペー、それからシーザーとも愛人関係を結んでいた。よくも悪くも匂う女だ。香水もきつかったんだろうなあ。魔性の女、ファム・ファタール。しかも、ただの水商売のママさんにあらず、実はライバル会社の女社長だった！　エジプトという国家を潰さないために、次々とローマの偉大なるリーダーたちをたらし込む、そんなインポッシブルなミッションを担っていた。

女王は、気位高く、〝女〟を武器にすることを辞さず、多情多感、甘えたかと思うと男を振り回す。ただ優しいだけではない。男を右往左往させて、からめ取る。よって『アントニーとクレオパトラ』、中年の恋人たちは喧嘩しているシーンばかりが目立つ。二人とも決して観客の共感をグイと鷲づかみにするタイプではないから、そのつもりでご覧あれ。

さらに、『コリオレーナス』という紀元前五世紀のローマを舞台にした史劇は、異民族の討伐では右に出る者のいない英雄コリオレーナスが、しかし大衆を嫌い、彼らを蔑視して没落していくお話である。シェイクスピア劇全三十七作の中でも、観客が最も同化しづらい、好感度の低い人物のひとりを主人公に据えた、見方のよくわからない芝居。

物語の水先案内人はいずこに？　どういう視点で見たらいいの？　えっ、作品世界は全部自分の頭で考えるのが面白いってか。知的とは、そういうことか。でも、だからシェイクスピア劇はエンタメになりきらない。

と、広くあまねくシェイクスピアの作品には、完全無欠なヒーロー、ヒロインは登場しない。むしろ英雄と呼ばれる人たちの裏側が好んで描かれる。そう、芝居は道徳ではない。「人間、かくあるべし」という姿を見せるのではなく、「人って本当は、こうだよね！」と語りかける。だから、主役も脇役もダメ人間ばかり。

翻《ひるがえ》って、二十一世紀の世界を見渡すと、世襲制の君主国も軍事独裁政権も減り、国家のリーダーたちは選挙で選ばれる、つまりは〝民主主義〟を標榜する国が多くなったんだけど。でもなあ、これだけ不完全な指導者たちを見せつけられると。

要するに快刀乱麻のリーダーを求めても、それはインポッシブルってことだ。人間、すべて欠陥だらけの凡人と腹をくくり、各人で頭を働かせ、できるだけ感情ではなく理性・知性に訴えて、お互いにああだこうだと長々議論しながら、たとえどんなに鬱陶《うっとう》しくても、スピードは遅くとも、少しずつ少しずつ自分たちの社会をよくしていくより仕方ないわけだ。

そんな気の重たいことを、時代を駆け抜けていった不完全な英雄たちの群像劇の中に、辛気臭くなく、説教ぶらず、反面教師的に見せてくれる。古代の（非）英雄物語が現代の大衆心理までも透視する。これが一流の古典のなせる業である。

第8章　ロマンス劇

1　シェイクスピア転機の実験劇
『ペリクリーズ』

『ペリクリーズ』は初演時から人気芝居だったらしい。戯曲まで異例の売れ行きを示している。だが、シェイクスピアの最初の全集「第一フォリオ版（First Folio）」（一六二三年）には入っていない。それが物議を醸す。今日、シェイクスピアの「正典《カノン》」とされる三十七作品のうち、『ペリクリーズ』を除く三十六篇は、沙翁の死後七年にして出版されたその一巻本の全集に収められている。シェイクスピアと同じ劇団で苦楽を共にしたヘミングとコンデルによって編纂された書物である。まさか単純なミスで『ペリクリーズ』を載せそこなったなんてことはないはずだ。

いちばん考えられるのは合作説、他人の筆が入り過ぎている、それで外した。(1) しかし作品の人気は衰えず、王政復古後に出版された「第三フォリオ版」（一六六四年）に収録された。

『ペリクリーズ』の時代設定は古代、舞台は東地中海沿岸の諸国である。開幕から中世の詩人ジョン・ガワー(2)がコーラス役として登場し、事の発端を説明する。ここはシリアの美しき都アンティオケ、その王アンタイオカスは自分の娘に心惹《ひ》かれ、ついに近親相姦におよぶ。だが、そうとは知らず姫に求婚する者が後を絶たない。そこで王は、わが謎を解け、解ければ王女を娶《めと》らせるが、解けない場合は命をもらう、と。かくして城壁には求婚者たちの髑髏《されこうべ》が並んだ。

芝居が始まると、ツロの領主ペリクリーズが現れ、へへエ、さっそく謎を解いてしまう。しかし、王と娘の爛《ただ》れた関係に気づき、急ぎツロに帰る。さらに、秘密を知られたアンタイオカスが攻め入ってくる危険を察知し、タルソへ逃げる。時あたかもタルソは大飢饉に苦しんでおり、ペリクリーズが自分の船に積んであった穀物を配って、太守クリーオンとその妻ダイオナイザに感謝される。だが、ペリクリーズは刺客から逃れるため、ふたたび船を出し、海上で嵐に遭遇して難破、ペンタポリスの海岸に打ち上げられる。その国では馬上槍試合に出場して勝利を収め、王女セーザと結婚する。

ペリクリーズは身重になった妻とともに帰国を決意するが、船はまたもや嵐に遭い、産気づいたセーザは女の子を産み落として死んでしまう。悲しみに暮れるペリクリーズは妻の遺体を柩《ひつぎ》代わりの大きな箱に入れて、海に葬る。ところがなんと、エフェサスに流れ着いたセーザは名医の手によって息を吹き返す。あゝ、おとぎ話。タルソに戻ったペリクリーズの方は、海で生まれた赤ん坊をマリーナと名づけ、クリーオンとダイオナイザに預けて、ツロへ向かう。

と、ここまでが三幕。物語はタッタカタッタカ進む。「四大悲劇」のように内面の悪と戦うこともないから、ズシリと胃にもたれず、あっさりと、一気に読める。(3) もの足りない!? そう、前半はシェイクスピアではなく、他人の筆になるものじゃないかという説もある。(4) いや、もともと昔話に内面心理の探究は希薄なのだ。桃太郎や浦島太郎、それからオリンポスの十二神にも、我々は複雑な心理描写を求めない。深層心理なんてシャレたものも、フロイト以降の流行《はや》りである。

四幕。「時」の語り部ガワーが、あっという間に歳月が流れ、マリーナは年ごろの娘になった、と。彼女は教養あふれる、匂うがごとく美しい女性に成長していた。けれども、ダイオナイザは自分の一人娘がマリーナと比べられて影が薄くなっていると妬《ねた》み、部下にマリーナ殺害を命じる。ほほう、昔話にしても、すごい話だ。そして、あわや殺されるという場面で、彼女は海賊にさらわれ、ミティリーニの安女郎屋に売り飛ばされる。父親同様、娘にも艱難辛苦《かんなんしんく》が……

四幕では、幕の最初だけでなく途中でもガワーが顔を出して、タルソに娘を引き取りに来たペリクリーズが、マリーナの墓を見せられて失意のどん底に突き落とされたと語る。傷心のペリクリーズは、今後顔を洗わず、髪も切らないと誓いをたてる。汚ったねえ、だいいち臭《くさ》いだろう。昔話の現実感《リアリティ》のなさ！

そのころ、マリーナは女郎屋で乙女の危機――と思いきや、客の男たちに有難いお説教を聞かせて、彼らを次々と改心させてしまう。「悪魔があの娘《こ》のキスを買いに来ても、清教徒にされてしまう」という始末。笑える話だ。僕はこの色気のない、小便臭いシーン――失礼――がけっこう好きだ。感化された客の中にはミティリーニの太守ライシマカスもいた。と、まあ、近代リアリズム演劇なら、こんな安女郎屋に太守は行かないだろうが。

でも、女郎屋の使用人ボールトがマリーナに客引きの仕事をなじられて、「じゃあ、戦争にでも行けって言うのかい、七年間戦場で働いて足一本なくし、それでも義足一つ買う金にもならないんだぜ」と食い下がる。これは一片のリアリズム。マリーナはライシマカスからもらった金をボールトに渡して、女郎屋を脱出する。

五幕は、海神ネプチューンの祭りの日。ボロをまとってみすぼらしい、たぶんホームレスのような身なりのペリクリーズは船で海上を漂っていたが、その船がたまたまミティリーニに停泊する。祭りに沸く町に、黒い弔旗を掲げて。

太守のライシマカスが訪れると、ペリクリーズは愛する娘と妻を亡くして、悲しみのあまりここ三カ月、誰とも口をきかずに引きこもっている、と。太守はマリーナの美しい歌声で、王の病んだ心を癒《いや》そうと考える。

マリーナが歌う。この芝居のクライマックス・シーンの始まりである。王は若い娘を拒否する。だが、マリーナは訥々《とつとつ》と自分の境遇、運命、悲しみと苦しみの数々を語りはじめる。ペリクリーズは彼女に目をやる。この娘は妻に似ている、娘も生きていればこれくらいの年ごろだろう。「私の名はマリーナ」、えっ、ペリクリーズが動揺する。「父はある国の王でした」、「海で生まれたので、マリーナと名づけられた」、さらに「母の名はセーザ」……死んだはずの娘が目の前にいる！　ペリクリーズの顔はもう涙でグショグショである。

このシーン、見ている方も泣ける。むろん達者な俳優が演じればの話だが。

歓喜の王はやがて眠りに落ち、女神ダイアナがエフェサスへ急ぎ行けと告げる夢を見る。そしてペリクリーズはエフェサスのダイアナの神殿で巫女になっていた妻セーザと再会し、めでたしめでたしの終幕となる。

と、他愛ない昔話なんだけど、あらすじだけたどれば出来過ぎなんだけど、でも悪くないんだなあ。「一族再会」の物語、シェイクスピアはすでに最初期の『間違いの喜劇』から綴っている。おっと、あの芝居の舞台もエフェサスだった。また、コーラスの登場も『ヘンリー五世』でおなじみである。道具立てにさほど新しいものはないのだ。

でも、違う。タッチが異なる。『トロイラスとクレシダ』、『終わりよければすべてよし』、『尺には尺を』といった、いわゆる「問題劇」の時期には、こんがらがった物語を終幕で上手に解《ほど》いてみせればみせるほど、詩人のハッピーエンドに対する苦い逡巡《しゅんじゅん》がにじんでいた。けれども、『ペリクリーズ』では、父と娘、夫と妻の再会を作者が心底納得し、楽しんでいるような筆致《タッチ》である。

もちろん浮世の酸《す》いも甘いもたっぷり味わったであろうシェイクスピアが、人生すべてからくめでたしめでたしに収まると思っていたはずはない。しかし、人の世がそうあってほしいと祈る気持ちにはなったのではないか。だからこその、圧巻の再会シーン。やはりクライマックス・シーンをもっている作品は強い！

どこまでがシェイクスピアの筆か判然としない芝居である。だが少なくとも、全篇彼のチェックは入っていたはずだ。沙翁はまだ不完全な実験作の大ヒットに、これで行ける、この路線で書こうと自信をもったのだろう。シェイクスピアはその後、『シンベリン』、『冬物語』、『テンペスト』と、彼の晩年の心境を反映させた寓意劇を執筆する。

後世の人々はそれらの悲喜劇を「ロマンス劇」と呼び慣わしている。(5)

2 BBC版『シンベリン』再見

昨夏［二〇一六年八月］、ストラットフォード・アポン・エイヴォンでロイヤル・シェイクスピア劇団（RSC）の『シンベリン』を見た。イギリスでもめったに上演しない芝居。ふと考えてみると、僕もこれまで舞台で、その沙翁晩年のロマンス劇をほとんど見たことがなかった。「よしっ」と思い立ち、僕にしては珍しく逡巡《しゅんじゅん》することなく飛行機と芝居の切符を買い、RSCの本拠地へ飛んだ。

ところが笑ってしまったのは、劇評の辛さ。『ガーディアン』なんか2つ星（5つが満点）(6)。RSCの公演で2つ星は珍しい。曰く、「エジンバラ・フェスティバルのフリンジの芝居じゃないんだから」。「王立沙翁劇団《ロイヤル・シェイクスピア・カンパニー》が学生芝居みたいなのをやっちゃダメだ、と。ははあ、だいぶ崩しているな。いや、今日の英国のシェイクスピア公演は、原作をガンガン壊していないと観客を呼べない。ただ、その解体の仕方が「戯曲の本質」を押さえたうえでのものかどうかで評価が大きく分かれる。

で、実際に舞台を見てみると、設定は近未来、EU離脱後を臭わせるディストピアに移している。⑦おいおい、『シンベリン』は古代の話だぜ。演出のメリー・スティルは演出家というより、むしろデザインと振付をやってきた人らしい。なるほど、アイデア満載の挑戦的な舞台になるのも当然だ。僕は、苦笑しながら、存外そのエキセントリックな芝居を楽しんだ。

と同時に、あらためてシェイクスピアの「戯曲の本質」を確かめておきたいという気にもなった。そこでかつてBBCが沙翁作品を連続放映したテレビ番組である。あのシリーズも、コテンパンに酷評されたなあ。BBC的（日本流にいえばNHK的）、教科書的、陳腐、退屈……でも、僕はあれはあれでシェイクスピア劇の原型を知るために貴重だったと今にして思う。なので、ラディカルなRSC公演の残像がまだ頭に残っているうちに、温故知新、BBC版の『シンベリン』（一九八二年、演出イライジャ・モシンスキー）について語ってみたくなった。


開幕は、二人の紳士がコーラスよろしく状況説明をする。古代ブリテン王国、その国王シンベリンは一人娘イモージェンを、後妻に迎えた王妃の連れ子クロートンと娶《めあわ》せようとする。だが、娘はボンクラなクロートンとの結婚を拒否、貧しいながらりっぱな紳士ポステュマスと結ばれる。国王はむろん激怒し、彼を追放する。宮廷の人々はシンベリンの顔を窺《うかが》いながらしかめっ面をしているが、内心ではイモージェンの選択に喝采していた。また、国王には二人の王子がいたが、二十年ほど前にさらわれて行方不明になっている、と。

そんな寓話的な舞台設定の説明を、BBCは名もない紳士たちではなく、劇中の登場人物、医者のコーニーリアスとイモージェンの侍女の老婆ヘレンにさせて、一味臨場感を添えている。バイオリンによる音楽で緊迫感も高めて――と、保守的なようでいて、BBCもけっこう細やかな工夫をしているではないか。

一幕二場。王妃がイモージェンに、私はあなたの味方よ、意地悪な継母じゃありませんからね、なんておためごかしを言っている。まあ白々しい、と腹をたてる義娘。この作品、タイトル・ロールは国王のシンベリンだが、実際の主人公は艱難辛苦《かんなんしんく》に耐える娘イモージェンである。

イモージェンとポステュマスの別れは、窓際でお互いの指輪と腕輪を交換する様子を映す。窓明かりは白、その清楚な光を背景に、二人の姿がシルエットになる。ステキ！

シンベリン（リチャード・ジョンソン）が登場し、娘に怒りをぶつけるが、彼女もどうしてどうして、負けずに食ってかかる。十九世紀のイモージェン人気のころは、痛ましくも貞節な女性として称賛されたというのだが、BBC版ではなかなか勝ち気で勇敢なところを見せる。

扮するはヘレン・ミレン。今やデイムの称号をもつ大女優だ。NTライブ『ザ・オーディエンス』（*The Audience*、日本上映二〇一四年）のエリザベス二世役ははまり役だった。でもこの人、品のよくないはねっ返りの役をしばしば演じてきた。僕のお気に入りは、イギリスのテレビシリーズ『第一容疑者』（*Prime Suspect*、一九九一―二〇〇六年）で、辣腕だが上司をはじめ男の同僚たちと激しくぶつかる警部（後に警視）役の彼女。トラブルメイカーの役柄がよく似合う役者である。だから、イモージェンは、おっ、えっ、という感じ。

また、追放されてローマに渡ったポステュマスには、これも名優マイケル・ペニントンが扮している。おかしいのは、シェイクスピア劇の数々の役柄を縦横無尽に演じてきたペニントンが、ここではナイーヴで愚かともいえるポステュマス役におとなしく収まっていること。そんな神妙な役者ではないのに。

一方、妻の貞潔を信じて疑わないポステュマスに、イモージェンを誘惑してみせようと無茶苦茶な賭を持ちかける悪辣なイタリア人ヤーキモーは、ロバート・リンゼイが演じている。ＢＢＣシリーズでは『から騒ぎ』でベネディックを清々しく好演した彼が、目をむいて、オーバーに、楽しそうに悪役に扮していて、笑える。

場面がローマからブリテンの宮廷に戻ると、クレア・ブルーム演じる王妃が医師コーニーリアスに調合させた毒薬をポステュマスの召使ピザーニオに渡し、イモージェンのもとに行かせる。白粉《おしろい》を濃く塗り、まったく顔色を変えずに陰謀をめぐらす恐ろしさ。僕はクレア・ブルームというと、いまだにチャップリンの『ライムライト』（一九五二年）で扮した脚の悪い踊り子が目に浮かんでしまう。だが、彼女はその後、銀幕でよりも英国の舞台で長く名演技を披露して尊敬をあつめた演技派女優である。『シンベリン』では、セリフはたった百行足らずの脇役なのに、悪役としての存在感をたっぷりと見せつけてくれる。

と、これだけ名優をそろえ、しかも皆、既存のイメージを微妙に外している面白さ。ハリウッド映画や日本のテレビドラマの、パターン化した配役とは無縁の世界である。

さて、物語。ヤーキモーが大陸からブリテンに渡り、イモージェンを口説きにかかる。だが、下心を悟られる。なんとか、あなたの貞節を試しただけだと言い逃れる。そして、自分のトランクを一晩だけ預かってくれと頼む。

夜。イモージェンの寝室に置かれたそのトランクから、ジャジャ〜ン、ヤーキモーが現れる。こいらへんは種本がボッカチオの『デカメロン』とか。なるほど、ルネサンスの艶笑物語の乗りだ。色男はイモージェンが夫から贈られた腕輪を抜き取り、彼女の胸元にほくろがあるのを確かめる。が、う〜ん、ボッカチオほどカラッとしていない。ロバート・リンゼイの目つきと息遣いが、ねちっこくて、いやらしい。

夜が明ける。ボンクラ男のクロートンがイモージェンの心をつかもうと、彼女の部屋の前で楽師たちに音楽を奏でさせ、歌わせる。それがまた晴れやかなルネサンス調、歌手の声はさながらオペラ。気分一新。これが有名な「朝の歌」の一場（二幕三場）、シューベルトが曲をつけたことでも知られている(8)。

ヤーキモーがローマに戻り、ポステュマスにイモージェン誘惑の首尾について語る。まずは彼女の寝室の風景を縷々《るる》と。それだけでは証拠にならぬと言われると、イモージェンの腕輪を見せる。ポステュマスに動揺が走る。「あゝ、美に貞操なく、見せかけに真実なしだ。」いや、そんなことはない、盗んだのかもしれない。すると、奥さんの乳房にはほくろがあるよな、そこに何度もキスしたぜ〜、と。オセローをたぶらかすイアーゴーよろしく、ヤーキモーは善良な亭主をジクジクといじめる。ヘヘエ、羨《うらや》ましきは役者、こんな意地悪な嘘、なかなか日常でつけるものではない。ポステュマスがついにブチ切れ、「八つ裂きにしてやる」、「復讐だ」。

簡単に騙《だま》され過ぎる？　近代的なリアリズムで考えればたしかに不自然、だが外見と真実は違うというテーマは、シェイクスピア劇ではおなじみのものである。また、人物たちの感情が激変する様に説得力をもたせられなければ、沙翁劇の俳優は務まらない。マイケル・ペニントンの朗じる怒り心頭の独白の見事さ、おかしさ、それをカメラはドアップで捉える。

古代ローマ帝国とブリテンの間には、後者が収めるべき年貢のことで不穏な空気が流れる。EUとイギリスの関係が連想される。また、ポステュマスは召使のピザーニオに、妻を殺せと命じる手紙を送る。そして、新たにウェールズ。追放された貴族のベレーリアスが、名前と姿を変えて、粗末な小屋――原作では洞窟――に、二人の息子と暮らしている。となれば、二十年前に行方不明となったシンベリンの王子たちなのは、すぐにわかるのだが。

ピザーニオはイモージェンに、ポステュマスからの手紙を見せ、彼女に男の身なりをして、小姓になりすませと言う。BBCはこのシーン、背景にウェールズの凍てつく雪景色を選んだ。

クロートンはポステュマスの服を着て、イモージェンの後を追う。そのころ、男装のイモージェンはベレーリアスらに拾われる。だが気分が悪くなり、ピザーニオからもらった薬を飲むと、そのまま死んだように。でも、王妃がピザーニオに渡した薬は、実は毒薬ではなかった。コーニーリアスは一時的に感覚が麻痺するだけの薬を調合していたのだ。また、ベレーリアスと暮らしていた王子は、言いがかりをつけてきたクロートンと決闘になり、彼を殺してしまう。

と、ロマンス劇は複数の筋が絡み合い、目くるめくような展開になるのが、ひとつの特徴である。

切り落とされたクロートンの生首。これも演出が難しい。BBC版の生首は、クロートン役者の顔にそっくり。RSCの舞台では、生首が出てきたところで場内から笑いがもれた。息をせぬイモージェンへ王子二人が歌う「挽歌」（四幕二場）も、有名な挿入歌である。プロの歌手ほど上手ではなく、しかし聞かせてしまう。イギリスの舞台俳優は味のある歌い方ができる。

　ベレーリアスらは、イモージェンとクロートンを埋葬する。仮死状態だったイモージェンが暗がりの中で目覚める。すると、隣にはポステュマスの服を着た首なし死体が横たわっている。当然、夫だと思う。ヘッヘッヘッ、とっても難しいシーンだ。日本の俳優だと、往々にして感情を露《あらわ》にし過ぎる。けれども、感情的になって喉から声を出すと、とたんにセリフの内容が客席に届かなくなる。(9)シェイクスピア劇は、ご存じのとおり、「ことば、ことば、ことば」の世界。セリフを観客に伝えて、ナンボ。この場面、ヘレン・ミレンの長ゼリフが絶品だ。ご静聴あれ。

　一方、ポステュマスは古代ローマの軍勢に加わっていたが、妻が死んだと思い、一転ブリテンの農夫に身をやつして、ローマ軍と戦う決心をする。ストーリーも人物の内面も、二転三転、目がくらむ。マイケル・ペニントンは後半になると、奇想天外な物語の中で千変万化。いつもの八面六臂《ろっぴ》のペニントンになる。

　そう、ロマンス劇は、四大悲劇であんなに深き心の闇を探究したシェイクスピアが、人物たちの性格の書き込み粗く、彼らの気持ちもコロコロ変えて臆することがない。おとぎ話や、最近でいえばマンガなら、それも気にならぬところだが、舞台となると俳優がよほどの演技力と表現力と、そしてなによりもセリフ術でその不自然さを補わないと、観客はついて行かない。

　となれば沙翁劇の原型は、エリザベス朝の初演当時の舞台云々というよりはむしろ、達者な役者たちによるセリフ中心の演劇という意味になろうか。そう考えれば、テレビサイズの、アップやミディアムを多用した、地味だが俳優の朗じるブランク・ヴァース[10]が堪能できるＢＢＣ版は格好の原型となる。

多くの場面が室内劇仕立てのＢＢＣ版『シンベリン』はちょっと窮屈、だが背景の風景はシンプルで、視聴者の集中力を俳優のセリフからそらさない。衣裳は黒と白を基調にして、色を抑えている。上品。また、タイミングよく奏でられるバイオリンの不安げな音色。

沙翁劇三十七作品を並べたそのテレビシリーズ、世に名高い芝居よりは、ほとんどお目にかからないマイナーな作品の方が面白かった。制作する側もけれんみなく作れ、見る方も見慣れぬゆえに素のまま受け入れられたという事情もあるのだろうが。

戦場では、ベレーリアスと二人の王子がブリテン軍のために奮戦する。ポステュマスは死に救いを求めてローマ人を名乗り、わざとブリテン軍の捕虜になる。心理の一貫性なし。拘束されたポステュマスの後悔の独白と夢は、見ているだけでは面白くないが、詩行を聞けば惹《ひ》きこまれる場面（五幕四場）。沙翁劇の原型である。

ラストの五幕五場は、ちょいと長い。ＢＢＣ版はちょうど三十分。複雑にこんがらがった糸を全部解くシーンである。シンベリンがベレーリアスらの勲功を称える。王妃が己の悪徳を告白して他界したとの報告。敗れたローマ軍の将軍が、ブリテン生まれの自分の小姓だけは助けてやってくれとシンベリンに頼む。むろんそれがイモージェンだ。ヤーキモーの持っているポステュマスの腕輪は？　彼が洗いざらい自白する。ポステュマスの怒りと悔恨、たまらずイモージェンが男装を解く。ベレーリアスも王子二人の素性を明かす……

長い、長い。ＲＳＣ大劇場で買った『シンベリン』のパンフレットによれば、終幕で登場人物たちはおよそ三十の事件解決《ディヌーマーン》を経験するとか。不信、誹謗、中傷、陰謀、裏切り、後悔……人間たちの欲得や権謀術数にあふれる残酷な世の中に飲みこまれ、最後にようやく出口にたどり着き、幸福な結末を迎える。そんな人生の切ない願いを描くロマンス劇では、人物たちに思いきり苦労させないと、終幕のハッピーエンドが〝予定調和〟に思えてしまう。だから、長くて、しつこくて、カラッとしていない。登場人物たちだけでなく、舞台を見ている観客にも我慢を強いる。

ＢＢＣはそうした冗長でとっ散らかった物語の最後に粋なワンカットを添えた。赤く染まった窓際でポステュマスがイモージェンに腕輪をはめてやり、二人がキスするシルエット姿。もちろん一幕の別れのシーンの白と呼応している。劇中でたびたび不安感を生んでいたバイオリンが、ここでは幸福色の音を奏でて、フェイドアウト。

このＢＢＣのテレビシリーズ、家では一杯飲みながら寝っ転がって見はじめ、やがて三十分もすると快い英語を子守唄代わりに寝入ってしまった。だが三十代半ばのある時、意を決して大学の外国語ラボラトリーに引きこもり、二カ月かけて三十七作品、全部メモを取りながら本気で見た。退屈だったが、最高に面白かった！　その経験と当時のノートは、僕のイギリスでのシェイクスピア劇鑑賞のための大きな礎《いしずえ》となった。

おかげで昨夏も、近未来ＳＦまがいの『シンベリン』にたじろぐことなく向き合えた。まとまりのない舞台になった第一の責任は、戯曲にあるはずだ。もっとも、「戯曲の本質」に忠実たらんとすれば、アイデア過多で支離滅裂になるのは決まっているのだが。また、沙翁の詩行をところどころフランス語、イタリア語、ラテン語に訳して、古代ローマ帝国の汎ヨーロッパ的性格を示そうとした。ヘヘエ、そんな余分なことをするから、劇評でシェイクスピアの言語をないがしろにしているなんて酷評される。(11) 大幅減点の一番の理由は、ことばの問題にある。

さらに、シンベリンは性が変わって女王になり、だから王妃は公爵になる。男女が入れ替わった人物が五人。ポステュマス、クロートンは黒人、おっとベレーリアスに育てられた王子のひとりも、黒人でしかも女性。最近のイギリスの沙翁劇はジェンダーや人種を越えるのが流行《はや》り。(12) 訳わからん！　そして、ウェールズの場面では、地面が中空に浮き、ベレーリアスらの隠れ家は縦穴になっている。「挽歌」はアフリカ風のパーカッションを伴奏にした歌。

と、ちょいと頭でっかちの演出で、元気印の学生演劇風。おゝ、カオス！　でも、ＢＢＣ版でしっかり原型を頭に入れておけば、そんな今時のかっ飛んだ舞台も、けっこうついて行けるものだ。ヘッヘヘッ、なんでも、いらっしゃ〜い！

3　大劇場のシェイクスピア
『冬物語』

エイドリアン・ノーブルの舞台について書いておきたい。ノーブルは僕が研究休暇をもらって渡英した一九九一年にロイヤル・シェイクスピア劇団（Royal Shakespeare Company, RSC）の芸術監督に就任した。僕の一年間のストラットフォード詣では、彼のＲＳＣのボスとしての初舞台『ヘンリー四世』二部作（ロイヤル・シェイクスピア劇場、一九九一年初演）に始まり、同じくノーブルの『冬物語』（ロイヤル・シェイクスピア劇場、一九九二年初演）に終わった。

ロイヤル・シェイクスピア劇団が本拠とする劇場は、ヴィクトリア朝ゴシック様式のあまり誉められた外観とはいえない建物、その中に約千四百人収容のロイヤル・シェイクスピア劇場と四百席ほどの中規模劇場、スワン劇場が入っていた。

当時は、一九八六年に開設されたスワン劇場が飛ぶ鳥を落とす勢い。三方を客席に囲まれたスラスト・ステージ、ピーター・ブルックの衣《い》鉢《はつ》を継いだ「なにもない空間」で、装置も照明も音楽も最低限、すぐ目の前にいる役者たちの演技とセリフ術で観客を魅了する。ＲＳＣの演出家たちや俳優たちは何の変哲もない額縁舞台《プロセニアム・ステージ》の大劇場より張り出し舞台《スラスト・ステージ》のスワン劇場で芝居をやりたがり、僕も小劇場のシェイクスピア劇に「これが僕の求めていた演劇だ」と小躍りした。

そんな中でテリー・ハンズから財政難の国立劇団の芸術監督を引き継ぎ、ひとりメイン・ステージで気を吐いていたのがエイドリアン・ノーブルであった。彼の芸術監督の期間（在一九九一―二〇〇三年）は、大劇場生き残りのための模索期だったともいえよう。また、RSCの大劇場はその後、二〇一〇年に約千席のスラスト・ステージの劇場に大改造されて、今日に至っている。

そこで本節では、旧ロイヤル・シェイクスピア劇場で僕が見た最後の芝居『冬物語』を題材にして、ノーブルの大劇場演出について語りたい。なお、この『冬物語』は一九九四年に銀座セゾン劇場で来日公演が行なわれているので、ご覧になった方も多いだろう。

舞台中央に大きな壁があったかと思うと、照明によってそれが透けて見えるようになる。なんだ、紗幕だったのか。その紗幕の中から人々が出てきて、開幕。あずき色の椅子、色彩豊かな風船の数々、あっと息を呑むすばらしい大劇場演出である。

シチリア王レオンティーズ（ジョン・ネトルズ）は幼なじみのボヘミア王ポリクシニーズ（ポール・ジェッソン）を自分の宮廷に招いて歓待する。だが、もうそろそろ帰国しないと、と言うポリクシニーズ。ハーマイオニ（サマンサ・ボンド）は夫レオンティーズに頼まれて、今しばらく滞在するようにと、ボヘミア王を説得する。ところが、レオンティーズはその王妃の様子を見て、彼女がポリクシニーズと不貞を犯しているのではないかと疑ってしまう。

レオンティーズの抱く突然の嫉妬と疑惑の傍白は、他の人物たちを静止させて、シチリア王に語らせる。ノーブルはいろいろとアクセントをつける。が、この唐突な感情の激変を観客に納得させられるかどうかは、結局役者の力量にかかっている。それも客席との距離がある大劇場の舞台で。

この戯曲、登場人物たちの性格の書き込みは、必ずしも深くない。「四大悲劇」であれほど人間の心の深淵を覗《のぞ》いたシェイクスピアが、しかし「ロマンス劇」では昔話の人物たちよろしく、彼女らの心理面に関しては実に舌足らずな描き方しかしていない。だから、俳優は近代劇と同じ役作りはできない。スタニスラフスキー・システムのような、まずは役柄の感情を理解してそれをセリフや舞台上の行動に反映させる演技術はとりづらい。

また、近代以降のリアリズム文学をイメージして戯曲を読んでも、なかなか作品世界には入り込めない。題名にあるとおり、冬の炉端で語られる昔話くらいの気持ちで付き合うことだ。もっとも、今の若者たちは〝実写〟のドラマなら「唐突だ」、「不自然だ」と文句をつける非現実的な展開でも、マンガやアニメなら平気のへっちゃら、違和感なく楽しんでいる。だから、すべてはコンベンションの問題なのかもしれないが(13)。

さらに、不条理演劇を知った現代人は、沙翁が好んで描いた、突然沸々《ふつふつ》とこみ上げてくる嫉妬心を、よりたやすく理解できるのではないだろうか。『オセロー』では「緑色の目をした怪物(14)」と語られ、『冬物語』では黄色で形容されるジェラシーなるものを(15)。

そう、僕は人生の折り返しを過ぎるまで、他人に対する嫉妬がいかに人間を陰湿な行動に走らせるかがわからなかった。傍《はた》からみれば実に小さな心のささくれが、本人にとってはしばしば大きな衝動となる。それを知った時、なぜシェイクスピアがこんなスケールのちっちゃな家庭悲劇を書いたんだといぶかっていた『オセロー』が、にわかに偉大な傑作と思えてきた。

以後、「人を羨《うらや》ましがらず、人に羨ましがられず」は、僕の大切な処世訓となった。人にやっかまれたら、羨望されたら、どんな理不尽なバッシングを受けるかわからない。

お話は『冬物語』に戻って、レオンティーズは貴族のカミローにポリクシニーズ毒殺を命じるが、カミローは悩んだ末にボヘミア王に事を打ち明け、二人はシチリアを脱出する。だが、ハーマイオニは身重の体で投獄され、レオンティーズは彼女の大逆罪を証明しようとデルフォイのアポロ神殿に神託を取りに行かせる。

ヘッヘッヘッ、ハーマイオニはロシア皇帝の娘とあるから近世の国際情勢が沙翁の念頭にあり、一方古代ギリシャのアポロの神殿も出てくるわけだから、これは時代を越えた〝冬の夜話〟だ。ハーマイオニを裁く法廷の場面は、野外の設定、雨の音。皆、黒い傘に黒いコート。ハーマイオニだけ紫の衣裳なのが、目に焼きつく。神託を入れた壺が割られ、アポロのお告げは——無罪。一同は喜びの声をあげ、レオンティーズだけが怒りを露《あらわ》にする。

いったいロマンス劇の前半は、観客に登場人物の艱難辛苦《かんなんしんく》をじっくりと、たっぷりと、しつこく見せる。その点、『冬物語』も『ペリクリーズ』や『シンベリン』と同様、途中休憩までの暗くて陰気で退屈な舞台を、どう客席に我慢させるかが演出の腕の見せどころである。

また、こういうゆっくり燃える《スロー・バーニング》芝居は、やっぱり役者がうまくないと緊張感が保てない。レオンティーズ役のジョン・ネトルズは、初日が開いてほどない時期にストラットフォードで見た際には今ひとつかなと思ったのだけど、二年間の上演を経て銀座セゾン劇場に来た時には、いやお見事な演技。突然の怒りの爆発にも説得力があった。

　美味しい役は、シチリア貴族アンティゴナスの妻ポーリーナである。男どもが国王の激怒にひるむ中、ポーリーナはひとりハーマイオニを弁護して、レオンティーズに詰め寄る。扮するは名優ジェンマ・ジョーンズ。

　さらにハーマイオニも毅然として申し開きをする。命は捨てても名誉は守る、と。これがまた格好いいんだ。だが、神託は無罪を告げたものの、愛する王子は母親を心配するあまり他界したとの報が寄せられ、ハーマイオニは気を失う。舞台ではフラッシュがたかれ、白い衣裳の彼女が紗幕の中を天に昇っていく。大劇場での宙吊り芝居。ほどなくハーマイオニ逝去の知らせが届く。

『冬物語』の鬼門は熊である。三幕三場、アンティゴナスがレオンティーズに命じられて、ハーマイオニが獄中で生んだ赤ん坊をボヘミアの海岸へ捨てに行く。そこに熊が出現し、食い殺される。さて、どうリアリティを醸すか。ＲＳＣの熊は着ぐるみ、ちょいと陳腐。舞台を暗くし、フラッシュを光らせ……苦労してますな。


　休憩をはさんで、後半は四幕一場から始まるのが、この芝居の定番である。コーラス役の「時」が登場して、いきなり「十六年が過ぎたぞ～」と宣言する。若い時は、『冬物語』の舞台を見るたびに、「何、これ⁉」と思ったものだ。けれども、人間六十歳を過ぎると、全然違和感がない。二十年、三十年ぶりに旧友や親類と再会することは、ままある。いや、学生時代の友だちから突然電話がかかってきて、「おう、元気か?」、「なんだ、珍しいじゃないか。相変わらずだよ。おまえは?」、「俺は元気だ。でも、○○が死んだんだ。明後日が葬式。おまえ、出られるか」、「何っ!」……だから、十六年の時空を越える話なんて珍しくもない。沙翁も晩年に近づき、ごくごく自然に筆を走らせたのではないか。

で、RSCの旧劇場では、後半が始まる前から役者が二人、舞台に出ている。すると、おっ、上方から風船のついた巻紙が落ちてきて、幕間後のまだざわついている観客の集中力を喚起する。役者たちが巻紙に書いてある「時」のセリフを読む。

それから、この作品の名物男、小悪党のオートリカス(リチャード・マッケイブ)も風船に乗って登場する。後方に空の幕がかかる。いかにもという青空に白い雲。リアルにあらず、おとぎ話風。緑色の風船との相性もピッタリ。ノーブルの舞台は鮮やかな色彩感覚がひとつの特徴である。

一方、老羊飼いの息子たる道化は自転車に乗って現れる。道化は舞台中央で後ろ向きになり、ズボンの後ろのポケットからオートリカスが財布をすり取る。二度目は横向き、次々に時計、帽子、自転車まで奪われる。道化が「何時だ」と聞くと、オートリカスが道化から盗んだばかりの時計をすかさず見せる。

シェイクスピアの悪名高き勘違い——あの長靴型のイタリア半島に蹴っ飛ばされて形の崩れたサッカーボールのようなシチリア島を内陸の地とし、ボヘミア(現チェコ西部・中部)を海岸地帯と記している。むろん巨匠を弁護すべくいろいろな解釈が百出しているが、[16]おそらくは大陸へ行ったことがなかっただろう沙翁が、書物の知識を基におおらかに筆を運んだと考えるのが素直なところであろうか。

陽気な盗人オートリカスとのどかなボヘミアの地で行なわれる祭りの様子（四幕四場）は、『冬物語』前半の深刻な空気を一気に吹き飛ばす。シェイクスピアはイングランドの春から初夏にかけての風物詩、羊の毛刈り祭を念頭に置いて戯曲を書いたようだが、この長いシーンはどの公演でも大きな見せ場となる。

ノーブルの舞台では、あっという間に役者たちが村祭りの用意を整える。風船と三角旗、テーブルを並べ、バンドが入る。子供たちがシャボン玉で遊ぶ。オートリカスがカバンを開けると、ネオンがチカチカッ。女の子たちとマイクの前で歌う。最初はあがってしまって歌えない娘たち。さらに、村の男たちが大きな棒と二つの赤い風船を持って踊る。ペニスのつもりだ。場内は大笑い。ごった煮のフェアである。ノスタルジックな雰囲気はディズニー風でもあり、スイスのヒッチハイカーらしきいでたちの人物も登場し、ちょっとエロい踊りが加わり、もちろんイングランドの田舎の気分も漂わせる。これ、ひとつ間違えたら、安っぽい三文芝居になってしまう危険な演出である。

祭りの間に道化は、「おらあ、悲しい内容を陽気に歌い、明るい話を悲しげに歌うのが好きだ」と。人生は悲劇でも喜劇でもない、悲喜劇だ、ってか。『冬物語』の基調がそれだ。

また、アンティゴナスが海岸に置いていったハーマイオニの娘パーディタは、羊飼いに拾われて今やステキな娘に成長していた。そして彼女に恋したのが、なんとポリクシニーズの息子フロリゼルだった。ボヘミア王子は羊飼いの娘として育てられたパーディタに、身分の違いなどかまわない、結婚しようと迫る。だが変装して村祭りに紛れ込んでいたポリクシニーズが、その話を聞いてしまう。当然雷が落ちる。愚か者、王位を継ぐ者が！

国王の怒りに老いた羊飼いは、「静かに墓に入りたかった……一時間前に死んでいたら、天寿をまっとうできたのに」と。僕の好きな小さなセリフがたくさん見いだせる戯曲である。

話は変わるが、ヨーロッパ全体の大劇場の舞台美術が変わってきた、と聞いたのは、一九九〇年代も後半になってからだったろうか。舞台装置をコンピュータ制御で転換する技術が進み、それ以前のように豪華絢爛《けんらん》な美術ではなく、しかしたしかに金のかかっている、シュールでシンプルな舞台作りが流行《はや》りはじめた。とくに「ことば、ことば、ことば」の世界たるシェイクスピア劇の場合は、どんなに装置を組んでも、俳優の朗じる詩行を邪魔しないことが大切。

その点、僕がイギリス滞在中に見たエイドリアン・ノーブルの舞台は、いずれもカラフルでダイナミックだがゴテゴテしていない、大劇場らしい視覚的な効果を上げることをめざしながら、同時に観客が俳優のセリフを聴いて想像をめぐらす余地を残したスッキリとした作りになっていた。それはかつてのスペクタクル劇とは異なる、新しい視覚性の模索にほかならなかった。ノーブルの大劇場演出は、まさにその方向性の先触れとなった(18)。

村祭りは夕立に遭い、オートリカスがマイクをとって歌っている間に、役者たちがさっさと後片づけをしてしまう。後ろにあった空を描いた幕も下ろされて、場面はシチリアに戻る。その転換の速さたるや。

五幕はハラハラと落ち葉が舞い、毛刈り祭の時期から哀愁漂う秋景色へと一変する。ボヘミアとシチリアという二つの世界を季節の移ろいの中に視覚化してみせる。レオンティーズは十六年たった今も、妻の貞操を疑って彼女を死なせた愚行を悔いて、悔悟の日々を送っている。そこにフロリゼルとパーディタが逃げてくる。レオンティーズはポリクシニーズの不興《ふきょう》をかった恋人たちを見て、自身の亡くなった二人の子供たちを思い出す。さらにボヘミア王が後を追ってきたと聞き、和解の仲立ちをしようと考える。

子供に先立たれた親の気持ち。シェイクスピアも息子ハムネットに十一歳で死なれている。ましてや子供と、そして妻をほとんど自分のせいで死なせてしまったレオンティーズの胸の内は――まあ、一生喪中といった気持ちであろう。そのシチリア王に、かつて彼が毒殺までしようとしたポリクシニーズとその息子の反目の仲裁役がまわってくる。ささやかな罪滅ぼしができるかもしれない。

ロマンス劇はいつも最後がバタバタする。ほどなく老羊飼いと道化の証言、そして証拠品によって、パーディタがレオンティーズの娘であることがわかる。さらに最終場（五幕三場）では、ポーリーナが彼女の家の礼拝堂に一同を案内し、レオンティーズは最近完成したばかりだというハーマイオニの彫像と向き合う。すると、その亡き妻の石像が動きだすではないか。おゝ、ハーマイオニは生きていた！

シェイクスピアは登場人物たちが驚嘆する秘密を、観客には前もって知らせておくのが常なのだが、亡きはずの王妃がポーリーナに匿《かくま》われて生きていた事情は、客席に伝えていない。観客もレオンティーズらとともに、一族の再会を喜ぶことになる。

と、そうね。初めて戯曲を読むと、まことに唐突、非現実的、奇想天外なのだが(19)、僕は学生のころに渋谷のジァン・ジァンでシェイクスピア・シアター[20]の公演を見てこの再生シーンに感激して以来、どの『冬物語』の舞台を見ても、結末を知っていながらワクワクしてしまう。ノーブル版は、ステージの中央前方に後ろ向きのハーマイオニ（像）、真上からのスポットライト、石像が動くところは音楽が助けていた。

エイドリアン・ノーブル曰く。人は誰でも人生でひどいことをしたことがあるはずだ。家庭での悲劇、また交通事故の加害者になるとか。そんな人間がもしそれを償う第二の機会を与えられたら何をするかと、この劇は語りかけているんだ[21]。なるほど。

僕は何十年来、ハリウッドのハッピーエンドを目の敵にしてきた。根拠のないハッピーエンドは、僕の好き嫌いを越えて有害だ、そんな「パイプ・ドリーム[22]」ばかり見せられていると、人生観が歪《ゆが》んじゃうよ、娯楽作品ほど気づかぬうちに刷り込まれるから怖いんだ、と繰り返している[23]。しかし僕も早六十代、やってはいけないことをやってしまった記憶も、そりゃないわけではなく――長年苦労を重ねてきた人間が、後年そのご褒美にあり得ない奇跡を体験するってのも、いいんじゃないかと思える歳になった。

そう、人生は幸福な結末の喜劇に収めたい、いやせめて悲喜劇にとどめたい。

さても僕がイギリスに遊学していたころ、辛口で鳴らした、それゆえに彼女が誉めている舞台なら絶対大丈夫という批評を書く劇評家ジェーン・エドワーズは、エイドリアン・ノーブルの『冬物語』をこう評していた。「ノーブルはまたしてもRSCのメイン・ステージでお手本を示した。しかしテリー・ハンズもピーター・ホールもトレヴァー・ナンも小劇場に回帰している今、ＲＳＣの芸術監督としては、他の演出家たちに自身の技術をきちんと伝授しなければいけない[24]」と。

前述したとおり、ＲＳＣの大劇場はノーブルが芸術監督を退いた後、観客席を四分の一潰して、スワン劇場と同様のスラスト・ステージの劇場に生まれ変わった。それはある意味、大劇場のスペクタクル劇を放棄したといえるだろう。だが、その件についてはあらためて論じることにしたい。

第9章　ミサレイニー

1　スワン劇場のこと(1)

昨夏［一九九一年八月］から一年間、在外研究の機会を得てオックスフォードに滞在していた。オックスフォード大学のボドリアン図書館に眠っている十六世紀英国年代記の埃《ほこり》をはたくことが一応の目的だった。だが都合のよいことに、オックスフォードはロイヤル・シェイクスピア劇団（RSC）の二つの本拠地、ロンドンとストラットフォード・アポン・エイヴォン(2)のちょうど真ん中にある。どちらへも日帰り可能。昼・夜と芝居を二本見て深夜バスで帰ることもできる。結局かねてからのもくろみどおりの生活を送ることとあいなった。

勉強はした。もし次週に見る芝居のシナリオを読むことを研究と認めてもらえるならば。パブでビールを飲みながら、しかしきちんとメモを取りながらかなりの戯曲を読んだ。

イギリスでじっくりと一年間芝居を見るのは初めての経験だったが、強烈に印象に残ったことが二つあった。ひとつは役者のうまさ。惚れ惚れするほどうまい。たしかに美人女優にはなかなかお目にかからない。演技力本位だとこうなる。以前から僕がもっていた「イギリスで美人の女優はかつてのヴィヴィアン・リーだけ」という偏見は今回ますます強くなった。また、イギリスの役者には、ハリウッドの映画俳優のような輝くばかりの個性もない。要するにスターではないのだ。しかし、舞台で見せてくれる演技はそれこそほんもの、そうした役者たちを見ていると、芝居好きでほんとうによかったと、心底からの幸福感に浸ることができる。

もっともイギリスの俳優が上手なのは以前から知っていたし、べつに驚きはしなかった。あらためて感激はしたが、予想外ではなかった。だが今回つくづくと考えさせられたのは、劇場空間の大切さについてである。劇場や舞台の大きさ・形態によって、いかに芝居の質が変わるか——そんなことを一年間考えつづけるとは、日本を脱出する前には思ってもみなかった。

イギリスの演劇界は今、小劇場へ回帰しつつあるようだ。しかも日本のほとんどの劇場のようなプロセニアム・ステージ（額縁舞台）ではなく、スラスト・ステージ（張り出し舞台）が注目を集めている。

その端的な例はＲＳＣの舞台に見てとれる。同劇団の所有するスワン劇場は、おそらく今、イギリスで最も魅力的な劇場であろう。

シェイクスピアの生地、ストラットフォード・アポン・エイヴォンにあるロイヤル・シェイクスピア劇場。ヴィクトリア朝ゴシック様式の外観はおせじにも誉められた代物ではない。その建物の中にはおよそ千四百人収容の大劇場と四百席ほどの中規模劇場、スワン劇場が入っている。ストラットフォードを訪れる観光客の多くは大劇場の芝居を見る。演目はすべてシェイクスピア劇。切符は座席の選り好みさえしなければたいてい手に入る。当日券もある。だが、実は大劇場での上演はこのところ軒並み不評続き。逆にスワン劇場での出し物はほとんどすべてが大当たりといった具合で、ここの切符を手に入れるのは一苦労なのである。

スワン劇場は一九八六年の開設だから、イギリスではかなり新しい劇場ということになる。ジャコビアン・スタイルの劇場、三方を客席に囲まれたスラスト・ステージを持ち、二階・三階は回廊《ギャラリー》式の客席になっている。シェイクスピア時代の劇場をモデルにしているのだから、東京グローブ座(3)と造りは似ている。しかしスワン劇場の方が劇場内部も舞台も二まわりくらい小さいだろうか。

どの座席からも舞台は見やすい。東京グローブ座は残念ながら観客の快適さをまったく考慮していない劇場である。変なところに柱があって舞台が見えなかったり。三階席などは座席と手すりの距離が中途半端で、手すりに寄りかかるとお尻が座席から浮いてしまう、席にどっかりと座ると下の舞台がよく見えない。安い席でしか芝居を見ない僕にとっては実に腹立たしい劇場である。一方スワン劇場では、上の階の観客は座席に腰を沈め、手すりに頬杖《ほおづえ》をついて舞台を見る。ちょいとお行儀は悪いが、観客はこの姿勢をとっただけでもうゆったりと芝居を楽しもうという気分に浸れる。また、舞台に上がった役者からは、鈴なりの観客がバルコニーから乗り出して自分たちの芝居を見ているように見えるはず。役者も観客もとても気持ちのいい、両者が一体になれる雰囲気をもった劇場なのである。

舞台はたいてい裸舞台。演目にもよるが、舞台装置らしい舞台装置は使わないことが多い。ちょっとした椅子やテーブルを役者が自分たちで運び出したりしまったりするだけ。床も木の床のままで、色付きのカーペットなどを敷くことはあまりない。この劇場はバルコニーや柱など、内部の造りは木造、天然の木の色をそのまま生かしている。日本家屋にも通じるスワン劇場は、座席も木と同じ色。だから舞台も木のままの方が客席と同化しやすいのである。

照明は素明かりがほとんど。衣裳は地味。舞台の後ろか上方のバルコニーに数人のバンドが入ることが多いが、音響も音楽も必要最低限といったところである。

もうおわかりだろう。この劇場には一九六〇年代のＲＳＣを引っ張っていったピーター・ブルックの「なにもない空間」の伝統が生きているのである。なにもない裸舞台を役者が横切り、それをもうひとりの人間が見つめていれば、それだけで演劇は成り立つはずだとする考え。装置も照明も衣裳も音響も地味で、役者の演技を決して邪魔しない。芝居はまず第一に役者が作るものだという考えに則《のっと》っている。

いったいイギリスの演劇は、見るものではなく聴くものだという確固とした伝統に支えられている。ちょうど文学が活字を追いながら想像の世界に遊ぶ芸術であるように、演劇は俳優のセリフを聴きながら想像の翼を羽ばたかせる芸術だというのである。そこがすべてをスクリーンに映し出してしまう映画と違うところ。また、演劇でも大劇場の舞台では、舞台装置をしっかり組んで観客の目も楽しませなければ、見る者の集中力を持続できない。だが、客席のすぐ目の前で役者たちが演ずる小劇場のスラスト・ステージなら、それこそ俳優のセリフだけでピーンと張り詰めた舞台が作れる。だから、劇場の大小は単に観客の数の違いにとどまらない。芝居の質までも決定的に変えてしまうのである。

スワン劇場で上演される芝居は観客にとって決して簡単なものではない。ここはシェイクスピアと同時代か少し後、一五七〇年から一七五〇年までの時期の作品を主に上演するために作られた劇場なのだそうで、シェイクスピア作品は年に一本程度しか取り上げない。ちなみに昨年度［一九九一年］のスワン劇場の演目は、ジャコビアン演劇の白鳥の歌といわれるジョン・フォードの『あわれ彼女は娼婦』、シェイクスピアのライバル、ベン・ジョンソンの『錬金術師』、シェイクスピアの駄作中の駄作『ヴェローナの二紳士』、ソフォクレスの三部作『オイディプス王』・『コロノスのオイディプス』・『アンティゴネ』、王政復古期の知られざる喜劇たるトマス・シャドウェルの『ヴァーチュオーソ』。もちろん僕にとっては難しい芝居ばかりだが、イギリス人の芝居好きにとっても手ごわいはず。けれども劇場はいつも満員の盛況。観客は食い入るように舞台を見ている。リラックスした姿勢で、おかしいところでは思いきり笑いながら、しかし娯楽以上のものを求めて彼らは劇場へやって来る。演劇はやはり文化であり芸術なのである。スワン劇場は、それを心底実感させてくれる。

今やテリー・ハンズもピーター・ホールもトレヴァー・ナンも、RSCの大御所たちは皆小劇場に回帰している。大劇場で気を吐いているのは芸術監督のエイドリアン・ノーブルだけだ。経営的には大劇場に力を入れたいはず。政府から年間十三億五千万円の助成金をもらっているといっても、払っている税金が十三億七千万円（一九八九年度）。イギリスは間接税（日本の消費税）が十七・五％（当時）という国だ。ロンドンの本拠地、バービカン劇場はウエストエンドの劇場街から遠くて不評。RSCのドル箱はミュージカル『レ・ミゼラブル』くらいだろう。俳優の給料もすこぶる安いとか。だが、そうした火の車のお家事情をよそに、演出家も役者もスワン劇場で芝居をやりたがる。超満員になってもそんなに儲からないだろうに。いい芝居を作りたいという彼らの熱意は大したものだと思う。

日本にスワン劇場のような劇場ができないものか。日本は金になることには金を出すけれど、金にならないことには投資しない国。採算の合わない劇場をどう維持するのか。それともうひとつ難題がある。スラスト・ステージは役者の演技が客席からすべて丸見え。よほど役者がうまくないと辛いのである。

僕は二度ユニヴァーシティ・ウィッツ(4)の舞台に立った。スワン劇場で芝居を見ていて、つくづくと自分が怖いもの知らずだったことを反省し、今後は自重しようと心に誓った(5)。

2 ロイヤル・シェイクスピア劇場のこと

マンションのローンも子供たちの学費の支払いもあと少しとなり、職場では自ら〝役職定年〟を宣言して学校行政を下の世代に任せたら、早、還暦が目の前に迫っていた。よし、これからは定年まで思いきり遊ぶぞ～、毎年春休みか夏休みにはロンドンとストラットフォードへ行くぞ～、と心に決めた。ロンドンには十四年間、ストラットフォードにはなんと二十三年間ご無沙汰していた。研究者とはとても名乗れない体たらく。笑ってごまかすしかないか。

で、四半世紀近く訪れなかったシェイクスピアの故郷は——ヘヘエ、そんなに変わっていなかった。日本ではない、イギリスだ、光陰は矢のごとく流れない。

かつて研究休暇中に住んでいたオックスフォードから田舎道を車で北上すると、ちょうどストラットフォードの町への入口にあったB&B《ベッド・アンド・ブレックファスト》「クロフト」。一人で切り盛りしているおっちゃんに、「なつかしいなあ」と言ったら、「そのころは父母がやっていた」と。また、鰻横丁《イーリー・ストリート》のフィッシュ&チップスの店「キングフィッシャー」は、遠くから自動車で買いに来る人もいる地元の人気店。「昔食べたのは、たぶんこの店だと思うけど」と聞いたら、「あのころと同じ家族の経営だ」と。

RSCの舞台写真をウィンドーに飾っていた写真屋はなくなっていた。でも、大通りからRSCの劇場へと向かう曲がり角にあるパブ「アンコール」は健在。沙翁の奥さんアンの旧姓にあやかった喫茶店「ハサウェイ・ティールームズ」も昔のまま。それから、夜行くと終演直後のRSCの俳優たちが一杯ひっかけにやって来ることで有名なパブ「ダーティ・ダック」（別名「ブラック・スワン」）、僕は昼時に行って、名優たちの写真がサイン入りでたくさん飾ってある部屋でランチを食べながら、その日に見る芝居の台本を読むのが、かの地での習慣になっている。

さて、ストラットフォードの町並みは昔日とほぼ同じだが、変わったのはロイヤル・シェイクスピア劇場（Royal Shakespeare Theatre）である。といっても、外見は以前のヴィクトリア朝ゴシック様式のままで、横っちょに小さな展望台をつけただけ。由緒ある建物ではない[6]、全部壊して近代的な劇場を作ればいいのにと思うのは、僕が日本人だからだろう。そう、イギリスだ、新しいものも古いものと共存させるのが基本。すべて根こそぎにして、新たにビルを建てたがる国とは発想が異なる。

しかし、内部は大改造され、二〇一〇年に再開場した。スワン劇場はそれまでどおりだが、メイン・ステージは新築といってよい。昔ながらの平凡な額縁舞台《プロセニアム・ステージ》から、スワン劇場と同様の張り出し舞台《スラスト・ステージ》へ。そのため客席はおよそ千四百席から千席ほどに減らした。なにせ四百席のスワン劇場が一九八六年に開設されてから絶好調なのに対して、大劇場の方は不評続き。でも、それにしても、観客席を四分の一減らすというのは経営上の大英断だったはず。やっぱりストレートプレイは親密感のある、できるだけ小さな芝居小屋で見たい！

ヘッヘッヘッ、それが常識だと僕は思うのだが、日本は二十一世紀になってもまだ、大きな劇場に大入り満員というのが善しとされる。スポーツやコンサートと演劇、とくにストレートプレイの区別がついていない。

僕は昔、小劇場のスラスト・ステージで芝居をしたことがあるが、まずはミザンセーヌが変わる。観客全員が舞台の方を向いているプロセニアム・ステージだと、俳優たちも自然と前方の客席に顔を向ける。いわば二次元の演技である。だが、三方を客席に囲まれた張り出し舞台では、前だけでなく横も意識せねばならず、観客も舞台前方に席を取る場合とサイドの席に座る場合で見え方が違う。つまり俳優は、３Ｄの空間での演技が求められる。

下手くそな役者をやって困ったのは、客席に背中を向けてしゃべる時だった。観客にセリフが届かない。芝居はマイクを使わず、生の声でやるのが何よりだ。ところが小劇場でさえ、後ろ姿のセリフは鬼門。しかし、昨今はマイクの性能が格段に進歩して、生の声とマイクを通した声の区別がほとんどつかなくなった。超小型マイクを忍ばせて、客席に背を向ける演技ができるようになった。

それは「ＲＳＣライブ」、すなわちストラットフォードの舞台を全世界の映画館に同時配信する映像を見る（聞く）と実感できる。(7) デジタル映像の画質だけでなく、音質も明らかに昔とは異なる。

あの昭和の時代、日曜日のテレビでどこか緊張感に欠ける舞台中継を見て退屈した思い出、「演劇の生命はなんといってもライブの魅力だ」と独り言ちた感想が、二十一世紀になってみごとにひっくり返った。

もうひとつ、新劇場は最新の３Ｄ映像を取り入れたという。数珠のようなチェーンに光を当てて立体的な映像を生み出す。なんでもチェコの舞台美術家ヨゼフ・スヴォボダの手法を参考にしたとか。(8) ３Ｄ映像を駆使することによって、背景風景の転換が装置の入れ替えなしで可能となる。イギリスの舞台はもともと場面転換が速かったが、ハイテク技術のおかげで、さらにスピーディになった。観客の集中力をそぐ暗転など、まず見かけない。

ロイヤル・シェイクスピア劇団（Royal Shakespeare Company）の前身たるシェイクスピア記念劇場（Shakespeare Memorial Theatre）時代の芸術監督は、バリー・ジャクソン、アンソニー・クウェイル、グレン・バイアム・ショーを経て、弱冠二十八歳のピーター・ホールに引き継がれた。彼の就任から三年後の一九六一年、劇団はエリザベス女王の勅許を得て、ロイヤル・シェイクスピア劇団を名乗る。後にはナショナル・シアター（National Theatre）の芸術監督も務めたピーター・ホールの、戦後イギリス演劇界に対する貢献については、短いスペースではとても語り尽くせない。

また、ホールの後任として一九六八年に芸術監督となったトレヴァー・ナンも、当時二十八歳。若い！　芸術家はやっぱり若くなくちゃ。以後、テリー・ハンズ、エイドリアン・ノーブル、マイケル・ボイド、そして現在のグレゴリー・ドーランが重責を担ってきた。劇団史をひもとけば、数々の名舞台を残した栄光の歴史は、しかしひとたび舞台裏を覗《のぞ》けば、財政難との格闘史でもあった。いつの時代にもどこの国にもある、芸術とお金の問題。

そんな中でロイヤル・シェイクスピア劇場再開の翌年、二〇一一年に劇団は創設五十周年を迎える。翌一二年に芸術監督に就任したグレゴリー・ドーランは六年間でシェイクスピアの全三十七作品を上演すると宣言。計画の進み具合はちょいと遅れぎみ、さらにコロナ禍で休止。でも、まあ、先は見えている。

グレゴリー・ドーランはその全作品上演プロジェクトの第一作を自身の演出する『リチャード二世』(二〇一三年)から始めた。主演はデヴィッド・テナント。この地味な歴史劇、イギリス人は好きなんだよなあ。我々にとってはよそ様の国の遠い昔の、しかも軟弱な国王の物語。シリーズの開幕を飾るなら、四大悲劇とか幸福な喜劇とか、もっと有名な作品からスタートすればいいと思うのだが。ドーランは『リチャード二世』に続く、いわゆる「第二・四部作」たる『ヘンリー四世』第一部・第二部(二〇一四年)、『ヘンリー五世』(二〇一五年)を、奇をてらわず端正な舞台に仕上げた。戦場のシーンはひかえめな、正統派のセリフ劇。彼の演出するスラスト・ステージの史劇を見ていると、ＲＳＣはスワン劇場だけでなく、メイン・ステージでもスペクタクルを放棄したと思えてくる。

だが芸術監督としてのドーランは、若い演出家たちに続々と実験的な沙翁劇を上演させる。俳優も名優というよりは中堅どころ。イクバル・カーン演出の『オセロー』(二〇一五年)はオセローだけでなくイアーゴーにも黒人俳優(ルシアン・ムサマティ)を配し、なるほどこれだと人種問題とは別の対立要素が見えてきて面白かった。メリー・スティルの『シンベリン』（二〇一六年）は近未来のSF仕立て。エリカ・ホワイマンの『ロミオとジュリエット』（二〇一八年）は、う〜ん、イギリス各地の学校の生徒たちを出演させているのだとか。現代のティーンエイジャーの現実に近づけて、でもRSCの舞台でなければ、学芸会みたいな気がしないでもない。誰もシェイクスピアの詩を語っていない。

本家本元がシェイクスピアの詩劇を壊している。日本のような、「古きよきものを保存する」という発想とは異なる。むしろ常に「伝統への反逆」を試みる、それこそが伝統の継承なのだと考える。試行錯誤の連続、だがそれは、駄作を生む危険性を絶えずはらんでいる。

芝居にハプニングは付きものである。『ウィンザーの陽気な女房たち』（二〇一八年）では火災報知器が鳴って、全員劇場の外に避難させられた。『マクベス』（二〇一八年）はプレビュー初日に切符を取ったら、まだ上演準備が整わないとかで休演。勘弁してよ。

ふたたびグレゴリー・ドーラン。悠々とオーソドックスな歴史劇を演出していると思ったら、『テンペスト』（二〇一六年）は3D映像を使いまくって——おゝ、スペクタクル！　主演がサイモン・ラッセル・ビールだから、さすがに映像に負けぬ演技をしていたが、役者と映像、人間と機械をどうコラボさせていくか。劇評家の重鎮マイケル・ビリントンは、「高度なテクノロジーの使用はこれ一回限りの実験で、将来の指標にはならない」（『ガーディアン』二〇一六年十一月十八日）と気を使った言いまわしで批評、僕は「御意《アーメン》」とつぶやきながら笑ってしまった。

最後に二〇一六年、シェイクスピア没後四百年を記念する年のストラットフォードの〝目玉〟は、黒人キャスト（端役の四人だけ白人）による『ハムレット』だった。このサイモン・ゴドウィン演出の舞台、僕は頭をガ～ンとぶん殴られたようなショックを受けた。いや、今さら人種がどうのこうのと言うつもりはないが、デンマーク王子役、ガーナ系のパーパ・エスィエイドゥーが口にする英語は、僕のこよなく愛する〝ブリティッシュ・イングリッシュ・オン・ザ・ステージ〟とは雲泥の差。そして、その二十五歳の若者の演技が下手ならまだしも、セリフに乗せる感情表現が抜群なのである。こんな奴が出てきて、こういうなまった英語が将来の英国の舞台言語の指標になるかもしれない⁉

「くたばれ、多種多様な英語！」――な～んて叫んだら〝政治的に不適切《ポリティカリー・インコレクト》〟とボコボコにされるご時世なので、僕は黙してB&Bへの帰路についた。[9]

ということで僕は、どっしりと腰を据えて保守本流を行く姿勢の見えない、常に動的《ダイナミック》な、時にやり過ぎる、不発の舞台もままある、玉石混淆のストラットフォードの芝居を、年に一度見に行くことをバカンスにしている。ストラットフォードは田舎、喧噪《けんそう》のロンドンより心が落ち着く。朝からティールームやパブで台本を読み、午後は定宿で昼寝をし、開演の三十分前にベッドから起き出し、歩いて十分の距離の劇場へ行く。

さて、今宵はどんな芝居を見せてくれるやら。

3 エリザベス朝の演劇
スワン劇場の芝居

　スワン劇場でふたたび芝居を見るようになった。僕のストラットフォード詣でのいちばんの目的は、スワン劇場でシェイクスピアと同時代の作家の舞台を見ることである。

　エリザベス一世、さらにジェームズ一世、チャールズ一世時代の演劇——ここでは〝エリザベス朝の演劇〟と総称しておく——には、沙翁劇以外にも綺羅星のごとく傑作が並んでいる。だが、それらはある意味シェイクスピア劇以上の難物。とっ散らかった作品が多くて、戯曲を読んだだけではなかなか理解できない。

　イギリスの作家リットン・ストレイチーが述べている。英国人はモリエールを愛するが、ラシーヌのことは嫌う。しかし、教養あるフランス人が完璧な大家を一人選ぶとすれば、それは間違いなくラシーヌである。シェイクスピアの駄作か彼と同時代の作家の平均的な劇作に注目すれば、エリザベス朝の劇的伝統にはひじょうに欠点があることがわかる。すなわち、「ほとんど信じがたいほどの散漫な構成、意図の曖昧性、単調、平凡、悪趣味など」。一方ラシーヌ劇は、静かに流れる川が最初は感動的でないように見えても、その流れは水深しといった類いの作品である、と。[10] アーメン。

　で、本節は僕がスワン劇場で見た、フランス人からすれば雑然として不完全と映るであろうエリザベス朝の芝居八篇の寸評である。

二〇一五年春、僕が二十三年ぶりに訪れたスワン劇場で最初に見た舞台は、トマス・デッカーの**『靴屋の祭日』**（一五九九年）だった。十五世紀に実在した靴屋サイモン・エアをモデルに、彼がロンドン市長になるまでの成功物語、その主筋にさまざまなエピソードが挿入されている。以前、僕はある事典に「賑やかで愉快な市民群像劇」[11] と書いた。ストレイチーはラシーヌの「凝縮」に対して、エリザベス朝の標語は「包括」だと語っているが、デッカーの芝居もロンドン市民の日常生活と彼らの悲喜こもごもをたっぷり突っ込んで包括している。

　と、初めて鑑賞するデッカーの舞台は観客があまり笑わない、笑わそうとしていないリアリズムの芝居であった。伯爵の甥が戦争に行かずに姿をくらまし、徴兵された靴職人は片足を失ってフランスの戦場から帰国する。劇場で買ったパンフレットには、デッカーが戦争の代償を払わされるのは民衆だと強調している、と。[12]

　一五九九年初演の作品。その年、野心に燃えたエセックス伯が、エリザベス女王治世で最大規模の一万七千の兵を率いてアイルランド討伐へ向かった。フィリップ・ブリーンの演出は、徴兵に怯《おび》えるロンドンの労働者階級の不安を潜ませ、劇の深刻な社会背景と階級間の問題を暗示している。[13]

僕が事典に書いた記述、ちょっと違ったかな⁉

ひさしぶりのスワン劇場は新築なったメイン・ステージに注目が集まる中、かつてほどの勢いはなく、しかしかえって落ち着いた気分で、この知的かつクールな靴屋の祭日《シューマイカーズ・ホリダイ》——庶民役のセリフはなまっていた——の物語を楽しむことができた。満足、満足。

シェイクスピアと同い年の先輩作家クリストファー・マーロウの**『マルタ島のユダヤ人』**（一五九〇年？）も、僕は初見の作品だった。冒頭にマキャヴェリが登場して、一発かますプロローグがある。力が王を作るんだ、法律は血で記されたものがいちばん強固、シーザーだってどんな権利があって帝位についたか。マキャヴェリ役は劇場スタッフのような黒いTシャツを着ている。胸にはRSCならぬRMCと。Royal Maltese Company かな？　主人公のユダヤ人バラバスが現れ、「あるユダヤ人の悲劇をお見せする」と序詞役が言うと、頭のユダヤ帽《ヤムルカ》に手をやる。赤ん坊を抱いている。彼の娘アビゲイルだ。

バラバスが自身の半生を語る長い独白が始まる。うまい！　ジャスパー・ブリットンという僕の知らない俳優、でも全篇にわたって圧倒的な存在感を放つ。イギリスの役者の層の厚さたるや。

マルタ島の総督が出てきて、垂れ幕が下がり、舞台の雰囲気は一変、ユダヤ人の野望と、そして彼がラストで釜茹でにされるまでの転落の物語がスタートする。グレゴリー・ドーラン曰く、「人種差別、復讐、宗教的偽善といったこの芝居のテーマは、現代とシェイクスピアの時代の関連性を示している」、また二〇一五年のストラットフォード・シーズンのテーマは〝アウトサイダー〟だとか[14]。バラバスの溺愛するアビゲイルがキリスト教の修道女になったことに、父は激怒する。

と、デジャヴュ感があるではないか。そう、『ヴェニスの商人』は、強欲なユダヤ人の末路、そして返す刀でアウトサイダーのユダヤ人から見たキリスト教徒の偽善を語るクリストファー・マーロウの作品から多くのものを借用し、沙翁の劇作の肥やしにしている。演出は、これがＲＳＣデビューとなるジャスティン・オーディバート。

次はシェイクスピアの最大のライバルだったベン・ジョンソンの**『ヴォルポーネ』**（一六〇六年）。主要人物たちには獣の名が冠されている。ヴェニスの貴族ヴォルポーネ（狐）がモスカ（蝿）とともに、彼の遺産目当てに集まってきた欲得まみれのヴォルトーレ（ハゲタカ）、コルバッチオ（大ガラス）らをカモる諷刺喜劇。

大御所トレヴァー・ナンの演出は、四百年前のブラック・コメディの舞台を今日の金融資本主義の社会に移した。成金ヴォルポーネはＬＥＤの明るい光に照らされた豪邸に住み、リモコンのスイッチを入れると、株式市場の電光掲示板が映る。株で儲けているわけだ。

ヴォルポーネの三人の道化は、小人、デブの宦官、そして髭を生やし黒い下着を身につけた両性具有者《ふたなり》と、バラバラなのがいい。それでいて、三人で歌うと、みごとにハモる。演技も上手。決して外見だけで選ばれた役者たちではない。

精悍《せいかん》で富豪然としたヴォルポーネは、カモがやって来ると、ベッドに横たわり、点滴をし、鼻から酸素チューブを入れて、瀕死の病人に化ける。電光掲示板に血圧と脈拍が表示される。

十七世紀初頭の演劇を当時のまま上演するのは、もはや不可能。古典劇のアクチュアリティをどう表現するか。劇評は、現代にピッタリ当てはめたところで、意見が割れた。人々が株や投機に目の色を変える社会、騙《だま》す方も騙される方も金の亡者、食うか食われるか、でもあまり二十一世紀にコンテキストを限定すると、遠い古《いにしえ》の時代を想像する楽しみがなくなる。

　現代劇とは異なる古典劇の魅力とは何ぞや。また、古典劇の現代的上演とはいかにあるべきかと、考えさせられる。

　ふたたびクリストファー・マーロウの作品、**『フォースタス博士』**（一五九二年？）である。中世ドイツに実在した神学者にして黒魔術師フォースタスが悪魔メフィストフィリスと契約して、この世のあらゆる快楽を味わおうとした伝説の劇化は、ゲーテの専売特許ではない。マーロウが最初に舞台化したとか。人間の無限の欲求を満たすために悪魔に魂を売った男の話は、いかにもマーロウ好みだ。

　で、スウェーデン出身の女流演出家マリア・エイバーグによる舞台は——開幕前のステージに箱が散らかっている。後方には白いビニールシート、倉庫かにわか作りの建築現場のよう。古典劇という雰囲気ではない。二人の俳優が花道から登場し、マッチを擦《す》る。フォースタスとメフィストフィリス、今宵はどちらがどっちの役を演じるかを、どちらのマッチの火が長持ちするかで決める。と、魔術師と悪魔は同じ人間の表裏の人格って解釈なわけだ。

　箱に入ったフォースタスの本は、なんだ、安価なペーパーバックじゃないか、白い塗料で黒い床に五芒星を描いて呪術を行ない、「七つの罪悪」の見世物はパンク・キャバレーの乗り。戯曲も雑然としているが、舞台はさらに無秩序《アナーキー》にして俗悪《キッチュ》。

　俳優の半分以上がＲＳＣ初出演。役柄がチャラいのか、役者が二軍なのか。詩的な雰囲気なし。

なんかキッチュだよなあ、これが現代的な演劇!?

最近のシェイクスピア劇は二十一世紀風に〝脱構築〟した舞台が多くて、僕はいささか食傷気味。上演回数が多すぎるから、なんとか新味を出そうと悪戦苦闘しているきらいがある。その点、エリザベス朝の他の作家の作品なら、まだ戯曲を読んだイメージに近い古風な舞台に出会えそうな気がするのだが……ヘッヘッヘッ、スワン劇場の芝居よ、おまえもか。あゝ、脱構築疲れ[15]。

ベン・ジョンソンの**『錬金術師』**(一六一〇年)は、錬金術師[16]に化けたペテン師のサトルが、ペストの流行でご主人が田舎へ逃げたロンドンの空き家を舞台に、そのお屋敷の執事フェイスや売春婦のドル・コモンと組んで、欲に目のくらんだ市民たちから大枚をむしり取ろうとする。『ヴォルポーネ』と同様、人間の欲望を痛烈に諷刺したジョンソンの代表作のひとつである。

この黒い喜劇《ブラック・コメディ》、僕は割と縁がある。出ハケの激しい作品で、テキストを読んだだけでは、今誰が舞台にいるのかいないのかがわからない。大学院の授業で読まされて、とても苦労した。だが、橋爪功がフェイスを演じた一九八四年の演劇集団「円」の公演[17]、またサム・メンデス演出のスワン劇場の舞台(一九九一年)を見て、ヘエ、こんなに面白い芝居なんだと、授業での消化不良が一気に解消した。

さて、今回の演出はポリー・フィンドレイ。僕の知る彼女は『宝島』(NT)、『お気に召すまま』(NT)、『ヴェニスの商人』(RSC)など、大掛かりな装置の好きな演出家だと思っていたが、ここはスワン劇場の裸舞台、抑制が利いている。錬金術師の実験室によくあったというワニが登場したり、太ったおばさんのドルが宙吊りになったりはするのだが、基本的には簡素な作り。達者な役者たちによる安定したアンサンブル芝居。新聞の劇評は誉めてはいるが、あまり言うことはなさそう。でも、僕が見たポリー・フィンドレイの作品の中ではいちばんいいかも。スワン劇場マジック！

温故知新、昔スワン劇場で見た芝居を一本紹介しておきたい。ジョン・フォードの**『あわれ彼女は娼婦』**（一六二七年？）は、兄妹の近親相姦を扱った流血悲劇、清教徒革命で劇場が閉鎖される以前の時代の〝白鳥の歌〟と謳われる、どろどろの、暗黒の、とっ散らかった詩劇である。演出はデヴィッド・ルヴォー、妹アナベラに一九九一年ストラットフォード・シーズンのミューズ、サスキア・リーヴズが扮した。

シンプルな〝なにもない空間〟の芝居、衣裳は現代服、照明はほとんど無色、音楽も効果音程度と、僕好みの舞台なのだが、一筋縄ではいかない作品。演出が一本の太い線を打ち出せない。終幕近くで、兄が突然、串刺しにした妹の心臓を手に血まみれで飛び出してくるシーンでは、観客の失笑を買ったり。不必要な独白が多く、役者たちが苦労している。僕の隣の席に座ったお婆ちゃんは、「風変わりな作品だが、「外国人の」おまえにはどれくらいわかるんだ？」と聞いてきた。けれども、散漫で曖昧で悪趣味ともとれる、完璧とはほど遠い劇だが、社会の倫理では認められぬ純愛に生きる兄妹の姿は、爛《ただ》れた美しさを放つ。ルネサンス的な調和の精神が崩れた時期の〝バロック〟[18]って、こういう作品を指すのかなと、スワン劇場のぎこちない芝居を見ながら思った。

お話は近年の舞台に戻って、ジョン・ウェブスターの**『モルフィ公爵夫人』**（一六一四年？）。これも世の貞操観念に反する純愛を貫いたヒロインが徹底的に虐げられる、倒錯的で退廃的な流血悲劇である。

魔が差したというのだろう、僕はスワン劇場ではいつも二階か三階のサイドの安い席で見るのだが、この時に限って一階の最前列、すぐ目の前が舞台というサイドの席を取った。するとスタッフが、ここいらへんは後半で何か飛んでくるかもしれないと説明し、幕間には毛布を貸してくれる。(19)

開幕は黒人の女が、首のない大きな獣の遺骸を縄で引っ張って登場する。それがモルフィ公爵夫人（ジョアン・イイオラ）だと。貴族には見えない。彼女がカツラをかぶって再登場し、やっと上流の夫人らしくなる。でも英語の品はそれほどよくない。

公爵夫人がハンサムな白人の執事に愛を告白する。肌の色の異なる男女の絡みは、上手に演出すると淫靡《いんび》で官能的になるものだ。身分違いの二人は秘密裡に結婚する。だが、彼女の兄たちは妹を異常なほど責める……

で、後半は開幕時に吊るされた獣の腹が切り裂かれ、しだいに舞台が血の海になる。その中で夫人は男たちに首を絞められ、最終第五幕では登場人物たちが皆、血まみれ、どろどろ。おっと、僕の顔にも血が飛んできた。スタッフは無害な化学物質だと言っていたが、そういう問題じゃあないだろう。僕は緊張感のある舞台は見たいが、緊張感の質が異なる。

いくら流血悲劇といっても、舞台を血みどろにする必要があるのか。最近のスワン劇場の芝居には、昔と違って美しさがない。もっとも、ストレイチーのいう〝悪趣味〟を現代的に表現するとこうなるのかもしれないが。

二〇一八年は、春休みに『モルフィ公爵夫人』でうんざりしたのに、夏休みもまたスワン劇場詣でに出かけた。僕の未見の作品、クリストファー・マーロウの**『タンバレイン』**（一五八七年）がお目当てだった。演出は前RSC芸術監督のマイケル・ボイド。

マーロウが二十三歳の時に書いた彼の出世作は、ブランク・ヴァースの響き高らかな英雄叙事詩。近世ヨーロッパの東方からの脅威はオスマン・トルコ帝国だった。そのトルコをかつて撃破して皇帝を捕虜にしたこともあるチムール[20]をモデルにしたタンバレイン大王、その成り上がりの勇者の無限の征服欲を描く。ヘヘエ、マーロウらしいじゃないか。

でも、ストーリーだけを追うと単調な作品、タンバレインがひたすら戦いと殺戮を繰り返す。二部作の長い芝居、テキストを読んでいて、僕は飽きてしまった。

舞台は、スラスト・ステージと奥舞台を半透明のカーテンで仕切る。後方に梯子《はしご》。僕の席は二階サイドの最前列——今日はどんな流血でも大丈夫だぞ——、そのすぐ横にも梯子がかかっている。二十一世紀のスワン劇場は、無機質な舞台のことが多い。

タンバレイン登場。彼も彼の取り巻きも、いかにも盗賊風。と、その羊飼いあがりの盗人がペルシャ王に会うシーンで、金色の大きな布が広げられ、殺風景なカーテンが隠れると、おゝ、一気に豪華な場に変貌する。ペルシャ王が死ぬ場面は、バケツに入れた赤い塗料を塗られ、倒れる。血塗られた芝居だが、これくらいのシンボリックな表現の方がいい。そうそう、『モルフィ公爵夫人』みたいに、リアルに見せるだけが能ではない。

タンバレインはペルシャ王となり、さらにトルコ皇帝と対峙する。次々に登場する敵対者、時にゴンドラに乗って現れる。二階席と同じ高さで止まったり――今日は二階席で正解かも――、僕の横の梯子に役者が立ったり。上の者（ゴンドラ）と下の者（舞台上）の関係性。花道が二つ、二階建ての奥舞台、ゴンドラ、二階の客席、そして奈落。劇場空間と入退場口の使い方の妙。客席との距離が物理的にも心理的にも近く、観客との親密性が抜群に保たれる。

音楽もすばらしい。パーカッションで残忍さを示し、タンバレインが鞭打つとシンバル、誰かが死ぬと木琴の音。観客の想像力が昔日の中央アジアへと羽ばたく。

戯曲を読んだ時に感じた単調さ、退屈さ、ところが演出しだいで、こんなに変化に富んだ、目の離せない舞台にできるんだ。

タンバレインに扮したジュード・オウス、またトルコ皇帝の妻サビーナ役のデビー・コーリーも、うまいなあ。セリフまわしも感情表現も。ともに黒人俳優である。

マーロウの誇大妄想とも思える叙事詩、世界征服をもくろむ異教徒の姿を綴る二部作を、三時間半に凝縮して舞台化した。さまざまな工夫を凝らし、目くるめくように各場面を展開させ、それでいて見終わるとスペクタクル劇という印象が残らない。むしろセリフを聞いた、マーロウのブランク・ヴァースを楽しんだ、これはやっぱり魅力的な詩劇だ、と。役者の力量、演出家の手綱さばき、そしてスワン劇場なればこそのストレートプレイといえよう。僕、とっても幸せ！

4　テキスト研究をめざしたころ
細江逸記と山田昭廣

昔話である。学生時代、不遜にもシェイクスピアのテキスト研究をめざしたことがあった。自分の能力ではとてもできないと数年で断念したが、それでもシェイクスピアを読みはじめて三年目くらいのころ、夏休みに朝から晩まで、いや当時は昼夜がひっくり返っていたので晩から朝まで、沙翁の韻律をチェックしながら一字一句読んでいた時に、はたと面白い、「我、発見せり《エウレカ》！」この作家なら一生付き合ってもいいなと思える瞬間が訪れた。

学部で受けたシェイクスピア講読の授業、そこで接した原文の沙翁は、まあ、国語でいえば古文みたいなもので、わかったようなわからないような。結局注釈と邦訳を突き合わせながら、英文をながめて期末テストにそなえた。

もっと精密に読むきっかけとなったのは、そのころ日本シェイクスピア協会が毎年開いていた講演会で出会った日高八郎先生だった。僕は先生の話に一遍で感じ入り、先生の読書会に参加させてもらい、さらに翌年、大学院に入学した年に、先生の東大の基礎ゼミに誘っていただいた。かくして僕は駒場の学部の一年生と一緒にシェイクスピアを読むこととなった。前期は『ジュリアス・シーザー』、後期は『マクベス』。

日高先生の授業のいちばんの特徴は、とにかくスピードが遅いこと、そして学生から納得のいく答えが出てくるまでは先に進まない。一回の授業でせいぜい五行か十行、ある時は一行の解釈に三週間を費やしたこともあった。そうなれば、当然学生たちは眠くなる。だが、日高先生の授業のユニークなところは、先生まで寝てしまうことであった。

そんな時が止まったかと思う、退屈といえば退屈な、悠久なるゼミで教わったのが一字一句の世界。コンマひとつの有無でこんなに詩行の意味が変わってしまうのか、なぜシェイクスピアはここにこの単語を使ったのか、意味と韻律の関係は、語順がどうして現代文と異なるのか、沙翁のテキストがなぜ時代ごとに違うのか……

授業の折、先生がしばしば言及していたのが、細江逸記（一八八四―一九四七年）の注釈だった。名著『英文法汎論』（一九二六年）で知られる戦前の英語学者、その細江はシェイクスピアにも造詣が深く、『ジュリアス・シーザー』、『マクベス』、『ヴェニスの商人』、『テンペスト』の四冊の注釈本を一九三五年から三九年にかけて泰文堂から出版している。日高先生の細江評、「自分で考えてる。きちんと調べている」、「文学者より語学者の方がちゃんとしているよ」、「ドーヴァー・ウィルスンあたりにも噛みついていて、面白いね」云々。「君たちも自分がおかしいと思ったら、どんな大先生の言うことより、自分の直感を信じて、考えたり、調べ直したりすることだ。」

大学の教員はよく新入生に向かって、「受験勉強は終わったんだから、本を読め」とはっぱをかけるものだが、日高先生は東大の一年生、天下を取った気分で、これからどんどん先へ進もうとしている若者相手に、「ちょっと待て。一歩ずつだ」と手綱を締める。

僕が先生とお付き合いした七年間のノートには、「我々はオリンピックのように競争で学問をやっているわけではない」、「ハードワーカーはダメだ。自分の才能を自ら潰している」、「君たちは大学四年間で一冊でもきちんと本を読んだことがあるか」などと。

その後、僕は大学院の修士課程で三年間シェイクスピアの歴史劇をそれなりに一所懸命読んだが、光明は見いだせず。当時母校の大学院に博士課程はなく、ふと沙翁が習作期にさんざん描いたバラ戦争を西洋史の先生方がどのように捉えているのかが知りたくなって、都立大の人文学部に学士入学した。

なぜ大学院ではなく、学部に入ったか。話は簡単で、イギリスの中世史を本格的に勉強するとなると、ラテン語とフランス語と中世英語と……それほどの志があったわけではない。僕はただ、歴史学の先生がバラ戦争をどう扱っているかを覗《のぞ》けたらと思っただけ。ところが、目星をつけた先生のいる都立大を受験すると、口述試問の席で、「バラ戦争が専門の先生はこの三月で、他大学に移られました」と。ウソだろ～。後任は広島大学から来るイタリア史の先生とか。当時の入学金二万円、半期の授業料四万八千円。ちょうど確定申告をしたら、税金が七万円還付されることになった。まあ、半年やって、つまらなければやめればいいや。

ということで、期待せずに学部編入した都立大である。そこで出会った清水廣一郎先生は、イタリア中世史とルネサンス史の国際的な研究者だった。だが、知らないということは恐ろしい。先生の学識の高さを知らなかった僕は当初、先生にタメ口をきいていた。でも、都立大では新参者同士、なんか先生には最初からかわいがってもらった。あな、恥ずかしや。

で、ほどなく僕がシェイクスピアをやっていると耳にした先生は、ある日のゼミに一冊の本を持ってきて、「狩野君、この人、どういう人か知ってる?」と。見ると、山田昭廣『本とシェイクスピア時代』(東京大学出版会、一九七九年)である。「あゝ、山田先生は、シェイクスピアやエリザベス朝のテキスト研究では国際的に認められている、おそらく日本人でただ一人の研究者です」と言った。いや、同書の真の価値があのころの僕にわかったはずがない。たぶん日高先生から評判を聞いていたのだろうが。

ふだんは冷静な清水先生が、「そうですか。すごい人がいるものですねえ」と、どこか高揚しているようにも見えた。今から思えば残念至極、その書誌学の名著のどこがどういう風にすごいのか、ちゃんと聞いておけばよかった。

先生には二年間のゼミで、ブルクハルトから始めて、まさに一からイタリア・ルネサンスについて教えていただいた。また二年目からは大学院の古文書学《パレオグラフィー》のゼミも聴講させてもらった。ヨーロッパ史を専攻する他大学の院生たちも集《つど》っていた、ラテン語文献を書き写し《トランスクライブ》、精読する授業。僕は毎週院生たちが青息吐息で羊皮紙からコピーした史料を訳読するのをただ横で眺めているだけだったが、しかし自分もヨーロッパの中世史をさも本格的に学んでいるような気分に浸っていた。

清水先生は初見の史料でも、「これは○○世紀の○○地方の文献だね。同じ中世のラテン語でも、それぞれ癖があってね、だいたい何世紀のどこの地方の史料かはわかるものです」と。格好いいなあ、それくらいまで学を極めてみたいものだと、院生たちと顔を見合わせた。

日高先生は「学燈はいらない、皆好きなようにやればいいんだ」と語り、清水先生と初めてお会いした日の授業ノートには、「[学問をする時は]流行と先生は気にしない方がよい」と先生が言ったとメモが残っている。

その教え（?）に従って、僕はまさに好きなようにやってきた。不肖の弟子は、お二人が心がけていた一字一句の世界にはとどまらなかったけれど、しかし今でも僕の仕事部屋の本棚のいちばん目に入るところには、細江逸記の沙翁注釈本四冊と山田昭廣の大著がでんと立てかけられ、恩師の精神なりと汲み取れと、僕をいつも見張っているのである。

5　シェイクスピアはルネサンスを知らなかった

イギリス・ルネサンスの華、シェイクスピア！　けれども、シェイクスピアはルネサンスを知らなかった。そりゃそうだ、文芸復興《ルネサンス》は幕末に瑞西《スイス》のヤーコプ・ブルクハルトが広めたことばないしは概念。安土桃山時代から江戸時代初期に生きた沙翁が知っていたはずがない。そこでシェイクスピアが生きた時代における彼の立ち位置、また俗語の問題、さらにルネサンスの本場イタリアを詩人がどう考えていたかを素描してみたくなった。

高校の世界史、教科書も授業も「ルネサンス」は不思議な単元だった。中世の章が終わり、近世に入ると、いきなりルネサンス、すなわち文化史なのである。(21)他の章はまず国家の存亡や王朝の交代など、つまりは政治史が語られ、それから社会経済史があり、最後にその時期の文化史がささやかに付されていることが多い。なのに近世の始まりだけは堂々と文化史、それもあって突然新しい時代が開幕したような気分になった覚えがある。

山川出版社の『詳説世界史』(二〇一六年版)からルネサンスに関する記述を拾ってみよう。近世ヨーロッパは、思想・芸術・科学などの面においては、人間性の自由・解放を求め、各人の個性を尊重しようとするルネサンス(「再生」の意味)によって特徴づけられる。ルネサンスは近現代につながる文化の出発点だが、中世の文化の継承・発展という面もある。カトリック教会の権威のもとにあった中世盛期に比べて、現世に生きる楽しみや理性・感情の活動がより重視された。これを支えたのがヒューマニズム(人文主義、人間主義)の思想である。ルネサンスはイタリアやネーデルラントで早くから展開したが、まもなくほかの国々にも広まった。この時期の学者や芸術家は都市に住む教養人で、権力者の保護のもとに活動し、そのため貴族的性格をおびていた、と。

そうした概説の後、文学作品が紹介され、それらがそれぞれの国の言語を発達させるのに貢献したとある。また絵画では遠近法の確立、建築ではルネサンス様式の誕生、さらにコペルニクスによる地動説、羅針盤・火器・活版印刷術など科学技術面の記述があって、ルネサンスの節を終える。

高校の教科書にある、その近世開幕史の種本、ブルクハルトの『イタリア・ルネサンスの文化』(原著一八六〇年)[22]を初めて読んだのは、大学のルネサンス・ゼミだった。ゼミで最初に取り上げられたのが、バーゼルの文化史家によって書かれたその古典的な歴史書であった。先生曰く、「ルネサンスという概念を定着させたのはこの本」[23]、「ブルクハルト以後の研究書はすべてブルクハルトの注釈である」と。

第一章「芸術作品としての国家」は、国家でさえ人間の作った作品だ、と。第二章「個人の発展」では、絵画などにサインを入れるのはこの時代からだ、と当時のノートにメモが残っている。

続いて第三章「古代の復活」では、人文主義者とは古代ギリシャ・ローマの研究者、昔のものを徹底的に読んで、古代の精神を汲み取った人たちのことだと教わった。後半の第四章から第六章はそれぞれ「世界と人間の発見」、「社交と祝祭」、「風俗と宗教」。ノートには、今日の社会史ブームの要素がすでにブルクハルトに入っている、と記されている。

また、欠点はルネサンス文化を発展として捉えていない、忽然《こつぜん》と出てきたような描写で、どういう根を持ち、どこからなぜ出てきたのかを論じていない点だと言われた。なるほど、高校のテキストにある、突然近世が開幕したかのようなイメージも、その反映だろうか。

僕はイタリア・ルネサンスのゼミに参加したころ、すでにシェイクスピアを専攻すると決めていたが、その二年間のゼミは、イタリアに足を置けば、イギリスなど地理的にも文化的にもしょせん北ヨーロッパの僻地の島国だと痛感させられる貴重な経験であった。また、美術史から出てきたブルクハルトのルネサンス観では必ずしもイギリス文学、とくにシェイクスピアのような大文学の特徴は包含し得ないという思いも抱いた。

例えば、舌先三寸の名ばかり騎士サー・ジョン・フォールスタッフは、みごとな人間解放・自由精神の持ち主、その饒舌ぶりはまさに豊かなことばの洪水、ラブレーのものしたガルガンチュアやパンタグリュエル、セルバンテスのドン・キホーテと並ぶルネサンス精神の権化と呼ぶにふさわしい。だが、フォールスタッフの織りなす民衆的な世界は、「貴族的」と教科書にあるルネサンスの特徴とはすり合わない。地域的な違いもあり、また美術と文学という芸術ジャンルの異同があることも実感させられる。

今ひとつ、フィレンツェのウフィツィ美術館に行けば、ボッティチェリの「春」と「ヴィーナスの誕生」を展示している部屋に入ったとたん、中世を脱してルネサンスが始まったと強烈に印象づけられる。同じく僕の行きつけのロンドンのナショナル・ギャラリー、時系列に沿って絵画が並んでいるその広大な美術館で近世のウイングに入った瞬間に、世界が変わる。けれども、シェイクスピアの歴史劇を読めば、沙翁がいかに中世的・キリスト教的世界観に則《のっと》って作品を綴っているかを思い知らされ、美術館でのルネサンス体験が払拭される。

つまりは、新しい時代を象徴する「ルネサンス」、実に便利で使い勝手のよいことばではあるが、しかしそのひとつひとつの要素を検証しようとすればするほど実態がつかめなくなる。十九世紀半ばにブルクハルトが定着させた概念は、その後〝注釈〟どころか百家斉放、もろもろの批判を浴び、幾多の修正を求められ、その実在さえ疑われ、けれども結局、ルネサンスは近世の門戸を開く一大文化運動であったという認識に落ち着く。だから、今でも教科書の近世のページにでんと構える、大風呂敷で曖昧模糊としていながら、存在感たっぷりの節であり続けている。

本節では、以下シェイクスピアに関連する二点だけ、言語の問題と、そして沙翁のイタリアを見る眼差しに焦点を絞って、ルネサンスの一端を覗《のぞ》いてみたい。

ヨーロッパにおけるラテン語の重みをご存じだろうか。古代ローマの公用語、しかして中世においても聖書はラテン語訳、すなわちウルガータ版（editio Vulgata）が公認の聖書とされ、また当時広く異郷の地を訪ねたのは、伝道などにたずさわるカトリックの僧侶たちだったから、今日でいう〝国際共通語〟は、彼らの共通語たるラテン語だった。ラテン語熱は「古代の復活」をめざしたルネサンス期も続き、学術文献はラテン語で書くのが当然とされた。ラテン語は文法がなかなかの難物で、長らく思考力をつけるための教育に活用され、二十世紀半ばに科学教育が優先されるようになるまで中等教育の必須科目であり続け、その古風な言語ができることがヨーロッパの教養人の第一条件とみなされた。

今でもヨーロッパに行けば、英語を軽々に〝国際共通語〟と考えるのは、アメリカ人と日本人だけの軽薄な思い込みだと実感させられる経験を多々味わうはずである。[24]

時にイングランドでは、バラ戦争を経てテューダー朝に入ると、大陸との交流が再開され、すでに爛熟期を迎えていた大陸のルネサンス文化が伝わってくる。十五世紀末、イタリア留学を終えたグローシン、リナカー、コレットが人文主義を持ち帰る。その三人のヒューマニストたちの中でも卓越した存在だったコレットがオックスフォード大学で行なった講義を聴いた学生のひとりに、トマス・モアがいる。モアはヘンリー八世の大法官（今日でいえば首相兼最高裁判所長官）となり、ネーデルラントから十六世紀随一の人文主義者エラスムスを呼び寄せている。そうした環境の中でヘンリー八世はラテン語やフランス語、スペイン語を解するルネサンス型の君主であったという。[25]

また、その娘エリザベス一世も子供のころからルネサンス流の教育を受け、ラテン語、ギリシャ語、さらにフランス語、イタリア語に通じ、女王になってからは大陸諸国の外交官と丁々発止渡り合ったという話が残っている。[26]

ところで、古典古代にあこがれ、ラテン語の地位がきわめて高かったルネサンスの時期は、同時に各地域の民衆の話しことば――俗語――で作品を書く人間が現れたことでも知られている。ダンテが『神曲』をイタリアのトスカーナ方言で綴り、これが高校の教科書や参考書では国民文学の先駆と紹介されている。さらに有名なのは、ローマ教皇を批判して宗教改革を始めたマルティン・ルターが、新約聖書をドイツ語に訳したことであろう。聖書を民衆の言語に翻訳し、イエスの教えをラテン語によって独占していたカトリックの僧侶から解放する。それは、教会よりも聖書に立ち返れと唱えた宗教改革の精神の実践であり、また大衆が自分たちのことばで神の教えを知ることによって、近代ドイツ語がスタートを切るきっかけとなった。

イングランドにおいては、自らイタリアへ渡ってルネサンスの息吹《いぶき》に触れた詩人ジェフリー・チョーサーが、ボッカチオの『デカメロン』を真似て『カンタベリー物語』（一三八七―八年）を著わした。だが時は十四世紀、言語はまだ中世英語（Middle English）であり、かの国の文学作品も彼の後が続かない。

チョーサーからおよそ二世紀がたち、シェイクスピアを頂点とするエリザベス朝演劇がまさに忽然と現れた時、言語は現代の英語に近い初期近代英語（Early Modern English）になっていた。その今日の英語に近い言語を普及させたのが、シェイクスピアであり、またエリザベスの次王ジェームズ一世の命令によって翻訳された欽定訳聖書（一六一一年、the Authorized Version、別名 King James Version）だといわれている。

つまり、人々は教会において、国王の命によって出版された同じ英語聖書でイエスの教えを聞き、同一のことばに慣れ親しむことになる。また、ロンドンの劇場では大勢の観客が一斉にシェイクスピアの英語に耳を傾けた。まだ新聞もラジオもテレビもない時代、世論の形成とことばの普及に貢献したのは、教会と劇場であった。

ちなみにシェイクスピアのラテン語能力はどの程度だったのか。彼のいちばんのライバルだったベン・ジョンソンが沙翁について「わずかなラテン語とそれよりわずかなギリシャ語しか知らなかった」と記した一句(27)はあまりにも有名だが、大学出ではなかったシェイクスピアも、子供時代に故郷ストラットフォード・アポン・エイヴォンのグラマー・スクールでラテン語の文法《グラマー》はそれなりに教わっていた。

また、ギリシャ語に関しては『ジュリアス・シーザー』の中で、共和主義者のキケロ(28)がギリシャ語でしゃべっていたと報告したキャスカが、「俺にはちんぷんかんぷんだった (it was Greek to me)」(一幕二場) と付け加えたことばが、今日の英語にも成句として残っている。

どうやら古典古代の言語への造詣は必ずしも深くなく、しかし英語による国民文学を世に残して、その後の英語の発達にも貢献したというあたりが、言語面からみた後世のシェイクスピア評価になるだろうか。

次にシェイクスピアはイタリアをどう見ていたか。「ルネサンス」はブルクハルトが使用して定着したことばだから、もちろん沙翁のテキストには載っていないが、イタリアは文化的な先進国、かの地に対する彼の憧憬は容易に察せられる。

まず、シェイクスピアが劇作にあたって利用した種本だが、イングランド史劇十篇はむろんエドワード・ホールやラファエル・ホリンシェッドなど、自国の史家がものした年代記を使っている。悲劇十篇の材源はまちまちだが、『ジュリアス・シーザー』、『アントニーとクレオパトラ』、『コリオレーナス』といったローマ史劇はプルタークの『英雄伝』を下敷きにしている。この帝政ローマ期の史書は、フランス語訳をトマス・ノースが英語に翻訳した版（初版一五七九年、再版一五九五年）があり、シェイクスピアは他の作品にも活用していることから、彼の愛読書だったと思われる。沙翁の古代との付き合いは重訳されたプルタークからということになる。そして喜劇十七篇には、イタリア色が濃厚な作品が数多く含まれている。種本としては、ボッカチオの『デカメロン』（一三五三年）、チンティオの『百物語』（一五六五年）、アリオストの『狂乱のオルランド』（一五一六年）、その他イタリアのさまざまな説話集などが挙げられる。

物語の舞台については、イタリアをはじめとする地中海沿岸地方に設定した作品が、全三十七作の半分以上、数え方にもよるがおよそ二十篇ある。対して大西洋、さらにはアメリカ大陸に関しては言及さえほとんどない。シェイクスピアの芝居はまだ大航海時代へは乗り出していない。彼のあこがれは、地中海貿易で繁栄を謳歌したイタリア、および南ヨーロッパにあったようだ。

もっとも一口にイタリアといっても、かの地が今日の我々のイメージする統一国家になるのは十九世紀後半、ブルクハルトが『イタリア・ルネサンスの文化』を出版した十一年後の一八七一年である。

ルネサンス期のイタリアは、小国家や教皇領が割拠していた。沙翁最晩年の作『テンペスト』は、「すべての公国の中でも第一位」（一幕二場）であるミラノの元大公プロスペローが主人公である。

彼の弟アントーニオは、仇敵ナポリの国王と企み、兄をミラノから追い出す。プロスペローは絶海の孤島に逃れ、十二年後に島にやって来た弟とナポリ王たちを懲らしめるという筋立ての夢幻劇である。沙翁はイタリアに羨望の目を向けていただけでなく、半島の政治状況もきちんと把握していたようである。

また、『ヴェニスの商人』には、東方との貿易によって経済先進国となっていたヴェニスの息吹が感じられる。ヴェニスの大商人アントーニオをシャイロックが値踏みする場面がある。あの男なら借金の保証人にしてもいい、彼の船は今、それぞれトリポリス（ギリシャの都市）と西インド、さらにメキシコとイングランドに行っているはずだ、と（一幕三場）。これは沙翁が新大陸に触れた数少ない一節だが、地中海と大西洋の貿易がごっちゃになっていて、はなはだ頼りない。

いったいシェイクスピアは、ロンドンの街の様子を念頭に置きながら、芝居の舞台は外国の都市に設定して物語を綴ることをよくした作家である。よって、現実のヴェニスをどこまで知っていたかは必ずしも判然としない。シャイロックも、当時のロンドンでユダヤ人排斥の世論が高まった折に、先輩格のクリストファー・マーロウによる『マルタ島のユダヤ人』の主人公を模して創作したキャラクターである。

だが、とにかくヴェニスないしはイタリアが、先進国に見えていたとはいえそうであるが。

沙翁後期のロマンス劇『シンベリン』は、古代ブリテンがローマ帝国と対立していた時代の話だが、貞節なイモージェンを誘惑しようとする腹黒いイタリア人ヤーキモーが住むローマには、いかにもシェイクスピアが見ていたルネサンス期イタリアの雰囲気が漂う。古代と近世は素朴に同居している。また、文化的に爛熟した先進国は、愛欲と悪徳と退廃の臭いを醸している。

さらに、マキャヴェリの『君主論』（一五三二年）は、国家と君主政のあり方を論じて深い思索に富む名著だが、マキャヴェリはシェイクスピアの生きたイングランドでは、目的のためには手段を選ばない策略家の代表のように捉えられていた。沙翁劇にはマキャヴェリの名が三回出てくるが、いずれも悪党の扱いである。王座への道を一気に駆け登る極悪人グロスター公リチャード（後の国王リチャード三世）は、「残忍なマキャヴェリでさえ、俺にとっては弟子みたいなものだ」とうそぶく（『ヘンリー六世』第三部三幕二場）。

やれやれ、先進国イタリアのイメージが怪しげになってきた。

加えて、シェイクスピアが挙げているイタリア・ルネサンスの芸術家は、ジュリオ・ロマーノただ一人だそうである[29]。『シンベリン』や『テンペスト』と同じ晩年のロマンス劇『冬物語』で、死んだはずの王妃ハーマイオニの彫像がロマーノの作と語られ（五幕二場）、その石像が、いや生きていたハーマイオニが動きだすラストはなかなかの見せ場である。

しかし、それにしても沙翁が全作品中で触れたイタリアの芸術家が一人だけとは。

その『冬物語』で、シェイクスピアはシチリア島を内陸の地とし、ボヘミア（現チェコ）を海岸地帯と書いている。沙翁の有名な勘違いである。また、初期の喜劇『ヴェローナの二紳士』では、ヴェローナからミラノに船で行くとあるが、これも無理な話である[30]。

もちろん詩人を弁護すべくさまざまな解釈が示されているが、沙翁は大陸へは行ったことがなかった、書物からの知識を基に鷹揚にペンを走らせたと考えるのが、いちばん自然なようにも思える。

シェイクスピアにとってルネサンスの先進国イタリアは〝遠きにありて思う〟存在だったのではないだろうか。

と、いつの時代の人間も、自分たちの生きている「同時代（contemporary）」の世の中がいかなる世界であるかはわからない。シェイクスピアは三世紀近くたってから〝ルネサンスの大詩人〟と位置づけられた。

沙翁がルネサンスを意識していなかったとすると、彼はバラ戦争も知らなかったことになる。彼が戯曲の題材として最初に選んだ中世の内乱に冠されたバラ戦争なる名称は、十九世紀の人気作家サー・ウォルター・スコットの小説によって一般化した呼称だからである。

また、シェイクスピアは自身の戯曲の出版にほとんど関心を示さなかった。印税もコピーライトもない時代、台本を出版しても得になるどころか、他の劇団に上演されてしまうので、活字にすることはためらわれた。また、ルネサンスの画家たちはサインを入れたとあるが、沙翁は死後に名を残そうとした節もない。ブルクハルトのいう「個人の発展」は窺《うかが》えず、したがってシェイクスピアが何者だったのか、別人説やら作者複数説やらが後を絶たない。

けれども、彼の劇団仲間のヘミングとコンデルが編纂し、シェイクスピア死して七年後に出版された彼の全集「第一フォリオ版（First Folio）」のおかげで、沙翁劇は「一時代のものではなく、万世のもの」（ベン・ジョンソン）となって、後世に残った。

6　シェイクスピアは人生を達観したか

『ビンゴ』

長い間見たいと思っていた芝居がロンドンにかかったので、［二〇一二年］三月に遊びに行ってきた。演目はエドワード・ボンドの『ビンゴ』（一九七三年）、劇場はフリンジ（実験劇場）の老舗ヤング・ヴィク、演出アンガス・ジャクソン、主演は今や名優と称されるようになったパトリック・スチュアート。切符は、油断していたら、一カ月前に売り切れていた。仕方なく定価の四倍以上、約一万七千円なりで業者から買った。ロンドンの舞台の切符をプレミアのついた値段で購入したのは初めてである。

物語の時と場所は一六一五年から一六年のストラットフォード・アポン・エイヴォン、主人公は晩年のウィリアム・シェイクスピア（一五六四―一六一六年）である。

大詩人は「人生の達人」でもあったと推測されている。絶対王政の時代に政治的な芝居もたくさん書き、彼の周囲の劇作家たちは厳しい検閲に引っかかってしばしば臭い飯を食わされていたのに、シェイクスピアだけはそうした形跡が見当たらない。また、「心優《ジエントル》しいシェイクスピア」と呼ばれ、セント・ポール寺院近くのパブ、人魚亭あたりで愛想を振りまきながら、誰とでも親しく交わっていたようなのだ。およそ天才と言われる人種は、気難しくて孤立無援、はた迷惑な奇行で知られ、なるべく個人的にはお近づきにならない方が無難と相場が決まっているが、沙翁だけはそうでもなさそうである。さらに、引き際もお見事。『テンペスト』（一六一一―一二年）で主人公の魔術師プロスペローに作者自らの引退宣言ともとれることばをしゃべらせ、魔法の杖を折らせて、故郷ストラットフォードに退いた悠々たる晩年。功なり財をなし、購入したお屋敷ニュープレイスの跡地は、今も観光客が立ち寄る庭園となっている。

だが、そんな心優しい、余裕しゃくしゃくの詩人像に嚙みついたのが、戦闘的なマルキストとして鳴らすエドワード・ボンド（一九三四年―　）である。労働者階級に生まれ育ち、ジョン・オズボーンやアーノルド・ウェスカーら、いわゆる「怒れる若者たち《アングリー・ヤング・メン》」よりやや遅れて一九六〇年代の前半から注目を浴びはじめた。ロイヤル・コート劇場の脚本係となって腕を磨き、ブレヒト劇の影響を受け、人間らしい生活のできない社会を糾弾する作品を多くものした。理不尽な暴力を扱い、それがために再三検閲との戦いを余儀なくされ、ついには嬰児殺しを描いた『救われて』（一九六五年）の上演禁止とそれに対する抗議運動がきっかけとなって、一七三七年以来のイギリスの演劇検閲法が廃止になったという話はよく知られている。

一九六〇年代から七〇年代前半の「政治の季節」に猛り狂ったボンドの芝居を、米ソ冷戦も社会主義もすでに歴史のかなたに追いやられた感のある二十一世紀の今日、どのように舞台化し、またロンドンの観客がどのように受け止めているのかを、自分の目で確かめたかった。

さて、ヤング・ヴィクの舞台は三方から客席が取り囲むスラスト・ステージ（張り出し舞台）である。背景に緑の生け垣、舞台上に長椅子などの小道具少々、床には落ち葉。余分な装置のない簡素な空間である。全六場の芝居の第一場は、ニュープレイスの庭園という設定。

老いたシェイクスピアがなにやら熱心に文書を読んでいる。そこに若い女の浮浪者が入ってくる。シェイクスピアは金の無心と察して、財布を取りに奥へ引っ込む。その間に庭師の老人が彼女の体を買う約束をし、生け垣の向こうで待っているように言う。

ちなみに、大枚はたいた僕の席は、前から二列目。しかも、客席の間の通路から俳優たちが出入りするのだが、その通路のすぐ横の席。自分と体が触れんばかりのところを役者たちがすり抜けていく。また、数メートルと離れていない舞台では沙翁に扮するパトリック・スチュアートがこちらを見ている。あっ、僕と目が合った⁉

イギリスでもずいぶん芝居は見たが、生来贅沢には慣れていないゆえ、ほとんど天井桟敷かサイドの安い席ばかり。だが、たまには清水の舞台から飛び降りてみるものだ。そうか、小劇場の裸舞台の芝居、俳優と観客の距離感はこういうもんだよなと、しばし感激。

大地主で裁判官のウィリアム・クームがシェイクスピアを訪ねてくる。彼は村の共有地を囲い込み、そこを牧草地にしようと計画している。羊は農作物より価格は安いが、労賃がかからない。儲かる！　古来、誰の土地か判然としない共有地では小作人たちが農耕に従事していた。「囲い込み《エンクロージャー》」は貧しい彼らを、路頭に迷わせることになる。トマス・モアが「羊が人間を食い殺す」

と批判したゆえんである。

シェイクスピアはロンドンの芝居で稼いだ金を土地に投資していた。クームは沙翁の地代を保証するから、その代わり囲い込みを黙認するようにと持ちかける。冒頭で詩人が読んでいたのは、その文書だった。彼は老後の安楽な生活のために、囲い込みに加担する。

そう、ボンドが食ってかかったのは、この一件だ(31)。階級の敵、シェイクスピア、ってか。

二場は六カ月後、春の庭園。シェイクスピアの娘ジュディスと庭師の妻が話している。老女が、幸せな夫婦生活は七年間だけ、夫は強制的に軍隊に徴発され、三年後に帰ってきた時には頭を斧で打たれて白痴になっていた、と。「精神は十二歳、欲望だけは一人前(32)。」ふう〜ん、なんとも寒々とした話だ。

また、ジュディスはシェイクスピアをなじることしきり。父親がお母さんを邪険にしている、と。八歳年上の妻、できちゃった婚で、遺書には「二番目によいベッド」だけを残すと記した、昔からあれこれ憶測の絶えないシェイクスピア夫妻である。まあ、どこの家庭も、一歩足を踏み込めば、万事円満とはいかないのが世の常だが。それにしても、元気のでない芝居だなあ。

おまけに、浮浪者の女は冬の間、納屋に隠れ住み、暖をとるために火を焚いて、ついに火事を起こしてしまったらしい。放火は絞首刑である。シェイクスピアは同情して匿《かくま》ってやるが、陰気な娘ジュディスは判事のクームに女の居場所を告げる。

と、悲惨な現実を次々と見せつける舞台。べつに大好評とはいわないが、イギリスにはこんな寒〜い作品を見に訪れる客層がちゃんと存在する。土曜日のマチネということもあり、フリンジでもあり、カジュアルな服装の、しかしいかにもインテリの芝居好きといった面々。体制側《エスタブリッシュメント》に属するであろう彼らが反権威主義《アンチ・エスタブリッシュメント》の演劇を違和感なく楽しんでいる。ちょいと不思議な光景。

三場。ト書きには、心地よい暖かな日、とあるが、舞台後方には若い女がさらし台に吊るされている。ウワッ。前日に処刑されたという浮浪者の女に背を向け、シェイクスピアが座っている。労働者階級の男女が登場して話す。あの女、りっぱな死に様だった。早く楽になるよう足にぶらさがってくれる家族も友だちもいなかった、首つり役人にそうしてもらうチップも払えなかったのに、と。

一方、シェイクスピアは、女の絞首刑をロンドンの「熊いじめ」、つまり柱につながれた熊に犬をけしかける残酷趣味の見世物にたとえて語る。「生き続けるには、どれだけの犠牲が必要なんだ?」、「私に何ができる?」老女が沙翁に、「どうして自分をいじめるのですか、誰も傷つけていないのに……」

ボンドは、正義をなし得ない、一匹の迷える子羊も救えない、それを自ら熟知している無力な老詩人を描いている。彼が加害者とも被害者とも、さらにはどの階級が善とも悪とも、そんな教条的な芝居をものしているわけではない。むしろ、正義がなされていない残忍な社会を、ボンドは深い憤りを込めて、寒々とした情景の中に浮かび上がらせている。

老女がさらし台の遺体を見て、「下半身は汚れているから、袋をかぶせてある」と。「臭う、臭う。」

前半終了。かの国の芝居通の観客たちが、えっ、ここで休憩か、と戸惑っていた。

暴力的なボンドも、観客の限界は知っているようだ。後半は、ロンドンから沙翁のライバルだった劇作家ベン・ジョンソン（リチャード・マッケイブ）がやって来て、パブで酒を酌み交わす。(33) というより、毒舌のジョンソンが突っかかり、シェイクスピアが迷惑がる。「今、何を書いている？」、「何も」、「書き尽くした？」、「そうだ」、ちょいと酒を飲み「それで今、何書いてんだ？」――前半はシ〜ンとして見ていた観客たちが、やっとふだんどおり笑いだした。

ジョンソンはどうやら、シェイクスピアがどんな芝居を書いているのか様子を見がてら、金をせびりに来たらしい。「あんたは人付き合いの悪い人だった。俺のこと、嫌いだったろ。俺の書くものも。」僕の目の前で、パトリック・ステュアートが嫌そうな顔をしている。「おまえさん、いい作家だよ」、「あんたは俺と口論したくないんだ」。喧嘩っ早いジョンソンは、人を殺したことがある。刑務所へも四回入ったとか。無頼漢の人生である。だが、沙翁の方は……ジョンソンが毒づく、「人生はまだあんたに手を出していないようだ、つまりあんたはまだ汚れていない」、「いつも穏やかだよなあ。あんたを吐くまで飲ませてみたい」。

エリザベス朝の両巨匠――しかも人生の下り坂に至った二人――が、いかにも現実に交わしたとおぼしき会話ではないか。とくに心優しいシェイクスピアの心のうちに嵐は吹いていなかったのか。あれほど激烈な芝居を書き、まだ新聞のなき時代、劇場を通してかの国のオピニオン・リーダーともなっていたシェイクスピアの晩年の心境はいかばかりだったのか。辛辣なジョンソンならずとも、ぜひ彼の本音を問い詰めてみたい。泥酔したジョンソンが「笑みを浮かべているあんたが憎い」。

こりゃ、ダメだ。沙翁も酔いつぶれて、バタリ。

好対照の気性だったと想像される二人、だがベン・ジョンソンはシェイクスピア死して七年後の一六二三年に出版された沙翁の最初の全集「第一・二折版《ファースト・フォリオ》」に、後世に残る追悼詩を寄せた。曰く、私は盲目的な愛によって賛美するのではない、君自身が墓碑銘のない記念碑だ、君の書物があるかぎり永遠に生き続ける、たとえわずかなラテン語とそれよりわずかなギリシャ語しか知らなかったとしても、君の悲劇は靴音高く舞台を震撼させた、彼（沙翁）は一時代のものではなく、万世のものである。(34)

それは真にしのぎを削り、競い合い、時に嫉妬し、憎み、そのうえで相手の真価を認めたライバルでなければ書けない最高の賛辞であった。世の中にはしばしば、「学生時代の友だちが一番」と宣《のたま》う人がいる。利害の絡まぬ、若いころに一緒に悪さをした友人が一番！　それもたしかだが、しかし同業者や同僚の中に、きつい仕事を共にし、打算も働き、時に対立し、腹をたてることもたびたびあり、なのに結局、力を認め合う人間も持ちたいではないか。優劣も損得も、憧れも妬みも敗北感も羨望も、愛憎さえも抱く、それでもお互いに一目置かざるを得ないライバルがいてこそ、人生は充実したものになるのかもしれない。

お話は芝居に戻って、シェイクスピアは息子に死なれている。名はハムネット。彼は十一歳で夭《よう》折《せつ》した長男に似せた名前のデンマークの王子を主人公にして、不朽の名作を綴った。けれどもジョンソンは、「俺は息子の葬式のために、金を借りなきゃならなかった。墓の借金はまだ残っている。あんたの息子はさぞや上等な樫《かし》の棺桶に入れて埋葬したんだろうな」。

きついセリフで四場を結ぶ。なんともはや。

五場は舞台が回って居酒屋のセットが退き、なにもない空間となる。屋外、銀世界。酔ったシェイクスピアが、「雪はきれいで空虚だ」。白痴の庭師がやって来て、しばし雪を投げ合う。清純で無垢で無力な老人たち。もっとも、パトリック・ステュアートはかくしゃくたるものだが。

ここで思い出すのは一九九三年に劇工房ライミングが、一時は東京の小劇場のメッカとなったベニサン・ピットで上演した『ビンゴ』である。鵜山仁の演出。あれも面白かった。庭園の場面は、シェイクスピアのテキストをベタベタとコラージュした背景美術で、すでに彼の戯曲が廃品化されているといいたいのか。清水明彦扮する沙翁は、「ファースト・フォリオ」のタイトル・ページにある、でこっぱちのシェイクスピアそっくり。あの肖像画で詩人のイメージはどれほど損をしていることか。清水の沙翁は目を見開いたり、口をパクパクさせたりするだけで、いたって寡黙、しばしば前後不覚。遠い国の昔のお話、多少戯画化した舞台にしないと、観客はついて来ない。その二十年近く前の公演で強烈に印象に残っているのは、むしろ暴れまわるベン・ジョンソンの方だった。

しかし、パトリック・ステュアートは必ずしもシェイクスピアに似ていない。それより『ビンゴ』のロンドン初演（一九七四年）、大入り大盛況の舞台で沙翁を演じたジョン・ギールグッドとイメージが重なる。また、茶化しは一切なし。ボケた老詩人にもあらず。最後まではっきりと己を認識している。いや、パトリック・ステュアートだけでなく、どの役者も写実的な演出に合わせて、みごとに抑制の利いたリアリズムの演技をしている。ヤング・ヴィクの公演を見ると、なるほど居酒屋の酔っ払いの場面は、この作品のサービス・シーン、コミック・リリーフに過ぎないのがわかる。

老人と入れ替わりに、ジュディスが父親を迎えに来る。そりの合わない娘に老詩人が語る。おまえの母さんは馬鹿で強情、おまえもあいつに似ている。だが、金は残したぞ。金で愛情を伝えようとしたのだ。でも、金はいつでも憎しみに変わる、と。日本人が演じれば、金切り声ののしり合いにもなろうシーンだが、父も娘も淡々と語り合う。そこがいかにもイギリス人！　痛烈なセリフも、人生を俯瞰《ふかん》したようなセリフも、実にあっさりと、さりげなく聞かせてくれる。あゝ、ロンドンで芝居を見ているなあと、感慨ひとしお。

ただし、かの地の劇評は賛否分かれた。批評家もどう評していいか困惑しているよう。奥歯に物がはさまったような論評もあり、とりあえずパトリック・ステュアートを誉めておこうかという新聞評もあり。

えっ、僕ですか。ボンドがもてはやされた時代でなく、今、戯曲どおりの正攻法の舞台を冷静に見られて、心から満足しています。

遠くで銃声一発。黒い人影が泣きながら立ち去っていく。

最終、第六場。酔いの醒めぬシェイクスピアは老女によって寝室に運び込まれ、寝かされる。彼は「何をやったと言えるんだ？」と繰り返す。白痴の老人が銃で撃たれたという。囲い込み反対運動をしていた彼の息子が誤って、父親を殺したらしい。前場の銃声はそれだった。なんと悲惨な！

その息子がシェイクスピアに会いに来るが、沙翁は何も見ていないと言う。後から入ってきた判事のクームにも同様の嘘の証言をする。

老詩人は、「私の青春と全精力を尽くして、このニュープレイスを買ったのに。正気でいられる場所を求めて。しかし、すべてが間違いだった」と絶望する。「ビンゴ」なる曖昧なタイトルは「お遊び」というくらいの意味らしい[35]が、副題は「金と死をめぐる情景」。シェイクスピアもまた「生きるために金が必要な閉鎖社会」（『ビンゴ』序文）に生きた。彼はベン・ジョンソンからもらった毒薬を飲んで自殺する。

作り手が結論を語らない、イギリスに典型的な「放り投げ型」の芝居である。後は観客が自分で考えろ、と。舞台の照明が消えても、なかなか拍手が起こらない。なにっ、ほんとうにこれで終わりか!?

戦後、福祉国家になってもなお苛立《いらだ》ちの収まらぬ労働者階級の実情を問うた「怒れる若者たち《アングリー・ヤング・メン》」。だが、一大センセーションを巻き起こした彼らの運動が十年ほどで尻すぼみになっていったのと対照的に、遅れてきた怒れるボンドは、その後も長く憤りつづけた。マルクスが宣うように、重要なのは世界を解釈することではなく、変革することだと言わんばかりに。もっとも、ある時期はロイヤル・シェイクスピア劇団（ＲＳＣ）やナショナル・シアター（ＮＴ）などがこぞって彼の劇を上演し、またボンド自身も演出に乗り出したが、その非妥協的な姿勢によって劇団や俳優たちとたびたび悶着を起こした。その後はメジャーな劇団より地方や海外の団体との仕事に活路を見いだすようになったというが、なるほど老いてなお丸くならない闘士の生き様を貫いているボンドではある。『ビンゴ』には、社会主義者バーナード・ショーを彷彿させる長い序文が添えられている。その中で、シェイクスピアは「正気、政治的にいえば正義」の必要性を戯曲中で説いたのに、土地所有者としては囲い込み運動に加担し、民衆を虐げる側にまわったと、ボンドは糾弾する。いかにも左翼の闘士らしい憤りだが、しかし彼がシェイクスピアを愛し、また嫉妬していたことは、バーナード・ショーと同様明らかで、序文の他の箇所では、「この劇はひとつには、あらゆる作家とその社会との関係を論じたものだ」と述べている。

そもそもシェイクスピアのように、多様な視点を駆使し、重層的で、清濁併せ呑む、したたかで、ある意味煮ても焼いても食えない作品を書きつづけた作家が、実人生でストイックな行動に終始したり清貧生活を送ったりしたとは、およそ考えにくい。だから、ボンドのように地べたに近い視点から凝視すれば、非難されるべき部分は多々あるだろうが、それでもシェイクスピアが晩年に自殺するほど思い悩んでいたというのは、まず安心してフィクションと呼べる類いの話である(36)。

わが身を考えても、己の書くことと実際の行動を一致させるのは、努力目標ではあっても、現実には至難の業である。もっとも、高い席で芝居を一本見ただけでブルジョワになった気分でいるのだから、それを清貧と呼べば呼べなくもないだろうが。

さらに、ベン・ジョンソンは前述「第一・二折版《ファースト・フォリオ》」の追悼詩で終生のライバルを「エイヴォンの甘美な白鳥」と称えたが、大作家といえども「白鳥の歌」を美しく歌える人はきわめて少ない。また、人生を達観したいのは誰しもやまやまだが、しかし悟りを開いて死ぬ人間が現実にどれだけいるだろうか。

シェイクスピアでさえ絶望の淵に死したとは、これ絶望の表現ではなく、凡人にとってはむしろ

慰めとなる。そう、人生は実に苦いものである。それを実感させてくれる芝居を時々鑑賞すること
は、まんざら益のないお遊びでもないだろう。

第10章　エピローグ

1　身を退《ひ》く時
『テンペスト』

若いころから好きなようにシェイクスピアを読み、彼の舞台を見てきた。「他人の批評を読むよりは、自分の目で作品を吟味できるようになりなさい」、また「古典は、自分の人生と足を絡ませて、初めて面白くなる」と語ったわが師匠の教えが大きい。むろん、研究書や注釈や翻訳にまったく頼らずに、自分の力だけでテキストが理解できるなんて夢にだに思っていない。ずいぶん〝攻略本〟にはお世話になった。

でも、基本姿勢はシェイクスピアと一対一で対話して、戯曲の中から何を汲み取ったかということ、他人の学説や理論にはできるだけ振り回されないように気をつけてきた。

そんな気ままな僕にとって、シェイクスピア最後の単独作『テンペスト』は、やはり彼の引退宣言と読みたくなる。いや、沙翁は自身の心情をそれとわかるように戯曲に注入する作家ではない。あの我《が》の強いゲーテみたいに、己の人生観や思想や、さらには個人的な女性関係まで赤裸々に作品に投影するような節操のないことはしない。

だが、決して引退宣言の芝居を書いたわけではないけれど、それでもなお沙翁の「これでお仕舞い」という感慨を、行間から読み取らずにはいられないのである。

ところが、引退の弁を意識すると作品解釈が重たくなる。また、演出家の場合は夢幻劇ということもあって、ついつい演出過多になる。四幕の祝婚仮面劇をいかに見せるか。戯曲を読んでも、舞台を作っても、雑念や深読みが沙翁晩年の精神を掬《すく》い取る邪魔になる。シンプルにみえて、けっこう面倒臭い夢物語なのである。

開幕は嵐《テンペスト》の場面。主人公プロスペローの天敵、彼の弟のアントーニオやナポリ王アロンゾーらを乗せた船が難破し、彼らは海に投げ出される。どこまでビジュアルな舞台にするか。あまり面白いセリフはなし、見せるしかないか。

一幕二場。その嵐は孤島に住むプロスペローが魔法によって、たまたま島の近くを通りかかった仇敵を懲らしめるべく、彼らを島に漂着させるためであった。すると、プロスペローの娘ミランダが父親にすがりついて、やめてくれ、と。彼は嵐を静め、ミランダにこれまでの苦難を語りはじめる。

プロスペローは「すべての公国の中でも第一位」たるミラノの大公であった。だが、魔術の研究に没頭しているうちに、公国の政《まつりごと》を任せていた弟が、ナポリ王と結託して兄を追い落とした。プロスペローは当時二歳だったミランダとともに絶海の孤島に逃れ、以後十二年間魔法を使って島を統《す》べてきたというのだ。

この魔術師が娘に聞かせる苦労話が思いのほか長い。芝居の後半でにぎやかな見世物が登場する前に、まずはプロスペロー役の俳優の力量が問われる一場。

と、そこへプロスペローの手足となって船上の面々に懲罰を与えた空気の妖精エアリエル(1)が現れ、その仕事ぶりを報告する。島の主《あるじ》は、よくやった、あと二日きちんと働けばおまえを解放してやろうと約束する。そしてもうひとり、野蛮な怪物キャリバン(2)は魔女シコラクスの私生児とか。この島は俺のものだったのに、プロスペローに横取りされ、あいつの奴隷にされたと悪態をつく。

エアリエルに導かれてナポリ王の息子ファーディナンドがやって来る。彼とミランダはお互いに一目惚れ、しかしプロスペローはその若者を試すべく、しばらく奴隷扱いして様子を見ることにする。

ところで、この孤島はどこにあったのか。一六〇九年、ヴァージニア植民地へ向かった船団の一艘が難破、しかしバーミューダ諸島沿岸に漂着して、約一年後に無事が確認され、大きなニュースとなった。シェイクスピアはその時事ネタに触発されて、『テンペスト』を書いたらしい。

すでに大航海時代が始まっていた(3)。けれども、アロンゾーらはアフリカのテュニス（昔のカルタゴ）で娘の結婚式に出席した後、ナポリに帰る途中で嵐に遭ったと言っているから、プロスペローの島は地中海にあったはずだ。

シェイクスピアの視線はいまだ、地中海貿易で繁栄を謳歌し、ルネサンス文化の華が開いたイタリア――実はとっくに盛期を過ぎていたが――および南ヨーロッパの諸地域を見つめていた。老いた沙翁の意識は依然として地中海にとどまり、大西洋へ向かうことはなかった。

第二幕。島に流れ着いたアロンゾーが息子ファーディナンドを亡くしたと思って嘆いている。忠臣ゴンザーローがナポリ王を慰める。彼はこの島を今の世とすべて逆の国家にしてはどうかと語りはじめる。取引も官職も学問も貧富の差もない……労働も君主権も存在しない、反逆も重罪もなく、武器は不要となり、万事を自然にゆだねる理想郷。とてもいい話じゃないか。なんでもモンテーニュの随想の影響を受けているとか。だが、横から王の弟セバスティアンとアントーニオがいちいち茶々を入れる。

シェイクスピアは文明に毒されていない国について、自らの判断を挿入しない。そう、詩人は理想家にあらず、現実政治《レアルポリティーク》の世界が過酷なことを熟知している。

エアリエルが音楽でセバスティアンとアントーニオ以外の面々を眠らせる。するとさっそくアントーニオがセバスティアンに、兄アロンゾーを殺しておまえがナポリ王になれとけしかける。やるか。二人が剣を抜き、いざとなったところで、エアリエルがゴンザーローを起こして、事なきを得る。

島の別の場所で、道化のトリンキュローと酔いどれの給仕長ステファノーが生きて再会できたことを喜び合う。キャリバンはステファノーから飲まされた酒の味に感激し、自分をあなたの家来にしてくれ、さらに三幕に入ると、プロスペローを殺して、あなたがこの島の王になれと教唆する。

支配者の地位を狙う者の絶えぬ現実世界。ゴンザーローの理想郷はいずこに。

一方の恋人たち。ファーディナンドはプロスペローから命じられた丸太運びの肉体労働を、ミランダのためならと喜んでこなす。彼を励ますミランダ。愛を誓い合う二人の姿を、プロスペローが隠れて見ている。

プロスペローは、疲労困憊《こんぱい》のアロンゾーらに、魔法を使って豪華な食事を見せる。だが、一行がいざ食べようとすると、エアリエルが扮した怪獣ハーピーが現れ、その羽ばたきでテーブルの上の食事を消し去る。この三幕三場を、どこまで視覚的に演出するか。妖精は彼らの過去の罪状を告発し、改心を促す。

第四幕。プロスペローがファーディナンドによく試練に耐えたと語り、娘ミランダとの結婚を許す。妖精たちがさまざまな仮装を凝らして祝婚劇を披露する。オペラかミュージカルかと見まごう華やかな劇中劇にしたくなる場面。なるほど舞台関係者には誘惑多き芝居である。

ピーター・ブルックが『テンペスト』を演出する際の難しさについて語っている。「どんな創意工夫もどんな修飾も、不必要なものに、それどころか下品なものに見えて」しまう戯曲だ、「熱に浮かされた最初の瞬間はいいとして、その後は何をやっても不適当で見当はずれのものになる」、かと言って何もしないわけにもいかない、「《自《おの》ずと語る》テクストなどというもの」はないのだから、と。(4)

また、僕がこれまでの人生で見た『テンペスト』、いや全シェイクスピア劇のベストワンは、ジョルジョ・ストレーレル演出の舞台中継版ビデオだが、(5)そのイタリアの巨匠も『テンペスト』の再演に取り掛かるたびに途方に暮れる思いだったと述べている。彼は沙翁作品に取り組むうえで守るべき態度を問われて、「謙虚さあるのみだ」と。「常にテキストの側に立ち、決してテキストに敵対したりそれを無視したり」しないこと、(6)しかし「彼［シェイクスピア］はほとんど横暴とも言えるくらい注文の多い作家で、演出家は常に全力を投入せねばならない」、「シェイクスピアは、演劇を遊びの道具とする者と、演劇を自分の信念とする者とを分かつ分水嶺のようなものだ[7]」。

ストレーレルは四幕の祝婚仮面劇をバッサリと全部カットし、その代わり全篇に中世風の音楽を繰り返して、『テンペスト』が音楽劇であることを示している。なるほど。

で、妖精たちによる余興は、突然怒りを露《あらわ》にしたプロスペローによって打ち切られる。彼はキャリバンたちが自分の命を狙っているのを思い出したのだ。妖精たちは大気の中に溶けていった。そう、地上にある一切のものも、結局は跡形なく消え去っていく。「我々は夢と同じものでできている。我々の短い一生は、眠りに囲まれている。[8]」ふとプロスペローが漏らす有名な一句！　嫌だなあ、心に響いてしまう。自分の歳を実感させられる。

魔術師はステファノーとトリンキュローを派手な衣裳で誘惑し、さらにキャリバンを加えた三人組を妖精たちの扮する猟犬に追い回させて、懲らしめる。

プロスペローの秘術について。魔術・魔法は単なる迷信や呪術の類いではない。それは現代からみればうさん臭いものであっても、ガリレイやニュートンらを擁して「科学の世紀」と呼ばれた十七世紀の扉を開いたともいえる。実際、ニュートンは錬金術をはじめとするオカルト研究もせっせと行なっていた。

ちなみに、エリザベス女王の信頼を得た魔術師にしてオカルト思想の主唱者、さらに錬金術師としても知られた男に、ジョン・ディー（一五二七―一六〇八年）がいる[9]。ルネサンス精神史の顕学《けんがく》フランセス・イエイツは、ほぼ同じころに書かれたシェイクスピアの『テンペスト』とベン・ジョンソンの『錬金術師』が共にジョン・ディーを基にしているという。[10] シェイクスピアは善行をなす〝白魔術〟を駆使して島を統治するプロスペローを描き、ジョンソンの芝居はいかさま錬金術師サトルが欲に目のくらんだロンドン市民たちをカモにするブラック・コメディ。どちらもディーをモデルにしているなら、その好対照な扱いに二人の劇作家の気質の違いが現れていて興味深いではないか。

第五幕。プロスペローがエアリエルから、後悔し悲嘆に暮れるアロンゾーたちの様子を聞き、恨みを捨てて徳をほどこそうと語る。彼は魔法の衣を脱ぎ、ミラノ大公の衣裳でナポリ王らの前に立ち、彼らの罪を許す。アロンゾーは嵐で息子を失った悲しみを吐露する。

すると岩屋の中で、死んだはずのファーディナンドとプロスペローの娘ミランダがチェスに興じている姿が見える。孤島に育ったミランダは、「まあ、不思議！　りっぱな人たちがこんなに大勢。人間ってこんなに美しいものなの。あゝ、すばらしい新世界、こういう人たちがいるなんて！[11]」と。これは決めゼリフ！　しかし、それは父親とキャリバンしか見たことがないミランダの感慨。プロスペローは、「そりゃ、おまえには新しい世界だろう」と素っ気ない。

詩人は『ペリクリーズ』に始まる一連の〝ロマンス劇〟では、主要人物たちの艱難辛苦《かんなんしんく》をたっぷりと綴った。長い苦難の人生を執拗に描いてこそ、観客は幸福な終幕を〝予定調和〟と受け取らず、共に心から喜ぶ気になれる。けれども『テンペスト』では、ロマンス劇の前半に特有だった難行苦行は、十二年間の追放生活を娘に語るプロスペローの報告だけでさらりと済ませている。それでもなお安直で甘すぎる結末と映らないとすれば、それはなぜだろう。

寓意劇である。繁栄せる魔術師《プロスパー》、空気の妖精と野蛮人。後世の帝国主義時代を知る我々は、孤島の未開人キャリバンを一概に悪者扱いできなくなってきた。ポストコロニアルってやつだ。おっと、二十世紀後半の構造主義や原型批評(12)などもロマンス劇に新たな視点を呈示したが、しかしそんな現代の自意識の強い読み方に僕の頭はついていかない。降参。沙翁はもっと漠たる寓話を書いたのではないか。

シェイクスピアはイングランドの歴史劇から劇作に手を染めた。その後、幸福な喜劇や人間の心の闇を凝視する悲劇などを書き、やがて具象性から抽象性へ、個別的な史実から根源的な思索へと向かった。『テンペスト』では、形而下の世界からあれやこれやそぎ落とし、目に見えぬ本質的なものだけを、軽やかに暗示的に幻想的に演劇化する。人間は夢と同じものでできている。

また、詩人の晩年の作だと思うと、ついつい爺さん臭い舞台になってしまう。軽やかさには笑いが必要だ。ジョルジョ・ストレーレルは祝婚の出し物をカットした代わりに、トリンキュローとステファノーにミラノ・ピッコロ座のお家芸たる道化芝居の演技をさせ、キャリバンもなるほどイタリアの舞台らしい陽気な怪物にして、観客をなごませている。

ピーター・ブルック曰く、沙翁の『テンペスト』は「非常にシリアスなことをとても軽いタッチで書いている(13)」と。ふう〜ん、ゲーテかあ。彼は小国といえどもザクセン・ワイマール公国の宰相だった男、統治の実情も魑魅魍魎《ちみもうりょう》の徘徊《はいかい》も、うんざりするほど見てきた。そのうえでの『ファウスト』の諧謔《かいぎゃく》ぶり。畢生《ひっせい》の大作というと重厚な作品を想像しがちだが、どうしてどうしてあの猛毒のこもった汎ヨーロッパ・ダークファンタジー。ケタケタと笑える、おもちゃ箱をひっくり返したような、ほら吹きブラック・コメディである。驚き《ヴンダバー》！

　ゲーテと比べれば、『テンペスト』はスケールも濃度ももっとひかえめ。しかし、どちらもシリアスな現実を遊び心と笑いを込めて活写しているのはたしか。ベクトルの矢印の方向は同じか。プロスペローは弟とナポリ王に続いて、道化と酒飲みの給仕長にも許しを与え、さらにキャリバンとエアリエルを解き放ってやる。魔法の杖を折ったプロスペローはエピローグで観客に「私を自由にしてくれ」と。(14)

　やっぱり引退宣言としか思えない。いや、物語としては、プロスペローは弟アントーニオから返還されたミラノ大公の座に戻るのだが、シェイクスピアの気分は、もう疲れたよ、身を退《ひ》く時だ、と。むろん『リア王』で権力を手放した国王の葛藤を描いた沙翁が、悪党を見て「すばらしい新世界」なんて口にする若い世代に、澄みきった心境で将来を託すほどのお人好しだったはずはない。しかし、それでも長年劇団の看板を背負ってきた詩人の、そろそろ潮時、「これでお仕舞い」という心情を、僕はこの芝居のエンディングから受け取らないではいられない。ゲーテと違ってほとんど〝自分〟を作品に投影しなかったシェイクスピアが、最後の最後に格好よく魔法の杖を折り、自らの長かった、苦労も多かった芝居作りの生活にピリオドを打った。そんな風に想像しながら、僕は沙翁晩年の注文の多い佳作『テンペスト』を楽しんでいるのである。(15)

注

第1章　イングランド史劇――第一・四部作

（1）ベルリンの壁の崩壊（一九八九年）に始まる「東欧革命」は、ルーマニアを除き、ほぼ無血で非共産化が進んだ奇跡的な革命であった。しかし、第二次大戦中にチトーの強力なイニシアチブによって建国されたユーゴスラヴィア社会主義連邦共和国（一九四三―九二年）は、カリスマ的指導者の他界と脱イデオロギーの波にのまれ、一九九一年から二〇〇一年までの約十年間、泥沼の内戦に陥り、解体された。

（2）僕はバブルの恩恵には一切あずかっていないと豪語しているが、一九八八年に開館した東京グローブ座には〝メセナ〟の名のもと、企業による資金援助によって、数多くの海外劇団が招かれ、とても全部は見きれないほどのシェイクスピア劇を上演してくれた。昭和の終わりから平成の初めにかけての、あの唾棄すべき〝金、金、金〟の時期、けれどもシェイクスピア・ファンにとっては短くも至福の季節であった。

（3）ケイティ・ミッチェルが自ら旗揚げした劇団の名は“Classics on a Shoestring”、そのものズバリ「安価で上演する古典劇」劇団だった。

（4）拙著『シェイクスピア・オン・スクリーン』三修社、一九九六年、第6章第5節「連作としての英国史劇――ESCの『バラ戦争七部作』」参照。

（5）イギリスの役者はひとつの劇団に長期間所属するよりは、あちこちの劇団を渡り歩くことを好む。僕はＥＳＣのリチャード三世で強烈な印象を残したアンドルー・ジャーヴィスと、四年後にストラットフォードで再会を果たした。だが、ＲＳＣでは脇役ばかり、ちょっとかわいそうだった。

第2章　初期の喜劇と悲劇

（1）小田島雄志訳『ヴェローナの二紳士』（白水Uブックス、一九八三年）巻末の野崎睦美による解説を参照。
（2）一本の芝居を連日上演するロングラン・システムに対して、レパートリー・システムは複数の芝居を交互に上演する。後者だと、舞台装置を日替わりで換えねばならず、また俳優の負担も半端ではないが、ストラットフォードだと一泊して二日で二本以上の芝居が見られるから、観客にとっては有難い。
（3）一九五七年生まれ、史上最年少でＲＳＣに入団、一九九一年度のストラットフォードでは主役級の男優だった。ケネス・ブラナーとは同世代のライバルであり、かつブラナーが監督した映画『世にも憂鬱なハムレットたち』（一九九五年）や『ハムレット』（一九九六年）では重用もされている。
（4）ロンドンの劇評に慣れると、日本の批評はとても読めない。大甘。批評家が誉めても、誰もそれをことばどおりに信用しないだろう。いや、評論家を責めるつもりはない。商売の邪魔をしたら次から仕事が来なくなる。だから、フリーの批評家ほど、自由にものが書けない。かく言う僕は、つまらない作品を面白いと評したくないので、学校勤めをしている。月々の給料あっての言論の自由である。それでも、公演中の芝居や封切り中の映画の悪口は書かないことにしている。ほとぼりが冷めて、誰も振り向かなくなってから、僕なりに本音で批評しているつもりだ。
（5）本書第9章第6節「シェイクスピアは人生を達観したか——『ビンゴ』」参照。
（6）二〇一一年に国立劇場が初演し、このころはウエストエンドに劇場を移して大ヒットを続けていた喜劇。カルロ・ゴルドーニ原作の十八世紀イタリア即興劇『二人の主人を一度に持つと』、あの道化者アルレッキーノが活躍するコンメディア・デッラルテの芝居を、一九六〇年代のブライトンの話に置き換えた翻案劇。演出ニコラス・ハイトナー。

(7) ヤン・コット（一九一四—二〇〇一年）はポーランドの演劇評論家。大戦中はヒトラーに抵抗し、戦後はスターリンに弾圧され、その皮膚感覚で書いた『シェイクスピアはわれらの同時代人』（英語版一九六四年）は、世界中のシェイクスピア劇上演に多大なる影響を与えた。

(8) 二十世紀は「フロイトの世紀」、「心理学の世紀」と呼ばれる、その現代思潮に乗っているという意味で僕は書いている。が、そう記したそばからなんだが、ピーター・ブルックはフロイトも潜在意識もあまりお気に召していないらしい。つまり、人間の意識下が暗いってあたりに違和感があるようで、『夏の夜の夢』のテーマも（悪）夢よりは愛だ、と（ピーター・ブルック『殻を破る』高橋康也・高村忠明・岩崎徹訳、晶文社、一九九三年、一七六—八四頁、また『秘密は何もない』喜志哲雄・坂原眞里訳、早川書房、一九九三年、七三頁）。

(9) 拙著『シェイクスピア・オン・スクリーン』第5章第2節「スターのシェイクスピア映画——チャールトン・ヘストンの『ジュリアス・シーザー』」をご一読のほど。

(10) ユダヤ人でエリザベス女王の侍医だったロデリーゴ・ロペスが一五九四年、女王を暗殺しようとした罪で逮捕され、真相は謎のまま、処刑されている。また、沙翁は彼の先輩格クリストファー・マーロウの『マルタ島のユダヤ人』（一五八九年初演）の主人公、ユダヤ人のバラバスと明らかに張り合って、シャイロックを造形している。

(11) 僕の好きな映画の場面をひとつ。ロマン・ポランスキー監督の映画『戦場のピアニスト』（二〇〇二年、ポーランド・フランス合作映画）で、強制収容所へ送られるユダヤ人たちが集められた鉄道線路脇の広場、ぎゅうぎゅう詰めで修羅場と化した人ごみの中で、主人公のピアニストの弟が『ヴェニスの商人』を読んでいる。シャイロックのセリフを音読する弟に、ピアニストは「奥が深いな」。また、彼の父親に扮していたのはフランク・フィンレー。ローレンス・オリヴィエ主演の『オセロー』（一九六五年、イギリス映画）で、地味だがリアルなイアーゴーを演じて、オリヴィエの歌舞伎のごとき大振りの演技を引き立たせていた。『戦場のピアニスト』でも、目立つことなく、しかし的確に死出の旅へ向かうユダヤ人を好演していた。

(12) ウンベルト・エーコは紹介不要であろう高名な言語学者。ジャン・クロード・カリエールは、これも有名なフランスの作家、脚本家、俳優。難解な映画の脚本を多数手がけている。

(13)ウンベルト・エーコ、ジャン・クロード・カリエール『もうすぐ絶滅するという紙の書物について』工藤妙子訳、阪急コミュニケーションズ、二〇一〇年（原著二〇〇九年）、二二二―五頁。古書をこよなく愛する巨匠二人が、デジタルの時代に紙の書物がいかに優れているかを語って、痛快きわまりない本。僕のようなIT大嫌い人間は、この書物を読む方が、薬を飲むよりずっと確実に血圧が下がる。

(14)ヴェニスのキリスト教徒たちは自分たちの共同体の内部では、友情や慈悲を重んじながら生きているが、それが通じない異教徒のシャイロックには、法的ないしは契約の概念によって対抗したわけである。シャイロックがヴェニスにおいて〝内なる異邦人〟である点を僕は、岩井克人「ヴェニスの商人の資本論」（岩井克人『ヴェニスの商人の資本論』筑摩書房、一九八五年、四―六三頁）によって痛感させられた。この岩井論文は、経済学者による第一級のシェイクスピア論である。

(15)人肉裁判の場面を荒唐無稽なおとぎ話と思うなかれ。教員の会議では日常茶飯事の風景である。〝口先労働者〟の集まり、屁理屈合戦に事欠かない。正義漢面した一言居士の戯言《ざれごと》を聞くにつけ、ポーシャの底意地の悪さを思わずにはいられない。

(16)イギリス人は全会一致を善しとしないところがある。十人が十人とも同じ意見ってのはおかしいだろう、と。そこで舞台でも一件落着の場面で、誰かひとりだけ納得がいかずに退場していく、なんて光景にしばしば出くわす。

(17)『ヴェニスの商人』は、危ない劇である。つまりは、論じるのが危ない芝居。あまりにもおとぎ話、そして謎が多すぎる。何か裏がありそう。そもそもシェイクスピア劇にはわからないところがたくさんあるのだが、とくに『ヴェニスの商人』は油断がならない。そんな沙翁文学の謎に挑戦した労作に、田中重弘『シェイクスピアは推理作家』（文藝春秋、一九八二年）がある。曰く、ヴェニスにはすでに海上保険があったはずなのになぜ、三は縁起の悪い数字、ゴボーは幸運の運び屋、シャイロックは銀貨シリングからきた名で〝銀貨太郎〟、ポーシャは〝持参金〟と聞こえたはず、などなど。同じ著者の他書に、『ハムレット」の謎』（講談社、一九八一年）、『シェイクスピアは欺しの天才』（文藝春秋、一九八五年）もある。

また、江川卓『謎とき『罪と罰』』（新潮選書、一九八六年）、『謎とき『カラマーゾフの兄弟』』（新潮選書、一九九一年）、『謎とき『白痴』』（新潮選書、一九九四年）、沙翁に戻れば河合祥一郎『謎解き『ハムレット』』（三陸書房、二〇〇〇年）、『謎ときシェイクスピア』（新潮選書、二〇〇八年）、さらには石原千秋『謎とき　村上春樹』（光文社新書、二〇〇七年）なんてのもある。

これらの謎解き本、真正面から素直に作品を鑑賞しようという文学ファンからはブーイングを浴びることもあるが、いや、どうしてどうして、誰かがやらなければいけない文学研究の一分野だと考えている。僕自身は謎解きの才能なく、そうした迷宮には足を踏み入れずにきたが、研究された方々の著書は感謝しながら繰り返し読ませていただいている。

(18)民主主義だの自治だのは、とっても面倒臭い。もうすぐマンションの理事の当番が回ってくる。今から頭が痛い。

(19)バズ・ラーマンの映画も、すでに四半世紀以上前の作品となったが、今見てもすっげえ映画である。

(20)拙著『シェイクスピア・オン・スクリーン』第3章第1節「大ヒットした青春映画――ゼフィレッリの『ロミオとジュリエット』」をご参照。

(21)佐伯彰一『アメリカ文学史』筑摩叢書、一九八〇年、九頁。

(22)ローレンス・オリヴィエ『一俳優の告白』小田島雄志訳、文藝春秋、一九八六年、九三頁。

(23)エリア・カザンらが開設したニューヨークの演劇人養成所。リー・ストラスバーグがロシアの演出家スタニスラフスキーの方法を応用して開発した、いわゆる「メソッド」という演技術を教授していることで有名。俳優の内面心理を演技に生かすこの方法は、今日にいたるまでひじょうに多くのアメリカ人俳優に影響を及ぼしている。

(24)バズ・ラーマンの細部にわたる演出意図については、『CUT（カット）』一九九七年七月号（No.61、ロッキング・オン）を参考にした。

(25)黒田邦雄「シェイクスピアが台詞の裏に仕組んだものを映像化したラーマンの〈映像翻訳〉」『キネマ旬報』一九九七年四月上旬号（No.1219）、五六―七頁。この『ロミオ+ジュリエット』評は一読に値する。

(26)ピーター・ブルックが多国籍の俳優たちを使って、古代インドの叙事詩を舞台化した作品。上演時間九時間におよぶ大作。初演は一九八五年のアヴィニョン、日本公演は一九八八年。

第3章　イングランド史劇――第二・四部作

(1) 一般にシェイクスピアの戯曲は「喜劇」、「史劇」、「悲劇」の三つに分類されるが、それは彼が死んで七年後の一六二三年に出版されたシェイクスピアの最初の全集「第一フォリオ版（First Folio）」のジャンル分けが慣例化したものである。その全集で史劇に分類されている作品は、すべて中世から近世初期にかけてのイングランド史を扱い、題名に国王の名前が冠されている。よって、『ジュリアス・シーザー』、『アントニーとクレオパトラ』などのローマ史劇や、古代ブリテン王の物語『リア王』、十一世紀のスコットランドに取材した『マクベス』などは、史劇ではなく悲劇に分類されている。

(2) それから十数年後、四十歳で出版した僕の最初の単著『シェイクスピア・オン・スクリーン』を読んだ妻が、「あなた、修士論文と同じことを書いている」と。よせやい、成長してない、ってか？　いや、まあ、若いころに自分の問題設定はすでになされていた、と思いたいところだが。

(3)『ランカスター・ヨーク両名家の統合』(*The Union of the Two Noble and Illustre Families of Lancastre and Yorke*、一五四八年)。現在入手可能な版としては、サー・H・エリス（Sir H. Ellis）編集の一八〇九年版をAMS Pressが復刻した版（一九六五年）がある。

(4) 大学院で本格的に中世イングランド史をやるならば、当然ラテン語とフランス語、さらに中世英語ができなければならない。それほどの意欲はなかったので、学部に入り、三年間好きなように遊ばせてもらった。僕がシェイクスピア歴史劇研究の礎《いしずえ》を築いた、実に有意義な〝モラトリアム〟期間であった。感謝！

(5) 清水廣一郎先生。中世イタリア史、とくにフィレンツェとピサの都市史の分野では国際的な研究者だった。ルネサンス期のヨーロッパの御用年代記についてもよくご存じで、僕が取り上げたエドワード・ホールの年代記のこともたいへん面白がってくれた。五十三歳で急逝。僕にはもったいない先生だった。

(6) 大著『イングランド、スコットランド、およびアイルランド歴史年代記』(*The Chronicles of England, Scotland and Ireland*、

一五七七年）。ただし、シェイクスピアが用いたのは一五八七年刊行の第二版だったらしい。

（7）都立大の卒論を書き直した「テューダー朝におけるバラ戦争観——エドワード・ホールの『年代記』を中心として——」（『論集』第27号、青山学院大学一般教育部会、一九八六年、所収）、さらにそれを二十二年後にまとめ直した「王権を支えた歴史解釈——テューダー朝の正統史観とシェイクスピア史劇」（『王と表象——文学と歴史・日本と西洋——』山川出版社、二〇〇八年、所収）を参照されたい。また、ホールの歴史観を検討する際には、E・M・W・ティリヤードが口火を切った「テューダー朝神話」論争に触れないわけにはいかない。摂理史観とバラ戦争解釈との関連を問題にしたこの議論については、「「テューダー朝神話」再考」（『青山国際政経論集』第7号、青山学院大学国際政治経済学会、一九八七年、所収）で論じている。ご一読のほど。

（8）ブランク・ヴァース（blank verse）は、一行が十音節の弱強五歩格（iambic pentameter）、ただし脚韻を踏まないので、〝ブランクな韻文〟と呼ばれる。押韻しないことから、ことばと内容に柔軟性が得られた。エリザベス朝時代のほとんどの戯曲はこの詩形で書かれている。

（9）アレクサンドル・アブラモヴィチ・アーニクスト（一九一〇—八八年）の筆になる沙翁の伝記『シェイクスピア』（中本信幸訳、明治図書出版、一九七二年）は、僕の長年の愛読書。

（10）「BBCシェイクスピア覚書（1）〜（3）」（『青山国際政経論集』第22号（一九九一年）・第23号（一九九二年）・第29号（一九九四年）、青山学院大学国際政治経済学会、所収）参照。この書きものが僕の映像化作品分析のスタートとなった。

（11）C. W. Previté & Z. N. Brooke (ed.), *The Cambridge Medieval History*, Vol.VIII, Cambridge Univ. Press, 1936, p.362.

（12）イングリッシュ・シェイクスピア・カンパニー（English Shakespeare Company, ESC）は、演出家のマイケル・ボグダノフと俳優のマイケル・ペニントンが一九八六年に立ち上げた野心的なツアー・カンパニー。本拠地の劇場をもたず、イギリス国内のみならず世界各地で本格的なシェイクスピア劇を上演した。イングランド史劇は「第一・四部作」のうち、『ヘンリー六世』三部作を刈り込んで二部作とし、『リチャード三世』につなげて三部作にまとめた。それに「第二・四部作」の『リチャード二世』、『ヘンリー四世』第一部・第二部、『ヘンリー五世』を加えて、計七篇からなる『バラ戦争七部作』（一九八六—

七年初演）を劇団最初の出し物とし、東京グローブ座のオープニング公演でも大好評を博した。同七部作には、ウェールズのスウォンジー大劇場で収録した舞台中継ビデオがある。

（13）ＥＳＣの連作史劇に関しては、拙著『シェイクスピア・オン・スクリーン』第6章第5節「連作としての英国史劇――ＥＳＣの『バラ戦争七部作』」をご参照あれ。

（14）僕は大学四年のころから体重が増えはじめ、学生結婚した時には、銀行員の嫁さんのヒモならぬ〝ツナ〟と呼ばれた。自分がフォールスタッフほどの出っ腹だとは思っていなかった（今でも思っていない）が、しかし結婚式では羽織袴の新郎はふつう、恰幅をよく見せるためにお腹にタオルを入れる、それをせず、式場の仲居さんから「やっぱり自腹はいいわねえ～」と、惚れ惚れされた。ついでに新婚生活ならぬ〝貧困生活〟、亭主関白ならぬ〝亭主淡白〟と豪語（？）し、また僕は家で修論を書き、家内は毎日出勤していたので、彼女のことは〝家外〟と呼んでいた。

（15）シェイクスピアの歴史劇（histories）に分類される作品は、本章の注（1）にも記したように、すべて中世の国王の名が冠されたイングランド史劇である。

（16）“The better part of valour is discretion.” 文脈を越えて、僕の処世訓となっている。「君子、危うきに近寄らず」、「触らぬ神に祟りなし」、「見ざる、聞かざる、言わざる」、「クワバラ、クワバラ」。

（17）ラファエル・ホリンシェッド『イングランド、スコットランド、およびアイルランド歴史年代記』、その他。また、Geoffrey Bullough (ed.), *Narrative and Dramatic Sources of Shakespeare*, 8 vols (Routledge and Kegan Paul, 1957-75) は、シェイクスピアが参考にしただろう種本の箇所を抜粋して集めてくれた便利な本である。

（18）延々と議論が続いている、これからも続くであろう論題である。どの『ヘンリー四世』の翻訳本でも、あとがきや解題のページで必ず触れているから、各自ご参照あれ。

（19）“Then happy low, lie down! Uneasy lies the head that wears a crown.” タイミングといい、セリフの内容といい、為政者の苦悩を表現して、申し分のない名ゼリフである。

（20）グロスターシャーはイングランド南西部、シェイクスピアの生まれたウォリックシャーの隣の州である。なだらかな丘が続く、いかにもイングランドの田舎といった地域。今はすっかり観光名所となったコッツウォルズのひなびた村々が点在する州といえば、おわかりいただけるだろうか。

(21) 絶対王政というと官僚制と常備軍を有することがその特徴と高校の世界史の教科書には書いてあるが、それはルイ十四世のフランスを念頭に置いた一般モデルであって、エリザベス朝のイングランドは常備軍をもっていなかった。また、国王の目が行き届いたのはロンドンを中心とする限られた地域のみで、地方はその土地の名士を無給の名誉職たる治安判事（magistrate）に任命し、治めさせていた。すなわち、エリザベス女王は「絶対」ということばの響きとはほど遠い脆弱な権力基盤のうえに立って、ようやく国家意識の芽生えはじめた島国を綱渡りで統治していたわけである。さらに、徴兵制による国民軍はナポレオンの創始した制度なのを、ご存じか。それ以前は、いざ戦争となれば、隊長に指名された者が各自、兵隊集めをした。フォールスタッフが新兵をかき集める様子は、十六世紀のイングランドの実態を伝える風景として、しばしば歴史書にまで引用される有名な場面である。

(22) 僕はつくづく無名の両親から生まれて、幸福だった。〝親の七光〟をもつ人間を羨《うらや》ましいと思ったことはない。また、王宮の仕事（学科主任、教職員組合の委員長）を終えてしばらくした時に、たまたま『ヘンリー四世』の研究会があった。そこで僕は、「非情な王宮から自由なボアーズヘッドに戻ってまいりました。退職までもう二度と政治の世界には首を突っ込みません」と宣言した。あゝ、いいかげんな本音を軽やかに言える幸せ！

(23) 東大教授の日高八郎先生が、一九七〇年代の後半から八〇年代にかけて、隔週の日曜日、青学会館で、「世界文学会」という学会の研究会として、一般人向けの読書会を開催していた。イギリスの文学作品を原文で一字一句味読する勉強会。僕はおよそ七年間参加したその読書会で、テキストの読み方、辞書の引き方をはじめ、それこそ基礎の基礎から、一生の文学研究の土台となるものを授けられた。心からの感謝を！

(24) ジョン・ドーヴァー・ウィルスン『シェイクスピア真髄――伝記的試論――』小池規子訳、早稲田大学出版部、一九七七年（原著一九三二年）、一三〇頁。ドーヴァー・ウィルスンといえば、彼が編集した赤い表紙の、ペーパーバックのケンブリッジ版シェイクスピア全集は、大胆な解釈の注釈、ラディカルなパンクチュエーション、そして文学者肌の彼が書いた序文はとっても歯ごたえがあって、学生時代にずいぶん苦労して読んだ記憶がある。なつかしいなあ。

(25)ラルフ・リチャードソン（一九〇二―八三年）はオリヴィエより五歳年上の、さまざまな役柄を達者にこなした名優。シェイクスピア映画なら、オリヴィエ監督・主演の『リチャード三世』（一九五五年）でリチャードの側近バッキンガム公に扮している。

(26)ローレンス・オリヴィエ『演技について』倉橋健・甲斐萬里江訳、早川書房、一九八九年（原著一九八六年）、八二―六頁。

(27)同書、二五二―四頁。

(28)ローレンス・オリヴィエ、また次に述べるケネス・ブラナーの映画に関しては、拙著『シェイクスピア・オン・スクリーン』第6章第3節「イギリス人ご自慢の英雄叙事詩――オリヴィエの『ヘンリー五世』」および第4節「英雄なき時代の英雄劇――ケネス・ブラナーの『ヘンリー五世』」で一度論じている。本節にもの足りなさをお感じの方は、ぜひそちらを読まれたし。

(29)ヒトラーと死闘を繰り広げていた時期に、スターリンは十六世紀に初めてロシアを統一したイワン雷帝の伝記映画の制作をエイゼンシュテインに要請し、国家の強きリーダーとしてのイワンを自分とオーバーラップさせようとした。エイゼンシュテインはスターリンの思惑に乗り、第一部では豪胆な雷帝の姿を描いてスターリンを喜ばせたが、第二部では一転英雄の鬱屈《うっくつ》した内面を銀幕に映して、独裁者を激怒させた。拙著『続ヨーロッパを知る50の映画』国書刊行会、二〇一四年、第3章第9節「セルゲイ・エイゼンシュテイン『イワン雷帝』」をご笑覧。

(30)二〇〇一年九月十一日のニューヨーク同時多発テロ後、アメリカ（を主力とする）軍はその首謀者ビンラディンの首をとるべくアフガニスタンに侵攻（同年十月）、さらにイラクが大量破壊兵器を保有する（後に存在しないことが判明）との理由で、サダム・フセインを倒すべく二〇〇三年三月、同国になだれ込んだ。NTの『ヘンリー五世』はイラク戦争開戦三日前にリハーサルを開始、約二カ月後に初演。なお、イギリスではブッシュと共に戦争を主導したトニー・ブレア首相に批判が殺到、日本なら〝犬〟と呼ぶところだが、もっと具体的な言い方を好む英語国民は「アメリカのスピッツ」、「ブッシュのプードル」と罵声を浴びせた。アメリカに同調したのが保守党ならまだしも、労働党政権だったことが、今日に至るまで英国のリベラル勢力の深いトラウマになっているとか。

(31) 僕はハイトナーの『ヘンリー五世』は未見、断片的な映像しか見ていないので、この舞台に関しては薄氷、ブルッ！　でも、最近はインターネットでロンドンの劇評が読めるようになったので、だいたいの様子はわかる。また、安田比呂志「「語り」と「行為」の対位法――ニコラス・ハイトナーの『ヘンリー五世』」（『飛翔』№27、「飛翔の会」、二〇〇四年）に大いに助けてもらった。あっという間に消え去る舞台芸術に関して、研究者が書き残しておくべき模範的な論文である。感謝！

(32) 一言エイドリアン・レスターの肩を持っておけば、彼はNTの看板俳優のひとり。レスターはこの後、ハイトナーがNT芸術監督としての最後の沙翁劇『オセロー』を演出した際にタイトル・ロールを演じて、『ヘンリー五世』とともに現代の軍隊組織内部の人間関係を見せつけ、大評判をとった。本書第5章第2節「両雄並び立った『オセロー』」参照。

(33) DVD『ナショナル・シアター50周年オンステージ』（NBCユニバーサル・エンターテイメント、二〇一八年）のDisc2。NT五十年の歴史をたどったBBC制作のドキュメンタリーより。

(34) この原稿を書いている時、『万引き家族』（二〇一八年）でカンヌ映画祭の大賞を受賞した是枝裕和監督が、文化庁の助成を受けているにもかかわらず文部科学大臣との面会を辞退したとしてバッシングを受けていた。だが、イギリスでは芸術家が国家権力と距離を置くのはごく当たり前、また助成金も国家が芸術に介入しないようにと、中間にアーツ・カウンシルなる半民半官の組織を作り、そこから財源が支給されるシステムになっている。それでも金のことだ、いろいろあるはずだが、しかし日本みたいに理不尽な騒ぎの話は聞かない。健全！

(35) 本書の次節「BBCシェイクスピア史劇『空ろな王冠』をめぐって」参照。初出はそちらの方が先だった。

(36) J・E・ニール『エリザベス女王』大野真弓・大野美樹訳、みすず書房、一九七五年（原著一九三四年）、三四三頁。

(37) ロジャー・マンヴェル『シェイクスピアと映画』荒井良雄訳、白水社、一九七四年（原著一九七一年）、一七七頁。

(38) 拙論「最近のシェイクスピア映画から」（『青山国際政経論集』第45号、青山学院大学国際政治経済学会、一九九九年、所収）。

(39) ロンドン・オリンピックの年、芸術分野も何かやろうぜとさまざまな文化プログラムが企画された――そうでもしないとスポーツ界にみんな助成金を持っていかれるという裏事情もあったと聞くが。題して「カルチュラル・オリンピアード（Cultural Olympiad）」。その一環としてBBCテレビが制作した番組が、『空ろな王冠』である。

日本では『嘆きの王冠　ホロウ・クラウン』のタイトルで、日本語字幕付きDVD・ブルーレイが発売されている。

(40) 言わずと知れたイギリス随一の演劇学校。べつにここを出れば箔がつくというわけではないが、やはりイギリスのトップクラスの俳優をみれば、RADAの出身者が綺羅星のごとしである。オックスフォード・ケンブリッジよりもRADA卒の方が一目置かれる。まあ、かの国の俳優はエリートが多いから、オックスブリッジを出た後RADAで学び、それから河原乞食になる例も多々あるが。

(41) ロンドンのナショナル・シアターの舞台を国内外の映画館でライブ上映する企画。イギリスでは二〇〇九年六月にスタート、わが国でも二〇一四年二月から首都圏をはじめ各地の映画館で見られるようになった。もっとも日本の場合はライブ中継ではなく、何カ月か遅れての上映だが、その代わり字幕がつく。本書第5章第2節「両雄並び立った『オセロー』」ご参照。

(42) 三世紀に殉教した聖人。全裸に近い姿で矢を受けている様がしばしば絵画に描かれる。伝説では矢で射抜かれても死なず、最後は撲殺されたという。後に同性愛の守護聖人となる。三島由紀夫もこの聖人の殉教画がお気に入りで、自らモデルとなり、篠山紀信に撮らせた写真がある。ご興味があれば、Googleなどで画像検索されたし。

(43) 英国映画テレビ芸術アカデミー（British Academy of Film and Television Arts）、略称BAFTA。例年二月に発表される映画部門賞（British Academy Film Awards）は「英国アカデミー賞」と訳されている。これとは別に、五月にテレビ部門賞（British Academy Television Awards）の各賞が発表される。ベン・ウィショーが受賞したのはこの主演男優賞（二〇一三年）、また『ヘンリー四世』二部作ではサイモン・ラッセル・ビールが助演男優賞を獲得している。

(44) 拙著『ポジティブシンキングにならないために』（国書刊行会、二〇二〇年）の第36節「アメリカン・ドリームの向こう側——『アメリカン・ビューティー』」をご笑覧。

(45) カラオケに行くと、いつも痛感する。ゼミの学生の歌う平成、さらに令和の曲のスピード感。対して僕の昭和の歌のなんとテンポの遅いこと。じっくり、たっぷり、学生はウトウト、退屈そうに僕が歌い終わるのを待っている。教室でも同じだ。

僕はＮＨＫのドキュメンタリーのように、じっくりとたっぷりと講義をしたいのだが、学生の顔を見ていると、ついつい民放のバラエティ番組のような気忙しい授業になってしまう。慚愧《ざんき》！

（46）Susan Willis, *The BBC Shakespeare Plays*, The University of North Carolina Press, 1991, p.50.

（47）サッチャー政権の緊縮財政のあおりを受けて七転八倒、やっとタイムライフ社からの出資を得るも、アメリカ側のスポンサーとの契約によって、シェイクスピアの生きた時代か作品の背景となった歴史上の時代にすべての作品の舞台を設定しなければならないと決められた。要するに沙翁劇を教育の一助として利用すべく、〝オーソドックスな文化財〟の制作を求められたわけである。しかし、ロンドンやストラットフォードで芝居を見れば否応なくわかることだが、シェイクスピア劇の舞台をエリザベス朝やそれ以前の古代・中世の時期に設定して芝居を打つなどもはやあり得ないのが、一九八〇年代も現在も変わらぬ古典劇上演の状況。今にして思えば、あの逆風の中でよくぞ三十七作を最後まで制作したと、ＢＢＣに敬意を表したくなる。

（48）ローレンス・オリヴィエ監督・主演の『ヘンリィ五世』（一九四四年、イギリス映画）およびケネス・ブラナー監督・主演の『ヘンリー五世』（一九八九年、イギリス映画）。詳しくは、拙著『シェイクスピア・オン・スクリーン』の第6章「英国史劇」を参照されたい。

（49）Ben Lawrence, “The Hollow Crown: Henry V, BBC Two, review” *The Telegraph*, 22 July, 2012.

（50）人の上に立ちたくない、組織の真ん中なんて窮屈だ、権力を欲する奴の気が知れない、身の丈ほどの人生を送りたい――そんな僕の人生観に近い演出と役作りではある。

（51）シェイクスピアの戯曲では、ウェールズ人のフルーエリン、アイルランド人のマックモリス、スコットランド人のジェイミーらが共に戦う姿が描かれているのだが、テア・シャーロックは、イングランドの旗の下にフランス軍と相まみえたことにしている。

（52）『空ろな王冠』は続篇として、『ヘンリー六世』三部作と『リチャード三世』が二〇一六年に放映された。演出ドミニク・クック、ベネディクト・カンバーバッチがリチャード三世を、ソフィー・オコネドーがマーガレットを好演しているが、二〇一二年の第一シリーズよりちょっと落ちるかな。一言でいえば、戯曲をいじくり過ぎ。なので、解題は書かず。日本語字幕付きDVD・ブルーレイあり。

第4章　ハッピー・コメディ

（1）シェイクスピア時代の演目を知るための貴重な史料たるフランシス・ミアズの『パラディス・タミア――知恵の宝庫』（Francis Meres, *Palladis Tamia, Wit's Treasury*、一五九八年）に、シェイクスピア劇のタイトルとして名が挙がっている。

（2）舞台は後方の壁に本棚があり、暖炉があり、肖像画が飾られていて、その左右に二つの塔が建っている。これはストラットフォードにほど近いチャールコート・パーク（Charlecote Park）のエリザベス朝風のカントリー・ハウス、その内観と外観をイメージして組み合わせたものだという。そんな背景とステージ上の道具類の入れ替えによって、各場は室内にも屋外にも変幻自在。

また、シェイクスピア劇は場面の転換が頻繁なため、舞台への出入口をたくさん作らなければならない。前方に〝花道〟が二本、むろん舞台後方からも出入りできる。セット付きの床が前後に動き、奈落からの人と道具の登退場も自由自在。場面転換は速い、速い。観客の集中力を途切らせることがない。

（3）西ヨーロッパにおける第一次世界大戦の重みをご存じか。日本は第二次大戦でアメリカにボコボコにされ、原爆まで落とされたから、そちらにばかり目がいくが、西ヨーロッパでは〝先の大戦〟といえばむしろ第一次大戦を指すとか。例えば戦死者を比べてみても、フランスは第一次大戦が第二次大戦のおよそ八倍、イギリスも二倍以上。第一次大戦によって、当時のヨーロッパの四大帝国たるドイツ、ロシア、オーストリア、トルコはすべて崩壊した。

（4）"Sigh no more, ladies, sigh no more, / Men were deceivers ever...."恋する乙女たちよ、男に裏切られても、嘆いてはなりません。恋愛は「♪　男と女のラブゲーム」ってね。違う歌だったかな⁉

（5）十八世紀の喜劇作家R・B・シェリダンの『恋がたき』（*The Rivals*、一七七五年）で、登場人物のマラプロップ夫人（Mrs. Malaprop）が、気どったことばを使おうとしては言い間違いを繰り返し、かえって無知をさらけ出したことからできた用語。

(6) 同じくロンドンのナショナル・シアターが映画館配信している「NTライブ」は、日本でもおなじみになったが、DVDは発売しない方針をとっている。映画館の大きなスクリーンだけで鑑賞してくれと、それもひとつの見識だが、しかしやっぱりDVDがあると助かるのになあ。例えば、イギリスの劇場の観客が、どこの場面で誰が語るどのセリフで笑っているのかを、英語の字幕を眺めながらじっくりと確認できる。また、字幕をつけたり消したりしながら何度も見れば、語学の勉強にも使える。

おっと、そんなことを言っているうちに、コロナ禍で状況が変わり、NTライブの有料配信が始まった（二〇二〇年十二月より）。これからはNTライブもRSCライブもパソコンで見る時代になりそうだ。

(7) トマス・ロッジ『ロザリンド、ユーフュイーズの黄金の遺産』(Thomas Lodge, *Rosalynde, Euphues golden legacie*, 1590)。翻訳は北星堂イギリス古典選書中に北川悌二訳『ロザリンド』（一九七三年）があったが、現在は絶版。

(8) ロイヤル・シェイクスピア劇団（Royal Shakespeare Company）が本拠地とするストラットフォードの劇場は、同じ建物の中に大劇場「ロイヤル・シェイクスピア劇場（Royal Shakespeare Theatre）」とスラスト・ステージの中劇場「スワン劇場（Swan Theatre）」が入っていて、後者の芝居の方が圧倒的に評判がよかった。本書の第9章第1節「スワン劇場のこと」参照。

(9) チーク・バイ・ジャウルは、一九八一年に自分たちの劇場を持たぬ旅劇団として、演出のデクラン・ドネランとデザイナーのニック・オムロッドが旗揚げし、今日もコンスタントに活動している。二人はケンブリッジ大学の同級生、ドネランはこの劇団を作るまで弁護士をしていたという。イギリスでは芸術一筋ではないインテリが、上質な作品を創造することがままある。

(10) 国際演劇創造センター（CICT）が制作してパリのブッフ・デュ・ノール劇場で二〇〇〇年に初演、翌年には世田谷パブリックシアターで来日公演を行なったので、ご覧になった方もいるだろう。

(11) スワン劇場はRSCの常設劇場だが、当時二月から三月のオフシーズンには他の劇団の公演に貸し出されていた。

(12) 西洋比較演劇研究会月例会発表「ロンドンの劇評を読む」（一九九二年十月三日、成城大学）。発表を活字にした漫談に「イギリスで見た芝居」（『青山国際政経論集』第27号、青山学院大学国際政治経済学会、一九九三年六月、所収）がある。

（13）スウィフトの『貧困児問題解決に関する穏健なる提案』（一七二九年）という穏健ならざるパンフレットをお読みあれ。また、オムニバス映画『モンティ・パイソン　人生狂騒曲』（一九八三年）中の「出産の奇跡　第二部　第三世界篇」はそのスウィフトのアジ文にインスパイアされた必見の諷刺作品。

（14）とりあえず、拙著『スクリーンの中に英国が見える』（国書刊行会、二〇〇五年）の第1部第8章〜第10章「イギリスの喜劇」、「イギリスのブラック・ユーモア」、「諷刺とは何か」あたりからお読みいただきたい。もし面白いと思われたら、ぜひ全篇を。

（15）サッポロビール工場跡地に一九九四年に開業した「恵比寿ガーデンプレイス」にある映画館。同複合施設は、今でもトレンディスポットとして健在。

（16）映画『十二夜』劇場公開時パンフレット（ヘラルド・エンタープライズ、一九九八年）。

（17）アラン・ベネット作の歴史劇『ジョージ三世の狂気』（*The Madness of George III*、一九九一年初演）の映画版。演出は舞台も映画も、後にナショナル・シアターの芸術監督になったニコラス・ハイトナー（一九五六年―　）。英国王ジョージ三世（在一七六〇―一八二〇年）が時々精神的にダウンし、そのたびに周囲が振り回される様を描いたブラックな政治劇。

（18）自分が下手くそな役者を十年やっていたこともあり、また俳優のどこがどういう風にうまいのか下手なのかを正面切って論じた批評が少ないような気がして、僕なりの俳優談義をずいぶん書いた時期があった。あるころからそれもひかえたが、この映画に関しては役者を紹介しない手はない。

（19）一九九五年から九六年にかけてのイギリス・アメリカ両映画界は、もうブームということばを使ってもいいくらい、シェイクスピア映画が流行《はや》った。日本に入ってきた映画だけでも、『オセロ』（一九九五年、イギリス映画、オリヴァー・パーカー監督）、『世にも憂鬱なハムレットたち』（一九九五年、イギリス映画、ケネス・ブラナー監督）、『リチャード三世』（一九九五年、イギリス映画、リチャード・ロンクレイン監督）、『リチャードを探して』（一九九六年、アメリカ映画、アル・パチーノ監督）、『ロミオ＋ジュリエット』（一九九六年、アメリカ映画、バズ・ラーマン監督）、『ハムレット』（一九九六年、イギリス映画、ケネス・ブラナー監督）、『十二夜』（一九九六年、イギリス映画、トレヴァー・ナン監督）、『夏の夜の夢』（一九九六年、イギリス映画、エイドリアン・ノーブル監督）まで、なんと八本を数える盛況ぶりだった。人呼んで「ニューウェーブ・シェイクスピア」。もっとも、ひとつの理念をもった運動であるはずもなく、シェイクスピアでも客を呼べそうだ、すわ、と始まった、いわば商業主義に乗っかった一時的流行に過ぎなかったが。

第５章　四大悲劇

（１）ポーランドの演劇評論家ヤン・コットは『シェイクスピアはわれらの同時代人』に収められている「世紀半ばの『ハムレット』」を、「『ハムレット』について書かれた論文や研究の目録を作ると、ワルシャワの電話帳の二倍の厚さになる」という一句から書きはじめている（同書、蜂谷昭雄・喜志哲雄訳、白水社、一九六八年、六二頁）。

（２）僕もゼミの学生や大学院生には、先行研究をしっかり読めと涼しい顔で指導している。あな、恥ずかしや。

（３）それまでは、「おまえも、運よく大学の教員になれたのだから、何か書いたら」と言われていたが、この沙翁本を出したとたんに「君、早熟だねえ」と。人の評価ってそんなものか。売れなかったけれど、専門家にはけっこう誉めてもらった。

僕は今日まで業績作りのための原稿は一本も書いていない。それが僕の唯一の自慢だ。もっとも、付き合い原稿や頼まれ原稿はそれなりに書いたが。僕がこれまで綴ってきたものは、すべて〝自分への手紙〟である。学界への貢献など一切考えたことがない。学問は僕にとって〝消費財〟である。

で、映画を題材にしたそのシェイクスピア論を出版して、小さな一石は投じることができた。他人の評価は、以後ますます気にならなくなった。だから、その後は余生！

（４）英文を記しておく。

Ber. Who's there?

Fran. Nay, answer me: stand, and unfold yourself.

Ber. Long live the king!　(I.i.1-3)

難しい英語ではまったくない。

（5）劇的アイロニー（dramatic irony）と呼ばれる。登場人物が我知らずに口にしたセリフが、物語の状況を皮肉っぽく語っている時に使う文学用語。

（6）中野好夫『シェイクスピアの面白さ』新潮選書、一九六七年、七一—三頁。

（7）"But look, the morn, in russet mantle clad, / Walks o'er the dew of yon high eastward hill:"（I.i.166-167）

（8）僕が今までに見たシェイクスピア映画の栄えあるワーストワンは、ケネス・ブラナー監督・主演の『ハムレット』（一九九六年、イギリス映画）である。四時間三分のノーカット超大作。大予算を組み、名優を集めて撮影、アカデミー賞を狙い、しかしアカデミー賞を一つも取れなかった。まだ見ていない方はぜひ一度ご覧になっていただきたい。全篇、ケタケタ笑える。こうやってはいけないということを次々にやっている。一幕一場の幕切れでは、ホレーシオが名ゼリフを語ると、スクリーンに茜色の空がワンカット映される。それも芸術的な映像では決してない、何の変哲もない、ただのきれいな朝焼け。これで原作の詩情を視覚的に表現したつもりか。

（9）比較検討すべき『ハムレット』の現存テキストは三種類ある。「第一・四折版《クォートー》」（1st Quarto, Q1、一六〇三年）、「第二・四折版」（2nd Quarto, Q2、一六〇四年）、そしてシェイクスピアの最初の全集「第一・二折版《フォリオ》」（1st Folio, F1、一六二三年）。シェイクスピアのテキスト研究をするならば、それらを全部比べて分析しなければならない。僕も二十代のころ挑戦したが、すぐに挫折。例えばここの詩行、たいていのテキストは、F１にある solid（硬い）を採用しているが、ニュー・ケンブリッジ版沙翁全集の編纂をライフワークにしたジョン・ドーヴァー・ウィルスンはＱ１・Ｑ２の sallied を採用、それは sullied（汚れた）のミスプリントであろうと注釈をつけている。ウィルスンに準拠する福田恆存訳は「穢らはしい體」となっている。シェイクスピアも研究するとなると、まさに一字一句の世界！

この件、日本語で読める攻略本がたくさんある。とりあえず、大場建治『シェイクスピアへの招待』（東京書籍、一九八三年）の第三講「ハムレットの肉体」（九七—一四四頁）あたりからか。

（10）"Frailty, thy name is woman!"（I.ii.146）。『ハムレット』にはことわざになるほど有名な文言が無数にある。さるお婆さんが、『ハムレット』の舞台を初めて見て、感想を求められ、「ええ、面白かったわよ。それにしてもシェイクスピアって人は、たくさんのことわざをつなげるのがなんて上手なんでしょう」と言ったとか。

（11）"There are more things in heaven and earth, Horatio, / Than are dreamt of in your philosophy."（I.v.166-167）、また、"The time is out of joint: O cursed spite, / That ever I was born to set it right!"（I.v.189-190）

（12）"brevity is the soul of wit"（II.ii.90）肝に銘じたい。学校の先生も、職業病で、話が長いんだよね。

（13）マイケル・アルメレイダ監督の『ハムレット』（二〇〇〇年、アメリカ映画）は、現代ニューヨークの大企業を舞台に、イーサン・ホーク扮する映画監督志望の若者ハムレットが、死んだ社長の弟クローディアスと母ガートルードの不正に挑む。笑いながら見る悲劇。

（14）ニコラス・ハイトナー演出の現代版『ハムレット』（ナショナル・シアター、二〇一〇年）では、イヤホンをしたスーツ姿の警護官がハムレット（ロリー・キニア）らの背後にスッと立っている。ハイトナー曰く、エリザベス朝は警察国家だった、エリザベス女王の重臣フランシス・ウォルシンガムが膨大な予算を使って、スパイ活動をやらせていた。それを現代に置き換えると、常時ＳＰに囲まれ、監視され、盗聴もされている状況が浮かび上がる（ＮＴライブ上映時、ハイトナー自らの解説より）。ハイトナーの沙翁演出は、取ってつけた現代化にあらず。常に「戯曲の本質」に忠実で、唸らされる。僕が今日までに見た中で三本の指に入る絶品の『ハムレット』だった。

（15）前出のケネス・ブラナー版『ハムレット』。アメリカ人に見せるために作った通俗的な沙翁映画である。いったいハリウッド映画では、ヒーロー、ヒロインはハリウッドの銀幕のスターが格好よく演じ、脇役や悪役はロンドンの舞台俳優が目立たぬように、渋く演じるのが、通常のパターンだ。ところが、ブラナーはそれをひっくり返し、主役級はイギリスの舞台役者、そして脇の演技力が必要な役柄をスクリーンでおなじみのアメリカ人たちに振った。その最たるものが、座長役のチャールトン・ヘストンである。ハリウッドのアクションスターとして一時代を築いた男。古代ローマ史劇『ベン・ハー』（一九五九年）の戦車シーン、よかったなあ。しかしこの肉体派の俳優はシェイクスピア劇が大好き、とくにアントニーにご執心で、映画

『アントニーとクレオパトラ』(一九七一年)は、監督・脚本・主演を一人でこなした。出来はノーコメント！で、ブラナーは、ヘストンに役者冥利の座長役を依頼した。もちろん彼は快諾。そして古典劇で鍛えたイギリスの舞台俳優が大勢いる中で、格好をつけて気持ちよさそうに演じた。さすが勇気あるアメリカのアクションスターは違う。チャールトン・ヘストンの演技を見て、「下手くそ～、やめちまえ～、大根～」と叫べなかったら、あなたはシェイクスピア劇よりアメリカ映画を愛する人なのでしょう。

(16) 僕は、グリゴーリー・コージンツェフ監督の『ハムレット』(一九六四年、旧ソ連映画)で、二幕の幕切れにあるこの第二独白のすぐ後に第三独白を続けたシークエンスが好きだ。ハムレットを演じたインノケンチー・スモクトゥノフスキーが旅役者の朗唱を聞いてしだいに感情を高ぶらせる様子を、彼が叩く太鼓の音で表現し、ついに王子が叫び声をあげると、海岸に打ち寄せる波がそれに呼応、そして「生くべきか、死すべきか」と。ハラショー！　ピーター・ブルックは黒澤明版『マクベス』たる『蜘蛛巣城』(一九五七年)とともに、コージンツェフのロシア語の『ハムレット』を、世界最高のシェイクスピア映画と評価している。

(17) この項は、拙稿「シェイクスピア劇にみる「近世」」(『世界史のなかの近世』慶應義塾大学出版会、二〇一七年、所収)の一部をほぼ再録した。同稿では、沙翁劇が生まれた「近世」がいかなる時代であったかをさまざまな角度から考察している。ご参照。

(18) かつてフランク部族のサリカ支族の間では女子の相続権を認めず、それがフランス王国などで拡大解釈され、女性による王位継承を否定していた。劇中、カンタベリー大司教はサリカ法がフランス王国の法律ではなく、よってヘンリー五世が女系によるフランス王位継承権を要求することは正当であると論じている。

(19) J・E・ニール『エリザベス女王』大野真弓・大野美樹訳、みすず書房、一九七五年(原著一九三四年)、一頁。古い本だが、ホイッグ史観を代表する歴史学者がものしたエリザベス一世の伝記で、複雑なテューダー朝の政治状況を理解するために、僕が繰り返し読んでいる物語的な歴史の傑作である。お勧め。

(20) 同書、五三頁。

(21) 中世のデンマークは選定君主制だったという説もある。だが、シェイクスピアは外国を舞台にしても、当時のイングランド人の心性《マンタリテ》に則って芝居を書いた人である。僕は沙翁も観客もやはり世襲制、とくに長子相続を念頭に『ハムレット』を書き、見たと考えている。河合祥一郎『謎解き『ハムレット』――名作のあかし』三陸書房、二〇〇〇年、六四頁、参照。

(22) 拙論「王権を支えた歴史解釈――テューダー朝の正統史観とシェイクスピア史劇」（『王と表象――文学と歴史・日本と西洋――』二六八―七一頁）を参照されたし。

(23) 僕が書けるのはここまでである。僕がデンマーク王家をめぐる王位継承のカラクリに興味をもった発端は、田中重弘『「ハムレット」の謎』（講談社、一九八一年）、『シェイクスピアは推理作家』（文藝春秋、一九八二年）、『シェイクスピアは欺しの天才』（文藝春秋、一九八五年）であった。田中氏は、長いくせに舌足らず、いや意図的に書き落としているとしか思えない、隠していることが多すぎる『ハムレット』の王位継承にまつわる疑問をひとつひとつ書き出し、それらについて果敢に推理をめぐらしている。『ハムレット』の二種類の四折版テキスト、十三世紀デンマークの歴史家サクソ・グラマティクスによる年代記、さらにドイツ語で残る、おそらくはトマス・キッド作であろう『ハムレット』（『兄弟殺し報復の顛末』）までも渉猟して、シェイクスピア劇の成立過程と作者の意図について大胆な仮説を呈示する。その結果、ハムレットはクローディアスとガートルードの間の息子、オフィーリアは先代ハムレット王の隠し子、フォーティンブラスはハムレットと異母兄弟、オフィーリアはハムレットとの子をお腹に宿していた、などなどと。

学界ではほとんど無視された、しかし僕がこれまでに読んだシェイクスピア劇の攻略本で最も気になっている、でも最もついて行けない書物が、田中氏の労作である。三十年以上、僕の仕事部屋の本棚のいちばん目につく場所に所蔵してある。敬意を込めてここに紹介するしだいである。

(24) 第三独白の邦訳に関心のある方は、河合祥一郎訳の『新訳 ハムレット』（角川文庫、二〇〇三年）の巻末に、明治以来の四十三種類の翻訳が掲げてある。ご覧あれ。

(25) テューダー絶対王政期、同時代の政《まつりごと》を取り上げることはご法度だった。そこでシェイクスピアは前世紀の史劇に事寄せて、エリザベス治世の〝現代〟に対する批判や皮肉をずいぶんと挿入している。また、彼の時代の劇作家の大半が検閲に引っかかって監獄入りを経験しているのに、沙翁だけは臭い飯を食った記録が見当たらない。どうやら隠しながら書く天才だったらしいのだ。研究者による行間の裏読みが盛んなゆえんである。

(26)『リチャード二世』三幕二場一六〇行の名ゼリフより。

(27) 小田島雄志は、『ジュリアス・シーザー』におけるブルータスあたりからシェイクスピアは「内的葛藤」を明確に描くようになり、その内面の葛藤が自分でも何なのか見えなくなったのが、ハムレットの「内的カオス」の世界だと、魅力的な解説をしている。小田島雄志『小田島雄志のシェイクスピア遊学』白水Uブックス、一九九一年、一五〇頁。

(28) 前述したニコラス・ハイトナー版では、祈禱書に仕掛けてあった盗聴器をハムレットが見つけて激怒する。また、BBCのテレビ版『ハムレット』(一九八〇年)では、オフィーリアの持っていた祈禱書が逆様、それをデレク・ジャコビ扮するハムレットがひっくり返す演出だった。おなじみの場面でも、テキストの舌足らずな部分を、各公演がいかなる小道具やアクションで補っているか。だからファンはよく知っているはずの沙翁劇を繰り返し見に行くのである。

(29) 前掲の『小田島雄志のシェイクスピア遊学』、一一頁。

(30) えっ、僕の考えですか。まあ、憎からず思っていたオフィーリアまで敵方だと知って、ハムレットはどんどん孤立無援の状況に押しやられていくのだろうな、と。もっとも、愛情の問題と二人の肉体関係の有無はまた別の話とも思える。僕の好きな映画にトニー・リチャードソンが監督した『ハムレット』(一九六九年)があるが、オフィーリアは白塗りの厚化粧に胸の開いた服、初登場のシーンでは兄レアティーズと恋人同士のようにキスして、近親相姦的な香りを漂わす。とても清純そうには見えない妖艶な女性。ハムレットとはプラトニック・ラブ!?　そんなはずはないだろう。すべての既成概念に反発した「過激な一九六〇年代」を体現する作品。

僕は、ジョン・オズボーンの『怒りを込めて振り返れ』(一九五六年)を演出したトニー・リチャードソンから、『ハムレット』は恋愛劇にあらず、基調は非情な政治劇、だから男女関係をあまりきれいに考えすぎても面白くないと、教えてもらった。拙著『シェイクスピア・オン・スクリーン』第1章第4節「過激な六〇年代——トニー・リチャードソンの『ハムレット』をご笑覧。

(31) 舞台の出来は、ノーコメント。観光客相手の、安心して見られるエンタメ芝居である。だが、英語はさほど難しくない。僕は大学一年生用の英語読解の授業で、ずいぶんとこの戯曲をテキストに使った。
(32) 旧約聖書「創世記」第四章より。シェイクスピアには聖書からの引用がふんだんにある。
(33) 内面を吐露するこうした独白では、登場人物は嘘をつかないというのが、不文律である。
(34) ウィリアム・セシル（一五二〇―九八年）、後に爵位を授かり初代バーリー男爵。ジェントリー階級の出身で、多事多難だったエリザベスの治世にあって、秘書長官、大蔵卿などを歴任、移り気でしばしば感情に走る女王を我慢強く支えた。国教会の確立、スコットランド女王メアリーの処置、アルマダの海戦の勝利などに貢献、エリザベスが中道政策を維持できたのも、セシルの献身あってこそだった。しかし、功罪相半ばというか、もしポローニアスがセシルを念頭に書かれたとすれば、シェイクスピアは長年の権力者をあまりよく思っていなかったのであろう。
(35) ローレンス・オリヴィエが監督・主演して『ハムレット』（一九四八年、イギリス映画）を撮った際に、フロイトの弟子にあたる精神分析医アーネスト・ジョーンズのアドバイスを受けたのは、世に知られた話である。オリヴィエはこの三幕四場で、自分より十三歳も若い女優アイリーン・ハーリー扮するガートルードに激しい嫉妬心を抱く演技をした。また、フランコ・ゼフィレッリ監督の『ハムレット』（一九九〇年、アメリカ映画）では、メル・ギブソンがグレン・クローズに馬乗りになってバトルする、これはもう近親相姦そのものの〝ラブシーン〟であった。もっとも、今から見れば暗示にとどめているオリヴィエ版の方が、明示的なアメリカ映画の官能シーンより淫靡《いんび》で、いやらしくて、そそられる。なんでも見せればいいってものじゃあないのが、芸術の面白いところだ。
(36) 晩年のゲーテと交流して彼の自由な談話を筆記したエッカーマンの『ゲーテとの対話』（上・中・下、山下肇訳、岩波文庫、一九六八―九年、原著一八三六年・四八年）を読まれたし。ゲーテもシェイクスピアにぞっこんだったことがよくわかる。僕の長年の愛読書。なお、僕が最も〝大文学〟の名にふさわしいと思っているのは、シェイクスピア劇でもドストエフスキーの小説でもなく、ゲーテの『ファウスト』。そこにはヨーロッパ文明がスッポリと収まる！
(37) ツルゲーネフ『ハムレットとドンキホーテ、他二篇』（河野與一・柴田治三郎訳、岩波文庫、一九五五年）参照。

（38）本節の冒頭にも記したとおり、シェイクスピアの攻略本はおよそ腹立たしいほどたくさんある。それらと格闘を始めると、せっかくの沙翁の芝居がつまらなくなる。そこで、攻略本の攻略本が出版されているから、ご紹介しておきたい。沙翁の同時代から十九世紀までのシェイクスピア批評を概観したければ、川地美子（編訳）『古典的シェイクスピア論叢――ベン・ジョンソンからカーライルまで』（みすず書房、一九九四年）あたりから。時間がなければ、同書のあとがきだけでも勉強になる。一冊読むのは嫌だという方には、高田康成・河合祥一郎・野田学（編）『シェイクスピアへの架け橋』（東京大学出版会、一九九八年）所収の「シェイクスピア批評今昔物語」（河合祥一郎）、十五ページで二十世紀末までの批評史を理解した気にさせてくれる優れものの記事である。同じく河合祥一郎の、本章の注（21）でも触れた『謎解き『ハムレット』――名作のあかし』はロマン派を仮想敵とした本、その第二章を読むとロマン主義解釈の功罪がわかる。さらに、レポートの〆切が目前、それでも長いという人は、小田島雄志訳の『ハムレット』（白水Uブックス、一九八三年）の巻末にある村上淑郎の解説かな。これだけはという重要な論点がコンパクトにまとめられている。

はい。以上のどれかをザッと読んだら、一度全部忘れて、『ハムレット』のテキストと向き合うのがよいでしょう。

（39）二十世紀初頭に出版されたA・C・ブラッドレー『シェイクスピアの悲劇』（一九〇四年）は、十九世紀の性格批評の頂点をなし、同時に二十世紀の沙翁批評はアンチ・ブラッドレーからスタートしたといわれる名著である。有難いことに、中西信太郎による邦訳が岩波文庫（上・下、一九三八―九年）に入っている。これは一度読んでおくべき攻略本。

（40）映画は見せてナンボの視覚芸術。オリヴィエは映画『ハムレット』の中で、ミレーのあの写実的な絵を模した絵画的場面を挿入して、賛否両論を呼んだ。聞くか見るか、それが問題だ。

（41）チェーホフは『かもめ』のあちこちで〝シグナル〟を出して、作品が『ハムレット』を下敷きにしていることを示している。二幕でトリゴーリンが「グランド・ピアノのような雲が見える」と言うのは、ハムレットが「あの雲はラクダの形をしている？」とポローニアスをからかう通称「雲の場」（三幕二場）のパロディである。また、『かもめ』一幕の劇中劇は「マウストラップ」が連想される。拙著『現代を知るための文学20』（国書刊行会、二〇二〇年）の第14節を読まれたし。

（42）ヨーロッパは八世紀末からおよそ二百五十年間、北欧のバイキング（海賊）に席巻された。イングランドに侵入したバイキングはデーン人と呼ばれ、とくにカヌート王は十一世紀前半、イングランド・デンマーク・ノルウェーの王を兼ねる勢いであった。デンマーク（Denmark）とは〝デーン人の領土〟という意味。エリザベス朝の人々もハムレットのデンマークに、中世の強国のイメージを重ね合わせていたであろう。

(43) ハムレット三十歳説は、この詩行の十数行後に、王子がおぶってもらったヨリックが二十三年間地中にあったと記されており、また劇中劇の国王のセリフ（三幕二場）も考慮して、ほぼ定説となっている。しかし、第一・四折版にはヨリックの髑髏が埋まっていたのは十二年間とあり、それだとハムレットは二十歳前くらいに若返り、王子のイメージ、さらには作品のテーマも、根底から見直しを迫られかねない。ヘヘエ、本気でテキストと対峙すると、それはまさに本格ミステリー、研究者の苦悩はハムレットの悩みよりも深い!?

(44) 近世のヨーロッパの宮廷には、しばしば国王に対しても辛辣な口をきける愚者《フール》がいた。多くは知的ないしは肉体的な障害者だったようで、どうやら〝魔除け〟のような存在として、君主が傍らに置いていたらしい。シェイクスピアがたびたび劇中に登場させる道化《フール》は、彼の空想の産物ではない。本書一三五頁参照。

(45) シェイクスピア没後四百年の記念イヤーたる二〇一六年、ストラットフォード・アポン・エイヴォンのロイヤル・シェイクスピア・カンパニー（RSC）が〝看板〟にした公演は黒人俳優たち（端役の四人だけ白人）による『ハムレット』だった。開幕にアメリカのウィテンバーグ大学（Wittenberg University、オハイオ州に実在）での卒業式の場面が短く挿入され、そこを卒業したハムレットがアフリカらしき祖国に戻ってみると、クローディアスによる独裁国家になっていたという設定。ハムレットを演じるのは、ガーナ系のパーパ・エスィエイドゥー（Paapa Essiedu）、弱冠二十五歳。シェイクスピアの詩行を朗じるみごとなブリティッシュ・イングリッシュ、という従来の〝英国の舞台の英語〟からはほど遠く、しかしメチャメチャうまい感情表現で、将来を嘱望されている。演出サイモン・ゴドウィン。二十一世紀のシェイクスピア上演は、本家本元がそこまでやる時代になっている。本書三〇八—九頁参照。

(46) 今が旬の英国俳優ベン・ウィショーは、二十三歳の時にトレヴァー・ナン演出の『ハムレット』（二〇〇四年）でタイトル・ロールを演じて大ブレイクした。舞台写真を一枚見ただけで、「おっ、『ハムレット』は青春悲劇！」と納得させられる。

やっぱりハムレットは若くなくっちゃ!?

(47) T・S・エリオット（一八八八―一九六五年）。アメリカ生まれ、後にイギリスに帰化したノーベル文学賞詩人。現代詩の記念碑的作品『荒地』（一九二二年）で有名だが、むしろミュージカル『キャッツ』（一九八一年初演）の作詞者といった方がおわかりの向きも多いだろう。ハムレットなる人物はともかく『ハムレット』という作品は駄作だと言い放ったエリオットの「ハムレット」（一九一九年）は、大御所の評論だけに、ハムレット（『ハムレット』?）擁護派が反論する起点として絶好、ボコボコに批判された〝サンドバッグ批評〟である。吉田健一訳が『エリオット選集』第二巻（彌生書房、一九五九年）に入っている。短いから、なにかの折にご一読を。

(48) その他、小林秀雄の短篇「おふえりや遺文」（一九三一年）、久生十蘭《ひさおじゅうらん》のこれも短篇「ハムレット」（一九四六年）、大岡昇平は長篇小説『ハムレット日記』（一九五五年）、福田恆存も長篇の『ホレイショー日記』（一九七九年）、また横内謙介の戯曲『フォーティンブラス』（一九九〇年初演）など、枚挙にいとまがない。皆、ハムレットないしは『ハムレット』に文句をつけながら、この矛盾の固まりたる王子が好きなんだなあと、つくづく思わされる。

(49) 『ハムレット』の演出も急速に〝大衆化〟されてきた。映画を例にとれば、フランコ・ゼフィレッリ版（一九九〇年）やケネス・ブラナー版（一九九六年）の王子はいかにも庶民的で親しみやすいが、どうも天下国家を論じる政治劇の趣には欠ける。僕はローレンス・オリヴィエ版（一九四八年）とグリゴーリー・コージンツェフ版（一九六四年）の王子がいちばんロイヤル・プリンスの風格と気品と知性、さらに冷徹さをそなえているように思えて、しっくりくる。

(50) もちろん二十五歳のゲーテが書いた大ベストセラー『若きウェルテルの悩み』（*Die Leiden des jungen Werthers*、一七七四年）の主人公のこと。ロマン派のハムレットが横滑りすると、ウェルテルになる。もっとも、彼の悩みは愛するシャルロッテとの恋ゆえ、最後はピストル自殺する。英雄ナポレオンはこのめめしい恋愛小説を九度読み、後にゲーテに面会している。

(51) 第一独白以来何度も出てきた「近親相姦の（incestuous）」罪を犯しているという話がここでも繰り返されている。当時は、弟が兄嫁と結婚するのは近親相姦とされた。テューダー朝の第二代国王ヘンリー八世（在一五〇九―四七年）は、早世した兄アーサーの妻だったキャサリン――十六世紀のヨーロッパ最強国のひとつ、スペインのお姫様――とローマ教皇からの特免状を得て婚約、後に結婚した。だが、六歳年上のキャサリンがそろそろ子供を産めない年齢に達すると、彼女の侍女アン・ブーリンから結婚を迫られたこともあって、離婚を考えるようになる。むろん教皇は反発、ついにローマと決裂して、ヘンリー八世は首長令（一五三四年）を発布し、「わが国では俺が宗教界でもトップだ」と。これがご存じのとおり、イングランドの宗教改革である。政治と宗教と血縁の話は複雑というか、その時その時のご都合主義の屁理屈というか。王族の結婚は、個人の愛の賜物にあらず、何よりも政略のため、また嫡男を得て王家の断絶を避けたいため。

（52）ハムレットに限らず、沙翁劇の登場人物は、「あゝ、俺は死ぬ～」と言ってからもうひとくさりのセリフが長い。それが不自然で嫌いだという人が多いのは、むべなるかなである。ちなみに、わが同居人は「あたし、外出するから」と言ってからが長い。ある時、僕が「ハムレットが死ぬ前の長ゼリフみたいだ」と言ったら、「それ、誉められたんだよね」と。はいはい、長生きしてください！

（53）E・M・W・ティリヤード『エリザベス朝の世界像』磯田光一・玉泉八州男・清水徹郎訳、筑摩書房、一九九二年（原著一九四三年）参照。古くなったという人もいるが、シェイクスピアが従っていた宇宙観を論じて、今なお読んでおくべき基本図書である。

（54）政権の交代が平和な時代の到来を告げるとは限らないのが、世の常。ヤン・コットは本章の注（1）でも引用した『シェイクスピアはわれらの同時代人』で、シェイクスピアがもし〝神の死んだ〟現代に生きていたら当然摂理史観など考えず、秩序の回復を謳うエンディングにもしなかったであろうと論じる。彼は第二次大戦中にヒトラーに対するレジスタンスに従事し、さらに戦後はスターリン支配に苦しんだポーランドの演劇人である。彼の語る未解放で不条理な世界には、肌感覚がともなう。ヤン・コットの現代的解釈は一世を風靡、彼の批評に刺激を受けた舞台では、フォーティンブラスはファシストの軍服を着て登場し、王座に登って高笑いして幕が下りるなんて演出が目白押しであった。

（55）拙漫談「スクリーンでロンドンの演劇を」（『ARTLET』№44、慶應義塾大学アート・センター、二〇一五年九月、所収）をご一読されたし。

（56）本書第3章注（30）参照。

(57)舞台と同じナイジェル・ホーソーン主演で映画化もされた。邦題『英国万歳!』(一九九四年、イギリス映画)。ただし、ハイトナー初監督の映画は、舞台ほど面白くはない。
(58)Susannah Clapp, "Othello-review" *The Guardian*, 28 April, 2013.
(59)NTライブの幕間の解説から。軍関係アドバイザーのジョナサン・ショーの言。
(60)一九八〇年代、BBCがテレビでシェイクスピアの全三十七作品を放映した時期に、映画館の大きなスクリーンで見る沙翁劇とテレビの小さな画面で見るそれは、同じか違うかという議論をずいぶんした。しかしその後、一般の映画でさえ、映画館で鑑賞するよりはDVDやネット配信によって自宅のテレビやパソコン、さらにはスマホで見るのが当たり前になり、スクリーンの大小はあまり問われなくなった。だが、NTライブをきっかけにして、今一度その議論を復活させるべきかと思う。
(61)日本の大学の教員にもこの手の輩《やから》はよくいる。インテリの嫉妬は始末に負えない。陰湿。しかも〝口先労働者〟だから、理詰めでとんでもないことを平気で並べ立てる。
(62)オリヴィエがナショナル・シアターの初代芸術監督をしていた一九六四年に自ら主演した名舞台(オールド・ヴィク劇場、演出ジョン・デクスター)を、スタジオに同じセットを組み直して撮った映画『オセロー』(一九六五年、イギリス映画、監督ステュアート・バージ)がある。古臭いと笑うなかれ、こんな演技ができる俳優は、今のイギリスの演劇界に誰もいない。拙著『シェイクスピア・オン・スクリーン』第2章第1節「舞台の演技——オリヴィエの『オセロー』」参照。
(63)ストラットフォードの小劇場で初演された舞台。テレビ放送された作品が、今でもDVDで楽しめる。お勧め。同書、第2章第4節「本場の舞台——RSCの『オセロー』」をご参照あれ。
(64)昨年[二〇一五年]のストラットフォードで見た『ヴェニスの商人』(RSC、演出ポリー・フィンドレイ)では、イスラエルの俳優にシャイロックを演じさせていた。でも、う〜ん、ユダヤ人がシャイロックに扮すれば、それでいいってわけじゃないだろう、という出来だった。また、傭兵隊長だけでなくイアーゴーも黒人にした『オセロー』(RSC、演出イクバル・カーン)も見た。二人とも黒人となれば、戯曲にある人種差別の問題が消え、その分二人を対立させる別の要素が浮き彫りになって、なかなか面白かった。同じ素材でも、いろいろと料理してくれるのだ。

（65）“Of one that loved not wisely but too well.”（V.ii.347）有名な、そして味わい深い一句。

（66）国立劇場（ＮＴ）の『三人姉妹』（二〇一九年）は、一九六〇年代の西アフリカ、悲惨な内戦に見舞われたビアフラを舞台に選んだ。脚本はナイジェリア生まれで今売り出し中のイニュア・エラムズ、演出ナディア・フォール。飛ぶ鳥落とす勢いのイヴォ・ヴァン・ホーヴェのＮＴデビュー作『ヘッダ・ガブラー』（二〇一六年）は、ガランとした空疎なロフト風の部屋を舞台に、ロンドンに住むブルジョワの女性の憂鬱を描く。さらに、キャリー・クラックネル演出の『令嬢ジュリー』（ＮＴ、二〇一八年）は、ロンドンの金持ちのお嬢様と彼女の家の運転手、黒人の移民労働者の痴情の果て。そして、レベッカ・フレクナルがフリンジのアルメイダ劇場で演出したテネシー・ウィリアムズの初期の作品『夏と煙』（二〇一八年）は原作戯曲のト書きもものかは、二十世紀初頭のミシシッピー州を脱出して、抽象的かつ象徴的な空間に。そんな今風の舞台を見ながら考えた古典劇の二十一世紀における上演のあり方の一席である。

（67）ロンドンのシティ（City of London）の北に位置する地区バービカンが住宅開発され、一九八二年に創設されたバービカン・センターの中の劇場を、ロイヤル・シェイクスピア劇団は二〇〇一年までロンドンの本拠地としていた。大劇場のバービカン・シアター（Barbican Theatre）と小劇場のザ・ピット（The Pit）。『トロイラスとクレシダ』を見たのは、その〝穴蔵《ピット》〟劇場の方。しかし、劇場内部に問題はないが、イギリス人好みでないコンクリートむき出しの高層住宅群といい、ウエストエンドの劇場街から離れている立地の悪さといい、バービカンの評判は必ずしも芳しからず、ＲＳＣは約二十年で撤退を余儀なくされた。けれども、開発ラッシュのロンドンで人々の意識も徐々に変わり、最近またバービカンでロイヤル・シェイクスピア劇団の芝居が見られるようになった。

（68）一度書いた。拙著『シェイクスピア・オン・スクリーン』、二二六頁。読者から、下品だとお叱りを受けた。そう言われると、また書いてみたくなるんだよねえ。

（69）チチェスター・フェスティバル劇場で二〇一七年に上演された作品を、ロンドンの劇場に移しての公演。二〇一九年にＮＴライブで日本にも入ってきた。

（70）Abigail Rokison-Woodall, “Shall We Not See These Daughters and These Sisters?” デューク・オブ・ヨークス劇場『リア

王』上演時のパンフレット（二〇一八年）所収。

（71）前出の『シェイクスピア・オン・スクリーン』、二二五頁。

（72）山田和夫「リア王」（『ヨーロッパ映画200』キネマ旬報社、一九八四年、三八〇―一頁）参照。

（73）僕が拙著で最大級の評価をした映像作品は、コージンツェフの『リア王』と、黒澤明『蜘蛛巣城』、そしてジョルジョ・ストレーレルの舞台ビデオ『テンペスト』（一九八一年）であった。いずれも英語の原文テキストを使わない非英語圏の作品で、何かあるのかと質問も受けたが、その後ずっと頭の片隅で考えつづけても、「たまたま」としか答えが出てこない。それよりも、僕はこの三作品を超えるシェイクスピア劇に、映画でも舞台でもまだお目にかかっていない。

シェイクスピア劇の上演は、その流行《ファッション》は変わっても、必ずしも進歩はしていない。

（74）本節でロシアものを扱ったのを機に、中本信幸先生へのお礼を一言申し上げておきたい。先生には、僕が修士論文を書いている時期に質問の手紙を差し上げたのをきっかけに、お付き合いさせていただくようになった。中本先生はチェーホフをはじめとするロシア文学研究者だが、お若いころに訳されたモローゾフ『シェイクスピア研究』（未来社、一九六一年）とA・A・アーニクスト『シェイクスピア』（明治図書出版、一九七二年）は、僕が長年にわたって繰り返し読み、参考にしてきたロシア人による貴重な沙翁研究書である。また、先生から時々いただく寸評の的確さと温かさは、いつも僕の仕事の大きな励みとなってきた。いろいろと有難うございました。

（75）僕の鼻歌となっている英語原文を記しておく。

To-morrow, and to-morrow, and to-morrow,
Creeps in this petty pace from day to day,
To the last syllable of recorded time;
And all our yesterdays have lighted fools
The way to dusty death. Out, out, brief candle!
Life's but a walking shadow, a poor player

That struts and frets his hour upon the stage
And then is heard no more: it is a tale
Told by an idiot, full of sound and fury,
Signifying nothing.
（*Macbeth*, V.v.19-28）

（76）富原芳彰『シェイクスピア入門』研究社、一九五五年、二一五頁。

（77）本章第1節「ハムレットの悩み」にも書いたが、〝処女王〟エリザベス一世には、子供も、それから兄弟姉妹もいなかった。そこで、彼女の祖父ヘンリー七世の娘でスコットランドのステュアート家に嫁いでいたマーガレットの曽孫、つまりは遠縁のそのまた遠縁にあたるスコットランド国王ジェームズ六世が次の君主に選ばれ、イングランド国王としてはジェームズ一世と称して即位した。まだイングランドとスコットランドが別々の独立国だった時代。よって、同じ国王が二つの国の君主を兼ねる「同君連合」なる形態をとった。ちなみに、スコットランドがイングランドに乗っ取られるのは一七〇七年だから、両国の合併は百年以上先の話。また、ジェームズの母親はエリザベス一世の天敵で、彼女に処刑されたメアリー・ステュアート、国家権力の移譲はなんとも不可解で非情な政治的判断にゆだねられていたと言わざるを得ない。

（78）僕は二十五歳で学生結婚した折、金がないので披露宴の席次表は会場に依頼せず、手書きで作ってコピーした。出席者の名前の上に落書きを添えて。僕のところには、「痩せたソクラテスになりたい」と書いた。東大総長の大河内一男は、J・S・ミルを引用して、「太った豚になるよりも痩せたソクラテスたれ」と卒業式で告辞した。だが、僕の当時の悩みはダイエットがうまくいかないこと。また、嫁さんは「ソクラテスの妻になるまい」と決意表明を綴った。けれども、誰もわかってくれない。そのころの若い二人は、教養ある友人には恵まれていなかった⁉

（79）えっ、僕ですか、悪妻をもってまで出世したくない、〝ただの教授〟で十分背伸びしました、成り上がりました。もうけっこうです。

（80）ロマン派の批評家トマス・ド・クインシーの「「マクベス」劇中の門口のノックについて」（一八二三年）の分析が有名。翻訳は、野島秀勝他訳『トマス・ド・クインシー著作集Ｉ』（国書刊行会、一九九五年）、また川地美子（編訳）『古典的シェイクスピア論叢——ベン・ジョンソンからカーライルまで』に入っている。昔の批評家のシェイクスピア論を読んでみるのも、一興。

(81) もうひとつ注を。僕が世界最高の『マクベス』映画と高く評価している黒澤明『蜘蛛巣城』（一九五七年、日本映画）では、鷲津武時（マクベス）が殿を殺しに行くシークエンスを、お能の演技を応用した六分二十秒の〝黙劇〟にしている。そして、浅茅（マクベス夫人）の「狼藉者じゃあ」の一声でスクリーンに音が戻り、城内が一斉に我に返る。黒澤が日本の戦国時代に舞台を移して撮ったシェイクスピア映画は、各所で「原作の本質」を映像的にパラフレーズして秀逸である。拙著『シェイクスピア・オン・スクリーン』第8章第2節「能の演技——黒澤明の『蜘蛛巣城』」をご参照あれ。

(82) 本書一七二—三頁の『ハムレット』墓掘りの場の解説でも述べたが、もう一度。悲劇なるもの、ピ〜ンと張り詰めた雰囲気がずっと漂っている舞台が格好いいと考えがちだが、残念ながら人間の集中力はそう長くは続かない。そこで、よくできた芝居には、緊張する場面の前後にコミカルな一場が上手に挿入されている。これを「コミック・リリーフ（comic relief）」という。いや、無理に笑わせる必要はない、観客がホッと息を抜ける、フッと安堵《リリーフ》できる一瞬を作れば、それで見ている者はふたたびシリアスな物語に集中する態勢に戻れる。

(83) ヤン・コットの影響を受けたロマン・ポランスキー監督の『マクベス』（一九七一年、イギリス映画）は、原作では端役に過ぎない貴族ロスを不気味な日和見主義者として膨らませ、体制が変わるたびに人々の生活が一変した戦後の東欧社会の政治状況とオーバーラップさせていた。これも拙著『シェイクスピア・オン・スクリーン』の第8章をご一読のほど。もっとも、共産主義社会だけでなく、現代の日本でも、首相だろうが社長だろうが、およそトップの交代劇は、なにかきな臭いものがあるなと感じていても、とりあえずは新たなリーダーがどう動くのか、力量はいかほどかと見定めるのが、〝大人の常識〟！　違うか？

(84) シェイクスピアの『リチャード二世』三幕二場一六〇行。シェイクスピアは自国の歴史を綴っているうちに、神から授かった地位に鎮座しているはずの国王の、その心が鎮《しず》まることなきを実感したのであろう。

(85) ちなみに、シェイクスピア劇の翻訳でも知られる福田恆存が『マクベス』を基にして戯曲『明智光秀』（一九五七年）を執筆している。『福田恆存戯曲全集』第四巻（文藝春秋、二〇一〇年）所収。

（86）木下順二『シェイクスピアの世界』岩波書店、一九七三年、二〇三頁。

第6章　問題劇

（1）一九八九年一〇月から二〇〇二年三月まで日本テレビ系列局で日曜日の夜に放送された一時間番組。司会は関口宏。

（2）オールダス・ハックスリー「悲劇と全面的真実」朱牟田夏雄訳（『世界教養全集』別巻2「東西　文芸論集」平凡社、一九六三年、所収）。

（3）今やシェイクスピアの国際学会では、必ずといっていいほど沙翁劇映像化に関するセッションが設けられるようになったが、日本では不思議なほどこの手の議論が起こらない。いったい文学研究者は、舞台で演じられるシェイクスピアを文学として、詩として鑑賞するシェイクスピアよりも一段下にみる傾向がないだろうか。そして、演劇としてシェイクスピアをみる人は、映像はしょせん生の舞台の魅力にはかなわないと考えているのではないか。だが、時代に抗《あらが》うことはできないのであって……

（4）Susan Willis, *The BBC Shakespeare Plays: Making the Televised Canon*, The University of North Carolina Press, 1991, p.xi. BBCシリーズの制作現場に自ら立ち会って記述した貴重な記録。

（5）この話をするのはひさしぶりだ。以前に、イギリスの女優には美人はいないとずいぶん書き、書評でもそれを笑われたが、僕が不美人だと言った場合は、なのに主役を張っているのはすごい、かの国の舞台は正真正銘、演技力勝負だという誉めことばである。お間違いのなきよう。

（6）レンブラントと同じ、十七世紀のネーデルラント（オランダ）の画家ヨハネス・フェルメールのタッチもそこここに見受けられる。お探しあれ。

（7）ジョナサン・ミラーは医者にして大物演出家という変わり種。我《が》の強いローレンス・オリヴィエを相手に演出するのはなかなかの難業だが、当時ナショナル・シアターの芸術監督だったオリヴィエを御《ぎょ》して、彼に名演と謳われるシャイロックを演じさせた『ヴェニスの商人』（NT、一九七〇年）なんて、実にお見事。稽古場ではダメ出しの雨あられだったとか。BBC沙翁シリーズでは十二作をプロデュース、しかし演出家や俳優の雇用は思うに任せず、結局自ら六本を演出した。同シリーズについては、制作の過程を知れば知るほど批判する筆が鈍る。

（8）Susan Willis, *op.cit.*, p.24.

（9）僕は研究休暇をもらって一九九一年にイギリスへ渡ると、すぐにイアン・チャールスンの出演している芝居を探した。だが、彼はその前年、四十歳の若さで他界していた。彼を一度、舞台で見たかったなあ。『炎のランナー』と『ガンジー』およびイアン・チャールスンの演技については、拙著『スクリーンの中に英国が見える』を参照されたい。

（10）人物たちの横顔のショットが多く、それは〝考える劇〟を視覚化するテクニックのひとつだと僕に最初に教えてくれたのは、シェイクスピア映像論の先駆者ロジャー・マンヴェルだった。NHKが一九八〇年十一月から八七年三月に放送したBBCシェイクスピア・シリーズ全三十七篇には毎回、日本の一流どころのシェイクスピア学者が解説を加えていた。『終わりよければすべてよし』の回は、当時学習院大学教授だった荒井良雄さん、そして荒井さんとマンヴェル教授の対談も付されていた。この項はその折の話に基づいている。

ちなみに、荒井先生には僕の初めての単著『シェイクスピア・オン・スクリーン』（一九九六年）の帯を書いていただいた。先生とはそれまで面識がなかったが、お願いすると一日で一気にゲラを読んで文面を送ってくださった。また、拙著をあまり誉めてくれるので怖くなり、渋谷のパブレストランでお話を伺うことにした。先生はメモも何も持たず、僕の本の批評をされる。酒も入っていたが、僕が途中から真顔で「メモを取らせてください」と言い、こちらが本気で聞く耳があると思ったのだろう、それこそ二時間以上の厳しいダメ出しが続いた。僕と意見の異なるところも多々あったが、実によく僕の生意気な処女作を読んでくださっていることがわかった。

『シェイクスピア・オン・スクリーン』を出版したころは、沙翁映画に関する先行研究といえば、荒井先生の訳されたロジャー・マンヴェル著『シェイクスピアと映画』（白水社、一九七四年、原著一九七一年）くらいしかなかった。僕はマンヴェルの映画評以外はほとんど他人の批評を気にせず、シェイクスピア映画だけを自分の目で見て、書きたいように筆を運んだ。

他日、ボロボロになるまで読み込んだマンヴェルの本にサインを求めると、荒井先生は「こんなにきちんと読んでくれて」と嬉しそうな顔をされ、英語で短いことばとサインをしてくださった。神田のヒルトップホテルにて、一九九七年十月六日と日付が入っている。

ここに思い出を記して、一昨年［二〇一五年］鬼籍に入った荒井良雄先生への感謝の意を捧げるしだいである。

（11）*All's Well That Ends Well*, IV.iii.67-70.

（12）小田島雄志訳『終わりよければすべてよし』（白水Uブックス、一九八三年）巻末の蒲池美鶴による解説より。

（13）むろん舞台では、修道女の白い僧衣に身を包みながら、それがかえって肉感的で男を虜《とりこ》にする、って演出も可能だけど。女性は派手で自由奔放そうな服を着るよりも、むしろピシッと制服を着て、禁欲的な格好をした方が色っぽいこともある……えっ、何の話!?

（14）わが同居人からは、「あなたは勧善懲悪が大嫌いだと言いながら、『遠山の金さん』は毎週見ている。矛盾してる」とよく笑われた。ちなみに、多くのスターたちが演じた人気シリーズの中で、僕は杉良太郎が扮した金さんがいちばん好きだった。

（15）正義と慈悲というテーマで有名なのは、『ヴェニスの商人』の人肉裁判の場面（四幕一場）である。ポーシャがシャイロックに、アントーニオへの慈悲を要求し、相手が応じないとなると一転、ユダヤ人に厳しい正義の裁きを下す。本書五二―三頁参照。

（16）これは後からつけた注だが、この原稿を学生たちと作っていた文集に書いたきっかけは、その六カ月前、一九九一年一月十七日に湾岸戦争が勃発したことにあった。一九八九年にベルリンの壁が崩壊し、米ソ冷戦が終わったといわれた時期、アメリカがまた新たな戦争を仕掛けた。あの時、日本は軍隊を派遣しなかったことをアメリカから猛烈に責められ、後に自衛隊を海外に派遣する契機となる。わが国にとって今日にいたるまでの大きなトラウマとなった事件であるとともに、現代の中東におけるテロの始まりも、あの不要な戦争に端緒が求められよう。蛇足ながら。

第7章 ローマ史劇

（1）イタリア・ネオレアリズモは、第二次大戦中のレジスタンスの経験から出発し、ドキュメンタリー・タッチで、ファシズムに対する抵抗運動や民衆の困窮する生活の様子を活写した新《ネオ》リアリズム運動。プロの俳優を使わず、全篇ロケーション撮影で、人々の生の現実を記録しようとした。その姿勢は、ハリウッドの〝夢を売る〟映画産業の路線と対照的に、戦後イタリア、さらに全ヨーロッパの映画制作の基本精神となった。
（2）セリフの引用は吉岡芳子の日本語字幕を基にし、多少の改変を加えている。
（3）『塀の中のジュリアス・シーザー』劇場公開時パンフレット（スターサンズ、二〇一三年）所収のタヴィアーニ兄弟へのインタビュー記事（一二頁）より。
（4）古《いにしえ》の『ジュリアス・シーザー』映画二本。一本はジョゼフ・マンキウィッツ監督の一九五三年版、ブルータスをジェームズ・メイソンが演じ、アントニーはマーロン・ブランドが扮した。もう一本の一九六九年版は、監督スチュアート・バージ、ブルータスがジェースン・ロバーズ、アントニーはチャールトン・ヘストン。どちらもスペクタクル映画にして、主役はハリウッド・スターが格好をつけて演じ、しかしシェイクスピア劇の本質を理解していないことを白日の下にさらした駄作。拙著『シェイクスピア・オン・スクリーン』第5章「ローマ史劇」をご笑覧。
（5）前掲の映画パンフレット、一二頁。
（6）同パンフレット、一一頁。
（7）白水Uブックスの小田島雄志訳『アントニーとクレオパトラ』（一九八三年）の巻末に上野美子が書いている解説を参照。僕は若いころ、批評よりも作品を丹念に読むことに時間と労力を費やせと言われて育った。その恩師のおかげでシェイクスピアの面白さを実感できるようになったと思っているが、それでも基本事項を俯瞰《ふかん》で知っておくことは大切。その際、白水Uブックスの巻末にある、当時の一流どころのシェイクスピア学者が記した解説にはずいぶんお世話になった。

ちなみに、僕は東京都立大学で三年間イギリス中世史を勉強させてもらったが、その折しばしば英文科の合同研究室からシェイクスピア関連の英語文献を借り出した。当時は書物の裏表紙の袋に入っているカードに自分の名前を書いて借り出すシステムだった。そのカードに、どの本も加納秀夫、上野美子とあり、僕が三番目。大御所二人の後に自分の名前を記すことを誇らしく思ったものだった。

（8）ローレンス・オリヴィエ『演技について』倉橋健・甲斐萬里江訳、早川書房、一九八九年、一五二―四頁。

（9）ハリウッド肉体派のスター、チャールトン・ヘストンはアントニー役にご執心で、自ら監督・脚本・主演を兼ねて、『アントニーとクレオパトラ』（一九七一年、スイス・スペイン・イギリス合作映画）を撮った。だが、ハリウッドの美学に則ってヘストンが格好よく演じたローマ将軍は、オリヴィエの言う、シェイクスピアの取り繕わなかったアントニーの愚かさが表現できていない。観客を共感させるのはお手のものでも、役柄を異化し、見る者がスッと引いてしまう、そんな場を監督としても俳優としても作ることができなかった。拙著『シェイクスピア・オン・スクリーン』第5章第3節「再びスターのシェイクスピア映画――チャールトン・ヘストンの『アントニーとクレオパトラ』」をご一読のほど。

（10）ローレンス・オリヴィエ、前掲書、一五二頁。

（11）BBCテレビのシェイクスピア・シリーズでジョナサン・ミラーが制作・演出した『アントニーとクレオパトラ』（一九八〇年）は、アンチ・スペクタクル劇をめざした。なにしろ戦闘シーンはすべてカット、アクティウムの海戦の場面などは軍船の絵を背景にプルタークの『英雄伝』から引用した戦いの説明が字幕で出るだけという徹底ぶり。ジョナサン・ミラーはまた、古代世界を意識的に矮小化する演出を試みている。

（12）Harley Granville-Barker, *Prefaces to Shakespeare*, Vol.3, B.T. Batsford Ltd., 1930, p.116.

（13）ほぼ完成していたこの台本は、ブレヒトの死後、ベルリナー・アンサンブルによって補筆され、一九六四年に上演されて、評判となった。邦訳に岩淵達治訳『コリオラン』（『現代世界演劇9（政治劇）』、白水社、一九七一年、所収）がある。

（14）一九五三年三月にソ連の独裁者スターリンが他界、共産圏に風穴が開いたと思われた数カ月後、東ベルリンの労働者たちによるストライキが暴動化し、一気に東ドイツ全土に波及したが、ソ連軍の戦車によって鎮圧された。世に東ベルリン暴動ないしは六月十七日事件と呼ばれる。三年後の一九五六年、ソ連共産党第二十回大会でニキータ・フルシチョフがスターリン批判演説を行ない、それに呼応してポズナン（ポーランド）暴動、さらにハンガリー動乱が勃発する。チェコスロヴァキアの民主化運動「プラハの春」とソ連軍によるその制圧は一九六八年。東ベルリン暴動は、戦後の東欧で何度も起こったソ連支配に対する労働者の抵抗運動・自由化運動の最初の一里塚であった。

アクチュアルな現代史の中でのシェイクスピア劇！

（15）高本研一訳『賤民の暴動稽古』が、これも『現代世界演劇9（政治劇）』に入っている。有難く参考にさせていただいた。

（16）同書、二七八―九頁。

（17）同書、三四五頁。

（18）Samuel Taylor Coleridge, *Shakespearen Criticism*, Vol.1, Dent & Dutton (Everyman's Library), 1960, p.79.

第8章　ロマンス劇

（1）他に、出版権が買い取れなかった、また入手したテキストの正確さに疑問があった、などの説がある。

（2）ジョン・ガワー（一三三〇？―一四〇八年）はチョーサーと同時代のイギリスの詩人。『ペリクリーズ』の原話は古くからヨーロッパに広く知られていた「タイアのアポロニウス」、ギリシャから伝わったその物語をガワーが『恋人の告白』（初版一三九三年）の第八巻に収め、十六世紀にも二度出版された、それをシェイクスピアは参考にして劇作したらしい。沙翁は実在の中世詩人をコーラス役として各幕の冒頭に登場させ、物語の説明をさせているわけだ。

（3）僕が長年所属している大学学部は社会人に門戸を開いた大学院を持っている。そこの院生および修了生で文学にはまった人たちと、「えみゅーるの会」――えみゅーるは、トルコ語で〝人生〟ないし〝人生の歓び〟の意――を作って、月に一冊ずつシェイクスピア劇を読もうということになった。結局、二〇〇四年春から八年秋の約四年半で三十七作を読破した。『ペリクリーズ』を読んだ折のメモには、「紙芝居のようだ。シェイクスピアらしくない」、「スペクタクルで見せる部分もあり、蜷川向きじゃないか」、「勧善懲悪。人物が平板で類型的」、「どこかで生き返るなと、予測がついた」、「嵐の人生そのものを描こうとしたんだろう」、「人の心の変わりやすさ、裏切り。こんなもんですよ」、「科学に圧倒される前の時代の作品」などの感想が残っている。

職業も年齢も人生観もバラバラの面々、僕は常に〝攻略本〟より、まずは自分の目で作品を読んで、正直な感想を述べてほしい、「皆さんの生きてきた年輪や日ごろやっている仕事に照らしてシェイクスピアと対話すれば、各人がそれぞれ異なる、味わい深い感想を語れるはずだ」と。

実際、そのとおりの豊かな批評に毎回出会えた読書会であった。参加者の皆様にあらためて感謝申し上げる。

（4）合作説がある作品の場合、面白くない場面やセリフは、これ共作者が書いたんだろう、と。文体を検討すれば、それはそれなりに説得力があるのだが、でもあまり安易にシェイクスピアの筆ではないとするのも問題がある。また、役者はたいてい、自分のしゃべっているセリフは、「これは間違いなくシェイクスピアが書いた詩行だ」と主張するという話もある。

（5）ロマンス劇は、十九世紀の批評家・英文学者エドワード・ダウデンの命名。なお、最近はシェイクスピアの正典に『エドワード三世』、『サー・トマス・モア』、『二人の貴公子』を加えて、全四十篇とする研究者もいる。沙翁の筆が入っているであろう共作は、全部彼の劇として研究対象にしてもいいのではないか、と。そのとおりなんだけど、でも正直なところ、その三篇はさほど面白い芝居とはいえない。僕は『ペリクリーズ』を含めた三十七篇だけで十分と考えている。

（6）『ガーディアン』二〇一六年五月十五日付けのクレア・ブレナンの劇評。同紙のマイケル・ビリントンは、星はちょっと甘めの大御所だが、彼にしては厳しい3つ星。

（7）イギリスがEU離脱の是非を問う国民投票を実施したのは、二〇一六年六月二十三日。一方、RSCの『シンベリン』は同年四月二十九日に初日を迎えた。なのに、離脱を決定する前から、時事ネタを先まわりして取り入れたこの芝居作り。古典を現代とつなぐのも大変だ。

（8）シューベルトが一八二六年、シェイクスピアの名高きドイツ語訳たるシュレーゲル版にある「朝の歌」に曲をつけたのが、「セレナーデ（Ständchen）」である。

（9）俳優が常に発声練習をして、腹式呼吸でセリフをしゃべるのは、低くて太い声を出すためである。感情が入ると、ついつい喉から高い声を出してしまう。声が高いと、ことばはてきめんに聞き取りづらくなる。だから、母親が子供を叱る時、ヒステリックに上ずった声を出すと、子供は「あっ、母ちゃん、怒ってるな」とはわかっても、なぜ怒られているのか、理由が聞き取れなくなる。子供を一喝する時は、下っ腹に力を入れてドスのきいた声を出すのがコツである。

（10）本書第3章注（8）を参照のこと。

（11）前出の『ガーディアン』紙、クレア・ブレナンの劇評。

（12）例えば、昨秋［二〇一六年十一月］評判になったのはグレンダ・ジャクソン主演の『リア王』（オールド・ヴィク劇場）。彼女は女優を引退して、長く労働党の国会議員を務め、議会でも数々の名演説で鳴らした。イラク戦争の折には与党議員なのにトニー・ブレアに嚙みついて、喝采を浴びる。その名優が御年《おんとし》八十歳にして、二十五年ぶりに舞台に立った。僕はアカデミー主演女優賞を獲得した『ウィークエンド・ラブ』（一九七三年、イギリス映画）以来のファンで、だからこそ老いさらばえた彼女を見たくない気がしたのだが、どうしてどうしてロンドンの劇評はいずれも絶賛だった。見たかったなあ。

（13）僕のゼミで『冬物語』を読んだ際に、「つまらない」、「どう読んでいいのかわからない」、「どこが名作なんだ」と非難ごうごうだった学生たちへの僕の反論より。

（14）"green-eyed monster"（*Othello*, III.iii.170）。

（15）"'mongst all colours / No yellow in't, lest she suspect, as he does, / Her children not her husband's!"（*The Winter's Tale*, II.iii.105-107）どんな色でもいいが、黄色だけはお姫様の心に注がぬように、とポーリーナがレオンティーズに語る。

（16）『冬物語』が執筆されたであろう一六一一年ごろ、時のイングランド国王ジェームズ一世の長女エリザベスとドイツのプファルツ選帝侯フリードリッヒとの結婚が噂され、事実二人は一三年に結ばれている。快活で美しく、民衆の間でも人気の高かったエリザベスがドイツに嫁ぐのを、人々は一様に惜しんだという。シェイクスピアもドイツのすぐ東に位置するボヘミアの地を理想郷でありたしと願い、シチリアとボヘミアの気候風土を知って知らんぷり、両者を入れ替えたのではないかという説もある。ルネサンス精神史の碩学《せきがく》フランセス・イエイツの『シェイクスピア最後の夢』（藤田実訳、晶文社、一九八〇年、原著一九七五年）を読まれたし。

(17) 日本で田舎といえば田畑の広がる景色が思い浮かぶが、イギリスは農耕よりむしろ放牧の国。今日でもロンドンを離れれば、すぐに羊や牛や馬が遊ぶ牧草地が目に飛び込んでくる。とくに暖かそうな毛でモコモコの羊たちはおなじみの光景だが、その羊たちが急に丸裸にされているのを見ると、夏ももうすぐそこと実感される。

(18) ノーブルは一九九四年に『夏の夜の夢』（ロイヤル・シェイクスピア劇場、来日公演は一九九七年）を演出、これも新しい視覚性に富んだみごとな作品だった。ピーター・ブルック演出の伝説的な『夏の夜の夢』（一九七〇年、来日公演一九七三年）へのオマージュと銘打って、彼の舞台からせっせとパクッた。色彩鮮やかにして、観客の目を奪いすぎない、詩がきちんと聞こえてくる作品。生身の俳優を小さな妖精に見せるために、ノーブルはたくさんの巨大な電球が輝く森を作り、その非現実的でシュールな明かりの中を、パックと妖精が傘につかまって上下する。それはいわば、大劇場におけるピーター・ブルックへの回帰をめざした芝居であった。

(19) わがゼミ生たちも、とくにこのラストシーンにはブーイングの嵐を浴びせてくれた。曰く、「茶番としか思えない。出来過ぎ」、「極端だな。ハーマイオニが生きて出てくるのはムカつく」、「複雑さとか信憑性がない」、「死んだ人間が生き返ったら、たいていは「よかったね」と思うはずなのに、そういう感動がない」と。読むとリアリティのないその台本が、舞台で見ると、意外や意外……ってのが、芝居の摩訶不思議なところなんだけどね。

(20) 出口典雄率いるシェイクスピア・シアターは、渋谷の公園通りにあった東京山手教会の地下、百人も入ればいっぱいになる穴蔵のような小劇場ジァン・ジァンで、シェイクスピア劇を演じまくった。一九七五年から毎月一本ずつ、小田島雄志が沙翁劇を訳すそばから舞台に乗せ、六年間で全三十七作品を上演し終えた。俳優は若手ばかり、メイクなし、衣裳も普段着、小道具少々、照明の変化なし、音楽は生演奏。大学生だった僕に、シェイクスピア劇と「なにもない空間」での芝居の面白さを最初に教えてくれた貴重な連続公演だった。感謝！

(21) ロイヤル・シェイクスピア・カンパニーの来日公演時のパンフレット（銀座セゾン劇場、一九九四年）所収の扇田昭彦によるインタビュー記事「『冬物語』の演出を語るエイドリアン・ノーブル」より。

（22）Pipe dream. 阿片を吸って思い浮かべる夢想、非現実的な妄想。総じてヨーロッパの人々もハリウッド映画のハッピーエンドを悪し様に非難し、馬鹿にする。むろんハリウッド映画は楽しいから彼らも見にはいくのだが、自分たちはそういうご都合主義の映画をほとんど作らない。

（23）拙著『スクリーンの中に英国が見える』、『ヨーロッパを知る50の映画』正・続（国書刊行会、二〇一四年）をご参照あれ。僕の映画批評はいつも、ハリウッド映画が仮想敵である。

（24）ロンドンの週刊情報誌『タイム・アウト』（*Time Out*）の一九九二年七月八日―十五日号に掲載されたジェーン・エドワーズの劇評より。

第9章　ミサレイニー

（1）一年間のイギリス滞在から帰国して、最初に書いた原稿である。三十六歳の時の文章。折しも人気うなぎ登りだったスワン劇場で〝小劇場演劇〟の魅力に目覚めた喜びに満ちている。日本でも、渋谷ジァン・ジァンの芝居、つかこうへいの作品、下北沢の舞台などはすでに見ていたが、僕に小さな劇場の芝居の方が大劇場のそれよりはるかに面白いと初めて実感させてくれたのは、スワン劇場のエリザベス朝演劇であった。ちょいと筆が若くて気恥ずかしいのだが、あえて掲載するしだいである。

（2）当時のRSCは、ストラットフォードだけでなく、ロンドンのバービカンも本拠地としており、ストラットフォードで上演された作品を翌年バービカン・センターの大小二つの劇場で再演するのを原則としていた。

（3）第1章注（2）にも記したように、一九八八年に開館し、バブルの絶頂期に次々と海外劇団の芝居を上演して、演劇ファンを楽しませてくれた。しかし、演じる側の使い勝手も、また観客の鑑賞にとっても、決して評判のいい芝居小屋ではなかった。二〇〇二年に一時休館、その後ジャニーズ事務所が買収し、改装され、今日に至っている。

（4）国立劇場から東京学芸大学の演劇学の教員にトラバーユした小林志郎先生が主催していた劇団。スタッフはプロ、俳優は、まあ、セミプロかな。ユージーン・オニールの作品を連続上演していた。舞台はいつもスラスト・ステージ！　そこで僕は三十代のころ、十年ほど遊ばせてもらっていた。

（５）一度は自重を誓ったが、日本のテレビを見てすぐに自信を取り戻し、ユニヴァーシティ・ウィッツのその後の公演では、また下手くそな演技を披露した。

（６）現在のロイヤル・シェイクスピア劇場の礎《いしずえ》となったシェイクスピア記念劇場は一八七九年の創設。一九二六年に火事で焼失、三二年に再建された。その第二次シェイクスピア記念劇場について、ピーター・ブルックが同劇場の芸術監督だったバリー・ジャクソンから聞いた話を披露している。この赤レンガの劇場を設計した委員会には誰ひとりとして舞台関係者がいなかった、搬入口は装置の出し入れ口を忘れていたことに最後の最後に気づいて、大慌てで壁をぶち抜いて作ったという始末だった。ブルックは終戦直後の一九四六年に弱冠二十一歳、同劇場の史上最年少演出家として『恋の骨折り損』を演出したと、その早熟な天才ぶりがさまざまな書物に記されている。だが、彼がサー・バリーに招かれた当初は、こんな田舎の劇場で何ができるのか、後に「ストラットフォード革命」として知られる構想を語る老芸術監督を「かわいそうなお年寄り」だと思った、と。まだＲＳＣの名を冠する以前の田舎劇団・劇場と生意気だった若造の姿については、ピーター・ブルック『ピーター・ブルック回想録』（河合祥一郎訳、白水社、二〇〇〇年、四九―五一頁）を読まれたし。

（７）二〇〇九年に始まったＮＴライブの向こうを張って、ＲＳＣも“RSC Live from Stratford-upon-Avon”と銘打ち、二〇一三年からライブ配信を始めた。日本ではその最初の作品『リチャード二世』だけが映画館上映された（二〇一四年一―二月）。同映像にはＤＶＤがあり、通販サイトから簡単に輸入できる。

（８）「ＲＳＣライブ」の『リチャード二世』、幕間に挿入されていた解説より。ヨゼフ・スヴォボダ（一九二〇―二〇〇二年）は照明を巧みに操り、映像を駆使し、後にはコンピュータの技術も導入した、二十世紀を代表する舞台デザイナー。一九四八年からプラハ国立劇場の首席舞台美術家を務めた。

（９）ＲＳＣが二〇一六年四月二十三日に開催した沙翁没後四百年記念イベント“Shakespeare Live! From the RSC”がＢＢＣテレビで放映され、後にＤＶＤになった（通販サイトより輸入できる）。その中の一セクション――ずらりと並んだイギリスの名優たちがコント仕立てで『ハムレット』の第三独白を競い、はてはチャールズ皇太子（ＲＳＣ理事長）まで舞台に登場して独白を披露、場内は爆笑と拍手喝采。その興奮が冷めやらぬうちに、パーパ・エスィエイドゥーが"To be, or not to be"とおっ始める。チャールズで沸いた場内がシ〜ンとしてしまう、なまった英語によるハムレットの感情吐露。ちょいとその年のストラットフォード・シーズンの〝番宣〟の雰囲気も。だが、それで終わらず、期待の新人の後を受けて、大御所イアン・マッケランが正調沙翁英語で『サー・トマス・モア』――シェイクスピアの手書きの原稿が残っていることで有名――の一節を朗じる。鬼気迫る、聞き惚れてしまう、移民の英語なんか飛んでけ〜と言いたくなる、未来永劫〝指標〟としたいブリティッシュ・イングリッシュ！　イアン・マッケランは労働者階級の出身、いつぞや「俺はシェイクスピア劇を演じるために自分の生得の言語《ネイティブ・ランゲージ》を捨てた」と語っていた。

シェイクスピアの舞台の英語はいかにあるべきか――その話題、またいつかゆっくりと。

(10) リットン・ストレイチー『フランス文学道しるべ』片山正樹訳、筑摩叢書、一九七九年（原著一九一二年）、七六―八七頁。

(11)『英語文学事典』（ミネルヴァ書房、二〇〇七年）の「トマス・デッカー」の項目。

(12) Martin Wiggins, "Playhouse to Playhouse." RSCスワン劇場『靴屋の祭日』上演時のパンフレット（二〇一四年）所収。

(13) マイケル・ビリントンのRSC『靴屋の祭日』に対する劇評（『ガーディアン』二〇一四年十二月十九日）参照。

(14) RSCスワン劇場『マルタ島のユダヤ人』上演時のパンフレット（二〇一五年）より。

(15) 演劇は、情けなきかな、戯曲を読んだだけではわからない作品が多い。やっぱり目の覚めるような舞台に出会ったことがあるかないかで全然違う。『フォースタス博士』に関していえば、明治大学教授だった故山内登美雄先生が、イアン・マッケラン主演のRSCの舞台（一九七四年）を生涯に見た芝居のベスト3のひとつと語り、僕の羨《うらや》ましそうな顔を眺めて、ニコニコ笑っていたのを思い出す。山内先生とは、ずいぶん舞台中継ビデオの鑑賞会をやって、お話を伺った。赤ワインがお好きで、しかし安物でもOK、鑑賞会の後の二次会は天狗（安価な赤ワインがあった）で満足してくださった。

僕が三十代のころにやっていた役者の真似事を、なんでも明大の授業で誉めてくれたとか。むろん、面と向かって誉められたことはない――そりゃ、そうだ、僕の演技を誉めては、鑑賞眼を疑われる――、そこで赤ワインで上機嫌の折にさりげなく聞いたら、「若いころに役者をやっていても、大学の教員になると、皆やめてしまう。君みたいな〝芝居バカ〟は珍しい、偉い、って誉めたんだよ」と。

ジョルジョ・ストレーレルの大ファンで、僕の書いたストレーレルの『テンペスト』の解題に過分なおことばをいただいた。お世話になった感謝を込めて、ここに思い出を記すしだいである。

(16) 卑金属を錬って貴金属に変える錬金術（alchemy）。ことばの音色からして怪しげだが、近代化学（chemistry）はこれを基に誕生した。エリザベス朝当時、錬金術師は今よりずっと現実感があったわけで、有名なのは女王のお気に入りだったジョン・ディー。おっと、フォースタス博士も錬金術師だ。ニュートンも錬金術を研究していた。いや、二十一世紀の現代だって、株やら投資信託やら、無から大金を生み出せると豪語する錬金術師は後を絶たない。

ちなみにイギリスの芝居小屋で売っているパンフレットにはしばしば面白い記事が掲載されているが、『錬金術師』上演時の冊子には、信用詐欺についてとてもためになる話が載っていた。その一節に、宝くじはチャンスと考えるか確率で考えるか、当たる確率は一四〇〇万分の一なのに人々は喜んで買う、しかし詐欺師は宝くじを買わない、彼らは胴元になる、と。そうね、僕が宝くじを買わない理由もそれだ。僕は国家に税金を払っている、これ以上国家を儲けさせる義理はない。

(17) 安西徹雄演出、下北沢の本多劇場の公演は、僕が日本で見たエリザベス朝演劇では断トツの舞台。ベン・ジョンソンの諷刺喜劇のしつこさ、どす黒さがひじょうによく出ていた。僕はそれ以来、橋爪功のファンになった。

(18) ルネサンス、マニエリスム、バロックといった用語・概念は、もともと絵画をはじめとする美術を念頭に置いたものだから、文学や演劇に当てはめるとしっくり来ない場合がある。だが、時々ジェームズ朝演劇に用いられる〝バロック〟は、ジョン・フォードやジョン・ウェブスターの作品に触れると、僕も使ってみたくなる。なんかいびつ。

(19) 昔、スラスト・ステージの芝居は横っちょから見るのが通だと教わり、以後僕はチケットが安いこともあって、ずっとサイドの席で鑑賞するようになった。

(20) チムール（一三三六―一四〇五年）はサマルカンドの南方に生まれた。チンギス汗の子孫だというが、実際はトルコ文化圏で育ったイスラム教徒。強大化しつつあったオスマン・トルコを一四〇二年にアンカラの戦いで撃破、皇帝バヤジット一世を捕虜にした。チムール帝国は孫の代までおよそ一世紀興隆した。一方オスマン朝トルコは、一四五三年に東ローマ帝国を滅亡させ、スレイマン一世（在一五二〇―六六年）の治世に最盛期を迎え、しかし一五七一年にレパントの海戦に敗れて地中海の覇権を喪失、その後きわめてゆっくりと衰退し、第一次大戦の敗戦まで西アジアの帝国でありつづけた。沙翁劇ではオセローがトルコと戦うためにキプロス島に派遣されたが、嵐でトルコ艦隊が全滅したとある。エリザベス朝のころも東方の大国だったわけである。

(21) 本節を書くために今日《きょうび》の世界史の教科書（山川出版社）を開いてみると、近世ヨーロッパの章は、ルネサンスではなく大航海時代――僕たちのころは「地理上の発見の時代」といった――の記述から始まっていた。〝グローバルな現代〟に合わせて、近世史の枠組みも発想の転換を求められているらしい。

(22) 簡単に手に入る翻訳があるので、有難い。ブルクハルト『イタリア・ルネサンスの文化』柴田治三郎訳（上・下、中公文庫、一九七四年／Ⅰ・Ⅱ、中公クラシックス、二〇〇二年）、新井靖一訳（筑摩書房、二〇〇七年／上・下、ちくま学芸文庫、二〇一九年）。何度読み返しても、心が浮き立つ魅力的な書物である。

(23) 前節でも紹介したイタリア史の清水廣一郎先生。

(24) 例えばEUの公用語はEU加盟各国の公用語を採用し、二〇二一年現在で二十四言語となっている。また、国連の公用語も六言語。両機関はどんなに効率が悪かろうと、決して英語のみを公用語とはしない。翻《ひるがえ》って、わが国のほとんど英語オンリーに近い外国語教育の現状、さらに日本人の「英語がわかれば世界がわかる」という思い込みは、どう受け止めたらよいのだろうか。

(25) 森護『英国王室史話』大修館書店、一九八六年、三〇二―三頁参照。在野の研究者が国王の列伝体で書いた、わかりやすい英国王室史。

(26) 同書、三五〇頁参照。

(27) 「第一フォリオ版」にベン・ジョンソンが寄せた追悼詩中の一節。ただしジョンソンは、ラテン語もギリシャ語も知らなかった沙翁だけれど、彼の悲劇は靴音高く舞台を震撼させたと、最大級の賛辞を捧げている。決してシェイクスピアを貶《おとし》める一句ではないはずだが、後の世に残ることばは文脈を無視したものが多いようである。

(28) シーザーの王政かキケロの共和政かという論題は、近世ないしはルネサンス期の大きなテーマであったが、『ジュリアス・シーザー』に登場する共和政末期の哲学者キケロは、ブルータスやアントニーの陰に隠れてほんの端役の扱いしか受けていない。シェイクスピアはどうやら議会や共和政にはあまり関心がなかったようだ。

(29) 小田島雄志『シェイクスピアへの旅』朝日文庫、一九八八年、八一頁。楽しく読めて、沙翁の芝居の舞台となった土地がわかる有難い本である。

(30) 同書、八八頁参照。

(31) エドワード・ボンドはこの囲い込み運動の史実について、E・K・チェインバーズの有名な伝記『ウィリアム・シェイクスピア』（全二巻）を参照したと、戯曲の序文で述べている。Edward Bond, *Plays:* 3, Methuen, 1987, p.12.

(32) 戯曲からの引用はすべて、注（31）にある Edward Bond, *Plays:* 3 からの拙訳。なお、邦訳には、エドワード・ボンド「ビンゴ――金と死をめぐる情景」来住正三訳（現代演劇研究会（編）『現代演劇Ｉ』英潮社新社、一九七九年、所収）がある。参考にさせていただいた。

(33) 十七世紀後半の王政復古期にストラットフォード・アポン・エイヴォンで牧師を務めたジョン・ウォードによれば、シェイクスピアとジョンソン、それに作家仲間のマイケル・ドレイトンが愉快な宴会をもよおし、飲み過ぎたシェイクスピアは熱病にかかり、それがもとで他界したという。ボンドは序文で、劇作の都合上、二人で飲んだことにしたと断っている。

(34) 感動的な追悼詩である。長詩からの抜粋なので、超訳で失礼。翻訳なら、『シェイクスピア論シリーズ1　初期の批評と伝記（ベン・ジョンソン、コンデルほか）』（日浅和枝訳、荒竹出版、一九七九年）に全文が掲載されている。ご一読のほど。

(35) 大場建治「『ビンゴ』のシェイクスピア」（『シェイクスピアリアーナ』Vol. 1、丸善、一九八五年）、二八頁。大場は、タイトルには「社会や民衆に資するのが本来のはずの芸術が、ただの自己満足のゲームに堕しているという、いかにもボンドらしい「怒り」が単純率直に（あるいは自虐的に）ほとばしり出て」いると解説している。

(36) 前述の大場論文によれば、ボンドは原稿を数回書き直している、最初の構想ではシェイクスピアはもっと打算的だったが、そうすると彼の豊饒な作品群の価値まで損なわれる、そこで弱々しいシェイクスピアを創造して、道徳的に彼の作品を救ったのではないかという。なるほど、創作の過程であり得る話ではある。

第10章　エピローグ

（1）シェイクスピアの大ファンだったゲーテは『ファウスト』第二部第一幕の開幕の辞をエアリエル（精霊たちの長）に語らせている。またエアリエルは、第一部「ワルプルギスの夜の夢」（幕間劇）にもオーベロン、タイテーニア、パックらとともに登場する。
（2）魔女と悪魔の間に生まれたキャリバン（Caliban）は、人食い人種（cannibal）が変形した名前を持つ。ミランダを襲おうとしたこともある本能むき出しの半人半獣だが、彼女からことばを教えられ、それで悪態をつけるようになったという。
（3）エリザベス女王治世下の一五七七年から八〇年にフランシス・ドレイクがマゼランに次いで世界周航に成功している。また、一六〇〇年には東インド会社が設立される。ちょうどシェイクスピアが『ハムレット』を書いたであろう、そして日本では関ヶ原の合戦が行なわれた年。だが、シェイクスピアの海は、大航海時代の大海原ではなく、相変わらず地中海をイメージしていたようである。
（4）ピーター・ブルック『秘密は何もない』、一三〇頁。
（5）このミラノ・ピッコロ座公演については、すでに書いた。拙著『シェイクスピア・オン・スクリーン』第4章第9節「シンプルな舞台のシェイクスピア――ジョルジョ・ストレーレルの『テンペスト』」をご一読あれ。また、本書第5章の注（73）も参照のこと。なお、僕が見たイタリア国営放送ＲＡＩによる舞台中継のＤＶＤは、通販サイトから輸入できる。むろん字幕なしだが、イタリア語のできない僕がストレーレルの舞台は、役者たちが朗じるイタリア語のセリフをボ～ッと聞き、淡い中間色の世界を眺めているだけで、夢見心地になる。
（6）ロンドンの劇評もまた、「原作の精神」、「戯曲の本質」を外して余分な要素を挿入した沙翁芝居は、容赦なく批判する。
（7）ウーゴ・ロンファーニ『ストレーレルは語る――ミラノ・ピッコロ・テアトロからヨーロッパ劇場へ』高田和文訳、早川

書房、一九九八年（原著一九八六年）、一二〇頁。

（8）"We are such stuff / As dreams are made on; and our little life / Is rounded with a sleep." (VI.i.156-158)

（9）エリザベス一世の次王ジェームズ一世は魔術や魔法を研究し、魔女の実在を信じ、『悪魔学』（一五八七年）なる書物まで出版していたが、ジョン・ディーのことは嫌っていたらしい。

（10）フランセス・イエイツ『魔術的ルネサンス——エリザベス朝のオカルト哲学』内藤健二訳、晶文社、一九八四年、二三五—八頁。

（11）"O, wonder! / How many goodly creatures are there here! / How beauteous mankind is! O brave new world, / That has such people in't!" (V.i.181-184)

（12）社会人類学者レヴィ・ストロース（一九〇八—二〇〇九年）に始まる構造主義により西欧中心主義が相対化されていったとか、『批評の解剖』（一九五七年）や『自然のパースペクティブ』（一九六五年）の著者、博覧強記のノースロップ・フライ（一九一二—九一年）によるロマンス劇と神話の関連づけなど、僕もそれなりににわか勉強をし、すごいなあと感嘆した。けれども、そんな壮大な学説と付き合っていては、短い人生、とてもシェイクスピアと遊ぶ暇がない。知足安分、僕は自分の身の丈に合った〝シェイクスピアとの対話〟を心がけている。

（13）ＣＩＣＴ『テンペスト（*la tempête*）』来日公演時パンフレット（セゾン劇場、一九九一年）所収のインタビュー記事「ピーター・ブルックが語る『テンペスト』」（二九頁）より。

（14）この芝居、第五幕に至ると、〝寛容〟、〝許し〟、さらに〝自由〟について、晩年のシェイクスピアがどのように理解していたかが気になってくる。とくに自由とは!?　自分なりに考えてもみたし、研究者たちの批評もあれこれ読んではみたが、各説バラバラ。つまりシェイクスピアの自由論はきわめて舌足らずなのだ。これも深みにはまりたくないので、僕の拙《つたな》いコメントは遠慮しておく。

（15）僕も中間管理職までは経験したが、およそ〝長〟のつく役職は窮屈以外のなにものでもない。人を管理する、組織を統べていくなんて、表はきれいに見せて、裏ではトラブル処理の山、山、山、ブラック・コメディもいいとこだ。なので、シェイクスピアもさぞやうんざりしながら、でもある意味晴れ晴れとした気持ちで魔法の杖だかペンだかを置き、劇団を去る決意をしたのではないか。

僕も定年の日を指折り数える今日このごろである。あとちょっと。辛抱、辛抱！

初出一覧

シェイクスピアの見たヘンリー六世

「シェイクスピアの見たヘンリー六世」　新国立劇場『ヘンリー六世』公演パンフレット（2009・10）

女性の視点で捉えた歴史劇――『ヘンリー六世』

「女性の視点で捉えた歴史劇――ケイティ・ミッチェルの『ヘンリー六世』」『シェイクスピアへの旅』（歴史と文学を語る会、1996・12）

名優たちの『リチャード三世』

「名優たちの『リチャード三世』」　新国立劇場『リチャード三世』公演パンフレット（2012・10）

王朝叙事詩の虚と実

「王朝叙事詩の虚と実」　明治大学シェイクスピアプロジェクト『薔薇戦争』公演パンフレット（2015・11）

忘れえぬ舞台――『ヴェローナの二紳士』

「忘れえぬ舞台――『ヴェローナの二紳士』雑感」『青山国際政経論集』（青山学院大学国際政治経済学会）第91号（2014・1）

フリンジのシェイクスピア――『夏の夜の夢』

「フリンジのシェイクスピア――リリック・ハマースミスの『夏の夜の夢』」『青山国際政経論集』（青山学院大学国際政治経済学会）第89号（2013・1）

誰が主人公か――『ヴェニスの商人』

「誰が主人公か――『ヴェニスの商人』雑感」『青山国際政経論集』（青山学院大学国際政治経済学会）第97号（2016・11）

パパたちのシェイクスピアとは大違い！――『ロミオ＋ジュリエット』

「最近のシェイクスピア映画から」『青山国際政経論集』（青山学院大学国際政治経済学会）第45号（1999・2）所収、の一部を加筆

沙翁はやっぱり詩だと言えるまで――『リチャード二世』

「沙翁はやっぱり詩だと言えるまで――『リチャード二世』雑感」『青山国際政経論集』（青山学院大学国際政治経済学会）第95号（2015・11）

フォールスタッフの立ち位置――『ヘンリー四世』

「フォールスタッフの立ち位置」『青山国際政経論集』（青山学院大学国際政治経済学会）第93号（2014・11）

大衆の時代の『ヘンリー五世』

「大衆の時代の『ヘンリー五世』」『青山国際政経論集』（青山学院大学国際政治経済学会）第102号（2019・5）

BBCシェイクスピア史劇『空ろな王冠』をめぐって

「BBCシェイクスピア史劇『空ろな王冠』をめぐって」『Aoyama Journal of International Studies』（青山学院大学国際研究センター）No.3（2016・2）

ロイヤル・シェイクスピア劇場の喜劇――『から騒ぎ』

「ロイヤル・シェイクスピア劇場の喜劇――『から騒ぎ』雑感」『青山国際政経論集』（青山学院大学国際政治経済

学会）第100号（２０１８・５）

お気に召すまま――『お気に召すまま』

「お気に召すまま――『お気に召すまま』雑感」『青山国際政経論集』（青山学院大学国際政治経済学会）第90号（２０１３・５）

イギリスの香りが漂う喜劇――『十二夜』

「最近のシェイクスピア映画から」『青山国際政経論集』（青山学院大学国際政治経済学会）第45号（１９９９・２）所収、の一部を加筆

ハムレットの悩み

「ハムレットの悩み」『青山国際政経論集』（青山学院大学国際政治経済学会）第103号（２０１９・11）

両雄並び立った『オセロー』

「両雄並び立った『オセロー』」『青山国際政経論集』（青山学院大学国際政治経済学会）第96号（２０１６・５）

古典劇の現代化――『リア王』

「古典劇の現代化――『リア王』を題材に」『青山国際政経論集』（青山学院大学国際政治経済学会）第105号（２０２０・11）

暗闇の中の彷徨――『マクベス』

「暗闇の中の彷徨――『マクベス』雑感」『青山国際政経論集』（青山学院大学国際政治経済学会）第94号（２０１５・５）

悲劇に飽き足りないシェイクスピア――『トロイラスとクレシダ』

「悲劇に飽き足りないシェイクスピア――『トロイラスとクレシダ』雑感」『えみゅーる』（青山学院大学国際コミュニケーション学会研究会「えみゅーるの会」）創刊号（１９９７・１）

善と悪のごった煮――『終わりよければすべてよし』

「善と悪のごった煮――『終わりよければすべてよし』雑感」『青山国際政経論集』（青山学院大学国際政治経済学会）第99号（2017・11）

正義――『尺には尺を』

「正義」『メゾフォルテ』（狩野アドグル）第6号（1991・7）

非沙翁的シェイクスピア映画――『塀の中のジュリアス・シーザー』

「非沙翁的シェイクスピア映画――『塀の中のジュリアス・シーザー』雑感」『えみゅーる』（青山学院大学国際政治経済学部 狩野研究室）第4号（2021・3）

シェイクスピアの視点操作――『アントニーとクレオパトラ』

「三組の恋人たち――シェイクスピアにおける個人と国家」『国家と言語――前近代の東アジアと西欧』（弘文堂、2011・3）所収、の一部を加筆

指導者の孤独、シェイクスピアの逡巡――『コリオレーナス』

「指導者の孤独、シェイクスピアの孤独――『コリオレーナス』雑感」『銀幕沙翁』（シェイクスピア映画を見る会）No. 1（1994・12）

不完全な英雄たち

「不完全な英雄たち」明治大学シェイクスピアプロジェクト『ローマ英雄伝』公演パンフレット（2019・11）

シェイクスピア転機の実験劇――『ペリクリーズ』

「シェイクスピア転機の実験劇――『ペリクリーズ』雑感」『青山国際政経論集』（青山学院大学国際政治経済学会）第104号（2020・5）

BBC版『シンベリン』再見

「ＢＢＣ版『シンベリン』再見」『狩野ゼミ論集２０１６』（青山学院大学国際政治経済学部　狩野ゼミ、２０１７・２）

大劇場のシェイクスピア――『冬物語』

「大劇場のシェイクスピア――エイドリアン・ノーブルの『冬物語』」『青山国際政経論集』（青山学院大学国際政治経済学会）第101号（２０１８・11）

スワン劇場のこと

「スワン劇場のこと」『マスク』（「演劇と教育を考える会」、東京学芸大学・演劇学研究室）No.４（１９９２・８）

ロイヤル・シェイクスピア劇場のこと

「ロイヤル・シェイクスピア劇場のこと」『狩野ゼミ論集２０２１』（青山学院大学国際政治経済学部　狩野ゼミ、２０２２・２）

エリザベス朝の演劇――スワン劇場の芝居

「エリザベス朝の演劇――スワン劇場の芝居」『Aoyama Journal of International Studies』（青山学院大学国際研究センター）No.９（２０２２・２）

テキスト研究をめざしたころ――細江逸記と山田昭廣

「テキスト研究をめざしたころ――細江逸記と山田昭廣」『狩野ゼミ論集２０２０』（青山学院大学国際政治経済学部　狩野ゼミ、２０２１・２）

シェイクスピアはルネサンスを知らなかった

「シェイクスピア劇にみる「近世」」『世界史のなかの近世』（慶應義塾大学出版会、２０１７・３）所収、の一部を加筆

シェイクスピアは人生を達観したか――『ビンゴ』

「シェイクスピアを人生を達観したか――エドワード・ボンド『ビンゴ』雑感」『青山国際政経論集』（青山学院大

学国際政治経済学会）第88号（2012・9）

身を退く時――『テンペスト』

「身を退く時――「テンペスト」雑感」『青山国際政経論集』（青山学院大学国際政治経済学会）第107号（2021・11）

おわりに

二冊目のシェイクスピア本を出版できるとは、夢にも思わなかった。四十歳で『シェイクスピア・オン・スクリーン』（三修社、一九九六年）を世に送り出す幸運に恵まれ、それで自分なりの沙翁論は書ききったと思っていた。同書はシェイクスピア映画の紹介本だったが、しかし学生時代以来自分が詩人について思索したことはすべて盛り込んだつもりだった。

その後、劇場のパンフレットなどに頼まれて単発で書いたり、ふと考えたことを同人誌やゼミの論集などに寄稿したりした。すると、まだ書きたいネタがあるではないか。そんな漫談が十数本溜まったころ、おっ、もう一冊上梓できるかもしれないと思い、ここ十年ほどは学内紀要に年二本ぐらいずつ掲載した。

よって、本書に書き下ろしのまとまりはない。だが、これまでに書き散らしたものの寄せ集めでもない。それらは全部読んでみれば、シェイクスピアの作家論のような気がしなくもない。多少重複している記述もあるが、それはあっちとこっちはつながっていて、ひとつの大きな沙翁世界を形成しているんだと言えるかもしれないと考え、あえてそのままにした箇所もある。

長い年月の間にものした原稿である。今なら異なった書き方をするだろうという部分は多々ある。『コリオレーナス』論にはなぜ〝叙事的演劇〟ということばを使わなかったのか。一九九四年当時、まさかその用語ないしは概念を知らなかったはずはないのだが。でも、叙事的演劇と記せば、その一言で話が終わってしまう。この専門用語を持ち出したとたん、僕が現在でもこだわっている感情移入できない主人公の問題が簡単に片づきすぎてしまうと考えたのか。記憶が定かでない。

最も古い原稿は一九九一年の『尺には尺を』論。これは沙翁論というより、湾岸戦争の勃発に腹を立てて綴った一文だ。また、「スワン劇場のこと」（一九九二年）は、イギリスから帰国した直後に書いた記事、かの国の小劇場演劇に魅せられた興奮が窺《うかが》える。ヘッヘッヘッ、筆が若い！　その後、しばらくイギリス演劇から離れていた時期があり、二十一世紀になってそちらを振り向いた時、役者は代替わりしていた。ベン・ウィショーやロリー・キニア、トム・ヒドルストンらとの出会いを語った文章も、ヘヘエ、いい歳して、やっぱり興奮している。

ロマンス劇に関しては、還暦を過ぎるまで待った。なるほど、若いころに筆をとっても、実感のこもった書きものにはならなかったであろう。後回しにして、よかった。

さらに、その折々の時事ネタや人気テレビ番組の話題も挿入している。もう昔話、だが現在の時点で直しても、またそれがすぐに古くなる。よって本書出版時の目線で加筆することは最小限にとどめ、わかりづらいところは、注で補筆するなどの対応をほどこした。

「はじめに」にも記したとおり、本書は僕の自問自答集である。僕は勉強、とくに文学はすべからく自分のためにやるものだと恩師や先輩たちから言われ、それを実践してきた。ところが、最近の若手の研究者たちはしばしば「貢献」を口にする。社会への貢献、学界への貢献、大学・学部への貢献……しかし、世のため人のためを意識して原稿を書いたことがない僕は、いつもこの貢献に違和感を覚えてしまう。

たしかに大学の教員採用も公募が当たり前となり、学説の流行もビジネスの世界と同様に移り変わり激しく、つまりは万事競争、競争の時代となった。だから、人様に貢献するのを本心から善しと信じているならそれはそれで尊いのだろうが、学問の第一義はほんとうに貢献にあるのか。学問は、自分の知的好奇心を満たすためのもの、自分の設定した問題を解くべく悪戦苦闘することを楽しむためにある遊びの世界なのではないだろうか。

わが師匠曰く、「自分の人生に対する問いを扱っている作家を探せ。二流でも三流でもいいんだ、自分と同じ問題に対峙している作家を見つけなさい」と。僕の場合は、それがたまたまイギリス文学の親玉みたいな存在のシェイクスピアだったわけだ。おかげで、その奥行き深く、少しわかったことを書くと、書く前よりわからないことが増えていく。そのたびにこれが〝無知の自覚〟かと、ソクラテスの至言を反芻《はんすう》するばかりの人生になってしまったが。

それでも、同じ師匠の言、本文にも記したが、「古典は、自分の人生と足を絡ませて、初めて面白くなる」——そのことばを信じて、貢献などものかは、己の発見したシェイクスピアの面白さにこだわってきた。僕は自分では我《が》の強い方だと思っていない、またわが学者人生なんて語るほど偉い研究者だと思い上がる気持ちもさらさらない。ただ、これこれこういう生活を送り、こんな人生観をもっている、そんな凡たる僕は、沙翁のテキストをこんな風に読んだよと、毎度毎度自分が実感を込めて理解したことだけを綴るよう努めてきた。

先達の学説や思想や理論にはずいぶん助けられた。だが、それらに振り回されないように、一定の距離を置いてもきた。

R・G・コリングウッドが『歴史の観念』(小松茂夫・三浦修訳、紀伊國屋書店、一九七〇年)の中で述べている。教育によって獲得したすべての知識には、特殊な錯覚、つまり決着の錯覚が伴う、「生徒の立場」にあれば教科書や教師が解決済みと考える事柄は解決したものと思い込まなければならない、しかしその状態を脱して、独力でその学科の勉強を続けると、何も解決していないことがわかる、と。

そう、シェイクスピア劇にも、唯一の読み方なんて存在しない。入門書に書いてあるほど解決済みの事柄は多くない。けれども、学べば学ぶほど答えがわからなくなる迷宮に遊んでみるのも一興ではないか。その迷宮に一歩足を踏み込んで、自分はここがこういう風に面白いと思うと、絶えず自分の読み方を表明してみることが肝要。そこから、奥の深い、多種多様な魅力のある、動的《ダイナミック》な芝居たるシェイクスピア演劇との対話が始まるはずである。

本書にあるシェイクスピア劇からの引用は拙訳である。原文はケンブリッジ版シェイクスピア全集九巻(一八六三―六年)ないしはそれを一巻本にしたグローブ版(一八六四年)。僕が学生のころに初めて沙翁を読んだ日本語の注釈がついているテキストは、そのシェイクスピア生誕三百年を記念した全集に準拠していることが多かった。その思い出もあって、十九世紀の版本から。もっとも、時に超訳や要約あり。また、邦訳は山ほどあるので、先行訳と異なる和訳をつけるのは、至難の業である。自分で訳してから、いくつかの邦訳を読むと、う〜ん、似てるなあ、ということがしばしば。さらに、「これは決まりだよね」という名訳はそのまま借用した詩行もある。先行訳に心より敬意を表し、ここにお礼を申し上げる。

写真は添えなかった。インターネットで検索すれば、スチール写真どころか動画もたくさん見ることができるご時世である。されば、今回は活字による解説のみとした。

また、転載を許可してくださった各誌にも、お礼申し上げる。

原稿は、三十年以上にわたって書いたものだから、どの解題を書く時に誰に助けてもらい、誰に読んでもらったか、記憶はまことにおぼろげである。とにかく大勢の方々にお世話になった。たぶんいちばん多くのコメントをいただいたのは、村田真一氏（ロシア文学）と井上優氏（演劇学）のお二人であろう。そして全篇を通してのチェックは、女優の佐藤愛里奈さんにお願いした。

今回も編集は国書刊行会の清水範之さん。同出版社から最初に出してもらった『スクリーンの中に英国が見える』（二〇〇五年）の時は新進気鋭だった清水さんも、今や堂々の編集局長である。

お世話になったひとりひとりの方々に、そして家族に、心からの感謝を込めて。

狩野良規

二〇二二年一月

カ

キ

ス

セ

ソ

タ

フ

へ

ホ

マ

ミ

ム

メ

モ

ヤ

ヨ

ラ

リ

ル

レ

ロ

ワ

作品名索引

ア

イ

ウ

エ

オ

カ

キ

ク

ケ

コ

サ

シ

ス

セ

ソ

タ

チ

テ

ヘ

ホ

マ

ミ

モ

ヤ

ヨ

ラ

リ

著者略歴

狩野良規（かのうよしき）
一九五六年東京都生まれ
東京外国語大学外国語学研究科修士課程修了
東京都立大学人文学部（史学専攻）卒業
オックスフォード大学留学（一九九一―二年）
現在　青山学院大学国際政治経済学部教授
専攻　イギリスおよびヨーロッパ文学・演劇学・映像論
主な著書
『シェイクスピア・オン・スクリーン』（三修社）
『スクリーンの中に英国が見える』（国書刊行会）
『ヨーロッパを知る50の映画』正・続（国書刊行会）
『現代を知るための文学20』（国書刊行会）
『ポジティブシンキングにならないために』（国書刊行会）
シェイクスピアとの対《たい》話《わ》

二〇二二年三月十六日初版第一刷印刷
二〇二二年三月二十六日初版第一刷発行

著者 狩野良規
発行者 佐藤今朝夫
発行所 株式会社国書刊行会
東京都板橋区志村一―十三―十五　〒一七四―〇〇五六
電話〇三―五九七〇―七四二一
ファクシミリ〇三―五九七〇―七四二七
URL : https://www.kokusho.co.jp
E-mail : info@kokusho.co.jp
装訂者 馬面俊之
印刷所 創栄図書印刷株式会社
製本所 株式会社ブックアート
ISBN978-4-336-07321-1 C0098